逆袭

从战争孤儿到总统顾问

［美］迈克尔·小山 / 著　　周　宇 / 译
（Michael S. Koyama）

逆袭

从战争孤儿到总统顾问

The Boy Who Defied His Karma

社会科学文献出版社
SOCIAL SCIENCES ACADEMIC PRESS (CHINA)

CONTENTS | 目录

地的女雇员把鸡蛋藏进胸罩、把火腿夹在大腿之间带出基地。此次成功破案之后他又被派往慕尼黑基地，在那里他又破获另一起犯罪。在返回巴黎的火车上他偶遇学歌剧的姑娘艾丽萨，便双双坠入爱河。

欧洲盟军最高指挥部要找出是谁把北约军队部署的秘密情报传递给俄国人的。迈克尔被借去调查北约一名土耳其军官的罪证。揭开重重迷障，他终于找出罪犯。他和艾丽萨相亲相爱，并憧憬着美好的未来。但是他没有钱，而且他还是很想继续求学，他要到美国读研究生。为了实现成为学者的梦想，他离开巴黎，也带走了与艾丽萨分离的忧伤。

在伯克利大学攻读经济学博士学位的第二年年底，伦德将军召见迈克尔想请他帮个忙，这次是因为迈克尔具有泰国和克伦族血统的背景。迈克尔要到缅甸对一个反对新独裁者吴奈温的组织进行评估。在掸部高原深处的宿营地里待过四个星期后，迈克尔正准备离开，这时缅甸军队出现了，迈克尔仓皇逃跑，多亏一位倾心于他的黑发美女的帮助才得以逃生。

迈克尔一心扑在学业上，他获得了博士学位，出版了第一部著作，并被破格提拔成为布福德大学终身教员。这时他还是单身，他应邀到哈佛大学做研究，在一次学术研讨会上见到日本历史学专业研究生苏珊·麦卡伦，他一见倾心，苏珊也是在战争中失去了父亲。这时迈克尔接到陆军情报局的命令，到东南亚执行任务，等他返回美国时发现苏珊已经到了日本。他不想让艾丽萨的悲剧重演，他当机立断赶往日本，并赢得了她的芳心。他们在夏威夷举办婚礼之后，到旧金山定居。

迈克尔和苏珊正在东京作访问研究，他接到财政部的请求帮助调查一项反倾销大案。美国怀疑日本公司伪造产品数据，但苦于找不到证据。迈克尔开始从日本公平交易委员会着手调查，调查部部长虚与委蛇。公平贸易委员会的一位青年公务员暗中收集了大量数据，这些数据正是迈克尔需要的。然而，就在迈克尔得到这些数据之前，他和这位青年公务员都受到恐吓，他俩身处险境。

美国财政部再次向迈克尔寻求帮助，这一次是对国外一些大银行操纵长期国债的投标价格进行调查，美国政府为此而损失上百亿美元。在老战友托尼、妻子苏珊和一位财政部官员的帮助下，迈克尔发现是日本、德国和中国的银行涉嫌密谋操纵投标价格。在夏威夷群岛之一的毛伊岛上，迈克尔四人小组揭开了整个密谋的真相。

迈克尔即将退休，在回顾一生时，他问自己这样一个问题：在不过度关注自己的文化属性的前提下，作为一个日裔美国人究竟意味着什么呢？他当然不是曾经帮助打赢日本酱油制造商官司的那个日裔美国人，他不是个地道的美国人，可又不被日本人认同，这使他无法释怀。他认为自己和在法国遇到的那个阿尔及利亚人同病相怜，那个人认为自己既不是阿尔及利亚人也不是法国人。迈克尔回想起一生中有关种族问题的种种际遇，不禁悲喜交加，感慨万千，他一言以蔽之，尽管存在种族间的差异，但是他已经成为110%的美国人了。

迈克尔退休了，他和妻子苏珊开始了旅居世界各地的生活，同时也开始了作家的生涯。在朋友的帮助下，苏珊终于说服他把自己的生活经历写出来。他正在为自传体小说结尾发愁的时候，他在芦屋时的同班同学通过一篇有关他的报道找到了他。经历了半个世纪的离别，迈克尔回到芦屋和同学再聚首，却发现命运又把他带到一个新的轮回。

第一章
曼谷与日本，1943

··

　　本吉从来没这么冷过。他和爸爸一同站在丰后丸甲板上，这船是要到达佐世保港口的，他穿着短裤和凉鞋，冻得直打哆嗦。尽管爸爸搂着他，他的牙齿还是在打战。他抬头望见天上的月亮，月亮上面有一层薄云，他不知道到了日本命运会是什么样。从曼谷一路过来，恐怕再也不会经历这么漫长的艰辛，这个九岁的男孩是这样想的。他咬住下嘴唇，不让自己哭出来。

　　噩梦是从十二天前开始的，那天一辆日本军用轿车停在曼谷郊外的本吉家门前，上面坐有三个宪兵。宪兵穿着靴子胡踩乱踏，在书房发现本吉和爸爸，本吉正在上书法课，宪兵命令他俩马上跟他走。

　　本吉听到父亲求他们让自己留下来，可是宪兵把他俩推搡到了门厅。本吉穿上袜子和凉鞋，女佣程妈丢给他一小包衣服，里面有那件深蓝色的夹克。她小声说道，"带上，路上用得着。本吉，信命吧。"汽车开动的时候，本吉看了她最后一眼，她颤巍巍地挥着手，泪珠儿滚了下来。

　　车到港口只用了二十五分钟。父子俩被带进一艘旧货船丰后丸里，他们的目的地是日本九州佐世保港，这是在上舷梯的时候爸爸告诉他的。本吉想不通这么小的一艘船怎么能开到那么远的地方呢。并排停靠的是肥前丸，一艘更小的货船，要跟他们一起走。两艘船都装满了被疏散的日本人，还有十几个穿军装带枪的士兵。甲板的中间，有一块黑色大帆布罩着，里面像是摞起来的一大堆板条箱。尽管风很大，船上还是弥漫着烂菜的味道。本吉搞不清这味道是哪里来的。

　　第二天天边露出曙光的时候，漫长的行程便开始了。看到港口上被伪装了的绿色和棕色的建筑物变得越来越小，本吉忍不住哭了。对于小小年纪的本吉来说，十二天的海上颠簸经历是最好的也是最糟的，身体可真是吃不消，碰到了两次巨大的风暴，即使在甲板下的小舱，他也能听见海浪冲过甲板的呼啸。头两天还有水果和蔬菜，可很快就吃光了，饭菜都不够吃，而且越来越难吃。他们吃的是干巴巴的黑香蕉，能咯掉牙的军用硬饼干，还有浮着油花的清汤。过一天，饭菜的量就少一些。上厕所的人比预想的多得多，就算士兵往海里倒粪便倒得勤，那种污秽还是直呛鼻子，本吉还是受不了。船经过台湾南端的时候，只有脏兮兮的薄蒲团和榻榻米，可怜见的，多令人悲哀。本吉搭在肩上的破旧的灰毯子是在上船的时候发的，可那也太薄了，根本抵不了寒冷。

为了提防美国潜艇，船便尽量沿着岸边航行，只有到了夜间才能全速行驶，白天烟囱里的烟要冒得最小，才不至于暴露船的位置。船长的担心是对的。几天后天刚亮的时候，本吉就被尖叫声和杂沓的脚步声惊醒，"哎呀，看哪！肥前丸撞上鱼雷了！"众人大声呼叫。

本吉爬上甲板舷梯，跟一帮人一同凝望海面。只见烧着了的船只身子斜歪着，不一会儿，一束火苗喷向空中，几秒钟后，便听到爆炸的声音。有人叫喊，"那艘船上有百多号人哪，咱们去救人吧！"

肥前丸离本吉有几百公尺远，他看不清那里是否还有人活着，要是有的话可能会搭救生艇或是游泳。他感觉丰后丸开始驶向肥前丸，可是很快就掉头离开了这艘沉船。下午晚些时候，本吉听见一位腼腆的青年水手跟乘客说，"那艘船的船长想要求助，可少校命令船长继续往前开，因为我们已经没有地方也没有供给再往上加人了，少校还担心我们的船会碰上鱼雷。"

无意间听到这话，本吉想到了他的命运在丰后丸上而不是在肥前丸上，他不知道该不该谢谢命运。

尽管本吉一路上又冷又饿，累得不行，船上又脏又挤，可这也是他最好过的日子，因为他还是头一回能够成天和爸爸待在一起，爸爸跟他说话的时候，都把他当成是大人了。

本吉问爸爸的第一个问题："宪兵为什么要抓你？"当时他知道爸爸经常不在家，过去这一年一定在外面干了些什么。

"本吉，我就是想为尽快结束这场战争出些力。我想要德国和日本都回到老家去。这两个国家发动了战争，杀了那么多人，这是为什么？就是因为那里的人民受到统治者的欺骗和压迫，在德国有希特勒和纳粹，在日本有狂妄无知的军国集团，政府被一帮愚蠢的不靠谱的政客所控制，他们以天皇的名义使这场无望的战争得以合法化。"

爸爸接着说，"我在缅甸帮英国人工作。温格特上校领导一支有三千人的亲墩江游击队，他在缅甸南部被日本人抓住了。他们没了弹药，没了药品，连吃的都没了。我帮着给他们送东西，可我犯了错误，太过于冒险了。日本大使馆的堤义明先生——你见过他的，还记得吗？——他随口告诉我说日本人要搜查游击队的地方盟友，他可是故意传给我这个情报的。我也是一时疏忽，被他们抓住了。"

"可是，爸爸，他们为什么带我和你一起回日本？他们为什么不把我留在曼谷？"

"我不清楚，我猜在曼谷的日本军官认为我应该回到日本接受高级军事顾问的审讯。我想他们认为有你在他们更容易征服我。可是我也许完全想错了。他们把你带回去是因为，在他们眼里你是日本人。根据日本法律，爸爸是日本人，你也就是日本人。他们想要你上这艘船，出于战事的考虑，恐怕这是返回日本的最后一艘船了……你更愿意和程妈留在曼谷？"

本吉摇摇头，他实在是无法回答这个问题。他留在曼谷会怎么样呢？到了日本又会怎么样呢？将来恐怕要看战事进展的情况，也就是程妈常挂在嘴边上的命啊。

提起程妈，本吉接着问道。

"我们走了，程妈会怎么样……安娜会怎么样？"

"程妈没事，我想她一定会到清迈她侄子家去。安娜也没事。宪兵来的话，她不出去买东西就碰不上他们。她是英国人，丈夫死后，还是设法搞到了爱尔兰护照。爱尔兰领事是个热心肠，日本人到曼谷的时候，他不想让她受到英国护照的连累。本吉，记住，爱尔兰是中立国家——也就是说没有介入战争。她生活的费用足够了，我在银行给她存了一笔钱。她很勇敢……她和我一起帮助过游击队。"

"我喜欢安娜，她没事就好。"

爸爸没说话，只是笑了笑，胡乱摸摸本吉的头发。

经过十二天凄惨的旅行，轮船终于到达佐世保港。乘客乱哄哄走下舷梯，去等巴士。一个士兵拍拍本吉父亲的肩，给他戴上手铐。他们和众人一道挤进巴士，去火车站。尽管船的数量不少——两艘大军舰以及 20 艘小船——还有街上所有的巴士和军车，在本吉看来，除了引擎单调的嘈杂声外，这个夜晚还是很静的。

到了佐世保火车站，本吉和爸爸分开了，他们被送进不同的车厢，火车开往东京。本吉坐火车这两天简直是在噩梦当中。路程不足二十个小时，可是一路上总是临时停车，一停就是一个多小时，本吉不知道是怎么一回事。本吉所在的车厢给挤得满满的，大多数都是当兵的，一个个样子消瘦，无精打采的。坐在本吉对面的士兵失去了右胳膊。他们俩或是睡觉，或是茫然地盯着上方，都一声不吭。

本吉所在的车厢里很冷，凛冽的寒风透过几处没有玻璃的窗户吹进来，车门也是经常开着的。他后悔没穿长裤。围着那条又破又难闻的毛毯，他还冻得直打哆嗦。他穿着外套，这是他唯一的一件外套，他和爸爸一起吃西餐时穿的就是这件。他穿着外套和特号内衣，这还得感谢程妈。原本两个人的座位挤上三个人，本吉还是感觉特别冷。

两天内，一位下士三次分发他所谓的"天皇配给"纸袋，里边就是两小块冷米团，米团多半是麦子做的，一块烤过的沙丁鱼干，又小又咸，还有几块萝卜泡菜。食物分发的也不固定，第三天一大早火车到了东京，连一点吃的也没有了。要不是穿袋型战裤的中年妇女给他一小瓶水，他就没喝的了，因为头一天连厕所里的非饮用水都用完了。

唯有外面变换的景色把本吉从绝望的境地拉出来。他看到了一片宁静的濑户内陆海——这对于他这个年纪来讲是不平常的，穿袋型战裤的妇女是这样对他说的。他发现姬路的城堡很好看。他惊奇地发现这里大大小小的城市几乎是一个接着一个，和曼谷相比这里的房子排得真密啊。当火车快到东京的时候，他意识到空气中含有硫黄的味道。

东京站可不得了呀。车站巨大无比，扩音器不停地播送通知，声音嘈杂，到处都挤满了当兵的，还有不少苦着脸、病快快的人。他一上月台就四下里找爸爸，可就是没找到。本吉看到一位年纪大的穿制服的警官走过来，说要把他带到东京西部的孤儿院。

"我爸爸在哪儿?!"他疯狂的喊叫得到的只是一句简单的回答，"你很快就会见到他。他被带到东京东北长野县的松代去了。"

本吉不想哭，可是眼泪还是掉下来了。他跟着警官，想知道"很快"是什么时候。本吉没想到"很快"原来就是"不可能"。在松代日本人正在挖一条四公里长的秘密地道，为司令部提供食品、武器和弹药，必要时还可以供皇家藏身，他们为联军将会登陆日本而做好了准备。

警官开一辆草绿色军车把本吉送到孤儿院，军车用木炭作燃料，直冒白烟。早晨冷风刺骨。过了将近一个小时，他们终于到了东京的一个叫阿佐谷的地方。汽车在一个两层高的楼前停了下来。这个楼房让本吉想起了曼谷外国人住宅区的学校，在这个阴冷的日子这座楼显得非常破旧。本吉注意看楼房的时候，警官走过来把他拉出车外，拎起本吉肩上的毛毯。"你别披这个脏毯子了，像个要饭的似的。"他把手放到本吉肩上，把他推到门口，用力敲门。一个青年妇女应声后，警官说，"这是小山的儿子"，还没等应声，警官就回到车上开车走了。

本吉站在门前，看到一位灰色头发笑吟吟的女子，她身后的女子则更年轻，她的个头比本吉在曼谷或来到日本见过的所有女子都要高。她就是岛津美智子，阿佐谷孤儿院院长，这家小孤儿院有三十个孩子。

美智子小姐迎接本吉并把他带到宿舍，这间宿舍是本吉和其他小男孩合住的。这时候还不到中午，保育员远藤小姐就给本吉端来一盘子吃的，有大麦脆饭团、煮南瓜，还有个叫做鹰嘴豆，本吉可从来没见过，后来才知道是蒸鱼酱做的，样子是卷状的，里面是空心。鹰嘴豆挺耐嚼的，本吉一下子就喜欢上了。他是真饿了，立刻吃光了一大盘子，喝干了一杯水。他刚刚吃完，保育员就把他带到洗澡间。她胡乱脱下本吉的衣服，递给他一小块肥皂和一块汗取，就是他以前常用来洗澡擦拭的毛巾，她说，"现在没热水，能洗干净就行了。"她丢下一包脏衣服后走出去，几分钟后回来，带来几件干净的旧衣服。本吉穿好衣服，开始了新的生活。

本吉在孤儿院的生活相当艰难，不过他很快就懂得是战争让所有日本人的生活如此艰难。同屋的小孩都睡帆布床。冬天被子不够，他们就用毯子夹上报纸来取暖。按规定宿舍里没有取暖，除非天冷得连玻璃杯里的水都冻成冰了，也只有到这种时候才会点燃小小的炭火炉。

本吉不习惯这里的吃的，吃的有大麦稀粥和蔬菜，通常是萝卜和青菜。一星期有一两次能吃上红薯和银鱼碎块，外加一点点调料，人们都管这叫"美食"，本吉可不会把这个同"宴席"联系起来。孩子们倒是定时吃饭，可是不论是两岁的还是十二岁的，他们总是吃不饱。

这一天，本吉来这里刚好是一星期，美智子小姐叫他到办公室来。他看见一位高个子驼背的中年军官站在她对面。她没看本吉，像是在朝天花板说话：

"本吉，这位是来自松代的高森少校。部队没有派他来，他很仗义，自己大老远地过来告诉你令人难过的消息。"

少校神色焦急，他大声说道："我非常遗憾地告诉你，你父亲两天前死了……"

本吉惊呆了。

"你知道你父亲在帮助敌人……英国在缅甸的军队……他不提供我们想要的情报,而且拒不接受我们仁慈的建议,就是与我们一道去解放缅甸……在这种情形下总部只好下令处决他。"

"他死了?? 你们杀了他?"本吉哭喊着。他紧紧地咬住嘴唇,不想哭出来。

"这是按照规矩执行的。"少校不想掩饰什么。

"我能见到他吗? 就是说……我要和他道别?"

"没用了,已经火化了。"

"火化了? 什么意思?"

"他都成灰了。在日本我们要把死人的尸体烧掉的。"

本吉大脑一片空白,好像是有个东西狠狠击中了他的头部。迷蒙之间,他听见美智子小姐说,"少校,我想这就够了。我相信本吉会明白的,你我都不必再讲了……再次感谢你不辞远途来到这里。"

少校还有事。他从衣袋里掏出一个小金属盒,递给本吉。"给你这个,还有你爸爸的信,这是他的眼镜,他想给你眼镜和表,可我们没找到表。"

本吉木然地伸手接过爸爸总是戴着的深褐色的牛角框眼镜,咬紧嘴唇,不知所措。他呜呜地哭起来,泪水不住地往外流。

少校关切地看着本吉,平静地说道:

"你爸爸做错了事,可我认为他很勇敢,他在生命最后几天里像个真正的勇士。我不跟你细说了,正是因为他的勇敢表现,我才来到这里转达他的信。我不清楚其中的确切含义,但原话是这样的,他告诉你说,'程妈是个好人,但也不总是对的。你要相信自己会改变或改善命运的,你就不是个弱者。你必须相信自己。'就这些。我希望这对你是有意义的。"

本吉止不住大哭起来,他没有留意到美智子小姐把少校送走。她回来把正在抽泣的本吉领到宿舍。第二天她给本吉一只煮鸡蛋,这是生重病的孩子才会得到的待遇。本吉三天没说一句话。

本吉成了孤儿。他妈妈是泰国北方人,一生下他就死了。爸爸年轻时就离开日本,在德国生活几年后就到曼谷定居,他是机器进口商,主要是从德国进口,生意做得很红火。爸爸是本吉唯一的依靠,可如今就剩下本吉一个人了,这个苦命的孩子。

本吉想起和爸爸的最后交谈。那是从曼谷到日本行程的最后一天。现在本吉意识到爸爸当时就知道了将要发生的事情，那些就是他对儿子说的最后的话了。爸爸看着本吉，双手放到他的肩上，他的每个字都说得清清楚楚：

"本吉，我要说你到日本会得到关照，你前面的路也很好走，那是在撒谎，相反的是，因为很快就要打败仗，最有可能的是因为我帮助过缅甸游击队，你到日本的生活会相当的苦，但愿没那么多的苦。我是想帮你，可我帮不到啊。我只能说：为了活得精彩，做有意义的事。活得要有价值！我不是说活着就有意义，而是说敢于冒险，勇于迎接挑战。选择平安的道路只是能够活着而已。我一直认定，活着就要迎接挑战，战胜困难，永远都不怕冒险，不怕走新路。很多人不同意这种说法，但这正是我的信念，我要你记住我的这些话！"

想着爸爸说的这些话，本吉终于再一次开口说话，开始了在日本的新生活。尽管多年过去，几十年之后，他才向人讲起他的爸爸，但是这些年他一直是遵照爸爸的临终嘱托而奋斗的。

第二章
神户，1947～1948

　　货车拉门发出尖叫的声音，把这三个男孩关在了黑暗之中。他们害怕会有人再把门打开，便蜷缩在臭烘烘的沥青纸下，那沥青纸是在空车厢里找到的。他们的眼睛适应了黑暗的环境，可看到车门缝透出的丝丝光线。本吉搞不清等待了多长时间，火车才终于抖动起来，慢慢地开动了。过一会儿火车开快了，他们听到了车轮在铁轨上行进的富有节奏的咔嚓咔嚓声。

　　本吉满心欢喜，只是有一点点的焦虑。列车一直往前走，他们是到仙台去见那位孤儿院的保育员，她嫁给了一位牙医。远藤保育员非常和善，她是三月份走的，临走前对本吉说，"哪天你到了来看我，好不好？我未婚夫叫西尾，和社会党领袖同名。他是个牙医，查电话簿找得到，来看我呀。"

　　本吉离开孤儿院的想法越来越强烈了。战事已经结束有一年半了，本吉想日子该好过了，可是1947年初的时候，更多的孩子来了，而且都是小孩。护理员说，"他们是被遗弃的孩子，妈妈养不活他们，这些都是没爸的孩子。"在本吉看来，他们中有很多人的爸爸像是美国大兵，有黑人也有白人。孤儿院搁不下那么多的孩子，变得拥挤不堪，像本吉这样大点的孩子常被叫去给新来的孩子洗尿布，洗完再搭好。日子似乎更难过了，哪里有什么好过。

　　本吉发现在孤儿院事事都不如意。有半年的时间，他经常感冒。冬天的夜里最难熬，他冷得睡不着觉，这时他很快就意识到同屋的其他孩子靠窗台上的水杯来取暖，那水杯都快成冰了。在这滴水成冰的时候，炭火炉有时候还点不着。到哪里去找木炭或其他燃料呢？

　　这时已经有三十多个孩子了，他们总是吃不饱，就算是战后美国大兵按时开吉普送来吃的也不管用。午餐肉和橘子很少有好的，而那些只能是勾起本吉饥饿的感觉。红薯和干巴巴的银鱼就是好吃的了。在曼谷本吉总是帮程妈做家务，比如刷锅洗碗，擦地板，扫厕所，可在这里这些活他都得干，因为大人们要干更重的活。

这时候没有空袭了。本吉来的时候就有空袭，到1945年就更加密集，那时候就有B29型轰炸机向东京投放燃烧弹。一开始空袭是在白天，本吉想到的总是蓝天上飞机美丽的造型。一开始飞机师来自中国，而后是来自美国占领的马里亚纳群岛和其他太平洋岛屿。1945年年初开始夜间空袭，燃烧弹和杀伤炸弹纷纷投向主要目标东京。在月色明亮的夜晚，本吉能够数得出有三十多架B29型轰炸机盘旋在阿佐谷上空，猛然间向防空洞俯冲。他每次一听到警笛声就浑身哆嗦。他憎恶夜间空袭，那就是说他得起身跑向防空洞，这防空洞是孤儿院地下仓库修建的，又潮湿，又拥挤。看到附近许多房子都被炸得起了火，他想接下来肯定要炸阿佐谷和孤儿院。他真心期待命运会保护自己不被炸死，不被烧死，因为城市大多地段都有大火蔓延。

本吉要设法适应新生活，可是他无法忘记小时候在泰国的生活，那时候总是感觉暖呼呼的，总是有很多好吃的，不是做功课就是和小朋友玩。到了日本，吃的倒成了大事情了。1944年食品极度短缺，孤儿院院长和保育员也是饥一顿饱一顿的。美国密集的轰炸使运输完全中断，无法定量供应，这对于食品短缺来说雪上加霜。本吉常饿得肚子疼。孤儿院所有的孩子大部分时间不干别的，不是说吃的，就是找吃的。整个夏天一直到入秋，本吉和他的两个朋友野村和金三郎就在附近菜地里找吃的，菜地里种有土豆、豌豆、萝卜和卷心菜。野村的爸爸妈妈是在台湾被杀害的，金三郎的爸爸被宪兵队抓了去，他从没说过他的妈妈。这是非常冒险的事，菜可金贵了，人们把菜地看得很严。本吉担心院长知道这件事，可是岛津小姐什么都没说。

到了晚上，金三郎和本吉还是仗着胆子来到"伙食中心"，这是个粮店，现在分发定量的小麦。他们俩将本吉削尖的竹筒一端戳进粗麻袋里，用来"吸进"小麦。有一次他们被值班人抓住了，这个值班人长着罗圈腿，怒气冲冲，狠狠地打他俩耳光，一边打一边拷问。这时候院长被叫来了，他大叫着，"我就知道他们不是日本人！我就知道！"岛津小姐一个劲儿地道歉，这个值班人才勉强答应不向警察报告两个外国小孩偷盗未遂。岛津小姐二话没说，便将他俩带回孤儿院。

到了入冬的时节，本吉不再可能吃到新鲜蔬菜了，对于大孩子孤儿院不得不减少已是微薄的定量，因为有婴儿开始死于营养不良。本吉决定必须要找到新的办法搞点吃的。他记不得最后一次吃肉是什么时候了，他想了很久，想出了一个办法。他说服两个朋友杀一只猫，煮熟了吃，说那种口福是找蔬菜吃所不能比的。两个伙伴对这个想法非常不情愿，只是他们饿坏了。

用一条旧的粗麻袋，他们设法套住邻居那只毫无戒心的猫，牢牢地套住了，用绳子扎好袋口。这倒不费劲，他们没想到的是这只大猫挣扎逃脱的力量非常大。谁都不能把猫堵死或打死，因此他们把粗麻袋带拖到旁边的排水沟，丢下去了。他们看到那只猫即使是被丢进两英尺深的水中可还是挣扎着。猫像是朝着本吉在不停扭动着。突然一下子就不动了。他们相互看了看。野村看样子都快哭了。几分钟内谁都没说一句话。最后野村说：

"我走了，你俩吃了它吧。"他跑了。这时候金三郎露出犹豫的神情，本吉也改变了主意。他不打算剥猫的皮或是煮猫吃了，他自己不能这样做。他们就这样离开沟里的死猫，跟着野村仓皇而逃。有很多个星期或更长的时间，本吉都梦见那只猫在麻袋里扭动着的情景，只是他从未对人说过。

1945 年 8 月 15 日这一天是日本人无法忘记的日子，本吉和所有大孩子都被通知到岛津小姐办公室。他们听到的是无线电发出的尖细的近乎女性的声音。本吉几乎没有听懂天皇的话，可是岛津小姐眼睛里充满泪水，她说日本无条件接受了"同盟国的所有条款"。本吉以为他无法准确理解这句话的含义，但是他知道爸爸是对的，日本输掉了战争。

本吉以为投降以后孤儿院的生活会得到改善的希望很快就破灭了，而且日子还变得越来越糟。1946 年 3 月，政府不再提供每天 900 卡微薄的粮食定量。本吉被告知不要远离孤儿院，因为大大小小的犯罪很是猖獗——"社会秩序"已被破坏。本吉知道这就意味着日本到了危急的时刻。

1946 年 1 月和 2 月，本吉听保育员说警察用马车把地铁车站里冻僵的尸体运走。孤儿院必须要购买供给的纱布、医疗酒精、灌肠剂，还要到新宿区附近黑市高价购买患病儿童的其他必需用品，去那里坐火车还有几站地。

就是在这个冬天，本吉学会了一个新词："洋葱生存"。他听过一位保育员说，"岛津小姐就是要通过'洋葱生存'来给孩子们搞药品和食物。"本吉不懂话的含义，后来就去问其中一位保育员他是不是也能搞点吃的，这位保育员没意识到本吉碰巧听到了她的话。

"你在哪里听到的？这句话的意思是剥开来卖……就像你剥开洋葱的外层……卖有价值的东西，买你必需的东西。本吉，你干不了这个，你也没东西卖。"

"为什么是洋葱？为什么不是卷心菜？你也可以剥卷心菜呀。"

"可是你剥卷心菜的时候不会哭啊。你看，这'洋葱生存'就是因为你宁可卖掉跟随你多年的好东西，你心爱的东西，你就哭着卖掉你的和服、箱子、闹钟。岛津小姐还卖掉了她的三角钢琴，那架钢琴可是她战前上音乐课时弹奏的。她设法跟美国人换来了许多灌装牛奶和罐头猪肉，还有一些床垫。她说一位高级军官的基地夜总会需要架钢琴。"本吉记得看见一辆军用货车把那架钢琴拉走，留下许多板条箱。

战争结束一年半后，生活还是相当艰苦，对于本吉来说似乎更糟。随着时间的流逝，他就更加感到在曼谷的生活有如梦幻，近乎神奇。他回想起爸爸的大花园里赤素馨花和茉莉花开的芳香，而附近阿佐谷下水道的臭气直呛他的鼻子。孤儿院附近独特的味道就算是很好闻的，可稍带霉味的湄南河刚好从西边流过他喜欢的越曼坑寺，他总是和那些叫他石头的小伙伴们在寺里玩，石头是他们给他起的泰国小名。

到了晚上，每个房间里塞满了七八个男孩，全都睡在令人不舒服的小床上，本吉躺在床上想起爸爸宽敞的家，屋里空气流通，他一人睡在自己房间里挂有蚊帐的吊床上。那是在一个大管辖区内的宽敞住宅，主楼只住着本吉和爸爸两个人，直到爸爸把英国女人安娜·韦尔斯带回家来，跟他们住在一起。哪里有孤儿院这么拥挤，所有的男孩女孩还有婴儿只住四个房间。整整一天他的周围有那么多人在说话、哭喊、玩耍、喧哗，真叫人受不了。

本吉怀念和泰国人相处的日子，他们无忧无虑，脸上总是笑盈盈的。他记得有一天，他和一位小朋友在河边玩，他俩都要撒尿。泰国小朋友说，"我们把尿撒到对岸去。"他俩没注意到有人就在他们的下游钓鱼。可是那个人全然没有察觉到什么，本吉原以为他会疯掉的。他的朋友说，"没关系的，水一流动就干净了，他在我们下游几米的地方可以刷牙的。"泰国男孩的生活和他就是不一样，没有他爸给他定的那么多规矩。本吉总是在进门时换下拖鞋，在人们以为衣服还一点都没脏之前就要换衣服，要是告诉爸爸在河里干的事他一定会很生气的。当然了，大多数规矩也只有爸爸在家的时候管用。本吉过着泰国孩子一样的生活，和他们一起在邻居组织的游戏中玩耍，到了饿的时候就回家向程妈要点心吃。

他一想起他的童年，就会浮现出他想念的人。他不想妈妈，他一出生妈妈就死了，他还不懂得有妈妈是个什么情形，他只是知道自己的奶妈安姨。

他七岁的时候，有一天早晨醒来后发现安姨走了。爸爸只是说本吉长大了，用不着奶妈整天看护了。自从那天以后，爸爸外出跑买卖不在家的时候程妈来看护他，她是连管家带做饭，忙忙乎乎的也顾不上他。他到独立出来的厨房里转悠，程妈会拿出各种小食品来讨他的欢心。她到清迈跟侄子一起会过得怎么样，但愿像爸爸说的那样她会好起来的。

当然，他最想爸爸了。爸爸在家的时候，总是跟他在一起，教他日本语、古典音乐，什么都教，古典音乐是爸爸在德国的时候喜欢上的。爸爸在新加坡和香港做生意的时候，还带他一起去，他就是和爸爸第一次坐上的飞机。可是本吉想爸爸时间一长心里就特别难受。

他非常怀念在学校读书的时光。爸爸送他到曼谷西南角的租界学校上学，学校在大使馆和洋行高楼大厦之间。本吉从家里走路需要二十到二十五分钟左右。由于学校的位置，本吉总是叫它"殖民"。学校是一位德国人开的，属于幼儿园小学联合学校，专门适于外交官和外商的孩子。教室设在一个二层红砖楼里，泰国那又热又潮湿的天气令人难忘。他的老师有两位德国牧师，一位年老的退休的德国商人，几位受过西方教育的华人，还有一位美国女人——迈克尔·米德尔顿夫人，她是本吉喜欢的爸爸好朋友的妻子。

在殖民学校，本吉学的东西很杂。他学习泰国语和英语字母，还学习这两种语言的一些简单句子和词汇。一位牧师教会他几首德国歌曲，可是他不懂歌词是什么意思。米德尔顿夫人教地理，一位华人老师教算术。由于学生来自不同国家，所以上课大多都用简单的英语。

然而，本吉真正的教育还是爸爸开蒙的。奶妈说话是本吉妈妈那种缅甸泰国口音，那是泰国北方的口音，厨师讲中国话，他的小伙伴跟他讲泰国语，他总是夹杂在泰国语、中文还有几个英文单词中间。爸爸总是坚持让本吉讲标准日语，尽管他离开日本多年，语言风格和词汇都有点过时。他教本吉很多，从书法到地理，从历史到时事。爸爸从国外买教材，还聘请几位日本人，先前是在曼谷贸易公司工作的，而后是住在曼谷受过良好教育的日本女人，他们教本吉日本语，这样在爸爸外出做生意的时候本吉也能正常上课。

爸爸不在家的时候，本吉便可以随意占有爸爸的书房。他仔细翻看爸爸的藏书，一翻就是几个小时。他听爸爸喜欢的德国作曲家的音乐：巴赫、贝多芬和勃拉姆斯，爸爸管这三位叫"3B"。本吉也喜欢上了他们。爸爸还有其他的音乐唱片，本吉一遍又一遍地播放这些唱片。最后记住了前四十位日本天皇的名字，以及许多由著名喜剧演员表演的滑稽对话"落语"①和"漫才"②。由于这种十分特别的早期教育，本吉的日本朋友对他熟悉滑稽程式感到吃惊，同时也为他呆板过时的日本话感到好笑。

所有这些有趣的经历以及和各种背景的人的交往随着本吉踏上日本的土地而告一段落。尽管日本有义务教育法，当地政府还是找各种借口不准孤儿院孩子到当地学校上学，比如说缺少正式文件，或者说他们没有家因而不是真正受监护的居民。在战时令人窒息的环境下，财政拮据的官员面临的还有比按法律让孤儿上学更重要的事情。

孤儿院的保育员也没有时间给孩子们上课，尽管她们知道该这么做。岛津小姐有几次叫本吉去她办公室，给他看几本有关纽约和她所上的美国大学的英语书，她把书借给本吉，一个老保育员给他几本用过的中学数学和日本史课本，但是谁也不肯花时间坐下来回答他关于课本内容的问题。一位保育员抱怨说，本吉课本读得太快了。本吉还是坚持一有空就读书。他如饥似渴地读书，他无法像其他孩子那样闲坐在那里。他全神贯注地读书，忘掉了腹内的饥饿，摆脱了无聊的烦恼。

他还是没能摆脱烦恼。有一天他也是自己逗乐，告诉小孩子说，鸡蛋打开了就会发出尖叫。他以为大人讲的发生在托儿所里的鬼故事在日本是家喻户晓的。没想到几天后所有的孩子都发给鸡蛋吃，保育员没明白为什么几个五六岁大的孩子拒绝吃鸡蛋。本吉感到不安，知道那是自己搞的鬼。他戏弄了有点迟钝的厨师，还搞了别的恶作剧，这事后来连想都不愿去想。他知道这是因为他对孤儿院生活极度厌倦，没有精神慰藉。

到了1947年本吉感到离开孤儿院没有一丝遗憾。他这种感觉一直在脑中萦绕。爸爸最看重的读书在这里是指望不上了。他曾对喜欢游泳、喜欢对小朋友发号施令的本吉说，要努力学习，长大成为一位日本海军上将，可是在东京这里，本吉连小学都上不了。如果他在孤儿院待到八月他十三岁生日时该多么遗憾，那时候他肯定被安排到工厂或商店当学徒，到那里更别指望学文化了。女孩到了十岁左右就要出去做工，男孩最迟可以到十三岁。去年秋天，有个男孩到横滨一家做炊具的小金属加工厂当学徒，还有个男孩到附

---

① 落语：日本传统曲艺形式之一，与中国传统单口相声相似，落语的不少段子和中国渊源甚深，有的直接取自冯梦龙所编的《笑府》。——译者注

② 漫才：日本传统曲艺形式之一，又称万岁或万才，一般由两个人表演，以幽默风趣的语言艺术见长，类似中国的对口相声。——译者注

近大的水果商店做帮工。他继续待在孤儿院的话，将来不也是这个命吗？

至于本吉是想有一天会离开孤儿院，还是期待好心的保育员远藤，即如今的西尾夫人能够帮他，他也无法明确回答。他没想到西尾不过是个普通的姓氏，如果想办法去仙台，费些周折也能找到以前的保育员，他只知道她丈夫的姓氏，还知道他是个牙医。本吉想不出什么了。他就是要离开，因为他觉得必须要离开。

当本吉下决心离开孤儿院，他立刻想到的是如何去仙台。他没钱买车票，他知道仙台离东京很远。他记得金三郎说他爸爸旅行时总是把他藏到货车里。他和来自青森县的一位保育员聊过，知道那里离仙台不远，还知道坐火车向北走的路径，那是从上野站开往日本北方的火车。

本吉不想独自旅行。他太孤独了，和别人一道还是好啊！他要带上茂雄，一个文静的同龄男孩，还有比他小两岁的顺三，总是到处跟着他，听他的话。说服他们离开倒不难，他们觉得什么都比吃不饱饭要好，认为这是很棒的冒险。他的两个伙伴有机会比孤儿院吃得饱了。他们商量离开孤儿院，说起漫长的火车旅途，到仙台能吃到的食物，会见到他们以前的保育员，想象着他们来到陌生地的生活。

本吉知道旅途很长，他便让他俩尽量积攒点吃的，必须是不能变坏的，就像"糠板"那样的粗粮做的硬质饼干，以及美国大兵带来的叫做"牛肉干"的干肉。把能存放的吃的积攒起来就得需要些时日，因为他们几天才能积攒一点，接着又饿得不行就吃掉了。后来本吉不得不把伙伴的食物也藏起来。

到了1947年五月中旬的一个早晨，三个男孩吃过早饭，便穿好了所有的衣服，也就是两件外套，拿着一个小包袱，里面有吃的，还有一个用小毛巾裹好的空醋瓶子，可到上野装水，他们悄悄地穿过孤儿院后门离开，这时候保育员在忙着照看婴孩。他们走了有500米来到火车轨道前，顺着轨道走几百米就到了阿佐谷站。这时是早晨高峰期，月台上挤满了去做工的人，车站职员各司其职。这时一列通勤车进站，孩子们没费劲就爬上了月台，他们没有被人发觉。他们刚一跳上开往东京站的最后一节车厢车门就关上了。

这段路程很简单。只有检票口检票，因此他们上车也就不必担心查票。他们只是坐到终点东京站就可以了，到了东京站，顺着火车的路标到上野只有四站地。可是本吉不知道怎样找到北去的货车，然后偷偷溜上车。

上野站很大，挤满了疲惫的上班族，有人背上的包袱比背包人还大。本吉知道这些人是去乡下换食品的。偌大的货场混乱嘈杂。和客车不一样的是货车上没有终点标志。打量了一会儿眼下的情形还是没弄明白，本吉便大着胆子去问躺在条凳上穿着脏衣服的老头儿。他问哪个火车往北去仙台，老头站起身来，看了看货场，用手指向一个火车。

现在的难题是要想办法穿过忙碌的铁轨，然后再上火车。他们蹲下来看了看货场。最后他们战战兢兢地穿过铁轨，铁轨上来往着进出站的火车。他们来到了老头指的火车跟前，边跑边找空车厢。爬上第一节空车厢，他们坐了下来，谁都没在意他们。他们准备一听到脚步声就赶紧藏在地板上臭烘烘的沥青纸里面，因为有人来就是检查有没有白搭车的。

后来本吉无法清楚地回忆起那天从离开孤儿院到天黑所发生的一切。他们上了货车，不一会儿顺三就闹着饿了，还没到午饭时间呢。本吉拿出几块"糠板"和一点牛肉干，每人喝口在车站里装进瓶子里的水。太阳在空中挪动了位置，他们很吃惊，也很沮丧，这火车还是原地没动。闲着无聊，他们开始探讨见到西尾夫人时该说什么，找到工作首先买什么吃的，花多少钱，可是随着时间一点点过去，顺三开始哭了起来。茂雄说，"我们为什么不回阿佐谷呢？"

"绝对不行！"本吉语气很强硬，"现在我们要做的就是等火车开走，用不了几个小时我们就到仙台了！"他拿出来更多的"糠板"和牛肉干，让他俩先睡一觉。

两个小伙伴很快睡着了，可是由于货场的嘈杂声，沥青纸的味道，强烈的太阳光，本吉怎么也睡不着。他背靠在车厢一边，看着车顶。他想起在曼谷河边玩耍的日子。他一下子想知道来到孤儿院的上校没能找到爸爸手表的原因，他是多么想拥有那块表啊。后来光线开始变弱，有人敲打铁轨发出的金属噪声打断了本吉的思路，他叫醒了两个伙伴，他们爬进沥青纸下面，车务员越来越近，他们都屏住了呼吸。最后车务员来到他们的车厢前，敲敲车轮，沿着火车继续走下去。

火车还是没动。到了傍晚，他们所在的货车车厢四周更为嘈杂，不少人来来往往，他们便又钻进臭烘烘的沥青纸下。几分钟后，有人过来砰地关上车门，划上门闩的响动非常刺耳。

车门关闭后，火车显然要开动了，借着门下缝隙透过微微的月光，他们摸黑撒完尿，溜进沥青纸下取暖。在火车开动发出的有节奏的声音的抚慰下，他们很快就睡着了。

火车发出叹息声，一阵颠簸停了下来，本吉醒了。他摇醒了茂雄，两人一起用力开车门，可是车门纹丝不动。水都喝光了，他们都感到特别渴。似乎过了几个小时后，本吉看见有几缕阳光照进车厢，突然间听见周围有人走动的声音。过了几分钟，本吉听见拉门闩发出的金属声，脚步声便越来越远了。

三个孩子等了几分钟，本吉和茂雄再次使劲开门。这次三人一同使劲，随着沉闷的咯吱声，滑门开了，周围没人，他们跳车上了月台。本吉看了看四周，确定是到了仙台。他看到一个标志牌上写有"神户"字样，大吃一惊。他们不能向北，要向西走！

顺三叫了起来，"我饿了，本吉，我们可怎么办呢？"

本吉想了一下说，"我闻到了海的味道，到车站喝点水，然后到海边把剩下的东西吃了。"

不到三天的时间三个孩子的希望变得渺茫起来，他们面对日本战后初期无情的现实，又为离开孤儿院的冒险历程而感到欣喜。他们吃着从垃圾箱里捡来的霉味食品，还有他们能偷来的，可还是吃不饱。他们在公园长凳上睡觉，可长凳硬邦邦的，太阳落下后海风冷得刺骨。他们这三天像梦游一样瞎逛荡。

到了第四天早晨，三个孩子饥肠辘辘，感到无助无望。本吉后来没谈起过他们从到神户再到被黑市商人搭救之前那三天漫长的时光。他所说的就是，到了第四天他认为必须要做点事，什么事都行。他提出走路去大阪，爸爸跟他说过大阪是个繁荣的大城市，这时他并不知道去大阪还有三十多公里的路，而且那里遭到 B – 29 型轰炸机的地毯式轰炸。

结果他们只走到神户三宫站，顺三一步也不往前走了。本吉也饿得慌，直打迷糊。他的胃疼得受不了，停下来待了几个小时，还是一个劲儿地疼，偶尔还有痉挛，他以为他的胃口就是这个样子。胃口一痉挛，眼前一片模糊。他只能紧闭双眼，再突然睁开适应一下环境。

他们走到一个喧闹的地方，发现来到三宫高架铁路下面的一排黑市摊位。他们蹲下来四处看了看，谁也没说话，可谁都明白就是要盯着没人看守的货架，或是没人管的箱子，看能不能偷点什么东西，就是能吃的东西。还没发现这种货架或箱子。黑市商人个个都像鹰一样看护着自己的货物。

有位三十岁出头的男人高声说道，"哎，从教养院逃出来的！这里啥也搞不到的。要是没饭吃，帮我搬箱子吧。我让你们吃豆沙馅面包。"

三个孩子茫然地看着他。这个男人意识到他们可能是听不懂他很重的大阪口音里又夹杂着黑话。本吉使劲点点头，三个孩子便跟这个男人来到附近一个摊位，他是个长脸，长相英俊。摊位后面的人行道上有大概五十个箱子。箱子不重，三个孩子又累又饿，可他们一起还是能够把箱子搬到摊位的。这活十五分钟就干完了，就像答应的那样，这个男人给他们每人一块面包，面包比本吉想的要大得多。三个孩子喜滋滋地大口吃起来，男人又给他们每人一杯茶。

吃了面包喝了茶，本吉头脑清醒了，他开始怀疑这个男人帮他们的动机，因为这个活儿他自己用同样的时间也能干完。男人自我介绍说："我是小西一郎，朋友都叫我小西。"他说他三十二岁，有两个弟弟，可是全家都在大阪空袭中给炸死了。小西在大阪最大的印刷所当排字工人，可是印刷所都给炸没了。几天之后本吉还知道小西因为肺结核而免服兵役。他记得小西还说道：

"不用担心，不会传染给你的。我决定干这一行，吃好点，治好肺结核。我想我快要做到了。"可是小西还是咳嗽得厉害，本吉认为他没说实话。

小西的"生意"就是卖他自己搞到的货。有些货是来自附近的铁路货场，有些货是来自"推销员"，他们能搞到配给的稻米、衣服，还有各种肉类、豆类，还有的货来自一个叫做"背地撒尿"的地方。本吉从没听说过，只是很多年后他才知道"背地撒尿"就是私下交易，指的是"贩卖部"，即美国军中福利商店。

谁都不能确保三个孩子指望小西货摊能够活下去。他们吃完面包之后，小西问他们晚上到哪里过夜，本吉说不知道，因为他们是想到大阪找工做，他们没有钱。小西看着三个脏兮兮的流浪儿，说他们可以在他的货摊过夜。他给他们吃肉汤面，说他们可以把货摊后面的草席搭床睡觉。他给他们美国军用毛毯当被子。第二天早晨小西在后面小房出来的时候，茂雄还在睡觉，本吉和顺三打扫货摊和周围，然后向旁边打扫的人借来喷壶，洒水压尘。小西又惊又喜，犒劳他们"早餐"，就是给更多的面包和茶。

那天孩子们就赖在那儿不肯走，也没地儿去，而小西似乎也不着急撵他们走。他们很快就学会了打杂，开箱取货，也就能吃上当时日本标准食物大麦饭团。小西这几天发现三个孩子很可靠，便开始和他"喜欢的女人"过夜。睡在露天地的草席上很不舒服，可是比起总是忍饥挨饿来还是好受些的。

或许是想到了弟弟，小西第一次给他们吃的就算是做善事了，可本吉为了吃碗饭干活也卖力气。他把小西从"推销员"进来的货物上的多余或模糊的标记彻底擦掉。本吉注意到，来自军中福利社的大件像家具和被罩上有很多标签都配有英文。小西想要把所有英文标记都清除掉。他说他可以合法进货，比如罐头食品、炊具和衣服，他一口咬定所有货物都贴上英文商标是因为"人们看见这些商标肯花更多的钱"。在小西的指导下，本吉甚至学会了用锡线和小西的工具重新封装罐头食品。小西很快就叫他"焊接能手"，因为本吉做的重新封装几乎难以察觉。

本吉很快就找到了在三宫生活的窍门，可是他发现自己再怎么费劲也带不起茂雄干活的兴致，而顺三也不靠谱，有一次几个小时都看不见人影。茂雄本来就不爱说话，现在是越来越不说了，有几次一句话也没说就出去一整天。他们到三宫过了几个星期之后，茂雄突然发高烧，连饭都不能吃。小西给他吃些药，可都不见效。他设法搞到一只大脐橙，可茂雄还是吃不下，本吉耗尽了心血。小西答应第二天送他住院，可是本吉早晨醒来后发现挨着他睡觉的小伙伴的身子已经冰凉了，本吉号啕大哭。

几个月过后，顺三也一去不回。茂雄死后，顺三整宿不回来。他变得神经兮兮的，也不跟本吉说去哪里。这个乐观活跃的孩子如今得了多动症。他渴望做事情，可是很快就放弃，再开始做别的或是不回来。本吉指望不上他了，不知道将来会发生什么事情。

小西顺藤摸瓜想探个究竟。他以为顺三遇到了贩毒的，服用冰毒，稀释的海洛因可以使人开心得睡不着觉。小西说，"我知道顺三就是这个样子了，不信你看他的眼神。"本吉想方设法不让顺三溜出去，可是一点用都没有。顺三出去三天过后，本吉对小西说咱们要找他，可小西说，"那可就太晚了。要是服了冰毒，我可以肯定，那他就跟无赖在一起混，那帮黑社会真是坏透了，我们俩拿他们没辙。"神户重要团伙和大阪更大的团伙有关系，他们开始给小孩糖一样的冰毒做诱饵，孩子上了毒瘾后，他们就让孩子给客户送冰毒，还强迫女孩子卖淫。

本吉为顺三感到难过。顺三一小撮衣服在货摊后耷拉放了好长时间，可是本吉再也没见到顺三。本吉失去了两个伙伴，他们都离开了他。后来本吉一想到在他怂恿下离开孤儿院的两个小伙伴就有负罪感。

尽管发生这样的悲剧，但比起在孤儿院照看生病的孩子、打扫马桶、总是吃不饱的生活，本吉觉得在三宫的日子好得不得了。不只是能吃饱，总有面条和面包，他还是喜欢做工，由于不用总想着填饱肚子，他喜欢自由，喜欢读书。除了小西要求做的以外，他还设法读英文杂志，这些是军中福利社的推销员偶尔带给他的。他还向中学三年级学生和田稔借来课本，他的父母就在附近货摊卖二手服装。他和和田稔花大量时间探讨读书。他时常边干活边和小西聊起他学排字的内容。

小西对本吉越来越欣赏，不仅因为他肯干，而且还因为他能力强。本吉还找到了用臭鱼赚钱的方法。

夏季末的一个热天。和田稔来看本吉。

"嗨！打完棒球路过这里，一位卡车司机拦住我，他的车坏在车站后面的街道上。他让我告诉他这里最好的面馆，他去给老板打电话，他问快要变坏了的鱼怎么办。我看了他车上的货，都漏水了，冰都快化掉了。他走了之后，我打开箱子一看，里面装满了成条的三文鱼。味道还没太坏。拿几箱看看能不能搞几条来吃。"

"和田稔，你说他正吃饭？你知道他去哪里？"

和田稔点点头笑了。"我跟他说车站侧面那家大面条店面条最好。我认为那家店也最远。"

"好嘞。那就是说我们有足够的时间。我们得借你爸爸的手推车。我去拿几个装鱼的纸箱。"

"什么？那可装太多了，吃不了的！"

本吉大声说，"我们不是去吃鱼，而是去卖鱼。"

"那就是去偷！我想我们拿不走几条的。给人家逮住了怎么办？"

"哪里的话，我们不是去偷，"本吉宽慰他的伙伴。"我们就是帮助司机卖掉烂鱼。你说他担心这烂鱼不知怎么办好了。来吧，我们有钱赚了！"

本吉看到无牌的破旧的卡车，他就断定这车三文鱼是偷来的，而且是送到三宫黑市。他爬上车后面看了看箱子里面。上面的三文鱼肯定开始变坏，本吉看到鱼的内脏已被去掉，里面有很多蛆。可是箱底本吉看不到有蛆的鱼。

时间不等人。他们迅速把箱底蛆少的鱼尽可能多地装进纸箱里，将沉重的手推车推到小西货摊，他们把纸箱堆放到后屋，累得汗流浃背。

本吉答应将来给和田稔一些钱，求他帮忙洗鱼，切成比本吉在鱼店里看到的大一点的鱼片。他从小西好朋友那里赊来两纸袋盐，那人在附近货摊卖咸菜和盐。

接下来本吉需要冰块。得知附近鱼市上天黑前总有剩余的冰块，这冰块有鱼腥味便没人要了，本吉和和田稔推着手推车装回一满车部分融化的冰块，将冰块罩在腌制的咸鱼上。如今整个货摊和两个男孩身上都散发着臭鱼味，本吉再也闻不了这种味道了。

第二天早晨，小西来到货摊，本吉说明了后屋装满臭味鱼的原因，还有他要做的事情："我们需要你的推销员把所有的鱼直接卖给居民区的家庭主妇。"

小西不知道本吉和小西赶紧招来的推销员——三个小伙子是否能把所有的四百多块鱼卖掉。可是一片 10 元的价格比商店里便宜多了，而且三文鱼是很难搞到的。这种鱼简直是可望而不可即，随即便被家庭主妇抢购。到了傍晚，所有的鱼都卖光了，本吉和小西合计的钱数是 4350 元！支付盐、推销员和和田稔的钱后，净挣 3100 元。

小西非常高兴，他给本吉 1000 元，说道：

"你知道，你不只是个聪明的孩子，一有空就看从军中福利社捎来的英文杂志，还看那些从和田稔借来的中学课本。你机敏过人啊，可以这样说，别人兴许会用别的词。你当然赶上个'大满贯'！"小西习惯于把本吉的销售成绩称为"全垒得分"。

本吉想知道"机敏过人"的真正含义。爸爸强调需要机敏的时候说："我在德国时发现，你在生活中遇到成功的情形——甚至是幸存下来的情形——取决于你机敏应对所有的机会，重要的是取决于做事的长期性而不是短期性。你必须伤害某人的感情或是有时做事情使有些人以为你在利用别人，可是从长远来看，如果你成为一个受人尊敬的人，一个能帮助他人的人，你能够回报他们或回报社会。"可是爸爸真以为卖偷来的烂鱼是好事？爸爸干过这样的事？紧要关头兴许干过，可是从他指导本吉的话来看，他会认为本吉的"全垒得分"是不合道德的维持生计的方式。

有时候本吉的"机敏过人"也使自己陷入困境。进是个天妇罗店里不太聪敏的男孩，在一个炎热的夏日他向进提建议，说炸冰块真是一道好菜。"美味啊，外边脆里边冰凉。"不幸的是，进独自一人看店的时候，试着用油炸裹层面糊的冰块，他本人被飞溅的油花烫得十分严重。本吉知道油花飞溅，可只想做个有趣的实验。本吉第二天就去看进，当看到进的胳膊上缠着白绷带的时候吓坏了。进告诉本吉说，他绝不会对爸爸妈妈说炸冰块的主意是本吉出的，本吉这才把心放下。

自那以后，本吉决心把他"机敏过人"行为限定在赚钱不伤人的范围内。对进的一幕提醒他最后一次恶作剧是大错特错，可那次他自己也受到了伤害。实际上他差点失去一只眼睛。本吉在曼谷常搞恶作剧，一个胆小的小男孩在大象出事后就不跟他玩了。

那是一个炎热的下午，热得令人有点烦躁，本吉和他的小伙伴孟亚谷、恭硕来到湄南河清浅的支流处，那儿离越曼坑寺不远。孩子们吃完恭硕带来的香蕉，就听见一头大象有起有伏的吼声。沿着河向北跟着声音走，他们很快就看到一头母象和一头小象正在吃河对岸的草。孩子们在离大象二十米处停下来，看大象静静地吃草。他们接下来就开始讨论大象追人的时候是怎样地发怒，最后本吉决定向大象丢石头找出答案。

孟亚谷被眼前可能发生的事吓呆了，本吉劝说恭硕用石头打小象。如果母象追来，他们就跑到附近小树林，那里树木茂密，大象进不来。正如他们预料的那样，他们刚一击中目标，母象就追过来，小象还在吼叫。孩子们被大象的速度吓着了，母象爬上岸就追他们。他们使劲地跑，跑到小树林时母象就快追上了。孩子们消失在树林里，母象便回到河边，回到小象身边。

本吉用力跑到树林时有什么东西使劲击中他的脸。他立即吓呆了。他碰上垂下的一个树枝，一个小枝刺进了他的右眼。他感到钻心的疼痛。他抬起手来想摸眼睛，摸到了小枝。他猛地拔出小枝，又一次感到钻心的疼痛。他摸摸眼睛和右脸。眼睛和脸都滑溜溜的，他用左眼睛看手掌心，看到手掌心被血染红。他大叫起来，又痛又怕，可他还是设法让恭硕带他到附近的法国大使馆，本吉用右手捂住右眼，左手被恭硕牵着。到了大使馆，孩子们被一个青年秘书开车送到一位中国医生家里，这位医生认识本吉的爸爸。

身穿白色外套留着大胡子的中国眼科医生告诉本吉，他非常幸运，因为刺进右眼的小枝再往右四毫米，就会刺到瞳孔，这只眼睛就废了。医生把他的右眼罩上几层纱布，再用一个长绷带斜对角绕着头顶缠了一圈。

下午快到四点的时候本吉坐大使的汽车回到了家。程妈看见本吉跳下车来，她向空中举起双臂，来回摇晃着脑袋，做出悲伤的样子，每次对他不满的时候本吉见到的就是这种样子。程妈说过她就是纳闷本吉的命总会给他带来麻烦，她只是想让他意识到更多的伤害就要来了。

本吉几乎忘掉了这件事，尽管后来还是看得见他右眼上的疤痕。这些天来他也不常想起往昔在曼谷的日子。他很忙。随着秋天的到来，本吉的生活进入了一种有规律的模式。给小西做工，读军中福利社带来的关于美国生活的图文杂志，学习和田稔的课本，这些英语课本并不难，但是数学课本具有挑战性，他喜欢洗衣服做饭这样的家务活，日子就这样过得飞快。

本吉非常喜欢和小西交谈，他感到惊奇的是小西认识那么多艰深的汉语复合词，在读报和读更高级的日本书，探讨时事政治以及社会事务等方面这些复合词都是必需的。本吉记得小西说过："我只读过中学，但是你要学会读书，天天排字也能学到很多知识。读书，本吉，读书吧！读书比你想的重要得多。"

本吉想读书，想学习，想上学。他知道学校对每个孩子都是免费的，可是他在孤儿院时就知道当局想方设法不让孩子上学，以便降低他们在教育方面的开销。他不知道能不能白天上学，一早一晚还有周末给小西干活儿。这样他也能够像现在一样给小西干很多活儿。可是本吉知道这似乎不是容易的事。不是小西不同意这种安排，而是当局肯定不同意。

由于和田稔住在货摊街还有学上，本吉以为自己也能上学。可是和田稔的爸妈有卖二手服装的合法职业，而且是受到监护的注册居民。他们属于同一个家庭。本吉不能上学，他没去问小西的身份，可是他慢慢明白了小西本来是没有合法身份的棚户居民。其实他开个货摊是为了警察或美国军人前来审查时他随时都可以逃走。小西没办法让本吉在学校注册，总之本吉和他没有任何关系，也没有身份证。

本吉再次思考自己的前途。他在三宫这里是不能上学的，如果他留下来为小西做工，前途就是到了下层社会的边缘。这里的生活比孤儿院好，可是一想到前途，做学徒肯定比在黑市卖可疑的货物要强。现在本吉很清楚自己的所作所为是在造假和犯罪之间。小西总是比当局早一步，本吉可不想冒被送少年劳教所的风险。

在来到三宫快一年的时候，本吉又一次想要离开。

本吉没想好去哪儿，可是他确定春天走，天气暖和到哪里都好安顿。这次他除了换洗的衣服、零食和小毛巾外，还准备了更多的东西。他对谁都没说出他的计划，只是开始拾掇东西：从和田稔家买来的厚毛毯，从小西库存里拿出来的一双运动鞋，还有一些罐头食品。他决定去哪里也出于偶然。一天晚上，他正在附近佛寺里和和田稔聊天。他俩坐在寺庙狭窄的走廊上，寺庙晚上不开门，他俩晃动着小腿，随意聊着。和田稔说他要随棒球队到芦屋，和当地中学球队比赛。他看好这次旅行，因为那个城市住宅区很好看，有很多树，还有沙滩。和田稔随口说出的一句话最让本吉动心了。"芦屋的学校名望可太高了。"

本吉没说话，和田稔又换了个话题。可是这种想法已经在本吉的头脑里扎下了根。过了一个星期，三月末的一个星期一，小西的货摊关了，趁车站职员正忙碌的时候，本吉跳进了三宫站边门，登上了开往芦屋的火车，从神户有二十分钟就到站了。他听说过芦屋，只是没来过。他从火车站走到海边，看到了和田稔跟他讲的沙滩。辽阔的沙滩后面离海几百米的地方就有大片松树林。街道很干净，商店里似乎有的是好衣服好食品，和三宫不一样的是，这里没有要饭的。

他查看了一下周围，非常喜欢这个地方。他来到松树林里，发现在茂密的树枝下有几处他很喜欢，那里可以睡觉，在他能确定下一步计划之前至少可以睡几天，甚至睡几个星期。

因此，本吉从东京孤儿院出走十一个月后再度出走，只是这次就他一个人。他装好了小行李，用大包袱皮裹好所积攒的东西，给小西写张感谢他的便条，但是告诉说不回来了，一大早赶在货摊开摊前离开了。

这次是差十四天四个月，他的内心充满感激。现在他真的是孤单一人了。他想起爸爸教他游泳的情形。他把本吉推进缓缓流淌的河里，自己在岸上站着，伸出一支长杆，他说道："你游不动就抓住杆子。连狗都能游，你也能扑腾上岸的。"本吉不知怎地就自己使劲游回来了。可他知道爸爸在必要的时候会救他。现在没有了手握杆子的爸爸，也没有小西。他这么点东西能坚持多久？六月下起雨来上哪儿去睡？离开三宫是不是蛮干？

他必须要走出去！要上学的话他就不能过三宫那种生活。他必须要冒险，像爸爸劝告的那样。本吉不用抓杆子就游上了岸！

本吉拎起笨重的包袱，进了火车站。这次他买了票，一步一步沿着长长的台阶走上月台。火车上一位穿着考究的夫人坐在他对面，她盯着这个衣衫褴褛的拎个大包的孩子想，这时候他该上学了。本吉也盯着她。

两个人到芦屋下了火车。本吉停下来整理一下东西，重新捆好包袱。然后他沿着芦屋河走了很长的一段路，来到海岸边的松树林。春风吹拂着他的面颊，带着丝丝凉意。他拖动着沉重的脚步，更加有决心去面对他的命运。他没有别的选择，只有向前走。

第三章
芦屋，1949～1953

本吉来到芦屋之后，到这个地方来有六七次了，这地方就是芦屋中学运动场外面的一棵大松树旁。他把手放到齐胸高的铁丝网围栏上，专注地观看校棒球队的训练。今天，他来到这里一个半小时多了，他为球队的精彩表现所吸引，真想拼命进到围栏里边而不是待在外面观看。他尽量克制自己。

1948年4月本吉来到芦屋到现在已经快一年半了。他已经安顿好了，做两份工，晚上有地方住。离开东京孤儿院有两年半了，这么长的时间里总是感到焦虑不安，近来不祥的预感越来越强烈。三个月前他满十三岁。尽管不再愁吃不饱，他还是没有学上，因此他站在那里望着这些幸福的高中生，想要成为他们中的一员怕是无望了。

本吉问自己："三年之后我将在哪里？"最有可能的答案是："还在做工，就算把借来的课本都学会了也没学上。"离开孤儿院就是犯了严重的错误？如果不用上学就注定要做工，那么像其他男孩满十三岁离开孤儿院去当学徒不也挺好吗？他相信孤儿院院长能够给他找到最好的职业。

他知道来到芦屋如果有可能上高中的话那也是非常渺茫的。他没上过中学，就没有参加考高中的资格。他甚至还没有在这个城市注册的"合法"居住权，也没有任何证件证明自己是日本人。他知道所有这些是进入日本国立高中所必需的。他渐渐地信命了，认为上高中就是不可能实现的梦，可是他也希望出现奇迹。

他尽量安慰自己，至少比在三宫时的日子好过多了，也肯定比来芦屋第一个夏天住沙滩强多了。他回想起1948年春天来到芦屋的情景……

本吉走出芦屋车站，拿着行李包袱，两条腿吃力地走到沙滩边上的松树林，行李虽然不多，可是到这里走这么远的路也够沉的了。到了树林，在一处茂密的松枝下他自己扎下了"营盘"。他捡了一个生锈的水桶，到沙滩拖回沙子搭了一张沙床。没想到这沙床可真是舒服，拖着沉重的水桶来回有二十次，没有白卖力气。有时候晚上毛毯不够暖和，特别是天亮前的时候，他就往自己身上裹几层报纸，就像在孤儿院时盖的毛毯一样。

他很快就发现还有三个人睡在树林里。一个是三十岁左右的男子，戴着厚厚的眼镜，他使本吉想起日本驻曼谷大使馆的堤义明先生，这个人故意给爸爸假情报，让日本宪兵队逮捕了爸爸。可是这个"堤义明先生"很腼腆，本吉不怕他。还有两个人是年纪大点的夫妻，俩人不和别人来往。本吉和"堤义明先生"说过几句话，知道警察很少来树林，就是来了也不问什么就走了。

本吉察看了附近的情况。他发现稍远一点有块儿地，有人种点菜，就像在东京那样他可以到那里去"拿"土豆、黄瓜和别的撒点盐就能吃的菜。他确定"拿"菜要当心，要是有人丢太多的菜，他们就会埋伏起来抓小偷。到了第四天，他第一次买东西，他买的一片黑面包吃起来就像吃木屑，他认为面包里肯定有木屑。

过了一周之后他找到了一份兼职的"工作"。一天早晨，他在海滩见到一大群渔民。他们分成两组，每一组在网一端拉很长的网绳，网长近 100 米，宽 40 米，深深地撒进海里。一个渔民腰扎红腰带，头系防汗带，招呼本吉：

"喂，孩子！跟我们一起干吧……我们所有人手都用上了。"

本吉开始以为渔民在开玩笑，但很快就意识到他不像是在玩笑，便跟他们一起收网。这个活儿一周也就两三次。一条小船把网撒到海里，按照指定位置撒好之后，渔民便一起收网，每天撒网收网两三次。本吉用尽全身力气和渔民一道拉绳子，他两手紧握粗糙的大绳子，每次要拉半个小时，累得浑身是汗。可是这个活儿挺划算，每当最后一次收网，渔民的头儿就给本吉一筐鱼。至于给多少鱼，给什么鱼，就看当天打鱼的情况了。

本吉把吃不完的鱼拿出去换东西。他挎筐鱼上附近的食品商店。他发现店掌柜想要鱼，他就拿鱼换些东西。他换来了土豆丸子、面包、豆腐、鸡蛋以及其他喜欢吃的。亏得拿鱼换东西和"拿"菜，本吉发现大多数日子里不用花自己存下的零钱买东西吃。

有地方能睡觉，有东西能吃饱，他还没算出在树林里度过了多少个夜晚，日子就这么一个星期一个星期地过去了。他发现他可以在菜地里两个水管中的一个接水洗衣服。他还把他那一点点家当藏了起来。有换洗的衣服、字典、几本书、几盒罐头、瓶起子、香皂、一双筷子，还有装东西用的两个空罐头盒。一开始他把东西用报纸裹起来，装进捡来的油桶里，这个油桶是他辛苦刷干净的。在他睡觉附近的松树下挖个坑，他就把油桶埋起来。再往上加点沙子和松树叶，除了他之外谁也找不到。

他使用几个埋进地里半截的大土罐上厕所，这是附近菜农为成年人方便设置的，菜农遵守着多年形成的日本农民使用人粪便陈上几周后做肥料的习惯。唯一的麻烦就是赶上雨天。可是他发现晚上可以到小棚里避雨，那是在小块菜地里干活儿的人用来歇息的。那种挂锁很容易打开，第二天早晨再给锁上。他搞不清为什么下雨的时候挨着小棚土罐里粪便的味道一点都不难闻。

很多天过去，没发生过什么事，可是有一天，一件事迫使本吉需要动用他辛苦积攒下来的一大笔钱。有一天他一大早出去找寻可拿的东西，等回到宿营地的时候，看到一只大野猫正起劲地撕咬他的一只胶鞋。尽管天下着雨，他却总是光着脚跑出去，把胶鞋放在"床"边。

"嘿，你干什么？走开！"本吉叫道。可是这只猫接着啃鞋垫。本吉捧起一把沙子丢过去。猫用嘲笑的眼光看了看他，用力叼住鞋垫，把鞋垫叼了出来。本吉想抓住猫或是鞋垫，可是猫却叼住鞋垫跑了。

本吉很生气。如今他唯一的一双鞋毁了，还得买双新鞋。尽管损失不小，可是他很快发现这事也挺逗的。猫想要的是鞋垫，因为鞋垫是墨鱼干做的，那是本吉费劲做成的新鞋垫，垫进左鞋里，以弥补黑市便宜胶鞋的开裂。本吉补鞋的方法是从三宫一个老头那里学来的。他认为该埋怨那个老头，不该跟猫发火。

八月中旬到了捕鱼旺季的收尾，因为对大网来说海浪有点大。本吉感觉到他收网的活儿不会坚持很久，需要另谋出路。看到沙滩上一个大学生卖棒冰，就是在炎热的夏天卖冰棍。本吉跟他打过几次招呼，八月底的一天走到大学生跟前，问他怎么卖冰棒，大学生似乎不愿有新的竞争对手，只是告诉说在哪里找到制造商批发冰棒，借个手提小冰柜装冰棒。

第二天本吉进了一批冰棒，胸前跨个小冰柜沿着沙滩吃力地走着。他发现烈日下虽然有几个顾客，可是冰和冰棒融化的速度也比他预想的快得多。为了挽救冰棒他尽量多吃上几个，这也就把利润吃光了。时间刚到下午，他就不干了，挎冰柜的带子勒得脖子和肩膀直痛，剩下的冰棒化得不能卖了。他决定到星期日再卖上一天，到时候海滩上人会多些。可这次他又赔了。本吉在送还冰柜的路上碰到那个大学生，便问他怎么赚到的钱，自己这条路怎么就行不通呢。

"嗨，你看，我有自行车，到有人的地方去就很快的，而且我有些老主顾。还有啊，大多数冰棒我都裹层报纸，这样就不会化得那么快。你小小年纪怎么就卖冰棒？你爸妈给你的钱不够花？"大学生好奇地问道。

本吉说自己没有家了，一个人住在附近的松树林，捕鱼的时节快完了，自己需要钱。大学生听后很吃惊。

"我跟你说，我姑妈这个秋天开个面包店，我想她要用你这样的人来帮她。我保不准她能付给你很多钱，但肯定比你卖冰棒赔的钱要多。"

本吉不相信有人会雇他，一个十四岁的孩子，没正式上过学，也没经过面包制作培训，可是这个大学生武田宽说第二天上午十点和他见面。武田宽说话算话，他领本吉来到商业区中心他姑妈新开的面包店。本吉喜欢这个姑妈，她刚过三十，长得很漂亮，就像在曼谷看到的电影里的中国女演员一样，有双美丽的大眼睛。她长得娇小，本吉从她说话的口气立即感觉出她是个善良直爽的人。武田让本吉叫她新田夫人，这不是她的真名，而是她的投资人的名字。他还告诉本吉说她是个小妾，只是后来本吉才知道小妾是"第二个妻子"的意思。

本吉没想到新田夫人当场就答应让他在店里做工，这店才刚开业几天。她和面包师让他干啥他就干啥，兴许还要学会烤面包。他的薪水就是可以吃"一定量的面包"，本吉很高兴，因为他喜欢吃面包，这样也就保证他总能吃饱肚皮。她答应了他晚上住在面包店里的请求。本吉夜里总是怕冷，他被告知只要每天把加热室打扫干净，就能如愿地睡在里面，本吉心里乐开了花。

人逢喜事精神爽，九月一开始本吉就来到面包店做工。店里的生意很快就红火起来，因为面包师前川先生做的面包比附近店里卖的都好。本吉干活儿卖力气，也不觉着难，新田夫人和面包师监督也不严。本吉的活儿有打扫地板，清洗面包师用的大桶和木板，劈出供烤箱用的柴火，新田夫人出去吃饭或有事的时候招待客人，烤箱凉下来之后擦干净烤箱。那烤箱太大了，可他一点也没感到幽闭恐怖，新田夫人还在下面给他垫上蒲团，冬天夜里真是又暖和又舒服啊。除了约定的之外，新田夫人还经常给他做些吃的，面包师每天都给他做蔬菜豆酱汤。

可是本吉还有个不小的烦恼。尽管能吃饱，能睡好，可是他没钱买衣服买鞋买本，以及其他要用的东西。他决定再打份工，每天早晨去送报纸。本吉上街来找交货站老板，老板马上同意雇他，原因是可以派本吉到山地送报，年纪大的人不愿意去送。本吉要到芦屋北部的富裕地区，给 135 家送报，每家都订有一份或多份报纸。挑选分类以及送报需要近两个小时，可是过了两周他就悟出了抄近道的办法，这样每天足以省下 15 分钟。他每天早晨四点钟前就得起来，可一个月能挣 800 元呢。

本吉终于有了固定收入。这点收入不够一个人生活的，可是他买得起牙刷和牙膏了，他以前总是喜欢用盐来着。他可以到浴池洗澡，再不用"鸟浴"，就是在面包店后院用木桶洗洗。可是他这点钱也得尽量省着花。他到浴池还留意捡起别人扔掉的还可以用的肥皂。他收集报纸插页和广告，利用空白页记笔记。他一个月只买一次东西，也就是水果、面条、牙刷和牙膏。他在芦屋的经历使他养成了终生的习性，那就是不愿意花钱买东西。

本吉并没有把所有的时间都用来做工。在芦屋他开始结交朋友了。他在十二月和龟山勇聊过几次，龟山勇是芦屋高中的高年级学生，他定期来买面包。龟山勇借给他课本，就像在三宫时的稔和田那样，他看本吉对英语感兴趣，就答应从哥哥那里给他借几本英语书，他哥哥在大阪大学学英语。一周后勇兑现了承诺，他带来一本英语书，书名为《飘》。他把书交给本吉的时候说：

"这本小说讲的是美国内战时期南方人民的事。我哥哥说这是本好小说……他不相信你的英语水平能读懂。"

本吉总是鼓励自己尽可能读完这部长篇小说。每天晚上他都在烤箱里借助自己买来的小手电筒的光亮，全神贯注地阅读。他不得不总是查英日小词典，那是他在新宫买的，可是小说上的许多英语单词小字典都查不到。有些句子非常难，本吉只能猜测其中的含义。前川先生很是不解，新田夫人也为本吉使劲读这种英语长篇小说而感到可乐。而对本吉来说则是一种知识的挑战，有时候类似于拨动他情感的心弦，把他带回到"殖民住地"，他在那里学习简单的英语词汇和句子，安娜·韦尔斯和他们住在一起，她用英语大声朗读朋友借来的儿童故事并作解释。

他读《飘》的时候，会碰到他不懂的关于历史事实或事件的描述，每当这时他就会想起爸爸告诉他的办法，大声朗读旧时的英国月刊和美国报纸上的文章，然后翻译成日语。爸爸经常花更多时间给他讲文章中叙述的事件，较少做翻译。本吉一晚上只能读几页《飘》，但是每天晚上他都下决心逐字向前看，他想知道南方佐治亚州塔拉庄园究竟是个什么样子，本吉错误地认为这个庄园是以一个重要女子命名的。

在面包店做工，给人送报纸，读勇的旧课本还有小说，这些让本吉异常的忙碌。到了 1949 年早春，前川先生开始教本吉做面包。本吉准确估测出分摊到每块面包上的生面团重量，根本不用称量，这种能力让前川大为吃惊。他还教本吉制作巧克力夹心面包的方法。这个秘诀本吉没告诉过任何人，即巧克力其实就是前川先生把面粉、糖精、染料和一小捏巧克力粉一起和好，巧克力粉可是相当贵的。

本吉喜欢这种忙碌，开始更有安全感了。在不得不把《飘》还给勇的哥哥之前他只读到 115 页，但他还是设法借其他书来读。他常常想起爸爸，还有程妈和安娜。他确信自己是幸福的，如果每天早晨能再多睡会儿就更幸福。但是在下意识里他还是向往读高中。

1949 年 11 月底的一个下午，本吉又去一次高中，到了常来的大松树旁的地方。过一个小时他就要开始擦洗面包师当天使用的搅拌碗和烘烤盘。他一只手拿着高中一年级几何学课本，是勇借给他的，另一只手放在栅栏上，观看充满活力的棒球训练。他全然没有想到这个下午改变了他的人生。

尽管本吉为击球训练所吸引，可是他用余光看到有人慢慢走过来。这人来到近前，本吉看到他非常憔悴，很难看出他有多大年纪。他应该在五十岁上下，或许还要年轻些，可是他病歪歪的样子使他看上去显老。他有一头浓密的白发，穿着一身非常破旧的"人民制服"，是战时穿的浅棕色高领制服。他微笑着走过来，示意本吉走到五米远处的小长凳。

这人说，"到这儿来，挨我坐下。我想跟你聊聊。"本吉看到他善意的微笑，默默地坐下。

"我叫井口，是芦屋高中数学教师。好几次我都看到你站在这同一个位置上。就是球队没有训练的时候你也来。我想知道你来这里的原因。"

"先生，我来这里只是想看看芦屋高中学生在做些什么，当然我也喜欢看棒球队训练。"

"我想你不是这里的学生。如果你不介意告诉我，为什么你要看高中学生在做什么？我以为像你这样的男孩子有更多有意思事情可以做的。"教师看到本吉拿的书。"那不是我们的几何课本吗？为什么要拿这个课本呢？"

"是的，先生，这是一年级几何课本。一个朋友借给我学习用的。"

"除了初中功课以外你怎么有时间学习高中几何?"

本吉说尽管计划学习高中几何,可是他没上过学,这让教师感到诧异,便问了他更多的问题。本吉简要述说了他的生活,他来芦屋的缘由以及目前在面包店做工的情况。战时很多人都有着和本吉一样的悲惨经历,在战争初期孩子上不了学也是很平常的事,因此本吉的讲述似乎并未真正触动教师的内心。当听到本吉利用业余时间学习高中数学、读难懂的英语小说时,教师露出惊讶的目光。

数学教师不相信一个未上过学的孩子真的学会了高中几何,尽管本吉强调他确实学懂了。他问本吉一些数学问题,显然本吉轻易地回答了他几乎所有的问题,他接着问其他学科的问题,因为本吉说过他还学过其他学科,如英语和日语。他问本吉没进学校却获取知识的方法,本吉便告诉他有关曼谷殖民学校的事,爸爸教他的方法以及雇用家庭教师每周教他两次日本语。还有他在孤儿院、三宫以及如今在芦屋学习的情况。

井口先生亲切地点点头。"现在我知道你为什么总是来这里。从你说的一切来看,我想你一定要上高中,只是你说你没有确立国籍的官方证书,更重要的是你现在没上初中,我恐怕这将是一场空啊。"

数学教师慢慢站起身来。他似乎想起别的事要跟本吉说再见。本吉很高兴有这么个机会与这位和善的高中教师交谈,可是在他走回面包店的路上,他进入芦屋高中的机会不过是一场空的话一遍遍在他耳边回响。他的心碎了。尽管他知道可能性很小,但他还是莫名地希望有学上。

本吉没想到两周之后教师把电话打到面包店。他约本吉第二天下午四点钟到芦屋高中外面长凳那里见面。本吉惊奇的是教师甚至能记住他顺便提过的面包店店名。

本吉来到约定地点的时候,发现井口先生和另一位男子一起在等他。井口先生介绍说这是迁政信老师,用的是对老师的尊称。这位老师是日本古典文学专家,在高中教日本语。与数学老师谦虚和善的性格不同,这位老师似乎更加傲慢,尽管他对井口先生和本吉偏爱有加,抽出半个小时来见本吉。

迁政信先生向本吉问了几个学科的问题。本吉按照正确的顺序背出前四十位天皇的名字,并背诵了古典名著《平家物语》的开头部分,这似乎给迁政信留下了深刻印象。可是本吉从他的表情中看出他似乎觉察出本吉在日本语和历史知识方面有所欠缺。本吉感到失望,可也在意料之中。他觉着自己的考试失败了。他慢慢走回面包店，路上一直在想数学老师为什么要让他去见语文老师呢？

到十二月本吉的工作量增加，面包的样式增多，还要仿制欧洲圣诞蛋糕，他就把和高中老师见面的事忘在脑后。到次年一月底，井口先生来到面包店。新田夫人招呼本吉来店外面，当时他正在擦洗大桶。老师带来了好消息，是让本吉改变命运的好消息：

"我来告诉你，你被芦屋高中录取了，四月份和其他一年级学生一同入学。"

本吉只是站在那里，呆呆地看着他。数学老师对着本吉笑，他能感觉到新田夫人在他身后眉开眼笑的样子。

"真的，是真的。千真万确，只是过于特别了，可这也是日本的特别时期啊。你数学和英语入学成绩都名列前茅，就是语言和历史有点落后，但是迁政信先生说你能够很快赶上。我去见校长户田先生，讲了你的情况，如果符合必要的文件他同意录取你。"

本吉还是一句话也不说，疑惑地盯着老师，老师继续说：

"我和东京孤儿院联系过。院长岛津夫人听我说起你的事情，她很高兴，立即写信证明你父亲是日本公民，如有必要，她会想办法拿到能够证明你国籍的正式公文。兵库县教委表示鉴于当时情况，他们承认她的书信经过切实公证后即可作为国籍证明。教委的人说自战争结束后他们已经收到几十封这类信件了。另外新田夫人提供给你在芦屋的住所，解决了你入学的最后一道难题。在名义上你和她住在一起。"

井口说本吉非常幸运，因为到明年向新引进的美式教育体系的过渡已经完成，只有校长才有权在两名教师推荐下批准学生入学。一年以后，本吉知道数学老师说的完全正确，县区采取法定入学考试制，只有初中毕业班学生才允许参加考试。

一月底本吉收到芦屋高中正式录取通知书，两周后新田夫人也给了他惊喜。面包店刚关门她就叫他一起到商店买东西。他发现面包师和送报亭老板也跟着一起来商店。新田夫人和前川先生给他买了一身高中制服，报亭老板给他买了一双新运动鞋，让他"继续奔跑在送报和生活的路上"。本吉看到这些礼物激动得说不出话。他似乎等不及到四月份才开学。

1950 年 4 月，本吉终于实现了他遥不可及的梦想。他决心充分利用这次机会。尽管他已经忙得不可开交，但还是抽时间参加 EES 即英语口语协会，并加入橄榄球队。他喜欢去看棒球，只是他知道自己的技术和体能还不能入队。他只好学打橄榄球，他在曼谷看过比赛，听说橄榄球的训练时间没有棒球那么长。然而这两项课外活动他都没坚持很长时间。一次橄榄球早期训练中他撕裂了左侧锁骨，他还发现英语口语协会里的英语水平还远不如自己。他真的没时间参加这些活动，特别是在一年级期间他要补初中耽误的课程。

本吉跟上课堂学习倒不费劲，可是同学们知道他没学过初中或小学很多课程就上高中，都感到非常惊讶。他们很快发现他确实不知道日本创世神话、儿童故事以及日本历史上的著名人物。他们经常打趣地说让高中一年级的本吉到初中回回炉。本吉的日子真是太充实了，他还没有留意在六月开始的朝鲜战争。

实现了上学梦的本吉并没有更开心，日子过得还是不容易。除了上课做作业之外，他还得在面包店做工，还得送报纸。他不到四点就要起床，4：15要到送报亭。在这里分好要送的报纸，4：45 开始出发，6 点之前跑完所有路线。接着赶紧把面包师准备好的面包和酱汤吃完喝光，他自己干一小时的活儿，将成品面粉加入生面团，揉好切好，以备接下来的烘焙流程。到了这时，本吉还要做清洁等一堆事。

本吉大部分时间都处于疲惫状态。他通常要提前一小时上学，放学后要在学校多学一小时，可还得在 4 点钟赶回面包店做清洁，跟在前川先生后面洗餐具，擦烤炉。他吃过晚饭便开始读书，直到眼睛累得睁不开，通常是 10 点钟入睡。一年只有三天不出报纸，面包店一个月只有两天关门，本吉实际上天天都在干活。他星期六中午上学，星期天必须要洗衣服，还要做功课。有时候他甚至半夜起来读书，有时候前川先生有特殊事情他就要在半夜里干几个小时的活儿。每月里星期天晚上有一两次他刚吃完晚饭立即就进入梦乡。

本吉过上这种忙碌的生活，晚上没有充足的睡眠，他想趁着干活的空闲打个盹，但是却发现他白天不能睡觉。前川先生说本吉睡觉的问题是"最倒霉的先天失常"。无论本吉多累多困，他就是不能打个盹。尽管他不知道究竟是怎么了，但这种"失常"困扰着他未来的一生。

本吉总是缺觉，可他吃饭不用愁，他很少买东西吃。除了每天有一定量的新鲜烤面包以外，每个月还可以吃上几次卖剩下的面包卷和果子面包。有时候他就用面包去隔壁店里换油炸土豆丸子，还换点肉和蔬菜。然后新田夫人就会给他加工出来，隔壁店老板打烊时会送他剩下的水果以及其他食品。

本吉很想吃肉，他有个同学家里在附近开肉铺，偶尔有两次给本吉带点碎肉。本吉把这些碎肉放到烤炉烤熟，再把烤炉小心擦干净，这样不会影响面包的味道。

本吉开学后，发现有些同学吃不饱。有时候他把自己剩余的面包送给饿肚子的同学。本吉最常帮助的同学叫竹中哲夫，长得又瘦又小，他总是远远躲开同学，一个人单独吃午饭。本吉仔细观察哲夫竹吃饭，有一两次还掂量掂量他放在课桌上的饭盒，发现他的饭盒总是空的。看到他不得不装出像别人一样带饭上学的样子，本吉很同情他，有时候送他一大块面包，说不然就浪费了，希望他全都吃完。每次本吉做好事帮助一位吃不饱的朋友，马上就联想到街边水果铺老板有着同样的善举，他总是让本吉帮着处理掉没卖出去的香蕉，还有前川先生总是把糖果、饼干或烤土豆丢在烤炉旁，以便让本吉晚上清扫的时候捡到。

尽管本吉总能吃饱，但他还是知道自己的饮食缺少蛋白质。他见过孤儿院的婴孩死于营养不良，小西和他的老师井口先生得了肺结核，主要是缺少蛋白质。本吉很想喝牛奶，他在泰国是喝牛奶长大的。在送报的过程中，他发现很多有钱人家每天都要喝三四瓶牛奶。牛奶不属于传统的日本饮食，因此是装进小瓶里来卖。这样的奶瓶是送奶人放在每家大门外木箱里的。

本吉发现他可以拿起一瓶牛奶一口喝光，换一支没有回收的空瓶子，或丢进另一家箱子里。他的心很细，很长一段时间内不拿同一家或附近人家的牛奶，因此丢失的牛奶就会被认为是送奶人送错了或是小偷偷的不值一提。在送报路上他不拿穷人家的牛奶，只订一瓶牛奶的人家他要是给喝了这家孩子就没有牛奶喝了。他想起爸爸告诫他无论如何要活下去的话来为自己辩护，本吉知道自己是病不起的。

芦屋虽然是以富裕闻名的城市，但它实际上分为两个不同社区，山坡上的富裕社区和靠海边的贫困社区。很多学生家都像竹中家一样没有余钱。本吉品尝到了这种艰难世道的酸楚。他省吃俭用买件新棉布衬衫，可是刚买来不久，他怕把衬衫弄脏就脱下来和课本一起放在长凳上，便和朋友们一起打球，等他回来拿衬衫和书的时候，书还在，衬衫不见了。

总体来说，人们都是很慷慨的。当地澡堂老板送本吉内衣，还有人们忘了拿走的衣物。他有个同学叫森田，这位家住芦屋山区的女孩，带来一双非常好看的运动鞋送给本吉，说是她哥哥买的，可穿着实在太不合适了。他搞不明白还会有人买不合脚的鞋，但他还是十分感激地收下了。几个月以后，他看见她的哥哥和她在一起，他身材高大，脚也很大。他这才意识到她买鞋是专门送他的，只是想方设法不让他难堪。

本吉一个朋友的姐姐给他买了一副眼镜，这是他的第一副眼镜。有一天他到岗上君宽敞的家里做功课，俩人休息的时候玩接球游戏。他的姐姐过来看了一会说，"小山君，你总是眯着眼睛。你肯定是近视了。要配副眼镜。"过了几天，她来到面包店，没想到她强行把本吉带到眼镜店，掏出钱包，从店老板现成的眼镜中给他选出一副。店老板对她说，"这种眼镜他戴是最合适不过了，不用定制镜片。"眼镜使本吉感到奇妙。

有一件礼物令他终生难忘，那就是他被邀请去看平生第一部彩色电影。他的英语老师奥田先生知道本吉已经读过一百多页英文小说《飘》，当影片在附近剧院上映的时候，他带本吉去剧院。这是他看到的最激动人心的电影，那令人难以置信的美丽的色彩勾走了他的魂，他以前看的所有电影都是在曼谷殖民学校看的教育短片，到日本后才看了几部黑白电影。

有件礼物给本吉惹了麻烦。他帮助福田学物理，有一天福田从他家布店给本吉带来一些白棉针织品的余料。这是一卷做内衣和汗衫用的针织品。汗衫是很贵的，在天热的季节他高领制服里面也不穿汗衫。可是到了冬天，本吉要穿保暖的内衣。他收到这件礼物非常高兴，开始制作汗衫。

可是本吉一点也不懂怎么做汗衫，也不懂怎么缝线。他按照正常尺寸裁下一块，在一端用粗线缝好，往上裁窄些做衣领。袖子做大了，他就沿袖筒边再裁掉一个边。这种汗衫非常实用，尽管看上去怪怪的。本吉只要穿上制服就看不出有什么异常。到了晚春非常热的一天，本吉和几个同学在打球，他们感觉热了，都脱下外套。本吉没有脱，尽管他满脸是汗。最后他受不了大家的嘲笑，便脱掉外衣，把汗衫露了出来。一个同学说本吉看上去像个稻草人，大家哄堂大笑。

本吉的历史和日语成绩跟上同学了，学习就没那么紧张了。尽管他长时间里都在用功，生活也有轻松愉快的时候。他能回忆起一两次组织到六甲山的旅行，他和同学们登到山上，点起篝火，用旧式军用铝制大饭盒做午饭。到了夏天，他来到海滩和同学们一起游泳。他有时候被同学请到家里，特别是在新年的那天。他还担任学生会的工作，他是在第一学年末被选上的。

本吉没有加入任何社团，更让他意想不到的是到第二年一月，很多同学拉他去竞选高中三年级和毕业学年的学生会主席。社团团长纪子野是40位优等生所在甲班中的优等生，她受社团委托说道：

"我们已经和英语口语学会、科学社、音乐社以及其他社的许多同学交谈过，我们都认为你应该竞选主席。你的对手是阿马亚君，他会得到大多数体育社的支持。可是我们认为你的胜算非常大，因为体育社有些人不会投他的票。你毕竟是我们的优等生，还是学生会委员……许多同学认为你是天生的领袖……他们喜欢你因为你严肃认真，而且又有趣，你的行为都很有趣……比如你模仿迁政信老师。"

纪子野指的是本吉和同学消遣时所作的模仿表演。有时候在即将考试或连续几堂艰深的课后，本吉感到同学们高度紧张，他就走到黑板前扮演迁政信先生，模仿他那浓重的东京口音，他大步从黑板一端走向另一端，还有他从眼镜上边盯着回答不出问题的同学的样子。在模仿迁政信之后，他的同学经常要本吉模仿儿玉老师，他是副校长，长着罗圈腿，给他们上物理课，讲课很慢，语调也怪怪的。本吉有几次差点给前来上下一节课的老师撞见了，全班上下乐得不可开交。

一开始本吉迟迟没有答应同学自己去竞选学生会主席，他不知道自己是否有足够的时间尽职尽责。他不仅要主持所有学生都参加的每周全校会议，在学校操场用扩音器宣布每周公告，而且还要做学生和教员之间的联络工作，处理体育社和其他所有社的财务等各种问题。但是本吉认为他能够应对并接受挑战。在他的支持者的帮助下他开始参加竞选活动。他甚至还在不同的社团做过几次演讲。

本吉很快就了解到有关反对他的谣言传遍了校园。他问几个支持者到底是怎么回事。看到他十分焦急，一个同学就告诉说有几位同学的妈妈给校长送来"请愿书"，大意是说本吉不是合适人选，应该退出来。本吉问其原因。

这个同学迟疑地说，"有几位同学的妈妈说你不是真正的日本人……你是一个相子——日本爸爸和菲律宾妈妈或是其他东南亚妈妈生的混血儿，你不能代表我们学校。"

本吉大声说道，"我要去找校长。"他立即来到校长办公室。

校长见到本吉，便请他进来。"我想我很快就会见到你。那么，你听到请愿的事了？"

"校长，我不适合代表芦屋高中是什么意思？"

"一派胡言。这些人无知……不用着急。我认为实际上你的对手阿马亚的父亲是市议员，他很有钱，他和这件事情有关系。阿马亚先生为我校棒球队购置队服，可是他以为可以拿队服来要挟我们。我们现在是生活在民主社会，如果你当选，你就是主席。你不用退出……我不会改变主意。"

本吉不想退出。可是他听到的传闻使他变得心事重重，要是糊涂点就好了。在过去的几年里，他更多地接触到成年人工作和学习上的事，听到一些面包店顾客的闲言碎语，他不知道封闭这个词是否准确，他认为日本是个封闭的国家，也就是说日本人很难容得下和他们不一样的人。良好的社会秩序下容不得人，不仅是外国人，还有连说话、做事或穿衣服有一点点不一样的日本人都容不下。

本吉早就知道自己也是属于另类的。有的同学还琢磨他的皮肤为什么夏天在太阳下很快就给晒黑了。他们还搞不清楚他有点怪的发式。其实本吉理发就是图省钱，他看不见自己手上的动作，结果就理了个怪怪的发式。可是有个同学问他发式怎么这么逗，他说自己一半是泰国人，他的这一说法很快就被大家所认可。他在面包店里听到有人嘀咕他的身世。

尽管本吉在曼谷时被认为是日本人，但是在芦屋就不一样了。本吉记得泰国和日本大不一样。他和谁都能一块儿玩，殖民学校的或邻居都能玩。尽管他爸爸是个很有钱的外国人，但是本吉和爸爸的泰国园丁的儿子，还有中国店主的儿子都可以一起玩的。那里人的社会地位似乎没那么重要。

本吉从这次请愿中看出日本人歧视他们所谓的外地人。芦屋高中很漂亮的一个女孩很勉强地被接受加入戏剧社，戏剧社每年校庆都要演一出戏。她扮演的角色连一句台词都没有，因为她是小村居民。她属于被遗弃的部落日本人，几百年来一直被其他日本人歧视。歧视一直持续到 1868 年明治维新之后，这时小村居民才和所有其他市民一样具有法律上的平等地位。学者们对小村居民的祖先争论不休：他们是事"不洁净"行当如屠户或殡仪业的人；他们是早先几个世纪被打败的；他们是朝鲜或中国移民的子孙。无论小村居民的祖先如何，似乎都无法消除哪怕是带有疑问的歧视，即使他们和其他日本人没什么两样。可是谁都不承认这是歧视。他们说这个女孩像舞女一样太漂亮了，或是说演重要角色显得太嫩了。本吉记得当听到这种闲话的时候他为这个女孩感到惋惜，也感到愤怒。

他无法忘记他经常听到对朝鲜日本人敏感的蔑视的话语，他们大多出生在芦屋一带并在那里生活一辈子，起日本名，说日本话。如果没有人说侮辱性的话，本吉根本就不知道他们是朝鲜日本人。

本吉常常想不通，为什么有些来面包店的当地商家和客户那么关注而且特别关注他的出生地和出身。当他要回答关于非日本妈妈这种极度无礼的问题时，他很多次都感到难受甚至是愤怒。

在这样的社会里会有舒适的感觉？更重要的是这是他所希望的吗？他的这种矛盾心理是因为他还太小无法真正理解日本社会？

本吉以绝对优势赢得竞选，成为学生会主席，实际上是全体学生的主席。他喜欢这个职位，喜欢这个待遇。在图书馆同学们主动给他让出靠近暖气最暖的位置。第一好的事就是他可以参加全国棒球比赛，芦屋高中获得县冠军后即参加全国比赛。

本吉作为主席指定自己为拉拉队长，他带领学生到甲子园球场为校队加油。刚开始本吉模仿泰国舞者的招式引领加油逗得学生们大笑，可是他们一下子就跟着本吉挥动富有节奏的双臂，热情有力地加油喝彩。芦屋高中获得全国冠军！这是他高中几年生活中的一个亮点。

无论本吉怎样喜欢做学生会的工作，他还是以学为主。他再一次考虑前途问题。他实现了上高中的目标，还有几个月就毕业了。下一步该做什么？作为班级优等生，上大学似乎是当然的选择。他能把握住机会吗？他在反复思考前途的时候，有人叫他到校长办公室，在那里他收获了意想不到的希望。

校长开始说道，"小山君，大阪银行行长野田先生希望你能成为他的养子，你知道他的女儿和子是我们一年级学生。他没有儿子，和子是他唯一的孩子，因此无人继承其姓氏。如果你同意他的建议，他将支付你读大学的所有费用，包括学费和生活费。你一毕业他的银行就给你留位置。当然，这就是说你要姓野田，最终要娶和子，可她真是个好姑娘，你将来是有保障的。你要集中精力学习，用不着担心钱或前程，这个建议不是很妙吗？"

本吉大吃一惊。他说需要考虑考虑。校长看到他犹豫有点恼火，便接着说，"一两天之内给我答复吧。让野田先生等待他那么慷慨的建议便是失礼。"

本吉知道他应该立即拒绝这个建议，这不只是要娶和子，她实在是个普普通通的学生。他只知道有她这个人。但是根本的原因在于他不想让别人决定他的未来。他不想让野田家呼来喝去的，永远要为他们的帮助感恩戴德。他回去找校长，他得尽量找个说得过去的理由拒绝成为野田本吉。

他说，"我感谢野田先生的建议，但我还是决定不放弃我家的姓氏。"

"小山君，你真的想好了？"校长的问话严厉而亲切。"你父亲不在了。没有人供你读完大学，作为我们的高材生，你当然要获得大学学位。记住，在日本以你的背景找个好职位很难啊。"

可是本吉依然坚持自己的观点。他越发觉得对不起和子，她很快便离开芦屋高中。一位同学告诉本吉说，她四处吹嘘说她要嫁给学生会主席，被他拒绝后，感到很难堪。她转学后本吉再也没有见过她。

但是本吉忙得顾不上想野田的事了。他决定参加东京大学入学考试，这是日本人心目中最好的大学。他认为得到国家奖学基金便可以解决经济问题，这项基金包括学费和一小笔津贴，专门奖励考取一流大学的家庭经济困难的学生。他还计划兼职做工。高中阶段能搞好，为什么大学阶段就不行？因此在几位老师的鼓励下，他把所有鸡蛋都放在同一个篮子里，只报考东京大学。

1953 年 2 月初，本吉和他的好朋友也是所有班级最高分的竞争对手正雄山城来到东京参加入学考试。经过三周焦虑的等待，终于等到了公布考试成绩的那一天。两个人在面包店里等英朗石田的电话，他两年前毕业于芦屋高中，如今在东京大学就读。他答应成绩一公布出来就打电话。

10 点 40 分电话打了过来。石田说本吉已通过，而山城君却榜上无名。听到这个消息，本吉拍拍满眼泪水的朋友的肩膀，说道："明年再来，输一仗并不意味着输掉战争。"山城君一句话没说，沮丧地离开了。

接着就要举行毕业典礼。本吉被要求代表全班发言。这是激动人心的时刻。自从他站在芦屋高中栅栏前羡慕在这里读书的学生，时光飞快流走，他只有感到惊奇，如今他已经实现了自己的梦想，就要从这所高中毕业。毕业典礼后，他几个星期内都忙碌着看望面包店、送报亭的许多朋友，感谢他们，并和他们道别。为这些兴奋快乐的日子蒙上阴影的唯一的事就是他念念不忘的井口先生，他费尽了许多周折才让本吉进入高中，本吉二年级时多么喜欢听先生上课啊，如今先生住在芦屋附近六甲山下一家医院隔离病房里。他的肺病经过冬天严重恶化，活不了多长时间了。

本吉再次前行，但是这次他勇于面对，没有恐惧，也没有忧虑。他既不是被迫遣送也不是逃跑。这次他是作为日本顶级大学的学生，带着朋友、老师和邻里们的希望以及奖学金去面对未来。三月底的一天早晨，本吉拎着他的小蓝箱，这是新田夫人送他的礼物，里面装满了应用之物，他买了张最便宜的车票，踏上从芦屋开往东京的经停沿途各站的长途列车。他相信这次旅程爸爸是坚决支持的。随着火车离开神户开往大阪，本吉急切地期待着他在东京的命运。

第四章
东京，1953

....

　　本吉满心欢喜地来到东京。到大学注册的时候他确认自己已经被东京大学录取，东京大学是日本所有大学中的佼佼者。他的生活开启了一个新的光辉篇章。他想到教育至上的爸爸一定会为儿子在这里读书而感到自豪。

　　他发现大学生活比他料想的更加惬意。他喜欢听课，喜欢见到其他同学。漫步在校园中，本吉没有注意到建筑物失修的情况，也没看到无人行走的场地杂草丛生的情景。

　　本吉主修经济学专业，日本大学生在参加入学考试之前就已经选好专业。英朗石田是经济学三年级学生，他比本吉早两年，是芦屋高中学生自治会主席，他推荐这个专业。"现代经济学是一门借助数学和统计学分析运用理论和逻辑研究经济的学科。"他强调这门学科的重要性在于"帮助我们恢复遭受战争创伤的经济"。

　　但对本吉来说更为重要的是他相信经济学作为有效的工具，能帮助他找到长期贫困、饥饿以及所有其他苦难的原因，就像他在曼谷、神户、芦屋等许多地方看到的那样。在所有这些地方，他看到很多特别贫困的穷人和少数富人形成鲜明的对照。他认为经济学将会帮助他做些事情，以缩小人们在收入和财产上的差距。因此本吉注册了微观和宏观经济学两门预备课程。

　　几个星期过后，本吉碰到了实际问题，他的经费负担让他感到万分焦虑。他知道在这点上他需要兼职做工，因为他的生活补贴是远远不够的。他想他要设法靠那点点储蓄熬到找份合适的收入好的工作。然而他没考虑到东京的物价比芦屋的高，而且他以前不用买吃的。他来到大学服务中心，可是那里所有的工作都和他的课程有冲突，他都没法做。日子一天天过去，他的负担越来越重，严重的经济现实渐渐抑制了他的欢乐。

他得赶紧做点事。可是能做什么呢？

本吉想到他最大的一笔开支是寄宿费。他来到东京很快就发现校园附近一个年久失修楼房的二楼，有个小榻榻米房间只有九平方米，房主是位温和的寡妇，丈夫死于战事。榻榻米很旧，被褥破旧但很干净，住在这里就是说可以省下坐车的费用。他谈妥了，租金合理，住进这种条件的房子不可能再便宜了，他还是没能省下寄宿费。

本吉拖着不买大学校服。他在芦屋旧制服上别上东京大学金属校徽，校徽上印有银杏叶的标记。他只买了不可缺少的课本，过着非常节俭的生活。他把纳豆（豆酱）作为主要蛋白质来吃，常常不吃午饭，用盐水刷牙，甚至尝试用碎玻璃片刮脸。在维持身体的情况下没有比他更节俭的了。

他悟出了要想成为经济学家的必要条件：如果不能降低货币需求，就必须增加供给。由于学生服务社没有适合他的工作，他就到附近面包店找活干，以为他们会需要一个有三年经验的兼职帮工。可是他们都说本吉能做的他们用学徒来做，或是家里的劳力足够了。

他在校园附近公告牌张贴的小广告上选了一份工作，就是在位于大学以北二十分钟路远的大仓库里把啤酒桶搬上卡车。实际上这份工作的工钱不错，他知道这是个力气活，可就是时间与上课有冲突。不让人满意的主要是到第四个周末才付工钱。

在仓库里干活比他预想的要吃力得多。每周六天，从下午 5 点干到晚上 8 点，本吉和其他三个学生从仓库水泥地上使劲搬起沉重的金属啤酒桶，地刚冲洗过，很是潮湿，他们搬动的铝桶相互撞击或撞墙洒出来的啤酒使得地面更加湿滑。他们在地面上滚动着大小两种桶，有的将近 90 公斤重，把它们举到外面的卡车上。五月的晚上尽管仓库里的气温凉爽，可是本吉的衬衣在一小时内都湿透了。到晚上收工时候，他满手是泡，肩头疼得厉害。但他还是坚持到了第四周，他很心疼盗用学习的时间，只想着到第四周末可以拿到 3240 元钱。

尽管本吉合约到期才能拿到工钱，可做一份工就意味着他不必担心吃饭的钱。校园旁一家小馆可以赊账，允许他吃便餐——一碗大麦米饭、一小碟黄色泡菜、一小块烤鱼加青菜，有时候是一小块猪肉加腌白菜。老板是一位中年男子，腿脚不好，他对本吉说他是共产党员，"好的，你可以赊账吃饭，到时候再给钱。等你东京大学毕业后有钱了出名了可别忘记像我们这样的穷人。"

　　到了第四个周末刚干完活儿，本吉和另外三个学生一起来到码头边上等着拿工钱。他们等了近一个小时，天渐渐黑了，只有小办公室的窗户还透出一点光亮。最后，本吉提出到办公室。他敲敲门。一个白发稀疏的疲惫的男子开了门。

　　"你们干什么？我就要结账了。"

　　本吉代表他们几个说："我们来拿工钱，在这里快等一个小时了。金田先生说今晚给我们工钱。"

　　"啊，金田……"本吉听到这人的口气不觉泄了气，他赶紧插话。

　　"没错，先生。我们在等金田先生，他雇我们干四周的活。我们签约的时候他说今天晚上在装货码头等他发工钱。他个头不高，三十岁左右，穿个皮夹克，后面画条龙。"

　　"啊，你说的金田没错。副经理后藤先生晚班总是没有帮手，他该是看错人了，临时让金田做招聘代理。我只是负责发正式员工的薪水，我帮不了你们。可是后藤先生早就说过让金田发工钱给学生的事，你们现在应该拿到工钱了。"

　　"什么？金田拿了我们的工钱？那我们到哪里找他？"本吉此刻可是真急了。

　　"我也不知道。直说吧，你们再也见不到金田也不奇怪。他拿走了你们的工钱，你们唯一能做的，我想就是去警察局。"

　　会计关上办公室门的时候摇摇头说道，"不好意思，我帮不了你们。"

　　本吉近乎绝望。尽管他每月都有津贴，他要用来付房租，要还清小馆老板的钱还不够，全算上他就剩下两个十元硬币了。

　　本吉那天没吃午饭，干了三个小时重活儿，以为会有钱吃顿好的犒劳自己。他知道自己欠着账不能再回小馆了，眼下根本找不到活儿。他真是愁啊，饿着肚子上床睡觉了。

　　到了星期天本吉让辘辘的饥肠给弄醒了。他饿得连思维都不转了。他要做的第一件事就是花 20 元钱买吃的。他能买得起的最能填饱肚子的就是有蔬菜和半个鸡蛋的一碗面条。汤能让人有饱的感觉，至少能顶上一阵子。吃完之后就去见大学警察，尽管他不能确信他们能找到金田。警官听他讲述之后说谁都能在校园附近公告牌上贴广告，也没掌握金田或是他张贴广告的情况，警官同意再去咨询城市警察。从讲话的口气来看，本吉认为警官根本就没上心，他决定自己去查。

他查看校园所有公告栏，看还有没有金田张贴的启示。根本就没再看见。没有立即可以找到的职业，也找不到一个熟人能借他饭钱。

他垂头丧气，在校园里走着，不知如何是好。他想到银行账户还存有385元，他打开账户即可支付津贴。可是星期天银行不开门，本吉无论怎样都不愿碰他那一点点存款。如果星期一把钱取出来，他就够花几天了，然后要是找不到兼职工作怎么办，或是真有个急用比如去看医生怎么办？他现在不能花钱了，他甚至一天都没出屋，也没吃东西。最后他去图书馆，尝试读书，可是他又累又饿根本就看不进去。到了图书馆闭馆的时候，他坐在长凳上，试图想清楚要做什么，可是他心灰意冷，想不出什么来。天黑后过了好久，他溜回自己的房间上床睡觉。

本吉睡不着觉是因为太饿了。他的胃阵阵发痛，不由想起他和两个伙伴从东京来到神户后三天没吃东西，他们翻垃圾桶看有没有残留的食物的情景。天快亮了，他要打瞌睡了，这时想到自己可能犯了个大错，应该接受芦屋富有的银行家的供给，做他的养子，那就不用愁大学学费了。

星期一早晨，本吉醒来感到绝望。他去听宏观经济学课，他不想错过这堂课，可是他发现跟不上讲课进程，因为他满脑子都是去银行取150元或是去卖血，他是听一些同学说过卖血的。后来他决定什么都不做，说服自己不要绝望。他怎么着也得吃顿像样的饭，然后再去思考。

他想出个主意。自打星期五晚上就没吃过饭，身体极度虚弱，他还是步行一公里来到一家中型百货公司后面，翻找还可用的大的购物纸袋，用废弃的包装纸把购物纸袋填满。他拎着纸袋来到一家几乎客满的大饭馆。他点了喜欢吃的用几层卷心菜叶包起来的肉饼，一碗大酱汤，还有一大碗米饭。他开始狼吞虎咽，但逐渐放慢速度，这样不至于引起注意，而且他知道长时间没吃东西一下子不能吃得太快。

本吉吃光每一道菜，他要上厕所，便请同桌吃饭的中年男子照看他的购物袋。可是一当进入狭窄的过道，本吉奔向后门尽快逃离饭馆。

他回到校园，试图为自己刚才的行为开脱："我只是遵循爸爸的忠告。我这样做只是为了活命。如果我得了营养不良以及像三宫的小西、芦屋的井口先生那样的传染性肺结核，那将是生命的最大浪费。"但是他很清楚他这样做是犯罪，他不想成为金田那样的人。他要另找答案。那么是什么呢？他不能马上想出来，因此他去听晚上的德语课，他又开始感觉饿了，饿着肚子上床睡觉。

　　星期二早晨，本吉在大厅里遇见女房东，她看了他一眼，感觉不大对劲。本吉明白自己肯定是无精打采的样子，她非常热心地询问究竟。他讲述了故事的部分内容。她把他带进小客厅，给他碗剩饭，里面浇上热茶，还有一小碗煮青菜，加上一碟咸菜。他全都吃光了，对女房东千恩万谢，感谢她提供了一顿特别的午餐。

　　本吉去找大学警察，警察对他说："当地警察查到了名叫不二雄金田的人并审问了他，但是他说他不知道付给学生工钱的事情。警察让你提出正式申诉。但是联系我们的军官还注意到著名的金田属于当地黑帮，我的感觉是警察不想牵扯到黑帮这种小案子里去。你能肯定想对当地黑帮提出正式申诉吗？"

　　本吉不抱任何希望，他决定不提出申诉。他知道拿到钱的可能性很小，而且要想从黑帮那儿把钱拿回来简直是虎口夺食。他来到学生服务社，发现那里没有他能干得了的活计。

　　当天下午，他饿得迷迷糊糊，来到微观经济学课堂，到通常靠近村上太亮的位子突然坐了下来，他喜欢村上先生，佩服他数学上的特殊禀赋。村上注意看了几次本吉，因为本吉肚子咕噜噜叫。下课的时候，村上说本吉是"非典型抑郁"。他以关切的口吻问道，"你还没吃饭？"本吉没办法，只得如实讲述了忧伤的故事以及可怕的经济状况。

　　村上听着，一句话也没说，他把手伸进裤后袋，拿出钱包。他抽出两张一千元钞票，递给本吉说，"拿着，等你有出息了再还我。别发愁，你能行。"他的笑容饱含着抚慰，"做事情的时候，要确保利息，运用非保障性贷款的竞争市价来计算并调整通胀率。"村上的说笑是想让本吉松弛下来。本吉深感宽慰，心存感激，难以抑制住眼中的泪水，但是村上装作没看见，转向课堂讨论的话题。

　　村上的钱只能管一时。为了收支相抵，本吉尽量打些零工。他打工唯一的条件就是当日付工钱。他不嫌工钱低。只要有活他就做，到书店开包堆书，到杂货店卸货，往报纸里插广告，上建筑工地搞清理。他一直都在后悔的是把大量读书的时间用来挣钱。在东京日本最高学府靠津贴生活看来是比自己挣钱念完芦屋高中艰难得多。

　　正当本吉拼尽全力同严酷的现实搏击的时候，英语班同学森有一天来找他："我看到公告栏上有一个英语通知，说美国基金会正在物色美国留学奖学金的人选。基金会支付路费、学费和生活费。这条件可不得了啊！通知说候选人到美国上大学，必须会讲英语，理解力要好。你说过你将来要留学的，你的英语比我好多了。你一定能行。你怎么不试试?"

本吉立即去看通知。通知上说从那个叫威廉基金会来的艾略特·西格里斯特先生将要对想要竞争获四年奖学金留学美国的学生进行面试。除英语外，要求条件还包括对"促进世界人民之间的相互理解"的热忱，以及作为日本最高学府的杰出学生代表。

本吉二话没说，马上大声念出通知上的电话号码，以及在帝国饭店面试的时间。他希望命运有所改观。

两天后本吉来到东京最著名的宾馆。他走进大厅，看到有五六位外国人，不知哪位是他要见的。他一眼看到一位六十多岁的男子，身材修长，头发花白，戴一副金框眼镜，在本吉心目中这是一位年长的美国教授或博士。这人注意到本吉，大厅内唯一一位日本青年，便向他挥挥手。这就是西格里斯特先生。

西格里斯特先生握住本吉的手，请他坐下。本吉递上他的大学身份证，西格里斯特先生便开始直接进入面试交谈，"面试全部用英语交谈。请用英语回答我的问题。令我失望的是，我见过的很多学生都会读英语而不会说英语。我希望你将会有所不同。"

西格里斯特先生很快发现本吉确实与众不同。他用英语回答问题并不吃力，他讲了他的家庭背景、求学经历以及要去美国读书的原因。按计划半小时的面试时间延长到45分钟还多，一方面是由于西格里斯特先生发现本吉会讲英语，另一方面是由于本吉不同寻常的经历引起他浓厚的兴趣。西格里斯特先生最后说道："这样吧，小山先生。我把你列入决选名单。多数学生来见我只是出于好奇，其实他们不愿意离开东京，或不愿到别的顶级大学读书，因为他们知道一毕业就能到大公司或政府部门找个好工作。而你则是真心愿意到美国留学，即便这意味着刚入学就要离开这所一流大学。"

本吉这四天坐卧不安，终于等到西格里斯特先生这句话。他和谁都没说他申请的事。说这类八字没一撇的事毫无意义。西格里斯特先生面试了一些东京大学的学生，他说他计划再试试其他大学的学生。最后本吉的住处收到一份电报，请他再去见西格里斯特先生，这次是在美国大使馆。这意味着本吉获得批准还是要做进一步选拔?第二天本吉穿戴整齐，逃过两节课，按照电报规定的两点钟准时来到大使馆。

西格里斯特先生在小办公室热情接见他，本吉认为这间办公室是美国人从某个人那里借来的。问过几个问题之后，西格里斯特先生突然露出笑容并大声宣布：

"很高兴授予你威廉基金会今年奖励日本大学生的两种奖学金之一。祝贺你！"

西格里斯特先生以更庄重的口吻说道："你考虑一下现在能否确定接受这一奖项，但是我下周末要拿到你的书面接受信。认真考虑你的决定，因为这将改变你的人生。去和能给你建议的人商量。等你完全确认你的决定，把你的英文信通过美国大使馆丹尼斯·阿伯克龙比先生转交给我。"西格里斯特先生递给他写有姓名住址的一张纸，接着说，"他拿到你的接受信之后，就会开始办理必要的证明。"

西格里斯特先生微笑着和本吉握手。本吉想说什么却高兴得说不出一句话。他能做的就是使劲握西格里斯特先生的手并对他微笑。

本吉回到他的小屋里，他不知是怎么从大使馆回来的。他不相信自己这么幸运。他能想到的就是，"我得到奖学金了！我要去美国了！"得到消息后的几个小时里他都处于极度兴奋状态，看不进书，睡不着觉。到了第二天早晨，他平静下来，想到应该照西格里斯特先生的话去做。他知道自己的内心深处是要去美国，可是他吃不准的是他的决定可能更多出于一时感情冲动，而缺失理性的判断。他决定接下来几天要听听同学和朋友的意见以确保不犯大的错误。

本吉听到的意见可分为两种：一种强烈反对，用词毫不含糊；一种全力支持，羡慕之情溢于言表。上完英语课后，他告诉三个同学他已经得到奖学金。森拍拍他的后背说，"对吧，我跟你说过的，你一定行！什么时候走？"

本吉告诉三人说要征求他们的意见，然后再决定去留，三人马上就说出自己的看法。他们从来都没有怀疑过他前程的美好。

服部曾经和本吉在啤酒仓库一起做过工，他说，"你的成功在于你的英语表达能力。你再也不用兼职打工挣那点血汗钱了。拿上美国学位，讲一口流利的英语，你回国就是上等人，你要想继续读研究生，你甚至能当教授！"森强调说："只有傻瓜才会拒绝到世界最富有国家去的机会。有人告诉我说日本人均收入只有美国的百分之五！"

内村给本吉打气，"要成为美国真正的大都市人。我国传统习俗太死板了，我们这一代活得憋屈。你回来就会有真正的改观，你回来的话肯定是这样的。"

　　实际上他征求意见的所有其他同学都热切盼望他到美国去。像大多数日本人一样，他们都对这个八年前打败过日本的国家着迷，熟悉美国的很多事情。他们在电影院看过美国新闻影片，读过报纸杂志上有关美国的文章。每个高中毕业生都能背出美国地理概况和重要历史事件，他们知道华盛顿、林肯和罗斯福。

　　但是也有人反对本吉接受这个奖学金。极力反对的人中有他德语班上的一个同学，有一位共产主义者饭店老板，有一位饭店老主顾东京大学三年级学生，还有一位马克思主义学生联合会极端左翼学生运动领袖。

　　德语班的内藤情绪激昂，他不停地反驳本吉接受奖学金一事："美国就在八年前投放原子弹打败过日本，屠杀成千上万的日本人。即使我们最终签署和平协议，美国在日本建有许多军事基地，肆无忌惮的美国大兵到处都是，引诱强奸无辜的日本女孩。强权总是有理。如今的日本，贫穷懦弱，做任何事情都要模仿美国的'民主'，采用美国人拟定的宪法，削弱我们完好的教育体系。但是日本经济很快就会迅速增长，日本将再次成为强国。接着你们就会看到跟在美国身后亦步亦趋的热情就会冷却。我们要重新发现我们都有的文化和制度的真正价值，我们的人民将再次充满自信。你不想成为这里的一分子吗？"

　　饭店老板说话特别爽快："今天在日本唯一重要的事情就是我们要恢复经济，让劳动人民过上好日子。小山君，你总是说穷人的日子过得苦，政治家和大公司应该有所改变。因此你必须要做的就是读完东京大学，找份像样的工作，帮助工人阶级改变日本的现状。如果到美国留学，你就是在逃跑。我不喜欢美国，它的所作所为就像是日本的宗主国。但是我跟你说的和我对美国的感受毫无关系。"本吉感觉到饭店老板说的比他同学的逻辑性更强。

　　激进的学生领袖高松愤愤地说，"如果用美国基金会的钱去美国读大学，你是要被洗脑的。你就把整个人全都卖给资本家了。"他接着不停地说，可是本吉很难跟上他的思维，感觉他是口号多于说理。

　　听完他们反对自己去美国的话之后，本吉得出的结论是他们的理由是以思想观念为基础，而不是从实际出发。然而，本吉认为应该记住内藤说的一句话："你回来差不多就是个美国人了，你讲一口流利的英语，在和外国人交往上你是个有用的人，但是你会发现自己是个局外人，绝对管不了日本的政体或贸易上的事情。"

本吉完全没想到的是，他的女房东也死命反对他去美国。她劝他的时候眼泪都快流出来了："求你别走了。你想啊，你到了美国人生地不熟的。到了那儿，你就是他们八年前敌对国的人哪，你不是白人，那你就要受到种族歧视，我听说那里歧视得可厉害了。你可是遭罪啊。你要是我儿子，我绝对不让你去。况且你要是东京大学毕业，人们也恭敬你的，你会找到让人羡慕的好职业。"

本吉感谢她的关心，也认真思考她的这些话。

"我担心你的这个决定过于草率。看看你为读到日本一流大学吃了多少苦。可现在你只是刚上大学，你就说丢就丢，说走就走。你是个人才啊，这样就废掉了！你要是想去留学，为什么不先在这里得个学位，然后再出国留学？"

本吉认为自己到美国读大学学位更为实际，便去找他的微观经济学老师坂口教授，想要了解在美国读经济学的情况。本吉来到老师办公室，老师非常健谈。本吉虽然不能完全听懂老师所讲的有关美国经济学的状况，但即使许多年以后，他仍然记得老师所讲的部分内容，只是本吉后来理解得更为准确。

"新古典经济学，我们称之为现代经济学，自阿尔弗雷德·马歇尔时代以来发展很快。毫无疑问，美国总是处于我们学科的前沿。约瑟夫·熊彼特是经济史上的领军人物，尽管他是奥地利人，但他还是在新古典经济学基础上创办美国计量经济学会。保罗·萨缪尔森写的博士论文主要是融合了微观和宏观经济学形成自己的观点而成为当下经典。相反在日本最为遗憾的是我们仍然还有许多马克思主义经济学家，他们在多所大学包括我们东京大学都具有势力和影响。"最后他极力推荐本吉到美国去："你要去。这个机会对你来说是莫大的幸运。"

但是即使坚决支持本吉去美国的人也劝他别退学，而是办个休学，以便如果"以各种理由决定回来，你还可以恢复这里的学籍"。他们都说本吉没有语言问题，也没有拿不到学位被迫回日本的各种问题。本吉认为出国是明智的选择，而且不需要成本。

经过三天征求所有认识人的意见，本吉靠在他房间外墙站着，看太阳慢慢落在隔壁屋脊上，思考着人们跟他说的话，审视自己申请奖学金的理由。

他在报刊上看到的以及听人们讲的美国对黑人的种族歧视非常严重。但是他不相信会受到种族歧视，因为自己是白种人。他不相信美国人会歧视他，因为美国和他的祖国最近成为非敌对国家。看看美国战后马上为日本提供食品而不是无视日本人挨饿。即使是给孤儿院送食物的那个警官对本吉也很好，如果一个和日本打仗的士兵对日本人如此和善，那本吉还怕什么美国人？看看他们在努力帮助日本重建并发展经济，而不是对战败国进行惩罚。

本吉并未特别担心美国种族歧视的主要原因在于他跟爸爸见过各种各样的美国人。爸爸的好朋友迈克尔·米德尔顿先生是美国中西部的一位大人物，像他爸爸一样做进口机械设备业务。米德尔顿先生和蔼可亲，善解人意，他总是特意跟本吉聊天。本吉想起了在曼谷认识的其他几位美国人，无论是曼谷认识的还是和爸爸去香港、新加坡认识的，他都想不起来他们有谁因为他不是白种人而歧视他。

本吉清楚记得爸爸说过有关美国和他认识的美国人的情况，那次是20年代末他去纽约和芝加哥做商务旅行。"对美国经济的繁荣，模具业的先进程度，在很多方面都超过德国，我并不感到吃惊。我感到吃惊的就是我发现美国人的宽宏大量，我指的是慷慨大方，心地善良。"

尽管本吉认为他分析在美国受到种族歧视的情况是客观理性的，但是他未能考虑到他孩提时认识的那些美国人有喜欢亚洲人的倾向，否则他们就不会选择到曼谷或其他亚洲城市生活。还有他并不了解美国除对黑人以外的真正的歧视情况。所以他的结论是在很不完备的认识上得出来的。直到后来他才了解到对中国移民的严重歧视，美国国会20年代通过的反亚裔移民法，以及二战期间日裔美国公民拘留营。他如果当时就了解这种背景，是否会影响到他去美国留学的决心。但是他认为根本不会受到影响，理由有两个。

一是爸爸对西方人和西方民主的赞赏。他认为纳粹是一个过去式的出轨。二是本吉在美国要面对的歧视和他在日本看到的以及亲身经历过的歧视相差无几。他在阿佐谷孤儿院的时候，东京人不止一次叫他"外国小鬼子"。在芦屋，他看见过那些被认为不是纯种日本人的人所遭到的歧视。本吉没有亲眼看见小村居民和朝鲜人所遭遇的歧视，即使他们生在日本并只说日本话。他还被说"不适合竞选学生会主席"，因为他不是纯种日本人。就算拿到东京大学学位，他也无法确信自己将来能不受歧视，因为他妈妈是泰国人，还有他爸爸死的方式。从一切他所知道的情况来看，他确认他的背景会影响到他找到如意的工作，还会影响到他想娶的女孩父母的认同。

他认为那些批评他为美国奖学金所蒙蔽的话是不确切的，因为奖学金可保证他摆脱目前经济上的拮据状况。谁不想到世界最富裕的国家里生活？这显然具有吸引力，特别是对本吉来说，他在日本无依无靠，而且直到九岁才来的。但是他不是靠幻想过日子的人，在美国会过上衣食无忧的舒服日子，因为西格里斯特先生说过生活津贴达到基本线，希望接受者得到家里的帮助，本吉当然是完全指望奖学金了。

听完坂口教授这一席话，本吉懂得在美国攻读处于学科前沿的经济学是很美妙的。他还没有幼稚到认为学经济学只是为了帮助世界减轻贫困的程度，但是他相信经济学很重要。他绝对不相信自己会成为反动分子，更别说成为"帝国主义傀儡"。

本吉想起女房东说过他的这个决定过于草率。表面上看似乎是这样的：在刚进入东京大学的时候突然间申请奖学金去美国留学。可如今本吉认识到自己是潜在的移民候选人。日本不是本吉第一个或唯一的故乡。在泰国他生活在一个相对无拘无束的简单社会，他感到谁都不受管制，也不孤独，不用讲那么多面子和礼节。泰国人似乎是愿意干什么就干什么，不去管社会想要你做什么。他从一开始就发现在日本的生活受到限制。这种感觉随着时间推移越来越强烈。

还有，他的爸爸是他的榜样，爸爸冒险离开日本，开始去德国，而后到泰国。爸爸总是带他去迎接挑战，无论是每天读书时间的延长，还是学习游泳的方法。他对本吉最后的忠告都是敢于冒险让生活丰富多彩，敢于去挑战未知的领域。

本吉分析他想要离开日本的主要原因是他无法原谅日本军队杀了他爸爸。他知道爸爸确信在战争中的行为是不对的，本吉作为儿子也同意爸爸的观点。可是到了本吉上高中的时候他就能充分理解日本人的观点，他爸爸承认犯有叛国罪，那就是他爸爸失去生命的原因。那只是由于战争。是的，他爸爸的死刑才是他离开日本去美国的原因。

但是就在日本用各种方式把本吉"推开"的时候，正如他爸爸的情形一样，本吉发现美国也正在向里"拉"他。他既羡慕又嫉妒美国这样的国家，这个国家能给予他想要的。总之他要体验它开放民主的方式，就是在寻美国梦。

当太阳落到邻居屋顶上的时候，本吉认识到实际上有两个本吉。一个是在认真思考过去三天里他所听到的和想到的；一个是在无声地呐喊，"当然，听所有人的意见。可重要的是要听自己的心声。你要去美国不是因为对你未来工作、发展以及收入的加减计算，而是因为你要听爸爸的话：'充实的生命就会有风险，不要走平坦的熟悉的道路，你需要的真正生活是探险，不要惧怕挑战！'"

本吉离开孤儿院的时候不就是听爸爸的话吗？一年之后，在三宫不是这样吗？难道是愚蠢的冒险让他读芦屋高中，接着读东京大学？为什么不再一次冒险越过太平洋？本吉没有注意到太阳已经下去了，他的屋里越来越暗。他自己笑了一下。他已经作出决定，现在体会到了一种坚决和愉快相混杂的奇妙感觉。

第二天早晨本吉用最好的英语认真地写了一封接受信。他用快递邮件送到大使馆负责转交西格里斯特先生的人手上，那人奇怪的长名字是阿伯克龙比。

几天后，本吉收到一封短信，要求他尽快到大使馆办理去美国事宜。他到大使馆的时候，阿伯克龙比先生，一个穿紧身衬衫的大胖子要他填写几份表单并签上姓名。本吉需要借用字典才明白一些法律单词和短语，比如宣誓书"affidavit"和原住所"domicile of origin"，以及他患过疾病的名称。他用罗马字母签名，模仿他看见爸爸很多次做过的那样。接下来他要到附近医院做胸透，因为患有肺结核的人是不准进入美国的。为本吉做 X - 光检查的医生说，"清晰，没问题。"

那天下午，麻烦事来了。本吉回到大使馆去取 X - 光照片，阿伯克龙比先生说看来本吉不可能拿到签证赶上九月开学。只有非常有限的日本学生签证名额，现在限额已满。但是阿伯克龙比先生对西格里斯特先生交办的事情非常上心，表示要尽全力去办。他向本吉问一些相关经历的问题，说三天后电话联系。

本吉痛苦极了。就在事情似乎进展顺利的时候又出现了这样的麻烦。如果本吉秋天拿不到签证从现在起一年里西格里斯特先生会给他拨款吗？本吉回去做功课，以弥补他参加面试耽误的课程，可是他满脑子是去不成美国的烦恼。

三天过后，坐立不安的本吉用学生会的公用电话打给阿伯克龙比先生办公室。他为即将要得到的消息而感到紧张。阿伯克龙比先生会为他办签证而做些实事吗？他高兴的是有人告诉他说阿伯克龙比先生认为问题已经解决，让本吉下午到大使馆来。

本吉来到阿伯克龙比办公室，得到的解释是负责办理签证的公务员认定，根据 1952 年《新移民和入籍法案》，本吉可以从泰国未用的美国移民签证中获取签证资格。本吉对美国官员所作的有关流程的冗长解释难以理解，但是签证员呼叫泰国大使馆让他明白了，接着发电报到曼谷，结果泰国大使馆通知美国官员，"我们确定本吉小山的父亲是曼谷合法的外国居民，其母亲是泰国人。"本吉被告知要几个星期以后才能得到所有的相关证件，但是本吉所关注的一切就是阿伯克龙比先生的陈述："这意味着你使用分配给泰国的移民签证就有资格进入美国。"

本吉必须要填写更多的文书，因此他到赤坂街中国饭店有些迟了，在那里西格里斯特先生款待本吉这个第二位奖学金接受者吃晚饭。西格里斯特先生在日本西部住了一周，刚回到东京，本吉没有及时出现，他有点着急。但是他得知本吉可以在 1953 新学年开学之际及时到美国，也就把心放下。他想了一下本吉描述的过程后说道：

"从法律意义上讲，你可以留在美国，成为美国公民。我看什么样的签证不重要。最重要的是你到九月能上学。要记住你继续使用移民签证，一毕业就有服兵役的义务。可你不用担心，因为到时候你将回日本。"

西格里斯特先生指着小包间里的另一个人介绍本吉的情况，他开始直呼本吉的名字。"本吉，这位是文雄岛田先生，他的英文名字叫彼得。他是东京大学三年级学生。你应该没见过。彼得出生于加拿大，战争一开始就随家人回到日本。他想要到芝加哥大学攻读社会学，他说那里的社会学系是美国最好的。"

本吉点点头，对西格里斯特先生说，"我在想我的名字，我指的是英文名。我决定叫迈克尔。我爸爸有个好朋友叫迈克尔，我喜欢他，我喜欢这名字的发音。我想过继续叫本吉，可我知道美国人把它读作'Bun'，像是我们吃的面包。我不能想到含有'un'并读起来像我名字的英语单词。我唯一想到的是德语'Bundestag'联邦议会这个词。"

西格里斯特先生说道，"我明白了，'迈克尔'对你来说在美国方便些，那我现在就接收彼得和迈克尔。"

这时一个女招待走进屋，手拖着一个大冷盘，奢侈的晚宴开始了。本吉自从和爸爸去香港以来没吃过这种中国菜，他在日本十年还从没见过三个人点这么多的饭菜。还没等他坐下来品尝菜肴，西格里斯特先生就一直问个不停，他不得不集中精力用英语回答。

西格里斯特先生开始提问："迈克尔，你到美国留学想要做什么？我知道你想要得到东京大学经济学学位。你到美国还要继续主修这门专业吗？"

本吉想过这个问题，他马上答道："我想读经济学。"随后便打开话匣子，解释富人和穷人之间存在的巨大差距，穷人遭遇许多损害和艰辛，政治和经济都需要许多改变来创建更公平的社会，他愿意帮助实现这种必需的改变。他最后说道，"我认为经济学知识对于理解经济发生改变的原因是十分重要的，我东京大学的老师说过美国的经济学研究处于世界领先地位。"

本吉终于讲完了，西格里斯特先生被他饱含激情的话语所感染，他应声说道，"好啊，你特别清楚自己要学什么。我下一个问题是你愿意到哪里去做这些研究。像彼得那样，你心目中的大学是哪一所？"

本吉的心开始摇荡。他没有忘记他读到的威廉基金会对奖学金的那段描述：基金会将支付每位接收人普通学年的学费，将支付从日本到美国的旅途费用，还将提供作为接收人目前在日本教育费用补贴之用的生活津贴。这是慷慨的举措，因为在美国生活费用要比在日本高很多，但是这也意味着美国境内旅途费将由接收人支付。而本吉当然是除拨款外没有生活费用，因为他像彼得一样没有家庭依靠。现在他回答西格里斯特先生的另一个问题："我们到美国的船只停靠哪个港口？"

西格里斯特先生看他一脸的迷茫便回答说，"旧金山。"

本吉用肯定的语气说他更喜欢到加利福尼亚读大学。西格里斯特先生坚定地说道：

"那么伯克利就是你最好的选择。加利福尼亚大学校园就在旧金山外围。这是美国最好的大学之一。我知道入学是不容易的。但是我们能够让你入学。你毕竟是东京大学的学生。"

随着各种菜肴陆续上来，三个人开始放松，西格里斯特先生终于道出威廉基金会的本来面目。他解释说这个基金会有名无实，是为避税而成立的。他提供所有资金，因为他是为纪念他儿子威廉做些事情。"我是芝加哥最大一家饲料批发公司的董事长。威廉是我唯一的儿子，我唯一的孩子。"他的声音充满了悲哀，他说威廉是个医生，欧洲战争结束前两个月在科隆市郊照料伤病员的时候遇难了。

本吉永远也不会忘记西格里斯特的话。

"威廉是被迫击炮弹炸死的。这就是我不想再有战争的原因。威廉避免战争，我决定用我们的钱，我妻子和我共占100%，来帮助我们从前敌人的优秀青年，特别是在德国和日本，让他们到美国接受良好的教育，成为热爱和平的国际公民。只要你们保持优异的成绩，我保证尽我所能帮助你们。一切都是为了怀念威廉。"

决定去美国后，他向东京大学提出申请最高限度的一学年假，本吉停了几乎所有的课。他需要用钱，因此便尽可能多做兼职工作，余下时间阅读有关美国历史、政治和经济的书，这些书都是他从大学图书馆借来的。他没有留意到该放暑假了。

本吉直到启程去美国的时候才算从一连串繁重的低薪的兼职劳作中解脱出来，他遇到了意想不到的好事。芦屋高中学生石田，就是建议本吉攻读经济学专业的那个石田，突然间来找他说，"由于家里有事，我暑假一定要回家。你愿意在假期接替我兼职的工作吗？"

这个工作原来是做国会上议院首届自由党委员助理秘书。秘书这个头衔其实是个误称，这个职位实际上是个总管，需要有主动性和耐性。本吉乐不可支，他立即赶到永田町上议院办公室，上议院的一个秘书有四十多岁，骨瘦如柴，他和本吉简单交谈几句后便决定雇佣他，本吉第二天便开始工作，工资比他所有的打工工钱加在一起翻倍还要多。

第二天他出现在秘书办公室一个角落的小桌前。他全身心地投入工作，这比他做过的任何工作都有趣得多。他阅读报纸和杂志，剪辑一些文章供担任农业委员会的议员阅读，对比较长的文章做概述，必要时电话告知，写信并归档，当"选区内举足轻重的人"家里或亲戚有结婚、丧葬、毕业、获奖等事情的时候还去给他们送便宜的礼物。

快过一周的时候，身着一套精美西装的议员信步来到办公室，他没有打招呼，一来就对本吉说："关于稻米补贴的那个摘要写得很好。希望保持下去。"

几天后议员交给本吉几页纸并提出要求："这是我计划在农业委员会会议上的讲话内容。如果你能加些内容而有助于我，就写出来三天内交给我。"

本吉认真读完后，到国会图书馆花了近四个小时研究该议员提出的问题。他接到通知要在两个小时之内到议员办公室，"读你的评论就像是走到刚收割过的牧场，给人以清新之感。但我必须承认你的亮点不多。你要回图书馆再查些资料以充实你的论点，这样我的讲话就更具说服力。"

本吉回到国会图书馆查阅资料，一查就是几个小时，直到闭馆才出来。几天后他把资料交给秘书，议员并没有提出意见。可是到了下个月，他接到十几项任务，都是一次又一次地去图书馆。有好几次他都一直待到闭馆。他忙得连一点读美国书的时间都没有，可是他又安慰自己，议员要求他做事就说明他的工作是有价值的。每周得到丰厚的工钱真是交好运了，本吉不再为挣口饭钱而担忧，他想要给自己出国买身新衣服。

到了七月底，议员作为对本吉工作得力的犒劳，请他参加一次小型聚会，看美国电影《雨中曲》。本吉基本听得懂吉恩·凯利和黛比·雷诺之间轻快幽默的对话。他特意留心对美国生活的描述，可是他认识到这种浪漫的音乐片应该和实际相差很远。尽管如此，影片所描述的生活标准和本吉所见的 1953 年的日本生活还是有很大差距的。

这时本吉接到了一封大使馆来信，其中有伯克利正式入学通知，还有西格里斯特先生从德国发来的信："威廉基金会两位接受者将于 8 月 17 日乘麦金莱总统号游轮从横滨出发，9 月 1 日经檀香山到达旧金山。"本吉知道他要成为伯克利的学生，要在他 19 岁生日那天去美国。

8 月 10 日，议员把本吉叫到办公室，送他一份分别的礼物说，"我要回家过盂兰盆节，看望父母并拜祭祖先，所以现在送给你这份礼物。"本吉看到议员交给他的是一个信封，里面装有三张 1000 元崭新的钞票，不由得吃了一惊，这份厚礼竟和他在啤酒仓库打工被骗走的工钱总数一样多。

本吉干到星期五，然后就为长途旅行做准备。他到学生联合处卖掉了所有的教材，丢掉了破旧的高中制服和内衣。他洗出来还算像样的两条裤子，裤脚磨了点，可是他借用女房东熨斗熨过之后看上去还不错。他把这些都装入蓝色小提箱，这是他来东京的时候新田夫人送他的。他还装进一件衬衣和一套内衣。他要穿一身新衬衣和新裤子，外加一双新运动鞋，这就是他用议员送的礼物置办的一切。

尽管有些分歧，他还是带上了马克思的日译本《资本论》，这是饭馆老板为了防止小山君变成帝国主义资本家而送他的礼物。小提箱还远没装满，但这些已经是本吉认为值得和他一起到美国开始新生活的所有家当了。

到了星期六，他走了很长的路去找岗上君，说自己要去美国了。朋友告诉他两个不幸的消息。一个是让他被芦屋高中录取的数学老师井口先生的去世，一个是和本吉参加东京大学入学考试没有被录取的山城君的去世，岗上说，"尽管他家人说他被人推出了车厢，我还是以为他上了前面的火车，我听说这可怜的人读补习班的时候患上了神经衰弱症。"本吉不禁想到山城君的死是多么的悲惨，死得毫无意义，就是因为他入学考试比本吉少了几分。

在东京最后一个晚上，本吉用议员礼物花剩下的钱请森吃晚饭，感谢他告诉了有关奖学金的通知。这是一个开心的时刻，可是森一想起留在日本就伤心，这里的"好多人都住在棚户区，没有暖气，没有自来水，吃的东西你都不想让别人看见"。而本吉就要享受加利福尼亚黄金州了。森列举了本吉将要享受的奇妙，从牛排到抽水马桶以及自来热水。"你甚至会享受到中央供暖，尽管我不知道没有大火炉或壁炉你怎么让整个房间变暖。"不是为了庆贺，本吉只是想和朋友共度美好时光。

8 月 17 日早晨刚过 6 点钟，这是一个美丽的夏日，万里无云，本吉登上开往横滨港的通勤列车。他的思绪乱作一团。为什么美国人要选以前的将军当总统？伯克利是个什么样的城市？斯大林三月去世后日本股市大跌，朝鲜战争停火，日本经济面临严重衰退。日本会是个什么样子？

本吉到了港口，径直走向码头麦金莱总统号停泊的地方，他几乎没有感到清新的海风，也不再想美国总统或日本经济的未来。他看到了巨大的轮船，兴奋得心都快要跳出来了。他真的要越过遥远的太平洋，他确信他的生活将面临严峻的挑战。他有着太多的梦，怀着朦胧的期望，感到有些眩晕。

第五章
伯克利大学，1953～1957

这一刻，本吉感觉到了美国，他登上麦金莱总统号轮船，有五位穿白制服的乘务员在甲板上列队，微笑着用英语说欢迎。麦金莱总统号肯定不是丰后丸。总统号巨轮至少有丰后丸十倍那么大，乘客们兴高采烈，谈天说地，充满自信，他们大多是美国军人及其家属，和1943年仓皇回国时沉默沮丧的日本人截然不同。看看吃的吧！这使本吉想起他和爸爸在香港大酒店曾经吃过的豪华西餐，那次是爸爸出公差带本吉过六岁生日。这一点都不像丰后丸上贫乏的让人生厌的食物。他即使是坐三等舱都还有这么多好吃的。

作为三等舱的乘客，本吉和彼得的铺位位于轮船内部的大客舱。客舱有四个铺位，每个铺位有三层。本吉查明自己是上铺。储物柜位于房间一端，有两个小圆舷窗，还没有人的脸大。他们打开舷窗透进新鲜空气，至少能看出是白天还是黑夜，是阴天还是晴天。床铺简朴但很干净，本吉吃惊的是床单在半途中给换了。他知道在日本一周以后也没人换床单。

跟大多数人一样，本吉在颠簸的风浪中晕船，可是他吃得很少，因此不必向其他人那样往厕所跑。到了第三天，他发现自己又能吃东西了，便又开始快活起来。他每天三次沿着轮船发动机旁边的船桥去三等舱乘客餐厅。那里瓷盘里面放的食物都是他喜欢吃的。在所有的食物里他吃了很多多汁的金山橙，一次能吃五只，后来膳务员把一大碗橙子丢到本吉面前。在海上两周的最后几天，本吉认识到他体重起码长了两三公斤，是因为吃的，吃得太多，吃了太多的培根、香肠、烤猪排和吐司面包。在经历了十年忍饥挨饿的痛苦之后，本吉知道他贪吃的原因。他在日本能吃饱的次数是屈指可数的。

本吉同时又开始恢复正常，他认为他有时间享受多年所没有的安逸，他急于要做些什么。他发现三等舱小休息室里所有的人都在看旧杂志和平装书。船舱里的其他人大多是三四十岁的日本人，各个年龄段的美国人，他们显然没有兴趣和他交谈。本吉多半时间都和彼得交谈，他们一起坐在彼得的下铺位。

两个男孩走上露天甲板，白天允许乘客到上边来。他们早晨两小时和午后一小时可以到二等舱乘客的甲板上。他们用日语讨论极其严肃的话题，到了甲板上说到消除贫困以及伴随而来的社会问题，不仅需要为穷人提供改良的教育和就业机会，而且还要更多利用富裕国家先进的收入和遗产税。本吉说彼得只想要缓解贫穷，而不是尽力消除贫穷。在一段激烈的争论中他甚至攻击彼得是从出身于舒适的中产阶级家庭角度来看贫穷的，对什么是穷人这个问题没有真正的理解。

关于贫穷的争论常常转到政治经济体系或马克思对资本主义的讨论。在讨论中，和本吉相比，读书较多的彼得经常提出更精准的分析，更能指出两种意识形态的优势和弱点。彼得说他理解资本主义的过度——垄断和"大公司总是企图收买政府"，但是他更为憎恨马克思主义剩余价值学说——"斯大林统治下发生的事件"。本吉回应道自己不是社会主义者，也不是共产主义者，他认为资本主义太过分了，资本家已经控制了被认为是民主选举的美国、英国或其他工业化国家的政府。

但是本吉和彼得并不是全部时间都在探讨政治和经济问题。倚靠着栏杆，遥望海天交接处，他们谈论着未来的梦想和希望。彼得为在芝加哥完成学业后干些什么而烦恼。他应该回日本还是回加拿大？他可是加拿大出生并在那里度过了童年时期。"我知道西格里斯特先生希望我们成为国际主义者，但是他还是认为我们应该回日本。只是我不一定归到日本。我小时候就离开加拿大，我也不一定归到加拿大。"

尽管本吉并没有真正思考他未来工作问题，但是他越来越想留在美国，而不愿意回到日本。他认为移民签证表明命运为他将来决定在日本还是在美国留有余地。他没去想从伯克利大学毕业后的生活如何，如果留下来会做些什么。但是他在轮船上倒是想了很多关于未来的事情。

旅途中的一个亮点就是第八天到达檀香山。本吉从甲板上就能看见远处的青山。他终于可以看到美国了，但是随着轮船慢慢地向岸边靠拢，本吉闻到了空气中流动的芬芳，他想起了他在湄南河岸上玩耍的日子，当地孩子称河为"梅纳姆"，就是水的意思。

日本侨民不允许上岸，因为他们要办理到美国旧金山的入境手续。有几个日本模样的人走下舷梯，但是有人告诉本吉说他们是住在夏威夷的日裔美国人。那天晚餐本吉第一次吃到真正的美国冰激凌，这些是同其他货物一起运来的。他喜欢浓浓的椰子味，自从离开曼谷还从未尝过这种味道。

离开夏威夷有两天了，一位日本模样的女人，她身材苗条，相貌出众，出乎意料的是她突然用英语对本吉说道："嗨，我刚到旧金山住下来，我听你和朋友讲英语。他讲英语像是本地人，你说的你自己懂的，你总是在想词儿，有时候也不合语法。还不错，很快就会讲好的。你是在哪里学的英语？"

本吉和东口丽莎的聊天就是这样开始的。从她讲英语的风格和她直率的性格来看，本吉得知她生在毛伊岛一家糖料种植园并不感到吃惊。她的父母给她取名叫花子，可是上学后她改名为丽莎，因为"花子是那种老式的名字"。她这次是到奥克兰去见未婚夫，他的牙科诊所刚刚开业。

在一次聊天中，她问他有多少美元。本吉不得不说他没啥钱，只有几百日元。当船靠码头的时候她看见本吉，担心他没钱，就算打个电话或乘公共汽车到伯克利大学也是很麻烦的。到了最后一天，她塞给本吉五美元，"以防万一"。本吉非常感谢她，手里第一次拿到了美国钱。看到五美元钞票上的林肯总统像，他知道自己离美国更近了。

蓝天下的金门大桥映着早晨灿烂的阳光显得格外壮观。汽笛两次长鸣，麦金莱总统号停靠在旧金山57码头。美国乘客有的朝码头上的朋友和家人大声呼叫，他们首先走下舷梯，大约有30位日本人跟在后面。这些日本人被带进一个单间办理手续，过了半个钟头，本吉和彼得拿着验过的证件，被一位入境官员迎接到了美国。

1953年9月1日，阳光明媚，本吉怀着美好的希望来到了加利福尼亚。他想跟彼得说些什么，但一句也说不出来。他满脑子想的都是真的到美国了。

一个二十八九岁的高个金发青年走到他俩跟前自我介绍说，"我的名字叫大卫·马修斯。我来协助西格里斯特先生。他给了我你们的照片，那么你一定是彼得·岛田，你是迈克尔·小山。"

从本吉到迈克尔的称呼转换让他感觉到他开始了新的生活。

大卫说他要带彼得到火车站，乘坐到芝加哥的火车，然后开车送迈克尔到伯克利大学。送走彼得后，大卫·马修斯和本吉起程去伯克利大学。当本吉即现在的迈克尔叫他马修斯先生时，他纠正说，"叫我大卫。我们认为叫名字显得友好。"

到了晚年，有人问他第一次来美国最令他感到惊奇的是什么，他的回答是，"谁跟谁都是叫名字。就算是刚认识的，就算是对年纪大的都是如此。"本吉上高中的时候，除了最要好的男同学都不叫他名字的。他的老师和大多数同学都叫他小山君。

到了伯克利大学国际公寓，大卫把迈克尔交给一位戴头巾的印度学生，便和他道再见。印度学生指给迈克尔看一个两层大楼，叫做"我家"，每一层都住50位外国和美国学生。他严肃地警告说千万不要走到女生区，然后把迈克尔领到他的房间。

尽管迈克尔后来才认识到按照美国标准分给他的房间是小的，里面有一张床、一张小桌、一把椅子和一盏灯，有一个窗户。他很满意，心想在这个床上睡觉要比在芦屋狭小的面包烘烤炉里，或是在东京榻榻米蒲团上不知好上多少。有一扇门上了锁，他也有了私密空间，在日本任何地方都没有的，在孤儿院宿舍肯定没有，甚至在东京寄宿时也只有一个薄薄的拉门将他和女房东隔开来。

他突然间意识到自己是在美国读书的，爸爸总是说读书是生命中最重要的事，这也是他全身心投入的事。他坐到桌前，朝窗外望去，天空中飘着一朵云彩。眼前发生的事情奇妙得让他感到恍惚。他茫然地盯着掠过空中的那朵云彩。

晚餐时分，他被拉回到现实中来。迈克尔来到自助餐厅排队。服务员问他要什么菜，他说，"豌豆"，服务员把一颗豌豆放进盘子说，"你要的。"迈克尔糊涂了。服务员笑了笑大方地往迈克尔盘子里加了一匙豌豆。

这使他认识到名词复数不只是在英语考试中而且在日常英语中的重要性。太麻烦了。日语和泰国语一样没有名词复数的烦恼。

迈克尔来伯克利大学之前对自己的英语水平相当自信。他不是在殖民学校和安娜那儿学会简单会话了吗？他不是能看大部头小说《飘》、高中英语成绩优秀、通过东京大学英语考试了吗？连东口丽莎都称赞他的英语。他知道他还不能像彼得那样讲话，但是他希望自己日常说英语没有问题。然而，在他到达后的几天里，他发现在商店遇到的人以及其他学生讲的英语都很难懂。他现在认识到在麦金莱总统号上，人们和他讲话都很细心，知道他讲得不是很流利。多年之后，他仍然还记得在伯克利大学午餐馆里第一次听到的含混的美式英语：

"要啥了，马克？要点特别的？"

迈克尔真没听懂，他想要肉丸意大利面，可是更为吃惊的是，一块巨大的顶层有煎蛋的汉堡包猛然间放在他面前，这也太大了，在东京大学足够三个饿肚子的学生吃的。

迈克尔很快认识到他不仅要学语言，而且还要学新文化。他在伯克利大学每天见到的美国和他根据爸爸的描述所想象的大不一样，和他从书本以及报刊上读到的大不一样，这里的美国人和他在泰国所认识的美国人也大不一样。他的新文化体验中有一项是令人非常难受的。他沾上了烈性酒。

"我家"的房客中有两个美国学生和一个爱尔兰学生说让迈克尔见识一下旧金山，他就和他们仨一起走了很长的路来到市区。四个人乘公共汽车路过诸如渔人码头和哥拉德利广场，最后在傍晚时分来到一家酒吧。一个美国学生点了一瓶曼哈顿，迈克尔纳闷，这地名也是喝的。另一个点了一瓶威士忌。迈克尔尝过的酒只有啤酒以及过新年的米酒。他对烈性酒过敏，因此爱尔兰学生点爱尔兰咖啡，迈克尔也点了同样的，他以为听起来像是咖啡。他感觉可口，太美味了，他又要了一瓶。这种威士忌发生作用了。迈克尔没想到咖啡里面有烈酒。他感觉头像炸掉一样，心跳得像疯狂的鼓手擂鼓一样。

接下来迈克尔知道的就是白天他蜷缩在一个高高窄窄的带窗户的盒子里，他觉着特别恐怖。他朝上看看发现自己在电话亭里。他糊里糊涂地问这问那，坐上公交车，绕来绕去才回到伯克利大学，走进"我家"。晚些时候，爱尔兰学生来到他房间，看到迈克尔这个样，便连连道歉。他刚回来，看到迈克尔喝少量威士忌便醉成这个样子，着实吃了一惊。

"我们都没想到你喝那么一点酒就醉倒了。马特和道格决定把你放进电话亭睡上一觉。我说这样不好，可我也同意了，你都不省人事了，我们不可能把你拖到回伯克利大学的车上，我们就设法把你放个安全的地儿，在那儿你自己慢慢醒过来。"两个美国学生没有道歉，也没提这事。

接下来开始上课。他除了必修课英语和自然科学外，还选修了化学、经济学和德语课。上课不外乎是指定题目或日常生活用英语一对一会话。迈克尔听他们说得太快，没时间想不熟悉的单词或概念。他前两个学期发现自己上数学、化学和经济学课没问题，因为教授在黑板上写方程式、技术符号、图示和表格，而上哲学、社会学和历史学课他常常是跟不上教授的思路。他的第一年最为困难，因为他所有的时间都要为上课听讲和考试做准备，占去了很多睡觉时间，就像是在面包店打工和送报纸时一样。

随着时间的流逝，他感到学英语越来越容易，在伯克利大学后两年他感到学英语是一种莫大的享受。他总是修满规定的不加收学费的最高18学分。由于他完成了英语以及其他必修课程，便可以把更多精力投入到主修专业经济学上来。宏观经济学教授所罗门·明斯基博士讲课特别有激情，他选了三门明斯基教授的课。此外他还选了政治学、历史、哲学，还有俄语，因为冷战俄语成为热门课。他继续学习德语，到大四时可以阅读歌德的《少年维特之烦恼》，希望将来遇到像夏绿蒂那样的女性，那是他生命中的真爱。

尽管迈克尔在伯克利大学四年几乎把所有时间都用来刻苦读书，可他也了解了美国的生活。每当他以为了解美国文化的时候，就会出现一些困扰他的事情。在大一学年，麦卡锡听证会困扰着他。他经常和斯图尔特·斯坦一起在"我家"公共休息室旁观听证会，斯坦是政治学专业研究生。大多数美国学生都对参议员麦卡锡持批评态度，而斯图尔特则表示极其强烈的不满。

"他是法西斯！他就是这个样子。他毫无根据地谴责所有美国政策的失败，以及苏联在美国势力就是他所谓的共产主义势力的崛起。人权法案到底怎么了？"

像斯图尔特和迈克尔一样，大多数伯克利大学学生都为听证会所震惊，但迈克尔根据从报纸上看到的和从听证会听到的，他担心许多美国人支持参议员麦卡锡和他盟友的观点。迈克尔认为这是危险的，就像在德国和日本所发生的那样，民众被说服支持把美国推向法西斯国家的领导人。他真心希望自己是错误的，但是他在电视上看到的场面令他几个月不得安宁。

有一天迈克尔在南校门附近电报街上遇见斯图尔特。斯图尔特邀请他："下个月，我们所有麦卡锡听证会和非美活动委员会的反对派举行集会。你来吧。你不喜欢这些法西斯，你一定喜欢认识我的朋友。"

迈克尔感到奇怪，他还处于阶级斗争的准备时期，因此他拒绝了这个邀请，斯图尔特坚持要他在"我家"的房间号以及楼层电话号，以便联系他今后参加集会。迈克尔给了他要的信息，这件事让他在四年后感到后悔。

到了第二学年。迈克尔除了功课和美国政治外还关注另一件事。每人既定的旅途补助应该由个人家庭资补不足部分。他最担心的是没有月津贴他省下的钱不能度过暑假。尽管他有移民签证，在法律上允许打工，他还是不知道谁会给他暑假工的机会，50年代初是很难找工作的。他吃的是最便宜的午餐，就是在杂货店买个面包夹水果，偶尔会花19美分买个汉堡，他的几件衣服都快穿破了，还总是需要买书。他需要每月100多美元的津贴。

在一个明媚的春天，他脑袋里琢磨的就是怎么样挣点钱，走在去上德语课的路上，德育课教室在主校区外。他走过居住区街道，看见一位一头白发的胖女人在三层大楼前草坪上吃力地割草。他突然间有了主意。

"对不起，夫人，我不知道能不能帮您。如果我说我来割草，一小时给一美元，您说行吗？"

她停下手来，疑惑地看着他，擦擦额头上的汗说，"我儿子过去总干这个，可他出去上医学院了。"她长时间使劲看迈克尔，最后说道，"好吧，让你试试。一小时给一美元，给花床除草，给灌木剪枝，最多两小时干完。"

几天后一个星期六早晨迈克尔来修剪塞缪尔·普理查德夫人的院子，不到两个小时干完。她非常满意并说定期雇用迈克尔。

迈克尔只把这当成是每周一次的工作兼锻炼过程，过了几个星期，他的劳动有了意想不到的回报。普理查德夫人做礼拜时告诉她的邻居和朋友，说她对她的日本园艺工非常满意。这事一个传一个，朋友告诉朋友，他们都要雇迈克尔定期整理草坪。有的要他除草、剪枝，还要种花。他发现在不影响学习的情况下每周不可能修整四家以上的院子，他决定雇三个日本园艺工，是他在"我家"结识的一个日本人和两个中国人。迈克尔深知普理查德夫人和她的朋友都想要日本人，因为日本园艺工在加州很有名气，但是他也知道他们分不出中国人和日本人的差别。这几位学生都同意跟迈克尔做每小时80美分的工作。

迈克尔以为他从每个雇员身上一小时赚上20美分是很容易的事情。他小时候在曼谷帮爸爸的园艺工做过事，他迷上了割草机，喜欢给灌木剪枝。可是他这三个雇员都是在大城市长大的，根本就不懂园艺。他不得不教他们如何除草剪枝，还要检查，要做更麻烦的事。他懂得做老板要挣钱的道理。发生在星期六的一件事给了迈克尔关于美国社会的又一个教训。普理查德夫人要求迈克尔说，"在你开始割草之前，请把雪弗开出来，我好从车库里拿管子。"

迈克尔到屋后车库及其周围找雪弗。他猜肯定是一种他从未听过的工具。过了十分钟他只得说没找到雪弗。

"你是说你找不到？"

"我都找遍了，连车库后面都找了。"

普理查德夫人大吃一惊，"汽车没了？"

"汽车？雪弗是一辆汽车？"

她屏住呼吸，然后发出一阵大笑，"哈哈，亲爱的，你不知道雪弗就是雪弗兰？"接着她又忍不住大笑起来。

迈克尔真没想到有人会让他开汽车。她怎么就会想他会开车或有驾照？他由此得知美国人以为人人都会开车，他们也愿意让别人开他们的好车。

迈克尔的"日本庭院服务"火了，他一直做到大三学年结束，便把这项服务转让给一位日本研究生，他的父亲是静冈市的园艺师。迈克尔认为他需要更多时间写毕业论文，他要在明斯基教授指导下写论文《论亚洲国家的经济增长》。到那时他能省下足够的钱度过在伯克利大学的最后一年，那个研究生愿意出 55 美元购买"日本庭院服务经营权"，迈克尔自然乐意转让。

迈克尔在美国的第一个暑假经历了很多，后来他都记不清自己干了些什么。他和两个朋友，"我家"中的爱尔兰学生和德国学生做环加州野营旅行，德国学生有一辆破旧的大众汽车。迈克尔喜欢舒格洛夫山上还有其他一些想不起名的地方的红杉树。就在那个暑假迈克尔还参加过为时一周的圣经夏令营。

住在"我家"中的美国研究生吉姆·桑德斯邀请他参加夏令营。可以欣赏到拉荷亚市秀丽的海岸风光，还有食宿不花钱，再加上可以了解美国生活文化中基督教的重要意义，迈克尔认为机会难得。他还好奇是因为他知道宗教对吉姆至关重要，而对日本大学生则没那么重要。

在沿着海岸公路漫长的旅途中，吉姆侃侃而谈，论述基督教成为欧洲和美国宗教的基础及其文化的形成。尽管迈克尔从吉姆渊博的谈话中学到很多，但如果说到世界其他地区的宗教如佛教和伊斯兰教吉姆还是搞不明白。迈克尔认为吉姆说话傲慢，在吉姆静修时显示自己的时候这种感觉尤为强烈。

参加静修的将近四十人，从大学生到五六十岁的年龄不等，除了迈克尔外都是白人。几天之内安排的满是祷告人集会、阅读研讨《圣经》、实证、布道、唱赞美歌，在热切和谐的氛围中吃简朴的饭。人人都对迈克尔特别的友好，人人都固执地设法发现他的信仰，当他承认自己不是基督教徒的时候，他们中的长者就会极力说服他"接受耶和华做你的教主"。

迈克尔在夏令营的日子里有奇异的甚至是超脱的感觉，因为他真没有宗教信仰。他爸爸不相信任何宗教，他的奶妈在日常生活中教给他一点佛教常识，程妈相信命运，开办殖民学校的德国牧师没有让他皈依天主教的意图。他在日本看到的是人们参加神道教和佛教的仪式，其中并没有相互冲突的感觉。再有就是他在高中和大学里都没有信仰宗教的朋友。

在静思中，迈克尔被告知唯一真正的宗教是基督教。尽管他为这些人的真诚所打动，他还是对他们"把上帝带到世界各个角落"的热情感到吃惊。为什么这些基督徒希望人们拒绝所有其他思维方式或宗教体验？为什么所有他认识的泰国人和日本人就该下基督地狱？

大概就是在美国第一个暑假期间迈克尔决定必须降低生活开支，才能不去想挣钱的事。他两个暑假没有生活津贴，可他却要支付房租和食物的费用。庭院工作大多是从五月到十月，因此他不能指望冬季也有这笔收入。他到处打听，以在东京发现威廉基金会奖学金通知的同样方式找到一个新住所，那是朋友告诉他有人粘贴在公告栏上的通知。

校园附件有一家艾凡赫公寓正在征聘一公寓经理，条件是为其提供一个房间。迈克尔申请这一职位，有点出乎意料的是他被录用了，老板告诉他大多伯克利大学学生不愿意做处理垃圾、打扫屋前人行道、必要时叫水管工这样的活儿。迈克尔适合这项工作，它用不了多少时间，而且还提供房间，这个房间比"我家"的那个大些，也豪华些，设有两扇窗户。

在艾凡赫公寓一个意想不到的红利是他遇到的住宿的人。有位希斯小姐是住在公寓里的退休英语教师。她对迈克尔爱护有加，帮他用英语写短文和指定的学期论文。她送他一部英语字典，他用了很多年，直到最后散掉了。他还记得和著名的中国教育家和前任驻美大使胡适做过几次交谈，胡适在大学做过系列讲座。

迈克尔希望他的第二个暑假也和第一个一样，但是到了第二学年的四月，西格里斯特先生邀请他到芝加哥共度暑假。西格里斯特先生信上说这份邀请是对迈克尔在伯克利大学前三个学期取得优异成绩的奖励。迈克尔欣然接受邀请，西格里斯特先生寄来从旧金山到芝加哥的往返火车票。迈克尔安排一位来自香港的学生接替他在艾凡赫公寓的暑期工作。

迈克尔上火车开始了到芝加哥两天的行程。他穿过了美国三分之二的陆地，看到无垠的原野，高高的落基山，奔流的密西西比河，迈克尔想到爸爸曾经说过："美国是个辽阔富饶的国家。日本和这样的国家作战是没有希望获胜的。"

西格里斯特先生和夫人非常和蔼，他们将迈克尔安排在二楼他们儿子住的房间。迈克尔对西格里斯特奢华的生活方式大为惊叹，可他们认为只是舒服而已。实际上这可比他爸爸在曼谷的生活奢华得多。像他爸爸一样，他们的大房子里住有仆人，只是面积小些。西格里斯特家里不仅有五十年代芝加哥标准的中央暖气，而且还有中央空调，完全地毯，两个带化妆间的完全浴室，迈克尔知道这不是中产阶级的标准。

这是迈克尔第一次住进美国人家中。他清楚地知道西格里斯特的生活标准比一般人高，可有时候看到他们的生活方式还是感到吃惊。他不明白他们为什么要铺那么厚的地毯。他不理解为什么没有人住的房间里也留着灯，当看到大量的食物被丢出去的时候他几乎惊呆了。在迈克尔看来美国人的生活是奢侈的。

迈克尔非常享受和西格里斯特在一起的时光。摆脱了读书和庭院劳动，他得到了他所希望的一切自由。西格里斯特夫人为了让他开心，带他到当地图书馆办了张卡，他便能随意带出所需的书。西格里斯特先生带他去看饲料和谷物总部，邀请他参加由乡村俱乐部主办的宴会。他向朋友们介绍迈克尔，他自豪地说：

"这是迈克尔·小山，我的一个孩子。我们为他在伯克利大学的优异成绩而感到骄傲。在他第一学期结束时向我们报告他的成绩，他对我夫人说他的英语成绩是 B。她说，'很了不起。我希望你的其他成绩都是优秀。'你们知道他是怎么说的？'是的，我得两个 A，一个 A－。'而现在他得的全部是 A。"

迈克尔听到这样的介绍虽然感到很不好意思，但心里还是喜滋滋的，这证明西格里斯特先生授予他奖学金的决定是正确的。

西格里斯特乡村俱乐部对迈克尔来说是个全新的体验。它位于密歇根湖畔，有两个非常大的餐厅，一个网球场，一个大游泳池，还有一个装满皮革家具的房间，西格里斯特先生称之为"吸烟打牌室"。如果说俱乐部的典雅和晚宴的奢华令他吃惊，那么他完全没想到的是白人对黑人的态度。

所有的服务员都是黑人，而俱乐部会员则都是白人。迈克尔对雇员是黑人倒没什么惊奇，可真正令他惊奇的是俱乐部会员对待他们的方式。就连让迈克尔感到既体贴又温暖的西格里斯特夫人对服务员说话也轻蔑傲慢，迈克尔听见旁边桌上的其他人对服务员讲话粗暴无礼。晚饭过后到休息室交谈，其中一个话题就是"黑人问题"，可是讨论的语气不应该是那么无礼，至少他们自己听起来体面一些。黑人被称为"那些生活在南部的人"或"新来的",不能帮助他们,因为"他们南方的传统或教养","他们的血统"决定了他们要伺候人吃饭。

迈克尔不禁想问为什么会这样,他读到的《飘》中不是说内战已经结束一百年了吗?他以为乡村俱乐部的会员都是专业人士,是有教养的,非常受人尊敬的。但是不容否认的是,他们当中谁都没意识到或觉察到自己是种族主义者。迈克尔不知道伯克利大学的普理查德夫人说起她的"日本园艺工"时也是以这种方式。但是在芦屋的日本人谈起小村居民和朝鲜人和美国白人谈论黑人的方式完全相同。他记得东京女房东警告过他在美国会遇到种族歧视。他开始认识到这种歧视和种族主义深深根植于各个国家的历史文化之中,要对美国和日本在少数民族待遇方面做认真的比较。

迈克尔突然意识到他来到伯克利大学以来就没有种族歧视和种族主义的概念,这主要是由于在"我家"和校园里的生活脱离了外面的世界。特别是在"我家"以及大学里有很多来自各个民族的外国留学生。来自同一个国家或同一个种族的学生确实易于聚在一起,但是迈克尔却从未想到这种种族歧视或种族主义表现得如此丑陋和阴暗。迈克尔决心更多研究种族关系和黑人生活方式的问题。

他开始到乡村俱乐部去消磨时间,承蒙西格里斯特的好意,他在那里享有特权。他在游泳池边闲着也是闲着,便帮助服务员搬桌子,做其他准备事项,还到厨房帮厨,就这样和他们交上了朋友。经理名叫霍格,迈克尔认为这个名字挺有意思,霍格喜欢这个乐于助人的男孩,几个星期过后他建议迈克尔在需要帮忙的时候做有薪的临时工。迈克尔很高兴,这样他下个学年就不用为买书还是吃饭发愁了。大多数黑人都喜欢得到他的帮助,在迈克尔以前他们不认识日本人。他们原来是对他忙前忙后的感到好奇,但是很快就对这个具有另类幽默感的男孩有了好感,他原来是不计报酬前来帮忙的。

迈克尔从未感觉到在加州伯克利大学和所有外国学生包括很多亚洲学生交往有什么困难,但是他发现在中西部地区则大不一样。西格里斯特先生星期六邀请迈克尔陪他到伊利诺伊南部从他雇佣的农家佃户手中收牛肉,还做一些其他事项。他们早晨五点出发开始一段跨越州界的长途旅行。西格里斯特先生到基奥卡克镇检查谷物供给,正好到了爱荷华州界,在中午的烈日下,迈克尔漫步在镇中心。突然间他听见身后有人咯咯直笑。他回头看见三个小男孩和一个小女孩,都不过七八岁那么大。

一个男孩大声说："你是中国人？"

迈克尔答道："不是，我是日本人。"

"我看过爸爸的杂志，你不像日本人。日本人都戴很薄的眼镜，他们所有人上牙都是龅牙。像这个。"他用手在他牙前比划着。

迈克尔跟孩子们说那都是战时的宣传，他还解释了宣传的概念。"我才是真正日本人的样子。"

孩子们点点头，迈克尔挥手跟他们道别，继续走下去。他想起了1944年看见阿佐谷火车站墙上张贴的一张美国士兵海报。上面的士兵和海员眼角充血，面露狰狞，鼻子特长，把刺刀插上画面左上角的日本四岛。两个大字"神国"叠加在岛上。

那天晚上，迈克尔喜欢吃西格里斯特烤的浇汁牛排，他回想起那天走过无边的平原，满是玉米大豆的田野好像海洋一样辽阔，农场里有数不尽的奶牛。他想，"难怪我在东京见到的美国大兵高大威猛，还是吃得好！"他看西格里斯特夫人笑容满面，她说：

"没想到你那么喜欢吃牛排。我想特意给你买鱼，他们说这是日本人喜欢吃的。"

迈克尔更为吃惊的是他在芝加哥度过了第二个暑假。西格里斯特先生的邻居布罗姆菲尔德先生聘请迈克尔，到他位于市中心环岛州街的花店做暑期工。他听说迈克尔在乡村俱乐部帮忙的事，跟西格里斯特先生谈起这事，便给迈克尔打电话说，"我们要雇用一位能干的年轻人，来自爱花者的国家，就像是我祖父的出生地荷兰那样。"西格里斯特自然愿意让迈克尔和他们度过一个暑假，他说，"当然没问题。他屋里屋外总是离不开书本。"

迈克尔不知道为什么他总是记得布罗姆菲尔德花店所有员工及其姓名，即使忘记许多教授和同学的姓名很长时间之后也是如此。在花店，他被安排在结婚宴庆组，原有四位员工。迈克尔的工作就是协助露西尔·马歇尔夫人，她是胸衣专家，也是组长。还有两位编花人，一位埃德娜·哈里森小姐，三十大几的老姑娘，面容姣好，就是白得有些憔悴，另一位奥特·布雷默，34岁，总是笑眯眯的，哼着小曲，心宽体胖，迈克尔猜至少有300磅。还有一位鲁佛斯·华盛顿是个黑人，五十多岁，不爱讲话，他做所有重活儿和交货的工作。

迈克尔很快融入小组并喜欢上了这份工作。他到店的第三天，露西尔一边不停地讲她孙子的事，一边教迈克尔如何给大型婚礼做胸花。到了下午晚些时候，她发现迈克尔已经用马蹄莲、香雪球和白玫瑰制作出胸花。鲁佛斯在店里不说话，可是迈克尔跟他有很多话说，因为鲁佛斯被布罗姆菲尔德安排每天早晨到西格里斯特家接他，下班后再把他送回去。到了第三周结束的时候，他经常和鲁佛斯一起吃午餐。这时候鲁佛斯也有话说了，令迈克尔吃惊的是他说他有个儿子在读堪萨斯大学，战争时期他在意大利当过警察。

有一天吃午饭，迈克尔突然站了起来，支支吾吾地问鲁佛斯：

"鲁佛斯，在你们种族里你是我的第一位朋友，我是说谈得来，成为朋友，那么我希望你允许我问些事情，你可别生气，如果你是白人你也不会生气，你会干别的职业，好点的职业吗？我是说你人聪明，又能干，可你在这里干的活儿……"

鲁佛斯沉默了一会儿，然后以平和从容的口吻说道，"我完全理解你的问题。你是说如果我不是黑人，我会找到好职业，我没有怨恨吗？我没想这个。很多很多年前就不想了。这个样子已经好多年了，将来还有好多年。两三年前最高法院对布朗诉讼案做了判决。托皮卡教育委员会开始表明态度说，教育隔离是违法的，但也只是个开始。我恨这种歧视？你当然认为我恨，总是恨，但是这种恨不能搅得我坐卧不宁，那样就没意思了。"

迈克尔和鲁佛斯成了好朋友，定期吃午饭的好伙伴。暑假中期，露西尔婉转地劝迈克尔应该经常和他们一起吃午饭，而不是总跟鲁佛斯一块儿吃。迈克尔没有理会她的建议。有几次鲁佛斯邀请迈克尔到他在芝加哥南部的家中。迈克尔和鲁佛斯一直保持联系，一直到六十年代中期鲁佛斯因心脏病突然辞世。

迈克尔在美国的前四年比他一生中任何时候学习都更为刻苦。伯克利大学是加州名列第一的大学，只录取加州顶级高中的毕业生，而且还要淘汰百分之二十。迈克尔和那些极度聪明并精心准备的母语为英语的学生竞争，而且他前两年很多课都听不大懂。还有，如果他要想一直得到奖学金，就必须不只是及格，而是要平均得 B。退学是没有出路的，他没有回日本的路费，在第一年后他也不可能回去读东京大学。令他震惊的是来自京都大学的科学系学生自杀事件，他在伯克利大学的成绩不及格，就在草莓谷上吊自杀了。

当迈克尔回顾他的大学生活的时候，他认识到他没交下好朋友，他几乎没时间参加业余活动，也没交女朋友。他享受过轻松时刻，比如在"我家"夜里打赌赢下五美元的时候，那次是赌他一下子吃掉一整根有四分之一磅重的黄油。可那笔美妙的意外之财可坑坏了他的胃。在"我家"他知道他被称为"老苦"，白天里每个小时都在用功，而且学到深夜。他一天只睡几个小时，深夜起来便开始读书，再睡两个小时，这个习惯一直坚持一生。

迈克尔很想有个女朋友，可是他没钱也没时间约会。在芦屋是不可能有女朋友的，因为五十年代芦屋高中学生是不准约会的。在美国这些年，只要是男孩追女孩，就一定能找到一个女朋友。在"我家"吃饭的时候他听同学谈论约会的话题，他便得出结论，约会的社会习俗和"规则"比解复杂的数学方程式更难。

迈克尔对浪漫的第一次体验却以尴尬的结局收场。迈克尔大二那年，有一次遇到德语同学普里西拉·默尔伯格，她读大四，他经常在图书馆遇到她。普里西拉提议他们一起复习功课，在那学期他们约会过几次。在期末考试前几天，她提议迈克尔到她房间来读书，那天晚上他们像平时一样开始复习最近的功课，但是坐在沙发上的普里西拉越来越靠近他，像是要看清迈克尔用手指点教材上的内容。接下来他发现她的手放在他的膝上。

当普里西拉贴近他的时候，他的脑子里响起了警铃。迈克尔完全不知道该怎么处理自己陷入的这种情况。他认识到普里西拉开始对他亲热，但是他对她除了学习外并无非分之想，他不知道该怎么脱身。普里西拉跳了起来，大声说她就是要进卧室"来个更舒服的"。迈克尔赶紧冲进浴室，他想这是唯一的逃路。这房间是在一楼，所以迈克尔能从小窗户爬出去，跳到外面的地上，谁都没有看见。普里西拉再也没跟他说过话。

长时间的学习和自律终于见到了成效。除了第一学期英语课之外，迈克尔每门课成绩都得到 A。他被列入"学术理事"毕业生，这一荣誉每年只有平均学分最高的三位毕业生才能获得。有了这种学业成绩，人们都说迈克尔继续读研究生是非常容易的。

迈克尔非常想读经济学博士学位。他一直在想一个问题，即使是在写毕业论文稍有空闲的时候也是如此。那就是征兵通知就要下来，因为他来美国使用的是泰国移民签证，就需要和征兵局签署服兵役草案。到了五月初，这是毕业前的一个月，通知下来了。迈克尔知道移民不能豁免服兵役去读研究生，这就是他不能申请攻读博士学位的原因。但果不出他所料，征兵通知公布的时刻还是至关重要的。

他要在美国服兵役吗？作为一个士兵他要做什么？他不知道，而美国也没有战争，冷战似乎也不会变成热战，因此他不用担心会被杀死。服兵役要用掉他一生中两年时间，可他不服兵役又该干什么？他不得不离开美国，用掉威廉基金会承诺的返程船票。但是他知道他不想回日本，也不想回泰国。就是这么个情况，他再怎么核计都毫无意义。

他想到这件事的时候，几乎是从他知道自己得到移民签证的时候起，他想到的就是留在美国。如果回到日本，他知道他有了美国经济学学位，到哪里都能找到好工作。但是他不想回国，因为这时他确信美国社会比日本社会对他来说更开放，也更热情。

他爸爸会希望他怎么做？从现实意义上讲，他沿着爸爸的足迹勇敢追求新生活，就像爸爸做的那样，尽管这意味着他生活在他爸爸无法想象的一个国家。是的，他要遵照爸爸的教导，"冒险才叫生活"。为什么不服兵役？他想象不出军营的生活是什么样，但这似乎是他未来的唯一道路。他最后毅然下定了决心。

迈克尔到"我家"办公室去和一位青年谈话，这位青年负责咨询学生签证和移民问题，征兵通知让迈克尔在毕业典礼前两天来奥德堡报到，他要在典礼上接受作为"理事"的特别荣誉。他非常想参加典礼。他问报到能否延期到他参加完典礼。这个青年反对战争，也反对征兵，只是熟悉征兵通知而已。迈克尔认为能得到他的帮助。他喋喋不休，质问迈克尔为什么不服兵役，他最后说要给征兵局打电话，迈克尔一两天内要回来。

青年做了些迈克尔没要求的事。他知道迈克尔是以泰国移民签证进入美国的，便给泰国大使馆打电话。他知道迈克尔如果愿意的话回泰国便可免服美国兵役。然而按照要求他要到泰国服兵役，那里征兵的对象是 20 岁到 31 岁之间的男性。"你有美国学士学位，你就是个上校，就会发你一双上好的皮鞋。你也不用担心为美国打仗。"

迈克尔委婉地解释他的决定："我想在美国读研究生，那样我就可以选上美军二等兵而不是泰国军上校，我不需要鞋。"他又说，"还有，如果我回到泰国，还是要服兵役的，那和在美国有什么区别吗？"

不幸的是，青年并没有按照迈克尔的要求让他推迟几天报到。迈克尔没能参加毕业典礼。他后来知道报到时间可延期一个月，准许他加入下一批入伍之列，他该是多么郁闷啊。

因此，在毕业两天之前，在"我家"的啤酒薯片告别会之后，迈克尔和其他十四名新兵一起上了开往奥德堡的早班公交车。公交车轰隆作响，开往美丽的蒙特利港，灿烂的阳光照进车窗。迈克尔全然没有想到命运还在伴随着他，要是他想碰碰运气，那可就大错特错了。

第六章
奥德堡、本宁堡和迪克斯堡，1957～1958

子弹真的就从迈克尔头上一英尺左右飞过。他听得见几百英尺外机关枪以不连贯的机械节奏发出可怕的响动。他精疲力竭，早晨五点开始的实弹训练已经有三四次了，他嘀咕着，"这个命运是多么的可怕啊。"他的衬衣被汗水打湿了，由于要穿过雨水湿透的蒿草地，他把裤脚挽到膝盖上。

刚一听到枪声，他便卧倒在潮湿的地上。他用肘部和膝盖匍匐爬向架设机关枪的混凝土底座。他手握沉重的 16 米步枪，肩挎 60 磅重背包，移动非常缓慢。由于每次移动背带都往肉里扣，他感到肩上非常痛。他匍匐爬行，双膝也针扎似的痛，感觉一定是渗出血来了。一个泰国少校必须要经过这种体验吗？

霍斯特·赫德克跟在后面匍匐前行，他说："嗨！迈克尔，你没事吧！歇一会儿！"迈克尔木讷地应道："好吧。"

早晨训练开始前，英格拉姆上尉，迈克尔的连长说："我们结束了七周的训练，你们有了唯一的一次实弹射击的经历。通过实战希望你们达到预期的要求。你们将成为真正的男人。如果你们经受住考验，还将有一周的基础训练。"

对于新兵小山来说过去的七周里他都在忙碌着。他到奥德堡的时候，给他发了一套劳动服，一套内衣和一双军鞋，理发师给他理了发，头发短得能看清头盖骨。他被安排到一个有二十四个双层铺的营房里。他又开始了新的生活。他还没有做好准备，他在孤儿院、三宫或芦屋所经历的艰苦和这里是不能比的。

每天的训练都在测试迈克尔身体所能承受的极限。一开始他相信自己能轻易完成训练员要求做的事项。他以为自己的身体很棒，得益于高中时每天早晨跑八公里的路程送报纸，在伯克利为节省公交车费他到哪里都是走路去。他周末剪修草坪。在高中十公里长跑他总是前六名，即使是当天他跑过送报纸的路程，其中包括芦屋那崎岖的山路。

他很快就发现自己真是想错了。那时的跑步离现在太遥远，而在过去四年里，他的大部分时间都是在教室和图书馆里坐着。迈克尔认识到这些训练项目是为高大健壮的高中生设计的，美国人身高 5 英尺 10 英寸，体重 180磅，不像迈克尔身高只有 5 英尺 7 英寸高，体重 135 磅。训练确实折磨人，迈克尔同情那个咬牙坚持不下来开小差的新兵，他在奥克兰酒吧被抓时喝得烂醉如泥，而后就被关到禁闭室。

但是迈克尔咬牙坚持。他跑步、攀绳、游泳、做健美操、参加各种类型的野外演习——模拟战和队形训练。他甚至带上全套装备即 16 米步枪和 60磅重背包走完 10 公里生存行军路程。

然而，又安排一个更长的行军，这次是 20 英里，还是全套装备。迈克尔从上次行军中得出的教训是有勇无谋。这次他要用智慧来阻止这次行军，他的命运也一直在伴随着他。行军那天早晨一起床他就吃了两块大巧克力棒。结果得了严重的鼻出血，到医务室都止不住，为了治病不得不取消这次行军。他没有跟护士长说他对巧克力过敏。

迈克尔还学会了使用 16 米步枪，可就是打得不准，尽管他练习次数很多，还经过以前在曼海姆当过警察的霍斯特·赫德克的指点。这次测试迈克尔担心会失败，他对早晨测试感到极度的紧张。他希望能得到及格的 60 分，但是当宣布分数的时候，他得了 76 分。迈克尔心头一块石头落了地，晚上到餐厅的时候有点得意。"霍斯特，我的分数只比你少 14 分。你到底怎么了？我以为你不得 100 分也会得 96 分。"

霍斯特回答，"你以为你得 76 分？你紧张得连我在你旁边你都不知道？我确认得 90 分后就打你的靶子了。你得意什么，你得感谢我呀！"

作为回报，迈克尔为霍斯特讲解军事司法课堂指定用书，"潜在的敌人"指的是《华沙条约》国家，关于军火的鉴定与应用，以及其他科目。他们在谈话中喜欢德语和英语混用。

入伍以来迈克尔最感到新奇的是军营生活。他喜欢被安排到他营房里的各种年轻人，有几位大学毕业生，还有一位文学硕士，有十六位高中毕业生，还有一位不愿意谈他的学校，因此人们都猜他是高中退学的。有十二个白人，八个黑人和三个奇卡诺人，加上他自己。迈克尔对新伙伴的种族组成并不感兴趣，只是喜欢听他们特别的谈话内容和说话方式。他们说话很多时候都很粗鲁，而且什么话都敢说。令他吃惊的还有他们滥用简单语法，脏话不断，很多都是迈克尔第一次听见。可是随着时间的流逝，他渐渐懂了粗话、脏话这些年轻人一着急就说出口的话，也为其他人所接受并融入他们所谓的军营"文化"。

迈克尔在营房中所听见的谈话说明他还要了解美国人的生活。他认为在伯克利的四年以及在芝加哥的暑期生活使他对美国人有所了解。他还以为他的美国英语已经很流利，不是说讲得好至少听没问题。然而他在军营发现了一种全新的生活。

在发军牌的那天迈克尔开始懂得军营和大学生活之间不同之处。中士在迈克尔信息栏上填写姓名、级别、序号之后问道："宗教？"

迈克尔有些迷惑，"为什么要知道宗教？"

"万一你战死，我们好给你刻墓碑，刻上十字架、大卫星什么的。"

迈克尔回答，"啊，万一的话，就刻上无神论者或不可知论者，还是不可知论者吧。"

中士想知道是哪种宗教。"不是哪个宗派或邪教？是某种不确切的亚洲宗教？"

迈克尔让他相信绝无此类。"牧师知道的。"

中士不想再浪费时间，"那么说，你就拼写出来。"

熄灯之后大家聊到很晚的时候他想起了什么。迈克尔借着手电在铺位上翻那本小字典查一个词。

"这么晚了你查什么词？"堂·莫里森问道，他是位学语言的文学学士，没赶上延期便先入伍了。

迈克尔回答，"傻瓜，今天早晨教练员说我们是一群傻瓜。这不是脏话，我认为也不是咒骂，可我无论怎么拼写，这本字典里都查不到。"

堂笑了，"如果你想要一本字典能查到基本训练时听到的词，那你就自己编一本吧。笨蛋可能是尼科迪默斯名字的借代，这位伪君子问过耶稣愚笨的问题。这个词的意思就是笨蛋。"

隔几个床铺有人叫道，"嗨，你们两个笨蛋，还不闭嘴！"

"你们大学生不记得了，五点响起床号。"

更为惊奇的是八周基础训练到了第五周开始的那个星期六早晨。迈克尔正享受营房中少有的宁静，这时那位值班的胖大的黑人上士进来喊道：

"嗨，小山，指挥部来电话，有人要见你，她在那儿等你。快点儿！"

迈克尔完全糊涂了。女客人？能是谁呢？按照命令他跑步来到指挥部，英格拉姆上尉和一位女上尉正在等他，她三十四五岁，一头卷曲的棕色短发。

"哦，小山，进来。这是五角大楼的格莱尼斯·杨上尉。她要找你谈话。我去教堂，我约定她就在我办公室跟你谈。"

英格拉姆上尉点点头，离开办公室。杨上尉对迈克尔说：

"新兵小山，谢谢你的到来，星期天打搅你，抱歉。我被派到西海岸，对 A 组和 B 组高分数的几位新兵以及一些专门人才进行面试。根据你的分数以及你讲的语言，你已经被列入我的名单。英格拉姆上尉说我是五角大楼的，实际上我是 G2 的人——你肯定知道 G2 的人是做什么的。"

迈克尔喜欢上尉的声音和她迷人的微笑。

"是的，夫人，我们知道 G2 就是陆军情报局。"

"是的。陆军情报局要选拔优秀人才来满足我们的需要，这样的人要有高超的智慧，过人的胆识，特别是精通某种语言的人才。我进入陆军情报局是因为我会讲俄语，但是现在我们需要增加更多掌握东南亚语言的人才。你测试的成绩，你的泰国语，加上日本语，你在大学学德语和俄语，这说明你喜欢学语言。这些事实和你的引人关注的背景使你被列入名单中。我的上级伦德上校要我问你一些问题，那样我们就会比你的 201 档案了解得更多。好吧？"

迈克尔点点头，认为陆军情报局在基本训练之后的任务一定有趣。接下来杨上尉提问题。她问一些问题的原因很容易看出来，而另一些则很难看懂，她问有关他爸爸、上学和身体的问题。然后便询问他在曼谷和东京孤儿院的生活，以及他在三宫和芦屋生存下来的情况。她甚至想了解迈克尔在三宫做欺诈生意的细节。

最后杨上尉不提问了，看他有没有问题要问她。

"上尉，我没想到要被派到陆军情报局，可如果我想去会怎样？"

"哦，首先你就成为一名军官，进入军官后备学校。然后就是情报工作训练。"

"如果我进入军官后备学校，我在部队要待三年而不是两年，对吗？"迈克尔问道。

"是的，多加一年，你就会得到更多的训练，我相信像你这样的人会喜欢并有很大的收获。更重要的是，我能保证把你送到国外，接受具有挑战性的任务。在我的计划里，成为一名军官，为陆军情报局工作，即使使你多服役一年也是明智的选择。你到军官后备学校学习，然后到迪克斯堡，在那里我们安排陆军情报局训练，再就是到国外生活，所有一切都是有意义的。"

"上尉，如果我不想成为陆军情报局军官，部队就不会派我到军官后备学校，我就服役两年当个士兵，对吧？"

"说实话，是这样的。如果你不愿意成为陆军情报局军官，那也很可能成为现实。我们步兵团有足够的军官，你的背景不具备我们所需要的特殊专业如工程和法律等。"

他听到上尉的回答立即就下定了决心。他平静地说道，"杨上尉，如果成为陆军情报局军官我将十分荣幸。"

她微笑着说，"好极了，你就听信儿吧，你们连长会转达给你的。"

迈克尔回到营房，心里有些不安。他不知道陆军情报局会不会给信儿。与此同时他备受折磨的日常训练还在继续，两周没有听到任何消息，他开始感到他在部队余下的时间就要消磨在枯燥的步兵职责或大量冗长的文书上。在他基本训练的第七周，迈克尔接到命令，到英格拉姆上尉连部报到。他到达的时候看到一位少校，这位少校他从未见过，就在上尉办公桌前站着。

英格拉姆上尉说，"进来，小山。这是营部的西蒙少校。他负责军官后备学校招生，有些事要跟你谈。"

上尉走出房间，给上校腾出椅子，上校坐下说，"新兵小山，总部人事科说你在 A 和 B 两组的成绩都很好，你还记得第一周的考试吗？我听说你的成绩在过去十几年英语非母语人中都是名列前茅。还有，总部的人对你语言方面的印象很好。更重要的是，陆军情报局想要你。因此我在这里跟你谈谈申请军官后备学校的事情，怎么样？"

"先生，我营房一朋友正在申请军官后备学校，他说只有美国公民才能申请。我是合法移民但我不是公民。"

"严格说来你当然是对的。但是我们知道你是合法移民，我们也发现你是我们需要的人才，部队是可以变通的。我的意思是我们政府可以取消五年居住期限。只要美国发现所需要的特殊人才，比如奥林匹克运动员或负责机密工程的科学家，我们就会如此。根据你的情况，我们需要减少居住期限，你 1953 年来美国只有一年。当然了，我们必须要做特殊文件，经过适当途径，五角大楼会办成的，只要你成为一名情报人员。"

西蒙上校确信迈克尔充分理解了他的话。他又说，"你知道如果你成为情报人员，你就要服役三年而不是两年？"

迈克尔回答，"是的，先生，我明白。"

上校继续说，"好的。如果你同意成为情报人员，就要申请免除居留条件。你完成军官后备学校学业后，就要为你安排入籍仪式。因此在军官后备学校 14 周结束的时候，你就成为一个公民，同时成为一名少尉。"

上校站起身来，这表示会谈结束。

"那么新兵小山，你还要考虑考虑？或是我告诉霍华德上校你愿意上军官后备学校，到陆军情报局工作。这将改变你的生活。"

迈克尔来到连部原以为长途训练的事儿会被上尉训斥一番，可没想到是这么令人高兴的事。如果这样的话他就决定接受，可他以为杨上尉可能没有考虑到国籍问题。他立即接受并感到荣幸，感谢给了他这个荣誉和机会。

在基础训练最后一周，迈克尔想得最多的是成为美国公民而不是到美国读研究生。这件事他考虑好几年了，可他为什么还愿意在部队听从两年的调遣。他没想到机会来得如此之快。他的决定从某种程度上说就是一个淘汰的过程。他知道他永远也不会融入日本社会，尽管他有日本血统，在日本生活过十年。他生在泰国，却不能流利讲泰国话，肯定也找不到一个大学生应有的职业。

迈克尔知道他还沉浸在美国赋予他的幸福生活当中。他无法准确形容这个概念，是开放？美国梦？还是难以确切描述的拥抱外来人的能力？在内心深处他知道他想要属于这个国家，这个国家有能力迎接像他这样的移民，他希望在这里实现他继续受教育的梦想。

因此迈克尔要上军官后备学校，成为一个美国人。他不知道"上军官后备学校改变人生"这种预言能否变为现实。

迈克尔满心欢喜地踏上开往佐治亚本宁堡的长途列车，到那里接受情报人员培训。他唯一的问题是到芝加哥换车。他到车站电话亭给西格里斯特打电话。他的行李袋太大，只好放在电话亭外边。

在他跟西格里斯特先生通话的时候，用眼角余光发现行李袋挪了位置。他以为电话亭外排队的人推了一下。可是他看不见行李袋的时候就有点注意了。可是当时他正忙于和他的恩人通电话，还不能挂断，他尽可能快地结束对话，到外面看他的行李袋。行李袋不见了。怎么还会有人要一个士兵的装备？幸运的是他口袋里装着的临时工作通知书可以充当火车票。

迈克尔在车站找了有 15 分钟，他以为小偷发现行李袋里面没什么值钱的东西就会把它扔掉，可最后他只好放弃，不然就赶不上火车了。他给小偷闹得手足无措，损失不小，很是恼火。

中士给在本宁堡参加情报培训的人员注册的时候发现迈克尔没带行李，他说，"我看见过有人轻装旅行的，可像你这样连牙刷都不带的我还是第一次看见。"他笑着让迈克尔找军需官领一套装备，告诉他到军中福利社可以买牙刷、刮胡刀和其他个人物品。

迈克尔以为军官后备学校的军官或士官会表示他们了解迈克尔的非公民身份，可没人有这种表示。至于说培训可不比过去的八周，在本宁堡的十四周里没有发生过令他惊奇的事。他很容易就通过体能测试，但是全副武装 12 英里行军是在亨利·摩斯的帮助下才过关的，亨利在他这个组里身材最为高大。亨利的背包里装有迈克尔沉重的装备，有铁铲、刺刀、搭帐篷用的铁钎等等，作为交换就是让迈克尔背他的大帐篷。他做这件事的条件就是要迈克尔辅导他工科课程，这是十门指定大学课程之一。

迈克尔还设法通过水底生存训练，这被公认为是强度最大的体能测试。他在泰国河里或在芦屋大海中都未曾有过背上负重游泳的经历。中士一声令下，三位受训者同时跳入巨大的游泳池。迈克尔脚触水底，可是当他设法浮出水面的时候，装满了沉重的金属装备的 40 磅的背包，把他拖在了水底。他惊慌失措，屈膝用力蹬地往上蹿，同时双臂拼命向上划。这种情形和他爸爸把他推进曼谷家附近河里训练他游泳相比要残酷得多。

迈克尔发现军官后备学校军营里的生活和基础训练时的大不相同。到了晚上，营房里静静的，因为所有 24 位新生都忙于准备第二天的课程。说话也都很温和，迈克尔听到的脏话也仅限于伯克利学生的用语。由于大多数训练都是在教室中进行，星期天人们还有精力做运动。迈克尔喜欢游泳，几乎每个星期日都去游泳池游泳。

迈克尔来到军官后备学校之后，很快就与另一位移民杰克·兰道尔成为朋友，杰克老家在斯特拉斯堡。杰克被分在另外一组，但是在勘察地形与读图课上和他坐在一起。迈克尔知道杰克叔叔告诉他说"当两年兵就成美国人了"。迈克尔发现杰克德语和法语都很流利，便试着和他讲大学德语。课后他俩用德语聊天，杰克纠正迈克尔的德语发音和语法。迈克尔回报他的便是帮助他通过三角测量计算地图坐标，这种计算有时要用高等数学。有几个周末他们来到附近的哥伦布喝红葡萄酒，杰克一口咬定这是唯一的高档酒。

迈克尔喜欢学校培训的理论课，但是他对在打着"军官领导和训练"的幌子下所完成的任务有多大的实用性有些质疑。这种训练主要包括模拟指令要用最大的声音喊出来，还要继续完成基础训练中的同样任务，营房大扫除要达到荒谬的标准，铺床叠被有严格的规定，拆卸、擦洗和组装步枪要达到最快的速度。到最后这些任务都成为日常工作。然而迈克尔根本理解不了为什么要在这些基本任务上花那么多的时间和精力，而不是用到他认为更有用的学习课程上。迈克尔对杰克说出他的看法，杰克说，"听说过'正确的方式，错误的方式以及军队的方式'吗？'你的职责就是服从，对不对？'参军的时候我叔叔对我说要牢记这些格言。"

就在学校培训快要结束的时候迈克尔接受过两次意外的召见。第一次让他有点气馁。一天下午他突然被从课堂叫出，去见他从未听说过的劳森少校。他走进小会客室，看见少校坐在小桌前。他面前有个文件夹，迈克尔可以看到有他名字的标签。

"你是小山？别紧张，坐下吧。我是肯·劳森少校，负责了解你参加陆军情报局培训的情况。我们的人发现一些问题，我需要做些解释，因为我们的调查至少是保密级别，最后可能要到绝密级别。"他停顿一下，看着他的笔记。"你认识斯图尔特·斯坦因？"

迈克尔立即回答，"是的，先生，我在伯克利大学的时候他是住在国际公寓里的研究生。"

"认识到什么程度？"

"什么程度？在我大一时我们常到'我家'公共休息室看麦卡锡听证会，而且和他讨论一些问题。"

"他的观点如何？"

"他比别人谴责的态度更强烈，由于多数美国学生持批评态度，我也是的，我想你会说他很极端。他称麦卡锡参议员为法西斯。"

"你和他还有别的接触吗？"

"我搬出了'我家'，我第一学年后在校园见到他，只打声招呼。"

"你和他参加过集会？"

"没有，先生，我太忙了。"迈克尔终于认识到问题的所在。"但是他邀请我参加关于非美调查委员会的讨论。"

"你去了？"

"没有，先生，我没去。那时我大一，特别忙。"

"你和伯克利大学的托洛茨基派没有交往？"

"托洛茨基派？我知道那些人是马克思国际主义者。不，先生，斯坦因要我参加一次会议，但是他从未特别说过组织的事。只是他们要讨论非美调查委员会的问题。我拒绝了，先生。"

"你在伯克利大学时参加过马克思主义或其他左翼组织的会议吗？"

"没有，先生，我没参加任何组织，也没参加左翼任何会议。"

"那么你的名字是如何列入托洛茨基派会议的名单上的？"少校的表情冷峻。

迈克尔沉默了一会儿，突然间他想起他和斯图尔特在"我家"的最后一次交谈。"先生，我想起来了，我拒绝斯坦因邀请的时候，他要过我在'我家'的房间和电话号码，以便于我参加以后的会议。但是没人给我打过电话。我怎么也想不到我会被列入名单上。"

"我没透露过细节，确实是的，你的解释不错。你的名字被列入名单确实让人费解，但是我们没有找到你加入过这个组织的任何其他证据。这类事情不是第一次发生。好了，你没事了。"

迈克尔做梦也没想到的是陆军情报局的人能掌握上面有他名字的名单。部队要在秘密层面澄清他的过程是多么的周密啊！

第二个没想到的是在毕业前的一周，11月1日，迈克尔要向连长施瓦兹汇报。他走进连部看到施瓦兹和一位年长的红脸汉在等他。

连长介绍说，"小山，这位是莫顿·斯宾塞法官，来自佐治亚中部地区的法官。他到这里来为你举行一个入籍仪式。法官，我还要叫人进来吗？你需要个证人？"

斯宾塞法官有点逗，"这又不是婚礼。你只管准备必需的，你后面有国旗，我有所需的所有证件。当然了，如果你叫来几个人，像士兵坐在前厅桌前，还有其他人，那就更像不寻常的入籍仪式。"

施瓦兹上尉也觉得找几个人来参加是个不错的主意，他就请前厅里的连部秘书和他说服前来的志愿者见证仪式。秘书、下士以及连部两个值班士官见到趣事便愿意参加。斯宾塞法官感谢众人前来，便立即开始授予小山本吉国籍的仪式。按照惯例他在三分钟讲话中明确指出，成为美国公民并执行效忠宣誓的特权与义务。

迈克尔，法律上的小山举起右手复述法官的话："我特此宣誓，绝对地、完全地放弃效忠于任何外国王子、国君、国家，我愿意支持并捍卫美利坚合众国宪法和法律，反对国内外一切敌人，根据法律要求我要代表美国服兵役，我要竭尽全力，毫无保留地自觉履行义务，愿上帝保佑我。"

法官面露笑容，和迈克尔握手并说道："祝贺你。你现在是美国公民了。过几天，你会收到一份印制精美的正式文件说明。因此通常要问你是否要改名字。这没有必要，但是如果你有意，现在就可以改，无需任何繁琐的法律程序。只是说出你想要写在公民证上的姓名就行。"

"我在美国通常叫迈克尔。可是我不愿意放弃父亲给我起的名字。我能叫迈克尔·本吉·小山吗？"

"当然了，大多美国人都有中间名。"

简短的仪式结束。迈克尔感到孤独。他有了新的法定名称和新的国籍。他这样想着，"我刚发誓要效忠美国，成为一个美国人！但是一早起来我并不感觉有什么不同。这对于我真正意味着什么？"

由于他爸爸为他所做的一切——聘用曼谷有文化的日本人辅导他日本语，购买小学教材和日本歌曲唱片，亲自教他书法——迈克尔长大后理所当然地认为自己是日本人。还有，他住在曼谷"外国领地"实际上加强了这种信念。可是到了日本，他发现自己不是像周围人那样的"日本人"。他是有所不同。然而，他肯定不是泰国人，即使是生在泰国，妈妈是泰国克伦族人，他是占用泰国移民名额来美国的。对于迈克尔来说成为美国人意味着合法，他不是日本人，也不是泰国人，可如今他为什么感觉是美国人呢？他想将来会弄明白的，现在他的最后一次读地图练习就要迟到了。

随着毕业的临近，谣言四处传播，人们都对未来的去向感到紧张。迈克尔参军时以为不会有战争，但是他的同学都在关注越南战争的可能性，所有人都想起前一年的国际危机，匈牙利起义和苏伊士运河危机。迈克尔知道他被分派到陆军情报局，但是他认为其他人的焦虑无疑是由于他们不知道将来干什么或是分派到哪里。但是他发现同学们的紧张情绪具有传染性，迈克尔像其他人一样在培训即将结束的时候也越来越兴奋，他也在焦虑地等待着。

9月9日，毕业暨委任典礼这一天终于到来了。指挥基地的陆军准将宣布典礼开始，讲了些祝贺和鼓励的话。另两个讲话之后，委任证书发到每位学员手中。仪式在基地乐队演奏的乐曲声中结束。当最后一个音符演奏过后，最新上任的美国陆军中尉高声欢呼，把帽子抛向空中。

在最新委任的中尉们遣散之前，每个连队的军士接到了分派职责的命令。不管早期的传言，大部分同意离开，感恩节后立即到全国各地按照各自岗位报到。然而，迈克尔接到命令立即到新泽西迪克斯堡报到，"进一步接受高级训练"。

那天晚上，迈克尔和杰克来到哥伦布庆祝一番，并吃了最后一顿晚饭。杰克坚持要到城里唯一的大陆饭馆，点了勃艮第牛肉和佐餐红葡萄酒。杰克问迈克尔接到的命令是什么，迈克尔在回避，说他只是被派到迪克斯堡，他知道陆军情报局不准他传播接受情报机关训练的事。他问杰克想要去什么样的部队，杰克说他也被安排到迪克斯堡做进一步训练，因为他被选中到陆军情报局工作。他们互相看了一下，开怀大笑，"这么说还真不是最后一顿晚饭喽！"杰克说着笑得更加开心。

酒菜都相当普通，可两位新中尉并不在乎这些。谈到迪克斯堡的前景，说到没有休假的原因，他们喝得有点兴奋。

在感恩节前两周的一个星期四，天气寒冷，阴雨绵绵，杰克和迈克尔来到了迪克斯堡。东北部的一切对于迈克尔来说都是新鲜的，包括房屋的样式、树木的种类，以及街道的面貌。寒冷让他想起了到东京的第一个冬天。杰克曾在这里接受过八周基础训练，对周边比较熟悉。他们住进临时军官宿舍。他们每人都接到伦德上校的命令，11月18日下周一到他那里报到。命令还说另外两位中尉托尼·柏兰度和温斯顿·泰勒与他们在临时军官宿舍会合，"因此我建议你们四位在周一早晨九点到我办公室之前这几天好好相处。"

看到伦德上校的名字，迈克尔回想起他是五角大楼陆军情报局军官，他和奥德堡的霍华德上校讨论过迈克尔申请军官后备学校的问题。迈克尔猜测伦德上校的命令是想要他、杰克和另两位一起进行情报人员培训。大约五点钟柏兰度和泰勒中尉住进临时军官宿舍，四人共进晚餐，相互有了了解。尽管这时候他们还不熟，但是他们牢固的友谊一直持续到下一个世纪。

四个人的背景和外表都大不相同，可他们很快就打成一片。托尼·柏兰度黑头发，高鼻梁，体格健壮，身高5英尺10英寸。他父亲是意大利移民，母亲是芝加哥的意裔美国人。他父亲在苏莲托只读过初中，在芝加哥白袜棒球队赛场卖热狗，他母亲在那里有特许权。他们冬天打零工，钱总是不够用。托尼凭借足球奖学金读完伊利诺伊大学，无法确定找到什么职业，尽管他知道靠体育不行，还得要挣钱。

杰克·兰道尔是法国人，出生在斯特拉斯堡，早年在那里生活，他的法国名字叫雅克。他精通三种语言——法语、德语和英语。但是他沮丧地说自己的英语还有地方口音，而他的德语则被柏林人称作"阿尔萨斯德语"或低地德语。他的个头是四人中最高的，有6英尺2英寸，一头金发，一双深深的蓝眼睛。他读波士顿大学，是他教法律的叔叔赞助来美国的。像迈克尔一样，他参军就是想留在美国，退伍后想读法学院。

温斯顿·泰勒是非裔美国人，但是在50年代他被划为黑人之列。他肤色金黄，有着明显的白人血统，迈克尔确定在很多国家他都会被认为是白种人。他父亲在奥尔良行医，母亲教钢琴。温斯顿毕业于斯坦福，获得古典文学和希腊语双学位。他的理想是成为一位小说家。但是首先他想获得更多关于现实社会的知识。他还说他没有什么选择，因为写小说这个职业还是要服兵役。最后他来到部队，对陆军情报局的工作很感兴趣。见过温斯顿的人都会立即喜欢上他那双活泼、含笑的棕色大眼睛。

迈克尔是组里唯一的亚洲人，5英尺7英寸的身高也最矮，他讲的英语地方音很重，而且总是不符合语法。他戴上眼镜看上去像日本人，可是摘下眼镜就谁也无法确定了。他讲话热诚，好提问题，第一次会面他显得很严肃。过了一年后杰克这样评价道："迈克尔总是用他那超越现实的新思想给我们以惊喜，他用离奇的幽默和多语言中的双关逗我们开心。"

尽管存在着差异，但四个人还是有很多共同点。每个人除美国外至少有一种文化背景，温斯顿会读会说希腊语，在希腊度过暑假。他们都擅长语言，至少精通两门或更多。他们都是优秀大学毕业，都酷爱阅读。最重要的是他们都被证明是机智的，紧要关头尤其如此。他们未来的职业也都不同凡响：托尼要当投资银行家，温斯顿要当作家，杰克要当国际公司律师，迈克尔要当经济学教授。

在彼此熟悉的这个周末之后，四位新中尉周一早晨来到来自五角大楼的伦德上校办公室门前。他们一身新军装干净整齐，站在那里看见总部四楼办公室门上的名字，上面写着："伦德上校，五角大楼陆军情报局情报机关执行官"。迈克尔深吸一口气后开始敲门。

一个低沉的声音说道，"进来。"四人进来发现伦德上校坐在一张大桌前，桌上的档案卷宗摞起来有好几英寸高。

上校站起来迎接他们，他比杰克还要高。"早上好。"他指向他桌子周围的四把椅子说道，"随便坐吧。"

他们坐下来的时候迈克尔好好看了一下上校。他是迈克尔心目中理想的军官：敏捷、端庄、短发灰白、身材精干。上校回到桌前，倚着桌子，对他们说：

"首先我欢迎你们四位来到陆军情报机关。我希望你们考虑作为陆军情报局军官所应有的特权。我了解你们每一位的情况，因为我看过你们的 201 本卷宗，其中包括陆军情报局人员对你们面试的评价，以及对你们进行基础训练和军官训练的军官的汇报。其实当我们看到你们在 A 组和 B 组的成绩并发现你们的语言才能的时候就开始这项工作了。"

伦德上校站起身来，走到办公桌后面，拿出一张纸，看了一下接着说。

"你们会感到意外，但愿是喜悦，而不是失望。你们的培训过两周就要开始了，确切地说是 12 月 2 日星期一那天开始。接下来的 16 周里，你们至少在业务上结成一个情报人员培训小组。你们要学会有关情报收集、传送的一些基本技术和技能，学会自卫和使用武器等等。这些都有奇特的名称，比如酷刑忍耐、编码解密，还要学会定向电子接收器和无声手枪等，我相信你们会做得很好。当然了，你们学习的细节都是保密的，因此在今后四个月期间不准和任何人谈论这些。明白吗？"

中尉们默默地点头。看他们同意，上校继续说，"你们培训结束，每人都要派往欧洲不同的城市。"

他径直看杰克对他说。迈克尔意识到伦德上校是从他们卷宗的照片认识每个人的。

"兰道尔中尉，你要去柏林。看上去你并不感到震惊。我们今后会告诉你详细的任务，在柏林的部队将作为你的后盾。你的一项任务就是学习说话，要说得和柏林人一个样。我们知道你的法语说得流利，但是你的德语带有阿尔萨斯地区口音。"

然后上校转向托尼。

"托尼中尉，你要去罗马。我想要你联系我们的大使馆，但你不是到大使馆工作。你就是到那里完成任务。你要完善你的意大利特征，丢掉美国习俗，那样才可以当一个罗马人。你还要每天读法国报纸提高法语水平，对你来说这个主意不错吧。"

上校看了看温斯顿。

"泰勒中尉，你要去雅典看看你能否学会讲得像雅典人一样，而不是主修希腊语的人。我不承认我们的军官缺乏语言天赋。你知道我们在希腊建立基地，等培训结束后我们再告诉你要完成的任务。"

温斯顿掩饰不住激动的心情，他大声说道，"太妙了！先生，谢谢你，先生。"

上校笑着说，"你认为太妙了，我感到高兴。"他转向迈克尔。

"小山中尉，你要去巴黎。你很想知道为什么不去日本、泰国或德国，因为你懂语言。我们知道你不会讲法语。但是相信我，我知道你的能力，你很快就会掌握法语的。你尽最大努力就会变成可用之人。我们安排你到巴黎附近逻各斯营地的美国驻欧洲总部。但是你要离开美国驻欧洲总部的单身军官宿舍，到巴黎和法国人一道生活，这样就可以快速学会法语。你从巴黎回来后再给你派任务。"

四个新中尉的脸上都露出了喜悦的惊奇。迈克尔听到上校说"你要去巴黎"之后难以自持。他大吃一惊，同时也喜不自胜。他做梦也没有想到他就要到巴黎去生活。但是上校的话还没说完。

"在把你们交给陆军情报局培训教官之前，我要跟你们说些事情。你们是优秀的尉官，没有问我派你们到那些城市去的原因。此时此刻我不能细说，能告诉你们的就这么多。正如你们必须知道的那样，我们在西欧的处境非常不稳定。只能说局势不确定，因为戴高乐要面对的是，法国和意大利共产主义政治势力的崛起，从东德不断流入的难民，华沙条约的形成，十月人造卫星上天。这一切，加上西欧经济有许多问题困扰着美国。这些因素将会影响到我们改变劳动力和军火的部署计划，还有许多其他事情我就不再说了。"

上校深吸一口气，继续说道：

"由于所有这一切，国防部长、陆军部长以及陆军情报局局长谈到我们要掌握更多的情报，无需写一式四份的书面建议，得到五六个层级命令的批准，这样就能采取更为灵活迅速的行动。为了结果我不惜代价，结果是组建了你们这样的小组，你们聪明，有语言天赋，个人背景和知识都有价值，你们的行动就是要把第二个基地和第三个基地随时联系起来。你们单一工作或组成一组，有时是两个人在一起。按照我要求的去做，收集情报，分析情报，有时需要秘密地快速完成。"上校停了一下，"有什么问题吗？"

他们有些不知所措，谁都没做声。上校继续说。

"从你们四月初来报到起到年底这段时间就当作热身了。你们要在每一个岗位从事一般性工作，熟练掌握指定语言。到了年底，我希望赶得上一些陆军情报局计划，那时就是你们施展才华的好时机。你们是一种实验，如果你们和其他小组完成任务，我不能说他们是谁，我们将来要继续组建同类小组，和你们相比选派人员的工作更具有长期性。"

迈克尔想要问一些问题，为什么去巴黎，准确来说任务是什么，还有更多的任务？但是他没有问，因为谁都没说一句话。上校停了一会儿笑了。

"换个话题吧，你们都没问，可你们想知道到这里报到的原因，还通知你们两周内培训还不开始。那是因为我要求你们四位相互之间充分了解，组成一个合作的小组。这期间没有任务，以便你们专心学语言并熟悉你们被指定的地方。就这些。祝好运，你们培训结束的时候再见。"

四个中尉默默地离开伦德上校办公室，可是一出大楼，他们便爆发了一阵欢呼，欢呼他们不同寻常的运气。他们不再是师部或营部的办事员小鬼，也不是美国或德国小基地的连长助理，那里驻扎很多的外国基地。迈克尔和杰克、托尼、温斯顿一样对自己的任务感到满意，认为考虑到他们的背景和学问是合情合理的。但是他们都一致认为迈克尔被派到巴黎的原因的确是个谜。他们都说，"可是巴黎，多让人兴奋啊！"

四人享受着他们这两周的自由。他们唯一的任务就是在起床号时起床，到时候值班员会点一下他们的名字。他们制定的日常活动表就是在九点前去健身房，这时还没人去呢，之后余下的时间读书。迈克尔搜寻出基地图书馆里有关法国的书，军中福利社那位热心的经理给他弄到一张巴黎地图，一本法语大学课本，一部法国现代史，一本巴黎指南。到了两周结束的时候，他学到了很多东西，但也感觉到了未来工作所面临的巨大压力。

四人总是在一起吃饭。他们谈论未来的生活和希望，他们在为 12 月开始的陆军情报局培训做充分准备。

迈克尔发现新伙伴都是见多识广，尤其是托尼·柏兰度，他能透彻地分析出有关股票市场的任何事情——近期持续牛市和买空卖空的原因——以及美国作为"全球流通手段提供者"的财务责任。迈克尔发现温斯顿具有某种非常惹人喜爱的特质。他不仅讲话层次分明，语汇丰富，而且旁征博引，有好多知识迈克尔闻所未闻，其中包括希腊罗马历史和文化，以及现代绘画。迈克尔发现杰克的学识更为丰富，不仅分析能力强，而且还能论述很多政治法律问题，他还是优秀毕业生，曾经在伯克利开过政治学和历史学讲座。迈克尔后来还记得，当时他是有保留地谈及他在泰国和日本的生活，特别是有关他爸爸的事情，有些事情让他欲言又止，也许他不情愿讲出他认为可耻的事，或是往事不堪回首。

迈克尔从未详细跟人说过他在陆军情报局受训的内容。在培训开始之前，必须签署一项公文，即培训内容不得透露给他人，除非持有需要知道内情的证明。在十四周培训期间，四位中尉学习的内容具有启发性，他们的身心都经受住了严峻的考验。偶尔有时候涉及这次培训，迈克尔就含糊地提到在48小时没合眼之后的手枪练习，田野训练，以及解码和各种电子器件的趣味性。他从没说过他接受的几种训练，陆军情报局之外的或不是从事美国秘密活动的人都不知道，甚至想象不出来。他也从没提过他听过中央情报局官员的课。

到三月底历时四个月的培训结束。迈克尔接到命令，要他到附近麦圭尔空军基地，乘坐军事空运局飞机经由亚速尔群岛到巴黎。

1958年3月的最后一天，迈克尔在飞往巴黎的途中。这次飞机和他第一次乘坐的大不一样，那次他是乘坐泰国皇家海军飞机，样子像是细长的箱子，飞过暹罗湾的20分钟，他是又兴奋又害怕，那飞机发出恒定的可怕的噪声，和他现在乘坐的光亮的静音的飞机该是多么的不同啊。他爸爸说过，新加冕的罗摩国王八世从日本购买六架飞机，但是没人能够翻译说明书，他爸爸便被请去把说明书译成英文。为了表达谢意便请他爸爸两次乘飞机做短途旅行。

但是这架飞机把迈克尔带往巴黎，这是他做梦都不曾到过的城市。他还不知道他被派往法国的原因，他知道这就是"军队的方式"。当他听见飞机引擎发出沉重的嗡嗡声，他认为程妈必定会说军队的方式就是他命运的一部分。

第七章
巴黎，1958

··

　　迈克尔有点泄气。他在动身去巴黎前刚买的新鞋，这几天穿着走路脚疼，真没辙。今天是星期六，他得找个住的地方，伦德上校命令他住巴黎，不准住军营。

　　他是星期二到的，星期三早晨向美军驻欧洲总部亨德森上校报到。上校身材高大，特别魁梧。他性格直率，但很热心。

　　"放松，放松。不要看五角大楼发来奇怪的命令。看过联络站的基本信息，工资等级等等，所有部队用语翻译成普通英语就是：你每周和我们一起工作三天，只是三天，按我们的要求做事。万能的主啊，我干这行可从没听说过有兼职任务。你是被认可的，就是说你如果有想法可以在巴黎和当地人住一起，其原因已经说明。我希望你知道这些原因。就这样吧。他们官大。我们情报一局军官伯恩斯队长——查理·伯恩斯负责我们的人事工作，他给你安排第一项任务。他在一楼大厅右侧第三个门。欢迎你来巴黎，中尉。"

　　迈克尔很容易找到伯恩斯队长办公室。他相貌平平，有三十岁，浅棕色的头发。他的办公桌上有个杯子，上面装饰的图案就是樱花盛开的富士山。队长很热情。

　　"这里有你的任务。这里列出六个地点，是你可以在巴黎住的地方。他们都出租给美国人。如果你不喜欢这些，到时候再给你看看别的公寓。过两天周一那天来见我。你的办公室，对不起，更像个小卧室，走廊再往前，308B 房间。门没锁，钥匙就在办公桌顶层抽屉里。还有事吗？"

　　迈克尔问到巴黎怎么走。伯恩斯说可以乘地铁，"美军驻欧洲总部和地铁站之间有班车"。他补充说道："我希望你讲法语，因为你是陆军情报局官员，通知要求你在市里找住房。"他的语气很清楚，就是希望得到肯定的回答。

迈克尔不得不承认他做不到。伯恩斯很诧异，"怎么？要是遇到麻烦的话就要说明情况，来找我，我帮你想办法，这里一个中尉法语非常棒。好了，周一见，祝你好运"。

迈克尔沿走廊往前来到 308B 房间，这是个小办公室，北面有个小窗户，可以看见美军驻欧洲总部两座八层大楼。除此之外还可以看见盟军最高司令部，远处是一片森林。他打开窗户，春风吹了进来，他坐在唯一的一把转椅上，整理一下思路。

现在是星期三早晨，伯恩斯上校给他五天时间找住的地方。他从上衣口袋里掏出在迪克斯堡小卖部买的折叠的巴黎地图。

根据地图，迈克尔决定开始考察位于左岸的两座公寓，那里住着学生和做工的人们。他先到位于巴黎大学附近但丁街的那座公寓，那里有巴黎圣母院，塞纳河也从那里流过。他听说除非有公事否则穿军装进入巴黎都会遭到阻拦的。他到财务室换了点钱，回到临时住处，穿上便服。他坐上开往拉德芳斯的班车，转乘地铁进入巴黎。他在圣米歇尔站下车，再一次查看地图。

他很快就找到但丁街上的第一座公寓。这是座两层褐色砂石建筑，前面是一个无人打理的小花园。他按门铃，不一会儿一个中年男子把门打开，他有两天没刮胡子了，穿着开衫衬衣，里面是毛背心。他看了一眼迈克尔用法语说道，"本公寓只给法国人住。"

迈克尔愣住了，脸上写满了疑惑。那人又说话了，这次是用英语说的，"不给越南人住"。他回转身当着迈克尔的面砰地把门关上。

迈克尔不知道要是说"我是美国军官，不是越南人"，那人会说什么。可是那也不要紧，他觉得自己肯定不喜欢这房东的公寓。他继续找单子上的第二座公寓，离这儿就几条街。一个腰扎围裙的中年女士对他彬彬有礼，用英语说她昨天才把公寓租出去。她看迈克尔不大相信的样子，便补充说："你看，窗户上的出租牌都撤下来了。"

迈克尔又看了单子上四家中的两家，租金都太贵了。他也不想再看另外两家了，因为那里位于巴黎东区，从他办公室往返通勤太远。他买了本小字典，回到美军驻欧洲总部，到食堂吃了顿耽搁了的午餐，然后回到附楼中的宿舍。他要自己找个公寓，他拿出字典和法语课本，晚上用法语组织他认为在巴黎看房需要用的句子，然后就背诵。

星期四早晨他来到巴黎大学附近，沿着狭窄的街道边走边看窗户上有没有出租牌。他摁了几家门铃，见到有人开门就说已经背下来的问题。有时候他的问题人家听不懂，可更多的是他的问题得不到满意的答复。他最后看了三家，一家太脏，其余两家太贵。他返回美军驻欧洲总部，脚疼得厉害，他感到疲惫、丧气。

一天中最好过的是吃午饭。他买了长棍面包、汉堡、一包芥菜和一瓶橙汁。橙汁的味道像是化学实验室的那种，而不是果园的那种，可是三明治特好吃。当他坐在塞纳河畔吃着东西，观赏巴黎圣母院，他知道自己真是喜欢巴黎，要是能找到住的地方该有多好啊。他决定在他去见伯恩斯之前再试一天，而后求他帮忙找房。

迈克尔周五出发来到以前没去过的街道，到此为止都没碰到好运气。尽管有地图，他还是开始感到困惑，走一段后还是困惑。他的脚底疼，肚子饿。最后他意识到自己在帕台农神庙附近，他决定上坡走到学校街，找个能下得起的饭馆。他之前没来过这条街。真是没啥意思，但是他无意间发现右侧是一条小巷，静悄悄的，很奇特的样子。他一时高兴，便走进小巷。不一会儿，他发现自己来到一家温馨的、诱人的饭馆："妈妈在家"。迈克尔决定花点钱吃顿真正的法国餐。

饭馆不大，不超过十桌，但很干净。现在只有六个顾客。迈克尔在门口迟疑的时候，从屏风后走出一位娇小迷人的女子，体态略有些丰满，她约有五十岁的样子，迎接迈克尔的话语听起来像是一连串流利的法语，只是他一句也没听懂。进退之间，他决定还是讲英语。

"对不起，夫人。我不会讲法语。"

女子善意地笑笑，用带有浓重口音但很流利的英语说：

"我很抱歉。请进。你喜欢吃什么？"

他点了香菇煎蛋卷和蔬菜沙拉。煎蛋卷很好吃，像是魔术师做的一样。

他吃完最后一口，人人都叫她妈妈的老板娘过来问需不需要咖啡。现在他成了唯一的顾客了。妈妈递上浓咖啡后，坐在对面和他聊天。她问他是不是学生。"因为你不会讲法语，或许是一个游客？"她特别和善，特别有兴致地听迈克尔讲述他是一位美军中尉，今天是在巴黎找住房的第三天。

妈妈听他的讲述很诧异，也很同情他。"这个时候不凑巧，价格实惠的房子都给学生租了。可是如果你喜欢这个城市，学习讲法语就必须要住在巴黎！"妈妈特别强调这一点。迈克尔听出她的话中会插入常用的法语，"你听我说，我今晚就在我的常客和朋友中间打听一下，看看谁知道有又好又便宜的空房，明天你来吗?"

他吃饱了可口的煎蛋卷，希望也被热心的妈妈重新点燃，他答应明天再来。他决定停止找房，到巴黎圣母院走走。昨天他是在远处看的，等走近来看这座哥特式教堂，它那壮丽的飞拱和雕刻装饰的外观，真是令人赞叹不已。

迈克尔满怀希望，妈妈会帮他找到住处的，那样他就可以在周六早晨学习法语课本，然后来到"妈妈在家"吃午餐。今天他点了红酒烤牛肉，比昨天的煎蛋卷还要好吃。他现在认识到迪克斯堡附近的法国餐馆里同样的菜做得有多差了，那个餐馆是他和杰克一同去吃饭的地方。等所有客人都走了，妈妈从厨房走出来和迈克尔交谈。

"大家都说暑假学生回家的时候你就有机会了。但是那帮不了你现在啊，所以我就和晚间服务员说了。如果你不介意共住，让·吕克将很高兴让你住进他的套房，实际上也算不得套房，只是带厕所和浴室的两间屋罢了。他要让你租小屋。里面有床，让·吕克说他搬进个桌子让你当课桌用。让·吕克不会讲英语，可是那能帮你学法语学得更快些，你说是不是?"

迈克尔认为这值得去看看。妈妈就让迈克尔等到她下午关店，她就带他到套房里见让·吕克。那时候让·吕克在自助餐厅做完中午工回来了。

套房位于"妈妈在家"那里的拉普拉斯短街对面，的确是像妈妈说的那样有点小，给迈克尔住的那间小屋大小和他伯克利"我家"的那间差不多，而且厕所和浴室都很干净。从他屋的窗户可以看见街对面的一家中国餐馆，上有四个大字"和风餐厅"。让·吕克个子很高，一头卷曲的黑发，有着吉普赛人似的英俊，迈克尔认为他一定为女士所喜爱。他为了省钱急于与人合租他的套房，经由妈妈的翻译，他们同意迈克尔付一半租金，他们轮流打扫厕所和门厅。这房子唯一的缺陷就是不带厨房，连个电炉都没有，因为让·吕克从不做饭，他特意讨价租来不带厨房设施的房间。

妈妈解决了这个问题，她似乎什么都能应对。"你就在这附近吃早餐和午餐。这附近有很多咖啡厅，我们自然要为你在'妈妈在家'里准备晚餐——我收你包月费，怎么样?"

迈克尔是个实在人。妈妈的包月费已经是相当优惠了。大家同意他周二晚上搬过来，那时候"妈妈在家"打烊，让·吕克也有空闲。迈克尔很高兴，三天后连着他的一点家当一同搬了过来。

让·吕克性格随和，待人友善。因为他们的日程安排相差很远，所以他们很少见面。迈克尔唯一抱怨的是让·吕克经常在厕所抽烟散发出呛人的味道。迈克尔很快学会利用地铁系统和美军驻欧洲总部的班车，固定往来于拉普拉斯街和美军驻欧洲总部之间。他的住房问题解决了，迈克尔开始做兼职工作，学习法语。

迈克尔发现在巴黎居住和在美军驻欧洲总部工作这两个时段把他分成两个世界。法国是他五年内的第二个新国家，他不知道他在巴黎的生活是否比得上在美国第一年的生活。他来法国不懂法语，因此他不可能立即融入法国社会。他无法把自己置于这种新文化之中，因为他每周还有三天在美军驻欧洲总部同美国军事人员一道工作。美军驻欧洲总部对一位新任中尉来说也是全新的文化，他要尽最大努力来适应。他感觉自己好像是不停地往返于两种文化和语言都截然不同的世界。

迈克尔决心尽快学习说法语、读法语。他从美军驻欧洲总部小图书馆借来好几本书，决心花大气力投入学习。美军驻欧洲总部的法语秘书、妈妈以及"妈妈在家"的顾客都帮助迈克尔，好像他学法语也是他们的合作项目。他借助字典阅读法语报纸，收听无线电播放的伊迪斯·琵雅芙歌曲之后的新闻，他立刻就喜欢上了她的歌。他向本地人随时学习的"教程"有效果了。他没有掌握法语语法，他的法语拼写也不如英语，但是他学会了用地道的发音讲巴黎黑话，在他今后的生活中，他的法语的确令以法语为母语的人吃惊。

七月中旬，迈克尔成功安排了每周三次的法语课，老师是"妈妈在家"的一个老顾客乔治·拉蒙特，他在巴黎大学任法国文学兼职讲师，是伏尔泰中学的教师，他家离饭店只有四条街。迈克尔有军用补贴，付课时费不成问题，但是他知道这些对拉蒙特教授来说是笔不小的收入。每节课迈克尔阅读几页纪德、巴尔扎克、左拉等著名作家的作品。拉蒙特教授还帮助他读法文报纸。他很快就了解到教授是共产主义者，但那不要紧，因为他课讲得好。

"妈妈在家"的饭菜每天都很好吃。妈妈不忙的时候就给迈克尔做他想要吃的东西。她甚至还在茉莉地铁站附近买到一瓶日本豆豉，这样她就可以做日本风味的煎蛋卷了。迈克尔慢慢就知道了妈妈生活的悲惨遭遇。她唯一的儿子只有十六岁的时候被纳粹杀害。他在宵禁之后拿的是张假身份证，就被当作是地下抵抗组织的游击队给抓了。她丈夫和一个年龄小他一半的女服务生私奔了，自那以后再也没见过他。她就是靠自己的双手开餐馆，生意挺红火。她对迈克尔关爱有加，这令他有些不安。

每到星期日，迈克尔就开始逛巴黎城区。他到处都走。他有时候从拉普拉斯街的住处漫步到凯旋门，走过塞纳河畔上的桥，来到爱丽舍大街，在那里停下来到咖啡厅喝杯咖啡。有一次，他一边喝咖啡，一边欣赏葱郁的林荫道上的景色，看过往行人，想到爸爸说过的柏林的生活。迈克尔现在懂得了爸爸话中的含义，"漫步在菩提树下的林荫大道上，真是绝妙啊！你觉得你是在提升修养"。迈克尔当时只有七八岁，还听不大懂，就问："提升修养是啥意思？"爸爸回答说："这很难解释，有点像逐步接近德国人的审美并理解他们的创造。"

迈克尔每周有三天要向美军驻欧洲总部伯恩斯上校报到。他接受的任务是又有趣又有学问。迈克尔的第一个任务是协助两名上尉在简易和特别军事法庭保护被指控的士兵，这些案例涉及征募入伍的低级军官，大多数为中士以下的士兵。两名上尉都是律师，尽管迈克尔头衔是"领事"，但是实际上他就是办事员。案子大多涉及小偷小摸，这使迈克尔想起多年前他在孤儿院和在三宫时所干的事。

到了夏季末，迈克尔可以用法语进行实用对话了，他要对美军驻欧洲总部管辖的士兵提出的结婚申请进行评估并提出建议。他的工作就是确定未来新娘过去或现在是不是共产主义者、妓女，有没有患上法律指定的像梅毒和淋病那样的疾病，这种人是禁止进入美国的，还有他们结婚合不合法，即是不是处于单身、离婚或丧偶的状态。迈克尔的职责就是向伯恩斯上校提出这些人能否得到许可的建议。

他的工作包括与未来新娘谈话，与未来新娘所在地的法国警察和地方长官协商，按照要求查明情况是否属实，其中包括医疗记录。有些案例要花费很长的时间，但迈克尔却乐此不疲，至少在学习法语口语和熟悉巴黎旧区方面是有益的。

迈克尔在进行评估时发现，有一半的申请中未来新娘都因为拉客而被捕过，或是检查过她们身体的医生为了隐瞒病情写出模棱两可的或前后矛盾的报告，否则她们就无法移民美国。他不厌其烦地多次告诉持怀疑态度的士兵他们心爱的未婚妻有过因长期卖淫而被捕的记录，她们都得了性病，最好是去看医生。

在大多数情况下，迈克尔对法国未婚妻是否允许进入美国都是一清二楚的。有一个案例，这个未婚妻有过被捕记录，他对此持谨慎的态度。迈克尔看到的文档从一开始就写得模棱两可。杰伊·特伦特班长22岁，迈克尔批

准他与 22 岁的特丽莎·博桑结婚的申请的陈述中写到，"我与姑娘交谈中
发现她是值得尊敬的人，如果她比特伦特班长大几岁的话"。她在一家纪念
品店工作。可是宪兵的信函中说有一位办事员查出一个"卖淫逮捕"的盒
子。逮捕日期是 1955 年，她被列到"失业人员"之中。迈克尔为这种反差
感到迷惑不解，决定调查这个案子。

首先他找到一个下士交谈，这是个坦率的年轻人，他是一个机修工，曾
积攒 1500 美元带未婚妻回家乡密尔沃基。接下来迈克尔来到特丽莎住的脏
兮兮的无电梯公寓。他发现特丽莎身上并没有过去妓女都有的花言巧语、市
井气的特质，而是一个面带稚气的、认真的年轻女子，她的往事令人忧伤。
迈克尔问到她被捕的情况，她忍不住流下眼泪。她在克莱蒙费朗工业城她母
亲寄宿的房屋里遭到强暴，而后逃到巴黎。她生下一个男孩，靠做女招待来
养活孩子。然而，五岁的安东发高烧，她不顾一切地尽快挣钱，用来购买贵
重药品——也叫做盘尼西林，大夫说安东必须用的药——她沦为妓女。可是
作为新手，她很快就被发现并被捕。她儿子死了。她说特伦特班长知道他儿
子的全部事情，但不知道她被捕的事。她流着眼泪恳求迈克尔不要毁了她的
未来。

看到这个抽泣的青年女子，迈克尔回想起他在战后的经历。在战后的日
本或法国，对于一个女孩来说生活该是多么的艰难，肯定要比他难得多。尽
管经过指挥官的批准，原则上迈克尔应该拒绝过去三年有任何被捕记录的人
的申请。由于特丽莎是在 1955 年被捕，迈克尔确认被捕发生在当年年初，
这样就超出了三年范围。他决定建议特丽莎·博桑和特伦特班长可以结婚，
到美国寻求未来。

迈克尔并不在意且常常喜欢他的"兼职"任务，随着他的法语变得流
利，他开始期待接受陆军情报局真正的任务。伦德上校像是懂得他的心思，
九月中旬，迈克尔心想事成，他接到一条很长的命令：

"你被派往盟军最高司令部陆军情报局工作，今后三个月协助雷·洛根
上校分析法国目前的阿尔及利亚危机。你执行他要求你的任何任务，包括他
对阿尔及利亚独立运动、该运动对法国政治的影响以及似乎对美法关系影响
的评估。"

大信封里装有好几篇英文和法文文章，还有特意给迈克尔准备的所需背
景资料。

生活在巴黎市中心，迈克尔知道阿尔及利亚和巴黎的咖啡战争，自

1954 年以来有近 2000 名咖啡厅顾客和路过行人被杀。支持阿尔及利亚独立的两派成员不仅攻击他们的敌人——法国军队和敌对派成员，他们还通过往咖啡厅投放燃烧弹对公众实施恐怖行动。几乎每天都发生暴力行动，这就是除公事外不准穿军装的美军成员进入巴黎的主要原因。

迈克尔为这一任务着迷，他思考下一步的行动。他向洛根上校报到，上校是个高个儿，一脸严肃，有三十五六岁的样子。上校学识渊博，精通法国政治。然而，令迈克尔感到吃惊的是，洛根上校几乎不会讲法语，他所依靠的就是报告和访谈的译文。他需要迈克尔到报馆见采访记者，到派出所搜集信息，所有这些都需要用法语。他还需要迈克尔到市里做些访谈，了解街道上和咖啡厅里的形势。上校明确要求迈克尔与游行示威者交谈。他尽力帮助迈克尔和那些人取得联系，迈克尔所要做的就是充分发挥主观能动性。

洛根上校还需要迈克尔是因为人们看不出他是个美国人。由于"咖啡战争"和频繁的游行——数千阿尔及利亚独立支持者，包括共产主义者和社会主义者——美军驻欧洲总部常常对所有的美国军人设置禁区。但是迈克尔可以轻易地在巴黎街上走动，因为谁也不知道他究竟是什么人。他开始明白了这至少是他被派到巴黎的原因之一。

对于这一任务，迈克尔建议自己扮成一位学习法国和阿尔及利亚历史和政治学的研究生，洛根上校立刻同意。这就意味着迈克尔需要伪装一番。他得到大多日本人戴的那种眼镜，穿的那种旧鞋。尽管迈克尔不知道他提建议就这么几天盟军最高司令部陆军情报局从哪里搞到的这些日本东西，他没问。因为迈克尔原本就是日本大学生，所以这种角色并不难扮演。他唯一加小心的是远离美国习性，讲不流利的英语。

在开始这项任务之前，迈克尔全身心地关注阿尔及利亚危机的事实。法国承认其前殖民地突尼斯和摩洛哥独立的时候，却要拖住承认阿尔及利亚独立的脚步。这就激起了争取早日自由的阿尔及利亚人的愤怒。驻阿尔及利亚的法国军队对阿尔及利亚独立运动经常采取野蛮的军事行动，同时两个主要的思想上无法协调的独立运动派别之间继续爆发流血冲突，一旦独立得到承认每一派都会争夺对国家的控制权。争取独立的最大组织是民族解放阵线。这一组织的支持者有阿尔及利亚自由职业者、中产阶级以及在阿尔及利亚的大的工会。民族解放阵线得到丰厚的资助，势力越来越大，针对法国军队及其在阿尔及利亚的武装发起主要攻击。其支持者是反共产主义者，他们预期一个独立的阿尔及利亚将与穆斯林共存。

第二个小些的但更为暴力的组织是阿尔及利亚民族运动。这个组织的支持者有法国共产党人、阿尔及利亚工人和失业者，他们很多人生活在法国贫民区，大多数住在巴黎。他们愿意为一个独立的、反对资本主义的、不为民族解放阵线所统治的阿尔及利亚而斗争。《世界报》是保守派办的一份法国日报，它披露巴黎百分之九十以上的恐怖主义行动都是阿尔及利亚民族运动所为。

《世界报》可能是正确的，但这并不意味着民族解放阵线就是非暴力的，因为实际上是它挑起了 1954 年 11 月 1 日的危机，协同进攻阿尔及利亚的港口、仓库和其他设施。这些攻击持续进行，暴力行为遍及整个法国。对形势评估的主要困难在于其变化迅速：法国驻阿尔及利亚军队由萨兰将军指挥，对民族解放阵线军事派进行无情打击，下令进行大规模搜捕及破坏活动，包括对村庄的袭击。而民族解放阵线反过来有组织地屠杀全国所有的阿尔及利亚民族运动游击队。同时戴高乐激发了法国殖民主义的希望，他对法国在阿尔及利亚的驻军的评价含糊其辞，他说他"理解他们"。

按照任务要求迈克尔来到巴黎，要求为他提供一辆自行车。这种自行车不贵，带有小马达，巴黎到处都有这种车型。他喜欢这种工作——他称为"一个野性的日本学生逛遍巴黎观察一切"。到了九月底十月初，迈克尔骑着自行车在巴黎往来穿梭，观察各类游行，尽可能多地收集各类游行组织散发的传单。他还到国家警察署、内政部以及宪兵队询问一个日本留学生该问的问题，比如"咖啡战争"以及即时安全问题，比如阿尔及利亚人的流入及定居人数的增长，法国农场殖民主义者人数超过百万等问题。

洛根上校和迈克尔讨论给伦德上校写报告的问题：如何准确评估危机的程度；各类组织有多少支持者；旁观者的倾向如何；以及更重要的是一旦自由得到承认谁将有可能控制阿尔及利亚。从收到的情报来看，他们知道五角大楼认为独立是早晚的事，现在关心的是民族解放阵线还是共产主义者倚重的阿尔及利亚民族运动掌管独立的阿尔及利亚。如果阿尔及利亚民族运动掌权，那将会成为"苏联"，会对北约组织造成威胁，因此需要调整美军的部署。

迈克尔最困难的事情就是找到合适的人交谈。他决定去请教拉蒙特教授。教授愿意介绍伏尔泰中学和巴黎大学的阿尔及利亚朋友，还有支持民族解放阵线或是阿尔及利亚民族运动的其他人，"他们会和美国军官谈，但更会跟来自遥远的东京大学学生说实话"。拉蒙特甚至还以小山本吉的名字给他办了一张巴黎大学图书馆证，可是他一直没有用过。

迈克尔的第一次访谈给他留下了深刻印象，他采访了埃米尔·加斯科因，一个朴素的小个子男人，腿明显有些跛。妈妈告诉了他所在的地方，他是她丈夫在战时抵抗运动中的朋友，是个共产主义者。作为一个热诚的共产主义者，埃米尔成为"阿尔及利亚民族运动的全力支持者，因为我是个农业工人，就是个隶农，和特别贫穷的阿尔及利亚劳工一起干活"。迈克尔发现这个人的正义感很强。迈克尔是在蒙马特一家简易餐馆里见到的埃米尔。

迈克尔问埃米尔："共产党为什么支持阿尔及利亚民族运动？"

"他们要有一个为工人而不是为上层社会服务的独立的阿尔及利亚。战后我找不到工作，就在赛达附近当隶农，那儿离奥兰不远。我看见法军和很多隶农是怎样欺负可怜的阿尔及利亚人的。你知道军队迫使他们迁移，最后他们不得不乞讨吗？"

"不，我不知道。我知道你为什么支持阿尔及利亚民族运动，但是民族解放阵线是个更大的组织，和阿尔及利亚民族运动相对，与法国的斗争更有成效。"

"如果阿尔及利亚在民族解放阵线控制政府的条件下宣布独立，阿尔及利亚将会成为富人和穆斯林的国家，也就是阿拉伯人的国家，而不是为源自北非的工人阶级服务。因此我们需要帮助阿尔及利亚民族运动变得更强大。"

"你为什么回到法国？"

"在巴黎干活为他们多挣钱。他们特别需要钱。如果你相信正义，你就会成为共产主义者，就会帮助阿尔及利亚民族运动，就这么简单。"

随着谈话的继续，迈克尔更加清楚地看出加斯科因意志坚定，值得赞赏，只是对社会的看法有点天真。他让迈克尔想起东京那位饭店老板是共产主义者，他像加斯科因一样有些跛，还有他的老顾客，那位激进的学生，他们两个都是为意识形态所引导，缺乏对局势冷静的判断。

加斯科因非常骄傲地谈到他所在巴黎地区的阿尔及利亚民族运动小组成员的联络和每月支出，迈克尔感到这些非常有用。他将这些与其他采访综合在一起，可以估算出阿尔及利亚民族运动成员总数以及他们所需资金的总数。

他的第二次采访是在朗德里街上的一个简陋酒吧里进行的，这里离火车站两个街区远，这次采访令迈克尔终生难忘。一位年轻的阿尔及利亚人——

拉蒙特教授在巴黎大学一位好朋友以前的学生——同意在这儿见迈克尔。他眼睛有神，身材消瘦，像是阿尔及利亚人的样子，拉蒙特教授说他才上一年巴黎大学法律系便退学，他是被一位有着可爱的黄褐色皮肤的阿尔及利亚青年女子给迷住了。

"我的前教授说拉蒙特教授的朋友就是他的朋友，我应该来见你。我的名字叫阿卜杜勒·拉赫曼，我在餐馆做服务生的名字是阿方斯·里布。"

拉赫曼－里布是个热心人。迈克尔介绍自己说："很高兴见到你。谢谢你来见我。拉蒙特教授说你是民族解放阵线的强烈支持者。我希望你告诉我其中的原因，你认为阿尔及利亚未来几年将会发生什么?"

有三个人在靠门口的一张桌子坐下来点了红酒。阿尔及利亚青年问为什么迈克尔问这样的问题。迈克尔说他是到法国留学的日本研究生，攻读法国殖民政策历史。阿尔及利亚青年对他的回答感到满意，便说:

"无论戴高乐和其他法国政治和军事领导人说什么或想什么，法国统治阿尔及利亚的日子屈指可数。任何公正客观的人看到战后世界所发生的事情都不会否认这一点。根据文献记录我们民族解放阵线至少有 10 万人被法国军队杀害。民族解放阵线就像是乔治·华盛顿抗击英国殖民主义的军队。我们首先要独立，我们担心的是将来我们的政府会是个什么样。"

拉赫曼－里布显然非常聪明，又十分健谈。迈克尔仔细听着，他想到自己不要被所听到的强力支持民族解放阵线的观点所左右。当采访几位阿尔及利亚人特别是这位青年之后认识到这一点的同时他感到惭愧，他是受到了法国对阿尔及利亚人的大多印象影响的。他们认为阿尔及利亚人贫穷、无知、肮脏，需要从根本上改造。

迈克尔感谢拉赫曼－里布抽时间来，他站起身来。拉赫曼还坐在那里说:

"坐下来，我请你帮我们做些事。"

"帮你们? 什么事? 我会很高兴去做的。"

"我求你的，你必须严格保守秘密，你能保证?"

迈克尔完全糊涂了，他问道:"好的，我能，可是什么事?"

"跟你谈完后，我想你就是我们要找的那个人。"

"到底什么事?"

"我们确定国家警察署的警察会给我们大多数电话安装窃听器，给我们的交流造成相当的困难。我们几位常常被监视，我们好几位送信人都被抓了。因此我们需要没有被他们怀疑的人帮我们送信，兴许有时候帮我们这个人给另一个人带点东西，跟你说，没有重的或大的物件。你愿意干吗？"

迈克尔认识到拉赫曼想要他成为民族解放阵线的通讯员。他听到民族解放阵线被法国警察严密监视而感到吃惊，估计是涉及阿尔及利亚民族运动而不是咖啡战争，他想拉赫曼定会不顾一切地求他，但是一想到为民族解放阵线工作就能更多了解他们的行动，便很快同意。"好的，我做，只要我学习不用那么多时间就行了。"

迈克尔仔细选择他的"秘密情报点"，这是他要接收密信的秘密点：在丽花园西头黛安娜雕像附近的石凳下面。他就当作是对在迪克斯堡学到的间谍技巧的实习，但是他必须在秘密情报点接收情报，而不是在拉普拉斯街上的住所邮箱里。他的秘密情报点通常人不多，他骑着自行车也很容易到达。他告诉拉赫曼把信捆起来放在石凳下，就在希腊神话女猎人雕像底座边上放几块石头。

在迈克尔和拉赫曼会面五天后的星期一，他第一次看见有几块石头。他检查石凳，发现下面有个信封和捆好的小金属盒。信封里有两张浅米色的信纸。一张是用漂亮的法语写给他的，"山先生，请将另一张纸和金属盒送给高个儿青年，他穿蓝白格衬衫，周二下午 7 点至 7 点 15 分在帕西地铁站西口等，他回答的名字为伯纳德。谢谢你，拉"。

给伯纳德的那张纸上写的似乎是乱语，因为字母看上去像是随意乱画的。迈克尔意识到这一定是法语编码情报，他便回到拉普拉斯街上的房间里，看看自己能不能解码。令他吃惊的是，他很快就发现编码只包括一种简单的字母调换。因为拉赫曼犯了业余密码员的错误，使用一个词超过一次——比如警察一词使用三次——迈克尔没有借助他在迪克斯堡学会的复合解码方法，一个小时就完成解码。情报部分是这样的，"攻击特罗卡代罗地铁站西口附近巴尔扎克咖啡厅里阿尔及利亚独立的敌人"，迈克尔从给出时间看咖啡厅一定处于人多的时间。

迈克尔仔细撬开金属盒，看到四个炸药微型撞针。他很容易想到这些撞针对巴尔扎克咖啡厅的顾客意味着什么。

迈克尔把密电译文和金属盒带给洛根上校，问他下一步该怎么办。洛根上校建议他也正如迈克尔所期望的那样向内政部反恐局汇报情况，内政部位于金匠河岸国家警察署总部。迈克尔来到总部，经过大门警察验证之后，立即被护送到反恐局。迈克尔解释他来的原因，他发现加蒙德上校特别高兴。上校说恐怖分子得到炸药容易，但是对于他们来说很难使用这种含有先进技术的撞针，这恐怕就是他们如此小心地将它们放到指定位置的原因。

讨论之后，上校同意让迈克尔继续从拉赫曼手中获取情报，传递到他要求的位置。上校说："我们要复制所有的密电译文，只是你再到这里来太危险。请打电话来，我们会派秘密人员去取情报。记住你要应对谋杀者，但我们保证设法关照你，以便你不至于为了帮助我们而受到任何伤害。"

拉赫曼每隔几天就把情报送到秘密传送点。迈克尔逐一解密后，转交给加蒙德上校的情报员，每当迈克尔打电话给上校，情报员就扮成学生模样来见迈克尔。所有的情报都是指挥民族解放阵线各种成员"袭击自由阿尔及利亚的敌人"。加蒙德上校发出指令："这些情报和所有的名字，即使是用代码形式，也要告诉我，我们担心的是民族解放阵线，而无需专注于寻找制造巴黎恐怖的阿尔及利亚民族运动和共产主义者。"

迈克尔看拉赫曼有没有第七次传递情报的时候，他发现三位遢遢遏遏的阿尔及利亚青年站在雕像附近。迈克尔骑的电动自行车被禁止进入公园。他停在稍微远一点的地方，可就在他要转身的时候，三个人中最高的那位朝他跑过来，大声地威胁道：

"喂，站住！我们要说的是，怎么觉得是你到警察那儿把我们给告了？"

迈克尔只得硬着头皮问道："你在说什么？"

高个子反击道："你是个叛徒！警察近来总是等着我们，所以前两天拉赫曼给你送份假情报。警察果真就出现在情报提到的地方。"

迈克尔当机立断。他转身跳上自行车，没有时间开动马达，他快速踏脚蹬子，过了这三个人，出了公园。三人在后面拿东西砸他。他试了几下想要开动马达，没有开成，这时候里沃利街上有十几个行人挡住了他的去路。迈克尔想躲开两个女孩，他一拐弯转进一个小巷子。这一下使他失去平衡，差点从自行车上掉下来。他重新回到平衡的时候回头一看，看见三个阿尔及利亚人离他不足十米远。小巷子里没有其他人，巷子很窄，一边是三层楼房的围墙。迈克尔拼命地蹬脚踏板，同时也试着启动马达。

"站住，不站住开枪了。"三个人的头儿高声喝道。迈克尔不相信他会开枪。他离巴黎中心的闹市里沃利街不远，他也没想到阿尔及利亚人会有手枪，他继续向前。

　　就在这时，他听见枪声，与此同时子弹呼啸着就在他左耳朵旁边飞过。子弹离他太近了，他几乎能感觉得到。他没有忘记在基础训练中子弹擦着他脑袋飞过的声音。

　　他要逃出射程之外。他连想都没想，转向右面，拐进第一个小巷，接下来他知道自己被甩出去了。他掉了下来。他的自行车倒在地上，碰到坚硬的地面发出巨大的响声，迈克尔感觉一震，甩离了自行车，他的右踝关节扭了一下。他的头撞到了坚硬的墙壁，感到一阵眩晕。

　　他感到右腿一阵难忍的疼痛。他抓住脚跟痛苦异常。他这处伤得太重，以至于感觉不出别处的磕碰和擦伤。

　　迈克尔逐渐视线变清，便开始环顾四周。他在哪里？他在街面底下的洞里。他坐在水泥地上，他掉下来的这个洞三面是水泥，另一面是铁栅栏，透过铁栅栏他看到的好像是酒箱。他一定是跌进哪家买卖很可能是餐馆的地下储藏室里，他是这样想的。

　　他突然间意识到自己陷入困境。如果三个人追过来，他就成了瓮中之鳖。他看了看上面并没有看见有人往下看。他希望三个阿尔及利亚人没有看见他掉下来了。或是三人决定不追迈克尔了？他们只是想吓唬他？开枪一定是想引起注意。迈克尔想不出来了。他麻木地坐在冰冷的水泥地上，他的右脚踝阵阵剧痛。

　　突然间一个短粗的男子戴一顶厨师帽，穿件白外套，腰系围裙，他正从里面打开烤架。

　　"当时，我听见很大的响动。那肯定是你了，你是骑那个破自行车从这儿掉下来的？"大厨嘲笑地说。

　　"有人追我，我没看见你们打开来的储藏室。请，请给我叫辆出租车好吗？我的脚踝伤到了，走不了路。"迈克尔客气地求他，他强忍着痛，别让人听他说话烦。

　　迈克尔发现大厨的注意力转到上面。他向上看，看见两个法国警察在向下看地下室。

　　"啊哈！你是在躲警察！"大厨指着迈克尔。

　　迈克尔这时疼得十分厉害，他脑袋里一片空白。一个警察打消了大厨的疑心。"我们刚调查清楚，这小伙子被歹徒追赶。我们来得太晚，没能避免这次意外，我们现在来这里是帮他的。"警察尽力把迈克尔拖出地窖，穿过餐馆来到街上。在大厨的坚持下，他们用拉货用的绳子把自行车拖到街上，暂时丢在那里。一个警察问迈克尔把他送到哪里治伤，他们意识到他的右脚不能承重。迈克尔要求送他到美军驻欧洲总部。大厨一脸的疑惑，可是警察立即知道迈克尔是什么人了。

迈克尔乘坐横穿巴黎的警车往回返。这次车程似乎特别漫长，尽管迈克尔的疼痛缓解了行进中的颠簸，他坐在车后面，抬起脚来放到后座上。他们来到美军驻欧洲总部，门卫看了一眼迈克尔，告诉他先待在这里，然后给护士站打电话。不一会儿，值班护士推着轮椅过来了。听说他的脚有问题，便送他到盟军最高司令部，那里有 X 光机，有个值班医生。迈克尔的脚疼得十分厉害，现在连头也疼得厉害，他实在顶不住了。

迈克尔的脚照了 X 射线，过了好长时间，一个面露倦色的医生告诉迈克尔他的脚踝断了。"不要紧的，只是你一个多月不能走路。我们还担心你头上的肿块，所以我们要让你在这里过夜。首先要用皮绳捆住你的脚，注意你的擦伤处。我给你一些止疼片，一两个月内你就会忘记所发生的一切了。"

迈克尔尽管吃了止疼片，但这个夜晚还是很难熬。他醒来的时候天还很黑，也不知是什么时候了，他感到自己很幸运，尽管他近四分之一世纪的生命经历过许多风风雨雨，但还是第一次住进医院，或是第一次伤了骨头，啊，不对，这次是第二次伤骨头，第一次是他高中时打橄榄球时断了锁骨。他没有去看校医，因为他不好意思让队友知道他刚进入橄榄球队就断了锁骨。他也没有去医院，因为他没有钱，他只是不打球了，等着肩伤的愈合。但正如他的朋友注意到的，他的左肩总是比右肩低。不，他真正的擦伤是在泰国发生的。

哪一次是最糟糕的？大概是他追大象差点丢了一只眼睛那次吧。但是那比被蠢鱼吃掉还要糟糕？他想不起那些鱼的名字了。他和小伙伴们在湄南河缓缓流淌的支流里游泳，碰到一个巨大的鱼群，鱼儿开始咬他柔嫩的身体。他还记得那咬得可真叫疼啊。幸运的是当他大声叫喊的时候，他被一个渔夫拉上岸了。

因此他眼角留下疤痕，一个肩膀低，腹股沟有疤痕，但他跌入地窖至少没有留下什么残疾。他没想到的是事实跟医生说的刚好相反，后来迈克尔一遇到寒冷潮湿的天气，脚踝就会隐隐作痛，让他想起这次意外。

过了一周，迈克尔步履蹒跚地拄拐走回和伯恩斯上校会面的那间小办公室，他听到有轻微的敲门声。迈克尔应了一声，门开了，加蒙德上校走了进来。

"我听说你在这里。我来代表反恐局说声谢谢。你为我们确实承担很大风险，你还解密了他们的情报。这情报和撞针将会是审判拉赫曼和袭击你的几个家伙的重要证据。还有，那些拉赫曼手下的民族解放阵线暴徒不会再找你麻烦了。我们后备军官在他们溜到里沃利街上时将其抓获。遗憾的是我们没能避免你的意外。我们的人员一直在注视你，只是在我们阻止你之前你就一溜烟走了。"

"你总是让人监视雕像？"

加蒙德上校回答说："不总是，但你告诉了我们你核实情报的计划。"

"谢谢，我想现在我不用担心了。我相信我不会再次中弹。"

迈克尔多了一副拐杖，他的自行车坏了，他往来穿梭于巴黎的日子结束了。假期就要到来，迈克尔满脑子都在琢磨休假的事。伦德上校通知四个中尉他们已被准假过圣诞和新年。在一起集中训练之后，他们便天各一方，到欧洲坚守各自的工作岗位。伦德上校通知这次休假的条件是他们要在一起度过，但地点不限，他们都非常高兴。三个周末加上十天，他们要在一起度过十六天，这就是说他们可以作度假旅行。

四个人来回写了很多信，推荐具有异国情调的景点，这时候迈克尔不用拄拐了，可杰克、托尼和温斯顿都选定巴黎。迈克尔是对这个决定唯一感到失望的人，因为他很想到气候温暖的地方，在他这次意外之前，他还劝说其余几个人到巴塞罗那度假。

然而，除了杰克来过巴黎几天之外，余下都没来过巴黎，杰克那时还太小，根本记不住什么，正如温斯顿说的要在"快乐的巴黎"度过两周，他们都很兴奋。他们认为有了迈克尔这个在巴黎生活半年多的导游真是太棒了。迈克尔是个务实的人，他不愿把大好时光用在旅游上，但是他想到可以和他的好哥们儿一起度过两周的时光，他乐得跳了起来。

妈妈建议迈克尔的朋友住在圣路易斯旅馆，这个旅馆不大，价格便宜。房间确实很小，都是旧家具，浴室和厕所也是公用的，但是价格合理，位置很好——位于狭窄的、弯曲的圣日耳曼街上，离巴黎圣母院、巴黎大学、卢森堡公园和迈克尔拉普拉斯街上的房间都很近。

12月20日星期六，迈克尔在休假之前检查脚伤，在医务室准许他离开后他搬出了美军驻欧洲总部临时宿舍，回到他在拉普拉斯街上的房间。他还在拄拐杖，但是医生说他的脚踝似乎愈合得很好，他可以逐渐用脚承重。那天晚些时候，托尼、温斯顿和杰克一个接着一个到来住进旅馆。七点钟他们在妈妈那里重新聚首。

妈妈应迈克尔的要求热情款待他的朋友，让他们首次品尝正宗的法国菜：本地有名的勃艮第牛肉，配上昂贵的上好的波尔多葡萄酒，接下来便是她拿手的奶油焦糖。四位好友重新相逢，在巴黎度假，都感到非常兴奋，他们喝了三瓶葡萄酒。其他顾客对这几位二十刚出头的青年感到迷惑：一个高个子北欧人，一个士兵模样的黝黑的地中海人，一个瘦小的亚洲人，还有一个，搞不清是哪个种族的，不是阿尔及利亚人，兴许是阿拉伯人，说不出来。但是他们都讲美国英语，他们高昂的情绪具有感染力，特别是他们在小酒馆里拼着干杯的时候。

看到四位非常喜欢她做的菜，妈妈非常高兴。她一离开厨房就来到他们身边，到了这个漫长的夜晚结束的时候，她就叫他们"四个铁哥们儿"。说得真贴切，在以后的五十年里这四个朋友就是这么叫他们自己的。

他们的休假相当成功。迈克尔为他们展示了全面的巴黎。开始几天因为迈克尔拄拐跛行，他们就坐出租车。他们在卢浮宫借了一辆轮椅，推着迈克尔看完美术馆。在他练习走路腿脚好起来之后，他就带着他们绕着巴黎大学附近的后街转悠，经常在左岸流连忘返。温斯顿对迈克尔为恐怖分子传递密电被枪击的经历羡慕不已。另两位则认为这种想法很滑稽，因为谁都不愿意冒着丢小命、得脑震荡、断裂踝骨的危险来获得这样的经历。但是他们那时谁都没想成为小说家。

大多数夜晚，"四个铁哥们儿"游玩结束都回到"妈妈在家"。他们对她奇妙的酒吧烹饪如醉如痴，在品尝美味佳肴的同时，各自讲述他们在雅典、罗马、柏林和巴黎的不同经历，至少他们认为这部分是连接他们的纽带。他们像往常那样畅谈未来。他们为伦德这位带给他们八个月欧洲美妙生活的上校干杯，并庆祝新年的到来，1959 年就要来到了。

到了半夜，四个朋友轮换着祝福妈妈和餐馆的常客新年好。迈克尔高高举起酒杯，心里别提有多高兴，他意识到他已经走进了又一个美好的新年。

第八章
巴黎、奥尔良堡和慕尼黑，
1959

休假结束，迈克尔又开始了巴黎上班族所喜爱的平静的日常工作。他感觉巴黎的天气还是挺冷的，多亏了他那件新买的灰色的厚羊毛外套——这是他的衣服里最贵的一件——是从很布尔乔亚的巴黎百货公司买来的。他不用再穿那件薄薄的卡其布外套，那等于就是说，"看哪，我就是美国大兵！"这次购物是庆祝他一月初接到通知说他已升为二等陆尉，按照伯恩斯上校的话来说就是不寻常的"快速提升"。他把没去巴塞罗那旅行作为买外套的正当理由，总之一件外套差不多就是他六个月的加薪。

一月份迈克尔住在美军驻欧洲总部附楼的临时宿舍，以便于治愈他假期用力过度的脚伤。他在小办公室里写伦德上将指定的两个报告，伦德刚由上校提升为上将。到了月底，医生宣布他的脚伤已经痊愈。迈克尔很高兴，因为这意味着他能再次接受新任务，这样他就可以走出办公室。他回到拉普拉斯街上的房屋去住，每天又可以享受"妈妈在家"的晚餐和生动的对话。妈妈说："哎呀，你说话很快就要像巴黎人了。"迈克尔听了这话乐滋滋的。

他的合租人让·吕克和女服务生、女售货员保持一种积极的社交生活。他说迈克尔需要女朋友，而且说要帮他找一个。迈克尔拒绝了这一要求，说自己太忙，而且生活不固定。当他看到在塞纳河畔或爱丽舍大道漫步的情侣，心中也生出羡慕之情，但是让·吕克的女孩都不像是迈克尔心目中的夏绿蒂。

就在这时候，他缺少社交生活，于是又重新开始上拉蒙特教授的法语课。教授邀请他每周参加学生聚会，讨论法国文学，分享廉价的红酒。在冬天他和美军驻欧洲总部几位年轻的单身军官有几次一起吃晚餐听音乐会。伯恩斯上校和他的日本妻子美智子——"美智在日本是指运气最佳"——用上等的日本火锅招待迈克尔，除了牛肉和豆豉之外还用了替代的作料。

二月初，迈克尔来到美军驻欧洲总部他的办公室，发现有一封令他惊讶的电报。电报是西格里斯特先生发来的，通知迈克尔说他和夫人 10 日到巴黎，迈克尔可到布里斯托旅馆与他联系。迈克尔很高兴他又能见到西格里斯特了，只是对他们的邀请大吃一惊。他们的旅行代办员为他们三人在马克西姆饭店预定了晚餐。

世界著名饭店的晚餐——迈克尔不知道使用奢侈或炫耀这样的形容词能否描述其就餐的氛围——的确是令人难忘，迈克尔要感谢他爸爸讲述的在西餐礼仪上的惨痛教训。晚餐持续一个夜晚，一道菜接一道菜，每道菜要由大师配相应的葡萄酒。迈克尔很快就认识到马克西姆的晚餐根本就不是饭菜，而是由大师导演、用餐者表演的多幕戏剧，一个专注的服务员照顾一个客人，摄影师和衣着性感的"香烟女郎"在后半场出现。食物过于丰盛，过于昂贵，葡萄酒都是高档的，也过于昂贵——迈克尔看见账单递上来的时候西格里斯特先生面部抽搐了一下——都是戏剧中的道具。到了夜晚结束的时候，迈克尔确信他一生参加一次这种表演就足够了。

但是他看见他的恩人还是非常高兴。尽管西格里斯特夫人看上去还是原来的样子，但是西格里斯特先生和他在伯克利大四之前去芝加哥时显得老多了。夫妇二人都对他巴黎的生活感兴趣，问了他许多问题。

西格里斯特夫人为这个城市的浪漫情调所感染，很想知道迈克尔是否找到了他的"小姐"。他不好意思地说"还没呢"，脑海里想到了那位黑头发的漂亮女郎，那是他走出国防地铁站口赶往美军驻欧洲总部班车的时候经常见到的女郎。

迈克尔继续为伦德上将写情报报告，并执行伯恩斯上校交给的任务。他发现他的工作令人满意，他想他要离开办公室去执行任务，这可大不一样。他在二月下旬意外地接到了伦德上将的命令，要求他 2 月 25 日去见来自五角大楼监察长办公室的托马斯·希明顿中校。中校身材瘦削，头发花白，一边忙着公务，一边在美军驻欧洲总部小会议室里等他。

"我正在调查盗窃案，这更像是针对我们欧洲基地的有组织的盗窃案。正如你所知道的，我们在欧洲有 75 万军事人员，有 45 个基地。单是在德国我们就有 8 个大基地和 22 个小基地。你很容易猜到我们每个月食品的花销就是数百万。"迈克尔不知道他将会说些什么，只是耐心地听着。

"我说的问题是在美军驻欧洲总部管辖范围的国家内至少要关注十几个

基地。简单说来，就是食品在储藏区成批被盗。在奥尔良附近的奥尔良堡，我们有理由相信每个月都有大量的鸡蛋、咸肉、火腿等食品被盗。"

"鸡蛋和咸肉？"迈克尔一下子有些不大相信，强忍住了笑。

"鸡蛋、咸肉和火腿，中尉！"希明顿中校情绪激动起来，"我们的机关估计我们十几个基地的订购至少损失百分之五，可能还要多。我们基地的费用参差不齐，我们肯定大规模的偷盗还在继续。在奥尔良堡，鸡蛋、咸肉、火腿损失的总额达到每月8000美元，接近我姨奶奶的收入。"

迈克尔想知道要他来的目的，食品丢失肯定不归陆军情报局管。

"这是个实际问题。可为什么要情报机关干这件事？与监察长办公室以及刑事侦查部人员合作……难道宪兵队不管偷盗的事情？"

"你说的没错，中尉。可从本质上说是这样的，监察长和最高司令手里的事情忙不过来，手下的人又不熟悉当地情况，或是语言上没有能力调查这件事。丢失食品的基地的宪兵根本没有抓贼的能力。"

连基地都没办法抓住小偷，迈克尔不知道他能做什么，他一句话也没说，希明顿继续说道：

"回到奥尔良堡基地，我们看食堂或接触储藏区的工作人员的资料，这里是过去多年的交易额，我们认为盗贼不太可能是基地的军人，很可能是当地人。如果当地的平民有在基地工作的，我们必须要有切实的证据来要求当地有关部门帮助我们。"

"长官，你具体的想法是什么？你是说让我调查奥尔良堡基地，查出鸡蛋等供给是怎么丢的？"

"就是这样。要求你调查这件事是伦德上将的主意。他认为你完全适合这项工作，因为你'机智，并且不熟悉偷盗的方式'——这是他的原话，不是我说的。你能做这件事还因为你的外表不容易引起盗贼的注意。不要误解我，中尉，我说的就是，你穿便服，没有人会以为你是美军。啊，是的，伦德上将还说你法语好，更适合这项工作。"

迈克尔还有些疑惑。他不是十分清楚中校的思路。他没有受过反偷盗的训练。

希明顿继续他的话题。"我们从奥尔良堡开始调查有两个原因，其一是损失的量大而且还在继续增多，其二是四局官员弗洛尔上尉负责食堂，他给我写信说要注意所有的额外订购单。弗洛尔上尉是三个月前来的，他没搞清楚为什么需要那么多额外供给，主要是肉和蛋。我们当然会定期检查仓库，我们认为所有的板条箱都在那里。这就是说盗贼不只是用板条箱把货运走。盗贼只是贪婪的当地员工，而且可能结成团伙，我们不排除军事人员的参与，因此你要多加小心。"

"长官，弗洛尔上尉会帮助我调查？"

"他会的。伦德上将支持托尼·柏兰度中尉到基地内部工作，表面上就像四局官员临时负责监视食堂，从而摸清线索。他周日到达巴黎，因此我们希望你下周开始调查工作。你和他一起到内部工作，你扮作一个当地人，我相信你们二人一定能拿出这个行动的计划。"

"长官，如果我们发现盗贼该怎么办？"

"那就看是谁偷的了。如果是当地人偷的，那就把他们转交给法国当局，如果是我们的军人偷的，最高司令官和宪兵会处理他们的。"

迈克尔认为对于陆军情报局人员来说这是个非常奇特的任务，但是他想当个密探也挺有意思的。中校站起身来，对迈克尔最后一个问题的回答显然是作一小结，也明确了他的任务。他说："小山中尉，如果你需要我们办公室的帮助就打电话。祝你顺利拿下！"说完便走出了小办公室。

这天是星期三，因此迈克尔要见伯恩斯上校，当迈克尔说周一他要开始执行一项特殊任务时，伯恩斯上校叹了口气。

迈克尔认为到奥尔良过星期天真是不错。从里昂站坐火车走一个小时就到了奥尔良，那真是个美丽的城市，有雄伟的大教堂，市中心矗立着真人大小尺寸的圣女贞德骑马的雕像。在一个名为杜克大学的咖啡馆里用过舒适的午餐后，迈克尔来到书店翻看一本旅行指南。从而他了解到奥尔良堡占地3000公顷，这里世世代代都是法国贵族捕捉麋鹿的猎场。关于奥尔良堡这一章的最后一句是这样的，"在森林的西南角有一个大的美军基地"。

迈克尔问书店老板奥尔良的工人住在哪里。老板打量了迈克尔一下说：

"有的住在这个城市北部的卢瓦尔河附近，但大多数都住在布洛瓦，从这里坐公交车大概三四十分钟。先生，你们的人几乎都住在布洛瓦，那里的住房要比这里便宜得多。"

迈克尔知道他说"你们的人"指的是越南移民，他们是二战结束后来到法国的。老板还有一层意思是说在基地做工的很多法国人住在布洛瓦。迈克尔看了看手表，他意识到布洛瓦的路程正如托尼来巴黎一样不到两个小时。他回到里昂站，接到了托尼。

两个人立即开始设计对策。他们到"妈妈在家"里吃饭喝酒，继续探讨对策。托尼喝了很多葡萄酒，而迈克尔的脸却变红了。到了十点钟他们想出了一个计划。

托尼直接扮演中校分配给他的角色，成为四局弗洛尔上尉手下的一名新手。想要认识托尼的人成为"种子"，也就是总部连连长库奇少校，以及弗洛尔。托尼埋头查看有关食堂人员和订购单的材料，以四局人员想要了解情况为幌子，和食堂做工的人交谈。

迈克尔的任务则更为艰巨。尽管希明顿说过，让一个当地人相信你所说的话不是件容易的事。他相信他的亚洲容貌，他的法国发型，他的金属框眼镜，巴黎的许多越南人和其他亚洲人都是很喜爱的，谁都不会怀疑他是个美国军官。根据他们在二战中的经历，越南人不愿意跟他们认为是以前的殖民主义者交谈，因此他不愿意扮作日本人。当他给本地人提问题的时候，他就装作是从香港来的攻读巴黎大学的中国留学生，为他的社会学研究做访谈。托尼称他为黄毓康。"这名字听起来像个旧金山花花公子式的华人歹徒。"

两个人安排定期到奥尔良咖啡馆会面，迈克尔就在那里吃午餐。迈克尔宽慰托尼说，"在基地打工的本地人光顾这里真是太贵了。"

第二天早晨托尼向弗洛尔上尉作汇报。迈克尔决定首先检查基地，然后允许本地人自由出入。从希明顿上校给他的情报来看，基地只有两个大门，周围都是高高的铁丝网。只有正大门允许车辆通行。这里由宪兵全天候把守，他们检查进出的所有车辆。西北角还有一个后门，只允许当地员工步行进出，因为那里就是从布洛瓦发来的公交车车站。迈克尔决定首先要检查这个后门。

迈克尔从奥尔良乘开往布洛瓦的公交车到兵营站下车，兵营站位于后门。从公交车站他可以看见几座高楼的楼顶。大门上有一个法文公告：军人和基地员工准许入内。但是这里没有警卫，大门也没锁。迈克尔从大门往里盯了一会儿。一条铺好的路从大门一直延伸到最近的大楼。眼前没有人，只见最近的两处建筑没有窗户，显然是当仓库用的。他随意走进基地，四处看看。但是他知道不能这样，因为大门上写有公告。在开始调查之前他不能冒被捉的危险。

接下来迈克尔在基地走一走，来到正大门发现这里已经加强了守卫。一个宪兵用怀疑的眼神盯着他，他便结结巴巴地用英语问宪兵怎样才能在基地找到工作。宪兵用简单的、清楚的、大声的英语，像对孩子说话似的让他直接往前走，到左边第一个楼，到那个办公室领申请表。迈克尔无意找工作，但又不能引起怀疑，因此就去领了一张申请表，然后他离开了基地。到目前为止，他了解到一个陌生人进入基地是很容易的事情。

迈克尔决定在当地员工下班离开基地的时候开始监视他们，同时检查布洛瓦，因为他们大多都住在那里。他走回到兵营站，等20分钟后搭上去布洛瓦的公交车。

和奥尔良形成鲜明的对照，布洛瓦是一个破旧的小镇，他看到的阿尔及利亚、越南以及其他各地的移民人数几乎和法国人一样多，他们都穿着破衣烂衫，大冷的天儿有的还穿着拖鞋。公交站附近有几家饭馆和咖啡馆，生意还都挺不错的。到了午餐的时间，基地附近没有吃的去处，迈克尔便挑了一个简易咖啡馆，要了一份他认为是最安全的奶酪三明治。离当地员工下班还有几个小时，他就在布洛瓦转转，他从这次观察中得到的唯一印象就是，住在布洛瓦实在令人沮丧。

迈克尔乘公交车返回兵营站，猛地坐到要散架的长凳上。他等了好长时间，但是他提示自己在迪克斯堡陆军情报局培训的指导员说过："一个优秀的陆军情报局人员必须要有耐心。"

刚过七点钟，人们开始从大门鱼贯而出，走向公交车站。迈克尔看见三四个小伙子和二十来个小姑娘。唯一的一个例外就是有一位年长的肤色黝黑女子，走路有些跛，但容貌特别漂亮。他凑到人们跟前，用浓重的地方口音问他们怎样才能申请到基地的工作。这位美貌年长的女子指着正门方向的路告诉他说，正常上班时间就在那里申请。很多姑娘都很漂亮，可是令迈克尔惊异的是她们的身段都非常优美，用时髦的话说称得上妖艳。就是在巴黎也难得一见这么多的艳丽的青年女郎。或许是她们一整天上班累了。但他还是注意到一些女子奇怪的步法。她们走路的姿态如弱柳扶风。

开往布洛瓦的公交车到站，他跟在女子后面上车。他希望从她们的谈话中得到一些信息。但是她们说话东一句西一句的，声音又很细弱，他原以为这些青年女子一天枯燥的工作下来总要释放一番的。当意识到他在看她们，她们也偷偷看他，但很快就转移视线。他感到这些女子不想和他同车，但是他认为可能他长得像越南人，而当地人以为越南人在抢他们的饭碗。

迈克尔回到巴黎过夜。黑暗中他在他那个小房间里躺着，眼前浮现出胸脯丰满的漂亮女郎。首先他想到的是任何小伙子都想要的性感尤物，但是他又觉得有点麻烦。她们也就是妖艳而已。实际上她们没有谁想和他乘同一辆公交车。这些年轻的女子为什么走路的样子怪怪的，摇摇摆摆的像是肥腿的人走路，尽管她们都挺苗条的。

迈克尔突然间坐了起来。"不，那不可能！"他轻声地笑了。他又想了几分钟，像过电影似的重温公交车站的情景。他明白了。"是这么回事！"他躺了下来，筹划着早晨要做的事，终于进入了梦乡。

由于迈克尔知道在基地上班的女子要在十点钟报到，他早早就起来赶到布洛瓦公交车站，公交车在9：15运载工人开往兵营站。他站在车站一边，注视着乘客的到来。第一个上车的是肤色黝黑的漂亮女人和两个青年女子。他看着她们走过车站上了车，他想果不出我之所料。

就在公交车快要出站的时候，迈克尔上车奔了后座。其他姑娘途中上车，也都是到兵营站的。所有的工人都在基地后门下了车，这时迈克尔专门盯着她们进了大门。这天早晨所有的姑娘看上去都很正常，没有一个走路摇摆或是跛行。

迈克尔一直坐到终点站奥尔良，到那里他给托尼打电话，说自己是迈克尔·温斯顿上校。托尼没想到迈克尔这么快就要见他，便同意2点钟到奥尔良勒迪克，要迈克尔带来在基地上班的法国女人的有关情报。迈克尔还建议让弗洛尔上尉一同前来。

托尼和弗洛尔一起到达。当认出这个穿着破外套和褶皱裤子的亚洲人时，不由大吃一惊，原来就是他要见的中尉，汤姆·弗洛尔热情问候迈克尔后说，"叫我汤姆"，尽管他的军衔比迈克尔高。当有人把咖啡端上来时，迈克尔悄悄地说：

"我想我找到了食物运出基地的门道了。"

汤姆眯缝着眼睛没有说话。托尼诧异地说："开玩笑吧，怎么可能呢？我们才刚开始调查，你连基地都没到呢！"

迈克尔解释道："不，我不是在开玩笑。昨晚我观察从后门走到公交车站的那些女孩。她们走路很特别，摇摇摆摆的样子，就像是胖女人走路的样子。那个年纪大的皮肤黝黑的女人有点跛。她们有的很年轻，很苗条，可是她们的乳房都很大。"

托尼笑着想要说什么，可迈克尔举手打住了他。

"今天早晨，我去布洛瓦和这些工人坐同一辆10点到基地的公交车。我观察这些乘车的女孩，她们下车走进基地大门。她们走路都很正常，而且所有女孩看上去都很普通，没有明显的大乳房，而且胸部看起来都挺平的。"

　　弗洛尔很感兴趣。托尼不禁大笑，"你是说她们用胸罩带咸肉？"

　　迈克尔说："很可能是鸡蛋，尽管我不能确定她们怎样才能不使鸡蛋破裂。从她们走路的样子来看，我猜她们用腰间小包带火腿和咸肉，走路才一摆一摆的。她们离开基地的时候你们看看，我们今晚就去？"

　　托尼说："我们要小心，就算这些女子个人带出食物，我们也不知道主谋是谁。这些女子带出去那么多的火腿和鸡蛋不可能是她们自己吃的，一定是要卖给谁的。"

　　汤姆惊呆了，"我来这里都三个月了，我怎么就没想到呢？可是想想看，他们七点钟下班的时候我也离开办公室了。食堂的一个军士一直等到当地员工离开然后锁上门，但是他们的办公室离后门不近。"他停了一会儿继续说，语气中增加了自责，"难怪莫妮克那么乐于助人，军士说她总是在厨房人员离开的时候过来帮助锁门。我确信有一天我待到很晚，莫妮克放出话说她们什么东西都没有拿。"

　　托尼和十分懊悔的汤姆·弗洛尔返回基地。弗洛尔通知值晚班的食堂军士听着几个法国女人的动静，他要把柏兰度中尉引荐给还没有见过面的军官，到了六点，他们二人离开食堂。他们换上深色的平民服装来见迈克尔，迈克尔混进后门就在附近的几棵大梧桐树下等着呢。

　　刚过七点钟，当地员工几乎都是女子绕过仓库，朝大门走去。天差不多全黑了。栅栏上的小灯照亮了道路。尽管看不清她们的脸，但是她们的影子还是很清晰的。汤姆说："我不相信这个！迈克尔是对的。那些女孩，还有莫妮克，她们往胸罩里塞东西了！看哪，她身后瘦小的姑娘是伊薇特。她16岁，我调过来之后她才来上班。她不可能有什么乳房的！"他还叫出了另几位的名字。

　　他们的监视证明迈克尔的怀疑是正确的，第二天早晨，汤姆由托尼陪着来见基地指挥官鲍尔斯上校，汤姆说他是"又跋扈，又无能"。他们汇报了所有的一切，托尼的真实身份，他来基地的原因，以及他们前一天晚上所见到的情况。

　　基地指挥官一开始就冲汤姆发怒。他大声责骂他"背着我给五角大楼监察主任写信，汇报你的怀疑，勾结库奇少校不通知我就派柏兰度来我基地"。汤姆使出浑身解数来安慰他的上司。

　　"我只是写我的每月报告，我不知道为什么我每月要做那么大的额外订单。监察主任掌握食品丢失的相同案例，决定开始调查这个基地。他们对我说没有跟基地的任何人谈起调查一事。长官，库奇少校以为你对他派来这么个尉官执行临时任务不感兴趣。"

上校听到两位官员告知他抓盗贼已有眉目之后也就平静下来，而且没有牵扯到军人。最后送他们离开基地的时候他答应派四名宪兵帮他们抓贼。

到了六点半，迈克尔、托尼、汤姆和宪兵一起等着法国员工下班。汤姆通知员工他明天上白班就先离开了。两位宪兵在大门外找了个基地里的人看不见的地方。这时下起了沥沥细雨，对于监视者来说真是倒霉。他们便安慰自己说夜里下雨法国女人这么晚就更不会注意宪兵。

刚过七点，他们看到食堂员工往后门走。三个人注意看着她们。是的，她们带有不少东西，走路都一摆一摆的。汤姆用携带的电话通知门外的宪兵，"到了，她们都带东西了"。

就在她们刚好一半通过大门的时候，宪兵拦住她们，让她们脸朝向栅栏。两个小伙子和一个老妇人想逃跑，他们直奔公交车站旁边的树林，一个宪兵喊道："站住，不然就开枪了。"三个人立即站住。所有人都回到基地集结在一起，这时宪兵和汤姆宣布所有的人都要被搜身。

有个小姑娘哭了起来，接着另外两个也放声大哭。整个这群人都给泪水和雨水湿透了，他们被带到总部大楼官兵休息室，算是临时禁闭室。宪兵搜查两个男人，女兵被叫来搜查女人。这十七个女人被翻出了藏在衣服里的鸡蛋和火腿。什么东西都没带的三个女人和两个男人获释。迈克尔和托尼敢肯定这两个男人是她们同伙，因为他俩一看到宪兵就跑，可是没能得到抓他俩的证据。

在弗洛尔和迈克尔的审问下小姑娘哭着承认了。她们把特制的皮袋放进胸罩装鸡蛋；肉就放在两腿之间。她们不敢用大手提袋，怕中途给搜出来，鲍尔斯上校掌管基地的前几个月就给搜出来过。当问及为什么偷的时候，一个姑娘愤愤地说："我们在基地的工资太低了，我们需要这些吃的。你会嘲笑我们，但是你不知道和你们美国人比起来我们有多穷。"

迈克尔和托尼确信食品丢失的量不是很大，而且也不是有组织的偷盗，顶多也就是像这些小姑娘说的那样带回家几个鸡蛋几块肉。

看见在角落里汤姆审问莫妮克愤怒的样子，迈克尔不知道他是如何让她认账的。他和托尼走过去说道："我们刚刚知道所有小姑娘都给你效力。如果你承认所有这些损失都是你的指使，我们答应你尽量让基地指挥官更重要的是让法国警察放过你。为什么还不承认好争取宽大处理？"

莫妮克看了迈克尔一会儿没有说话。他不知道自己的审问起作用了没有，最后她小声问道："如果我答应你，你会放过所有小姑娘吗？"

迈克尔和托尼点点头，迈克尔说："是的，我们在这里制止偷盗，不会跟你们所有人过不去的。"

莫妮克盯着迈克尔看，然后顺从地说道："今天早晨我在公交车上见过你，我怎么知道你是美国军官？好吧，中尉先生，你想知道什么？"

她开始坦白，说话的语气很平静。她那独具魅力的面部表情冷峻，她承认偷盗是两年前开始的，那时她在基地上了一年班。一开始偷出的量都是很合适的。"我带回家几个鸡蛋，偶尔带火腿和咸肉，这样我的小儿子吃的要比靠我那点工钱好些。谁都没在意我拿的那点东西。"

但是有两件事促使莫妮克偷的量更多，也更有计划性。她的儿子得了几次气管炎和肺炎，而且处于营养不良状态，医生担心他如果吃的不好、住的又冷，就会发展到肺结核。与此同时，她得知她的阿尔及利亚丈夫在奥兰郊区被法国士兵打死。她的哥哥曾经试图劝她跟他到阿尔及利亚民族运动去工作，可是她不想做犯法和危险的事。然而当她听到丈夫的死讯时，她异常愤怒，她便同意加入她哥哥为阿尔及利亚争取独立的战斗中。

托尼打断了她的话，"你哥哥开始为基地工作了。我们释放的两个人就有你哥哥"。他陈述这个事实，不像是审问。

莫妮克看着他开口道："你怎么知道？我们都有不同的名字。"

托尼回答道："我们拘留你之后你就一直盯着人看，你的眼神和他的一模一样。"

这时汤姆主管审问，这些细节都可以作为写报告的材料。莫妮克承认设计并缝制装鸡蛋和肉用的特殊皮袋，雇用新来的姑娘——实际上强迫她们入伙，还从她们每个月提供的赃物中给她们分一点。但是当问到她把东西卖给谁的时候，她含糊其辞。

"我哥哥的朋友到巴黎帮我们卖的。我知道的就这些了。"

第二天鲍尔斯上校立即解雇了所有的青年女子，并将莫妮克交送奥尔良宪兵队。迈克尔听到所有的姑娘都获得自由的消息很高兴。听到姑娘们哭诉她们偷东西的缘由，他回想起在阿佐谷孤儿院总是饿肚子的日子，他和两个小男孩总是去找吃的，从这块地里拔一两个胡萝卜，又从那块地拾几个土豆和水萝卜，那个情景仿佛就在眼前。

迈克尔又回到常规的工作状态，为伦德上将写情报报告并完成伯恩斯上校交办的任务。到了七月初，迈克尔接到希明顿上校的电话，要求迈克尔到慕尼黑帮助杰克·兰道尔调查一个大基地食堂食品丢失的情况。就像奥尔良堡案一样，迈克尔要做地下工作者。他坐火车来到慕尼黑，住进了一个脏兮兮的小旅馆，杰克为他预定了一个房间。

第二天早晨，杰克9点钟来接他，迈克尔上了军用轿车，杰克马上就简要说明情况，几乎没有喘气。

"迈克尔，我们这里问题严重了。什么东西都丢了很多，尤其是肉。但是和奥尔良堡基地不同的，我们这里的安保工作做得非常好，指挥官艾普林上将给我以很大支持。希明顿首次给我下达任务，我就请示让你来。他立即同意了，因为你在奥尔良堡获得了成功。至于说计划，我这里扮演一位效能专家对基地食堂计划提出建议。我建议万一我们需要调查当地人，你就要隐蔽起来，住在基地外面。"

迈克尔突然说道："太棒了！"

杰克笑了笑，继续说："这是个庞大的配给——超过了三千人。我在这里已经两天了，但才开始看有关的记录。艾普林上将让我们用他家的餐厅——在基地外面——你就有工作的地方，外面也能常见面，因为他妻子现在美国。"

杰克继续向迈克尔讲述基地的情况。基地位于慕尼黑市区外，占有300公顷草地，西部为森林。整个基地外面环有栅栏，基地东侧主门和南侧门都有哨兵把守，侧门专为军用和货用卡车通道。

杰克的话题转入调查一事。

"艾普林上将管理严格。在这里你不可能像在奥尔良堡那样找到贼。四局的人员每夜都把守四个冷库所有的门，他们把持着所有的钥匙，而且用钥匙的人都要签字。从仓库里运东西都在食堂军士的监控之下，当地的食堂雇员出入都有严格的监视。"

"然而，就算有这些安全措施，食品还是在大量丢失？"

"是的，四局停止了每月的额外订购，包括少量的订购。尽管我快速查看记录，但我得出的结论还是损失率总在百分之五左右。我认为对于这些饭量大的步兵小伙子来说调整所增加的量是合理的。"

"你就没看到食堂里的员工下班时有可疑行为吗？"

"我知道你会问这个的。是的，我注意过的。但是我没看见过许多大乳房的女人。也没有人像鸭子一样走路。就算有人愿意把冷鸡蛋搁在胸罩里，把肉放在两腿之间，那也无法解释我们正在看见的损失。"

杰克在外面向迈克尔介绍基地之后，开车把他送到上将家里，附近都是可爱的葱郁的树木。一位德国女管家把他们让进屋。记录簿摆放在餐桌上。

杰克谈起了有关基地的话题，迈克尔逐条仔细检查过去两年的每月食品记录。他发现杰克是对的——从一年前开始每月的丢失量很大，尽管基地大门的安保工作很到位。对这些记录检查又检查，还是找不出解决这一疑团的任何线索，迈克尔有些泄气。他一边叹气一边在想，"这就像是埃德加·爱伦·坡更衣室谋杀案小说——线索肯定是看得见的。"

迈克尔关注的是肉和鸡蛋，这些大多是从丹麦、荷兰和德国北部运往斯图加特，装上基地的卡车。他决定画一张图表表示过去八个月订购这些食品的情况，每个数据都标上订购和接收食品人员的名字。他没有关于平民司机或负责卸货的基地工人的资料。

图表显示在订购的数量上没有一定的规律，除了渐渐增长的趋势，迈克尔没有找出订购人员的任何规律。接着他看看是谁签收的货物。有时候是鲍姆上校，也有时候是埃文斯上校。签收订单的人就和食品丢失有关吗？尽管证据并不充分，但是在鲍姆上校签收验货的日期之后额外订购的数量趋于增多。有可能他签收的低于全部发货，部分货物被转移了？

可是货物被转移到哪里，怎么转移的呢？上校是幕后策划者还是偷盗的一个环节？这真是叫人费解。

杰克刚过五点就来和迈克尔交换调查的意见。迈克尔说："我想我找到了事情发生的线索。"经过彻底审查记录，杰克同意迈克尔的观点。但是要得到确凿的证据证明鲍姆上校的过失并逮捕所有他的同伙是困难的。经过讨论，他们制订了一个计划，让杰克查出卡车从斯图加特到基地运货的路线。

第二天早晨，杰克来到食堂找人谈话，但是今天他确定卡车老司机约瑟夫·费舍尔就是同伙之一。费舍尔在基地当司机已有十年，那是在开始丢失食品很久之前。杰克非常仔细地向他发问，不知道他是不是那一伙的。他说他向基地食堂推荐了效率测度，其中包括食品运输方法。他关注的是到斯图加特的长途往返，往北去的时候就处于空车状态。

杰克向迈克尔汇报，"费舍尔先生又紧张又顺从，因此我开始让他说出途中的细节。这就像是拔牙。"杰克笑着补充道，"但是我终于理解做贼的套路，令人惊讶的是我没想到司机还是个线索。"

迈克尔好奇地问："接下来怎么样？"

"关键在于从斯图加特返回基地的路上发生了什么。原来在某次长途中他们被要求在慕尼黑北部约翰内斯·伯杰仓库门口停车装鸡蛋，费舍尔说这个人是一个大的食品批发商，尽管他在战后才开始做生意。伯杰先生用自己的人把鸡蛋装上车，热情招待两位司机在他的员工食堂吃晚饭。司机以为吃饭的时间会耽搁返回基地的行程，在鸡蛋往车上装的时候赶紧吃完饭。两件事至关重要：吃饭的时候卡车不在司机的视线范围内——直到听见招呼为止；基地不从伯杰那里订购鸡蛋等食品。"

"好的，知道了！当时有人通知到伯杰那里停车，签收装货的是鲍姆上校，对不对？"

"是的，迈克尔。鲍姆一定签收了全货，实际上在伯杰仓库全货已被卸下一部分。可以肯定，司机打开卡车看见装货就没有什么可疑之处，在卡车要特别停站的日子回到基地时间就很晚了，费舍尔说鲍姆上校关心人，让司机先回家，他便找几个食堂员工卸货。"

迈克尔问："给鲍姆卸货的员工是谁？"

"亚伦·海涅曼和鲁宾·曼德尔两个德国员工，他们在食堂打零工。有意思的是，俩人都是鲍姆来基地后雇用的。"

迈克尔和杰克确定鲍姆是这个集团的同伙，或是幕后操纵者，或是盗窃行动的主要成员。他们去见基地宪兵队队长威廉姆斯上校，给他出示"证据"。尽管上校认为他们的证据重在推理而不重实际，但是他也同意这一结论，"我们去看看，不能再丢东西了"。他们检查过订购记录和四局值班人员的食物之后，发现鲍姆上校两天内值班签收了来自斯图加特的大量食品进货。三人决定等货车返回的时候过去检查。

两天后早晨六点半，一身军服的迈克尔和杰克、威廉姆斯上校还有一名宪兵安静地坐在休息室，下班的士兵就在这里打牌，或打乒乓球，或看电视。从窗户可以看到装货码头。四个人等待着从斯图加特返回基地卡车到来的信号。

快到七点钟的时候大型军用卡车到了，停在了装货码头。鲍姆上校立即出现，身后跟着两个德国人海涅曼和曼德尔。上校向这两个人示意打开车后部卸车，然后走到两个司机跟前。在和费舍尔交谈几句之后，他在司机递给他的纸上签了字。两个司机便离开了。

迈克尔看见板条箱在上校的监视下开始在码头上摞起来，可奇怪的是他没有试图对照提货单核实。

　　这时候威廉姆斯上校说，"我们走"，四个人冲出休息室，穿过存储区，来到码头。

　　"鲍姆上校，我可以看看你刚签过的货单吗？"

　　没等鲍姆答应，威廉姆斯就命令迈克尔和杰克去验货。两个卸货的人想要溜走，上校喊道："站住！"并令他们帮杰克和迈克尔搬板条箱。

　　鲍姆露出害怕的样子，他一声不响地送上货单，威廉姆斯上校把提货单交给杰克。

　　杰克和迈克尔按照货单互相核对板条箱的数目，数目刚好对上了。杰克感到疑惑，迈克尔说："我们打开板条箱检查里面的食物。"

　　威廉姆斯上校命令两个德国雇员切开绑在板条箱上的金属条，迈克尔打开板条箱。鲍姆默默地看着眼前发生的一切，如木雕泥塑一般。

　　在两位德国人的帮助下，迈克尔和杰克接着随意打开近三十个板条箱，所有的货物都和标签上写的相符，一切似乎井然有序。

　　这时杰克的内心惶恐不安，脸上露出恐惧的神情，这是他完全没有料到的。他开始道歉："威廉姆斯上校，对不起，长官，看来似乎……"

　　鲍姆突然间插话说："威廉姆斯上校，我不得不监督我的人把这货放好，可现在太晚了。这种无聊该结束了吧？"

　　迈克尔看到鲍姆的表情松弛了下来，他抢前一步。"等一下。我有个想法，请给我一分钟的时间。"

　　他走到打开的火腿箱前，把顶层的肉拿出去，然后是一层隔离的纸板。接下来他拿出几包火腿，都是用报纸包裹的。鲍姆上校表情呆滞。

　　迈克尔默默地打开报纸，露出一块烧火用的劈柴。杰克和迈克尔一起一箱接一箱地拆包。他们拆开的板条箱里有一半是劈柴，可是两个中尉很快就发现离卡车后门最近的板条箱是最先卸下来，里面的劈柴和报纸比食物还要多，只有顶上一两层是食物，以防有人打开检查。

　　板条箱被逐一检查，鲍姆仍坐在装货码头台阶上，他紧闭双眼。

　　当发现二十个板条箱里有劈柴之后，威廉姆斯上校告诉杰克和迈克尔停止检查。"我们要让四局的人员对照提货单全部核查。"他给艾普林上将打电话，经过简短磋商之后，他和宪兵把鲍姆带到基地禁闭室。杰克和迈克尔待在那里和两个德国人一起看管冷冻货仓角落里今天的卸货。

　　工作结束，把门锁上，杰克说："好了，食堂饭点过了。"

　　迈克尔说："那就到村里吃正宗的德国饭。我更喜欢德国啤酒、德国泡

117

菜加蒜肠，总之比军队饲料强。"

两个人面前一人一杯啤酒，杰克问道："你怎么想到要搜下一层的。我根本不会想到他们会在箱子里放一层鸡蛋加一层肉来糊弄我们。想到要查底层的人心术都不正。我对你这么信任，你对我心术不正吧？"

迈克尔答道："多谢你的恭维。我想鲍姆是个谨慎的人。他要确保安全后才会偷的。因此他要把被捉的风险降到最低，以防他被叫走的时候有人要来验货。我也以为两个卸货的德国人熟悉情况。但是我们还得让他们走，因为我们现在没有任何证据。但是鲍姆一定要找人放劈柴并包装好。"

杰克问："是的，我同意你的思路，但我不明白的是，你怎么想到要看下一层的？"

迈克尔笑了笑，"哦，你不知道过去有些事情引起了我的怀疑。尽管诉讼时效很久以前生效，我不能确定我透露一些事情会被认为是犯罪"。

杰克央求道："快点，就你所知道的，诉讼时效过去了，我跟谁都不会说的。"

迈克尔喝了一大口啤酒，冲杰克咧嘴笑，"好的，来杯咖啡……"

"好的，好的，我出饭钱，现在告诉我吧。"

"好的，你知道我从东京孤儿院逃出来之后，我不是给神户附近一个小黑市商人小西打工吗？我干了很多显然是不道德的事，就算是不完全违法，比如给货物撕商标，这些货物后来我认识到几乎全部来自军中福利社。我们重新包装，为了干这个我都学会了焊接。"

杰克继续问道："焊接跟你为什么要翻箱子下层有什么关系？"

迈克尔答道："来杯咖啡，有人从军中福利社给小西带来 12 大罐美国咖啡。他就要这么卖掉，可我想出另外一招……我不能确定灵不灵。"迈克尔说着，夹了一口德国泡菜。

杰克求着他说："接着说啊。"

"好啊，我想如果我们卖出的咖啡超过 12 罐，我们不就多赚钱了。因此我到当地最好的饭店酒吧转悠，他们很多都在迎合美国人和其他外国人，以及日本黑市商人。他们大多数都很高兴让我收走他们的空咖啡罐。我还从垃圾桶里捡回来一些。"

"是捡回来的？接着说。"

"是的，我把收集到的 52 个罐洗干净，到贮木厂后面装上了锯末子，用手推车拉回到小西的摊位。我没有用锯末子把罐装满，而是上面留了一英寸。这一英寸我装的是推销员带来的真正的咖啡。推销员带来的 12 罐我都是如此装满。那可就是 64 罐咖啡——更准确来说，64 罐只有顶部一英寸厚的咖啡。"

杰克的表情先是吃惊，然后是嬉笑，而迈克尔则继续讲他的故事。"我用整整两天时间把所有的罐都焊接好了。如果我可以这样说的话，感谢这次的焊接经历，除非专家谁都看不出来这些罐是打开后重新焊接的。但是我还是小心翼翼，让小西告诉推销员到晚上天黑以后卖给毫无戒心的家庭妇女。别笑，杰克。还告诉别卖给饭店，要到那里收新罐呢。我的咖啡卖得特别好，全部 64 罐，每罐不到现价的三分之一，两个晚上全卖光了。"

杰克笑不出来。

"我听说有一个老太婆疑心重，要求打开她要买的那罐。可是当她看到咖啡闻到了香味，她就乐了，一下子买了三罐。因此我就想到在顶层咸肉和火腿下面还有别的东西。"迈克尔讲完了。他痛饮了一杯，身子往后靠了靠。

迈克尔要求道："兰道尔中尉，现在就请付账，带我回慕尼黑我住的旅馆，我明天要坐长途列车回巴黎。"

在"凹"字形的慕尼黑火车总站，迈克尔看见所有的人都在等开往巴黎的特快列车，遗憾的是没有预留座位。车门打开的时候，他挤入了等待二等车厢的人流中，人们开始上车的时候，他被人从后面推挤着，撞到了一个黑头发的姑娘，她提个箱子，挎个篮子，还带着别的东西。她步履蹒跚。迈克尔用他的小箱子顶到车门旁支撑住自己，用另一只手抓住她的箱子，让她重新站稳。他帮助她上了火车，把她的箱子放到头顶行李架上，然后找个位子坐下。现在只有她旁边的一个位子是空的。迈克尔犹豫了，不知道他坐过去会不会太唐突。

"请吧，"姑娘说着拍拍她身边的座位。迈克尔把他自己的小箱子放到行李架上，感激地坐在她旁边的位子上。这时他看了她一眼。几乎是同时认出了对方。"你是从地铁上来的。"他们都说法语。他们互相看了看都笑了。

姑娘先开口说话，"你的脚好了吗？我看你一瘸一拐的"。

迈克尔答道："好了，谢谢。我骑自行车出了个意外，脚摔断了。"感觉她似乎愿意跟他说话，他便问道："我在火车上看见你的时候你似乎总是在记一些什么。你在学什么？"

她笑了，露出整齐洁白的牙齿，她说道："我在学歌剧演唱，在开往国防站的火车上，我在复习意大利语。你出来做什么？"

迈克尔以为她知道他是干什么的，他们的谈话也就终止了，他也就任由她去吧。"我是美国军人，我住在巴黎是执行任务，我要去美军驻欧洲总部。这里有从国防站开出的班车。"

"哦，我明白了。我以为你可能是越南人，但是你看上去不太像……你也不戴他们那样的金属框眼镜。我想你穿的是法国外套，那笨重的鞋子是美国大兵穿的，我就猜不出你是干什么的了。"

迈克尔又高兴又难堪，她似乎是在攻读意大利语的时候把他研究透了。她问迈克尔是不是要转到说英语，她的英语要比法语好。他马上回应，两个人谈了些有关外国人在巴黎居住的情形。话题渐渐变成更为私人性的。迈克尔问她在巴黎的学习情况，得知她在就读前歌剧歌唱家沃尔康斯卡娅夫人的私人教程。

迈克尔问得更果敢些，"你在慕尼黑做什么呢？"

"我到慕尼黑一家歌剧公司试唱，求一个候补演员的职位。我妈妈身体不好，家里真希望我明年回家住。可是我喜欢在巴黎再住一年，尽管这意味着我要忙得要命，因为我要挣钱交学费，还要做沃尔康斯卡娅夫人的同伴兼秘书。"

迈克尔更希望她留在巴黎。一辆载有饮品和小吃的售货车走过通道，他给姑娘要了杯咖啡。她接过咖啡，打开膝上的大篮子。"我妈妈要求我把各种好吃的都带回去，既在火车上吃，也给妈妈当礼物。来点点心喝咖啡怎么样？"

要端平热咖啡容器，还要留心蜜糖点心，迈克尔还有的一点羞涩也荡然无存。列车越过乡间飞快行驶，两个人越说话越多。在拥挤的封闭的车厢里，两个人都有置身于尘世之外的感觉，他们道出了在巴黎生活中不为人知的事实和情感。迈克尔认为这就是常说的"化学反应"，或是两个人的"心有灵犀"。他知道自己完全沉浸在和她的交谈当中，他甚至还承认自己被她迷住了。

但是他还不知道这时他开始坠入爱河，他一下子就对这个名字叫艾丽萨·韦登菲尔德的姑娘产生了强烈的爱，和迈克尔一样，她的生命里也渗透了身世的曲折和战争的疯狂与残暴。

迈克尔了解到艾丽萨是犹太人。她父亲是个记者，母亲在德国一家中学体育馆做合唱指挥。摩西·韦登菲尔德是《南德日报》的国际记者，三十

120

年代被分派到纽约，艾丽萨想到了父亲 1936 年回家探亲，没能劝说妻子离开德国，然后就来不及了，格特鲁德·韦登菲尔德在她"失踪"的前一天晚上，把她的女婴送给她最好的基督教朋友，尽管人们都知道她和其他一些犹太人一起被士兵逮捕。

艾丽萨童年是在慕尼黑南 30 公里的小镇富森度过的，被认为是艾丽萨·梅耶，彼得和安吉拉·梅耶的女儿。1946 年她 10 岁，她父母来了，领回了惊异不已的艾丽萨。有人告诉她说母亲死里逃生，因为她"给集中营司令像你一样大的女儿教钢琴"。艾丽萨没问过她母亲失踪以及在集中营的生活，因为"我逐渐认识到母亲经受过可怕的折磨"。

迈克尔告诉艾丽萨他也属于少数民族。看她迷惑的样子，他解释道："在日本一半泰国一半日本血统的人是非常稀少的，就像是我在的少数民族就我一个人一样。"他接着说他出生在曼谷，母亲是泰国人，在他一出生的时候就死了，日本父亲由于反对战争并帮助在缅甸的英国人而被日本军队以叛国罪判处死刑。迈克尔苦笑着说："战争改变了我的人生，把我从亚热带天堂中的富家小孩变成一个孤儿，一直处在寒冷饥饿的状态。"

听了迈克尔的身世，迈克尔感到艾丽萨的语气充满了同情："和你相比我是幸运的。我有父母，实际上有两家父母，而你生来就失去了母亲，你父亲也被日本纳粹给害死了。"

迈克尔决定换个话题，就问她要成为歌剧演员的事情。尽管他听过父亲留声机里放的咏叹调，他还没看过歌剧。

"我总是想成为一名歌唱家，但我家里没钱送我上著名的音乐学院，比如纽约朱利亚音乐学院。沃尔康斯卡娅夫人看我在学校的演出便同意辅导我，因此我很幸运。她是位非常好的老师，在课上课下要求都非常严格。"艾丽萨做了个鬼脸。

迈克尔趁机说道："我希望你有时间的话，我们可以再见面。"火车来到了巴黎东站，一想到走进拥挤的地铁就要和她分开了，他的心里难以承受。

艾丽萨害羞地笑了，立即回应道："那好吧。我一般星期天和星期三晚上有时间。"她翻她的手包，找出一张小纸条，她写上沃尔康斯卡娅夫人的地址和电话号码。迈克尔欢天喜地，只是尽量控制着。

列车开进巴黎东站时天已经黑了。俩人一起走到地铁站，迈克尔把艾丽萨送到她换乘的夏特勒站，她一再说她自己能行。她没想到迈克尔是绕远路陪她多走一会儿。

迈克尔不情愿地点点头。当他们分开的时候，他突然想要拥抱她吻她的脸，像情侣那样。但是他没有鼓起十足的勇气。他只是把手伸出来说："谢谢你，这个旅途好极了。"艾丽萨紧握他的手回应道："一样的，谢谢你。我会很快见到你吗？再会，一个学者模样的中尉。"

当她消失在通道之后，迈克尔从车站走进灯光闪耀的广场，从那里他可以看见巴黎圣母院的侧影。他走过通向左岸的桥，月光下面的塞纳河波光粼粼。生活真是太美妙了。"我终于遇见我的夏绿蒂了！"当他上坡走到拉普拉斯街的时候，他的脚踏在鹅卵石上仿佛可以奏出音符了。

第九章
巴黎，1960

1960 年的新年，四个铁哥们儿来到巴塞罗那，他们的旅程因为迈克尔在年前扭伤脚踝而不得不推迟。他们以前都没来过西班牙，所以满怀很大的期待。迈克尔原以为在地中海微风吹拂下度过一个温暖的假期，却发现这里寒风刺骨。他们预订的宾馆相当破旧，唉，这么低的价钱还能说什么呢。

"杰克，你告诉我们你叔叔说这是西班牙最好的地方。"迈克尔一边责怪一边把摇椅挪到背风处。

杰克满脸懊悔地说："那都是几十年前的事情了，你得承认这家店确实便宜，而且东西好吃。这样，把我的防风夹克穿上吧。"说着就把它扔给了迈克尔。

当迈克尔穿上夹克的时候，他的朋友们都开始嘲笑他，因为这个夹克是比他高出一头、至少重上五十磅的人穿的，但是迈克尔非常开心，因为多少感到暖和了一些。如果知道天气这么冷的话，他一定会把法国大衣带过来。

"好吧，好吧，我承认东西很好吃，我以前从来没吃过肉菜饭，真的很棒！"他停止了抱怨，决定尽力过好这个寒冷的假期，这两周艾丽萨不在他身边，她去慕尼黑度假去了。

随着一天天过去，迈克尔觉得虽然店主和伙计们隆重招待他们四人，但是从店主问的问题可以感觉出店主似乎觉得他们很奇怪：四个年轻人好像来自世界不同的地方。他们都有美国军队的身份证，迈克尔认为伙计们能看出他们四人是好朋友。当然，他们对美味佳肴感到心满意足。迈克尔一个接一个地吃墨西哥辣火腿，他不在乎别人笑话了，因为这比他在巴黎吃的火腿强多了。

去年在巴黎，刚到欧洲游历的四个铁哥们儿当然只能谈他们各自在被安排去的城市的经历。但是今年，还有不到六个月的时间他们在欧洲的服役期就要结束了，他们主要的话题是未来。他们谈到了回到美国之后想做的事情：去海边钓鱼，去蒙锥克公园，那是一座辽阔的海滨国家公园……

杰克想要读法学院，已经申请了五所院校，迈克尔说真心希望他读哈佛法学院。托尼计划着进入商界并希望被哥伦比亚大学商学院录取。温斯顿还是想当作家，但他认为最好还是先有生活阅历并能养活自己。"写小说会让我获普利策奖或诺贝尔奖的。"他咧着嘴笑道。

因为艾丽萨的缘故，迈克尔曾一度想留在欧洲，但是法国的大学没有开设他想要学的经济学课程。这么一点点积蓄，很难养活自己，更别提读研究生了，在欧洲待下去是不可能的了，他的未来就在美国。在明斯基教授的鼓励和强烈推荐下，迈克尔申请了三所美国高校，这些学校的经济学院都是一流的。明斯基教授不曾忘记，"这个学生是我这些年见过的文章写得最好但英语最差的学生"。迈克尔的首选是伯克利大学，尽管他知道学生们都被鼓励获得哲学博士而不是文学学士。他想上能给他提供最多资助的那所大学。回美国意味着要离开艾丽萨一段时间，但迈克尔觉得现在担心这些毫无意义，还是先享受这两周美好假期吧。

在来到巴塞罗那的第三个晚上，迈克尔和托尼、杰克一起给温斯顿讲述他们称为"调查咸肉和鸡蛋"的故事，他们可以讲这件事，因为这不属于陆军情报局的调查，每个人讲得都很有趣。

温斯顿顿生羡慕之心，因为他并没有那样的经历，这种经历都可以写成一本小说了。"要是能知道那个上校如何谋划偷出大量食物的过程就更好了，我理解为什么法国妇女要偷窃，可我不理解一个军人为什么要冒险呢？"

杰克说："我们查出来了，那是另一个令人伤心的故事。上校是犹太人，在战前除了他姑妈外，他的亲戚都撤出了德国。姑妈嫁给了一位天主教徒，她确信丈夫能够保护她。但是她丈夫1942年在斯大林格勒被杀，然后他的姑妈被押到了贝尔塞克，这是一个离波兰里尔沃很近的集中营。这个集中营的死亡率是最高的，但是她却奇迹般地活了下来。在战争之后，她回到了莱比锡，这可怜的女人却发现这里已成为东德的土地。最终她和在美国的亲戚联系上了，他们想无论如何都要把她弄到美国来。"

他的三个听众都听入迷了，包括迈克尔，他以前也没有听说过这些。

"这女人的哥哥也就是鲍姆上校的父亲把这件事告知了刚去慕尼黑的鲍

姆，鲍姆就开始想办法把他的姑妈救出来。他去了慕尼黑刚刚重建的犹太教堂，那里有人介绍他去找一个叫做约翰内斯·伯杰的食品批发商。这个人组织了一个团体叫做'自由客运'，他们鼓励东德人追求利益。但是他们需要费用，因为他们要在东德买车、买气，支付那些在边境为他们效力的伙计的工资，花费相当多，因为这是一个极其冒险的活儿。上校没有钱把姑妈救出来，即便是支付'犹太人特殊价格'的钱也没有。因此他想出了一个挣钱的办法，就是把美军供给低价卖给伯杰。总之，上校最后救出了姑妈，他也继续执行这样的计划，因为其他的犹太人也需要解救。与其让这些人处在东德统治之下，不如去偷美军供给会使他的良心更好受一些。"

"那位上校怎么样了？"温斯顿好奇地问道。

"哦，他已经被起诉了，对于当时那种特殊环境，我确定他不会坐很多年牢的。虽然我不知道西德给那个批发商什么样的惩罚，但是我听说'自由客运'被解散了。"

迈克尔想知道如果这个组织还在运营，它帮助从东德逃出来的所有人会过得怎么样。

假期很快结束，四个人各奔前程。迈克尔的生活又回到了原来的样子。他现在全天都在为伦德上将写调查报告，其主题涉及阿尔及利亚情势恶化和非洲法国前殖民地独立影响法国国内政治的问题，这个工作已经有一年多了。与此同时，迈克尔也追踪并评论着在主流报纸中所看到的不同观点，例如共产主义市长和市政议员人数增多，美国军队进入法国等等。迈克尔最后开始掌握五角大楼陆军情报局所面临问题的范围。

为了完成这些任务，迈克尔开始大量阅读陆军情报局送来的文章以及法国文件，其范围是从左倾的《共产党人报》到右倾的《法国世界报》。他也浏览法国记者和学者写的文章和书籍。随着浏览法国资料越来越熟练，他以为自己的工作量会变轻，但不曾想到任务量加重了，因为伦德上将想到了他的能力在增强。

在享受工作的同时，他一周中最精彩的一天莫过于星期六，这一天他固定会与艾丽萨一起度过。从去年暑假开始，他们就定期约会。天暖的时候，他们会徜徉于巴黎，参观著名的博物馆和景点，在"妈妈在家"吃晚餐。天冷的时候，他们会在迈克尔拉普拉斯街上的小房间里度过漫长的午后时光。

和艾丽萨在一起的时候，他感到妙不可言，他珍惜和她在一起的分分秒秒。他不知道她接下来要做什么，要说什么，他完全被她迷住了。当他一个人在自己的房间或办公室的时候，仿佛可以看到她的笑容，听到她那带有德国口音的英语，眼前浮现出在床上的摄魄销魂的美妙情景。

吹遍巴黎的凛冽寒风停了下来，杜乐丽花园里黄色蓝色的番红花绽出了蓓蕾。迈克尔在同一天内收到了来自加利福尼亚的两封信，还接到一项任务。他撕开了第一封信，他已经得到在伯克利大学攻读经济学博士的奖学金。第二封信是明斯基教授的祝贺信，祝贺他可以攻读博士学位，并说设法让他获得除了奖学金外的助教奖学金。迈克尔觉得他到美国攻读经济学的梦想就要实现了！

就在他还得意洋洋的时候，他接到了一个电话，叫他去见欧洲盟军最高司令部贝恩斯上将，那里离美军驻欧洲总部有几百米远。上将的办公室是迈克尔见到的所有陆军基地里最大的，从中可以看到一片翠绿的树林，迈克尔知道穿过树林就是凡尔赛宫。

贝恩斯上将大概六十岁出头，头发已经花白，但是他对迈克尔说话的口吻几乎是平等相待。他开始说道："小山中尉，我这里的情况很麻烦，也很微妙，伦德上将说你可以帮助我们。"

迈克尔听着上将讲话，觉得这与一年前的情景几乎一模一样，那次伦德上将要求他帮助希明顿上校调查奥尔良附近基地肉蛋丢失一案。而这次的问题在于向俄罗斯泄露高度敏感的军事情报。迈克尔认为对于情报人员来说这次的任务比上次查出偷食物的人重要得多。这次的任务肯定是由准陆军情报局来执行，其中包括北约组织。

贝恩斯上将简要说出了问题所在："在过去的六个月里，每当我们在土耳其东部靠近佐治亚和亚美尼亚边界进行分区演习的时候，我们都会发现俄国人在边界注视着我们。我们把十几个大炸弹运进或运出我们在土耳其的空军基地——英基里克、亚达那以及伊斯特——这时候我们就能确认那些当地人，我们猜测为当地的共产党人，他们似乎很了解我们空军实力的变化情况。"

看到迈克尔全神贯注地听，上将便继续说。

"经过六个月的调查，我们确信关于北约演习以及炮弹流动的情报正在泄露。随着排查工作的进行，实际上这次泄露的情报主要涉及土耳其，我们认为泄露者应该是参加我们最高机密会议的两个土耳其军官中的一个。我不知道你是否了解这件事情，自从 1952 年，我们在讨论北约军队在北约同盟国演习和行军进程的会议，要有土耳其这个北约同盟国的军官参加。但是我们无法继续查下去，因为我们不知道是哪位军官泄露的——我们对两位都没有掌握证据。"

迈克尔点点头，上将继续讲道。

"这两个土耳其军官是欧洲盟军最高指挥部陆军情报局办公室的阿迪姆·伊尔马兹上校和里萨特·奥斯曼少校。上校差不多六十岁，少校四十多岁吧，看来土耳其军官的提拔比我们这里要慢许多。我想让你做的就是去探探哪个更可疑。我们不想用自己的人，因为他们可能会被认出来。我们尽可能避免欧洲盟军最高指挥部办公室与这次调查发生关系。我们不能危及任何人，特别是记者，当他们发现一个北约同盟国正在调查另一个同盟国的军官的时候。我们的人遍布俄国和东方集团国的大使馆，他们并不知道土耳其两位军官中哪个与使馆人员有接触，至少是直接接触吧。我们还知道情报没有以电报电话形式从指挥部大楼里传出。"

迈克尔很是惊讶："我们的人？你是说陆军情报局正在监视所有在欧洲盟军最高指挥部的土耳其军官的通讯？"

"不能说是'我们的人'，就像我刚刚说的那样，我们需要一个局外人去调查这两个土耳其军官。别介意我这样说话，我和伦德上将都这么认为，如果有人见到你，他们是不会认为你是个美国军官的。"

迈克尔想到：又是个任务，因为谁都不会想到一个亚洲模样的人会是美国军官。他终于意识到自己被派往巴黎的原因。但是他自己对这个任务还是很满意。相对他其他大多数任务而言，这次行动似乎更为机密，这使他兴奋不已。他有点担心，但是他要去做的事情听起来并不是很冒险，也就把心放下了。

上将见迈克尔答应了，便高兴地说道：

"如何做这件工作完全取决于你自己。如果你有什么需要的地方尽可以联系我的参谋豪威尔上校。他会给你提供适当的现金。他手里有那两个土耳其军官的官方情报，他们在巴黎的职位、地址，还有照片等等。就说到这儿吧，你可以回去了，祝你好运。"

迈克尔有许多事情要做。但是首先他要了解他要调查的土耳其人。他来找豪威尔上校，在接过一包资料之后，迈克尔询问能否看一眼那两个土耳其军官，从远处看一下也行。虽说照片不错，但是还是比不上真人。上校当然明白迈克尔要求的原因，遂亲自陪同他来到五楼。他风趣地说道：

"从这里慢慢走到走廊尽头，透过玻璃窗就能看到右面第二个办公室。那个办公室前有很多人走过，里边的人都不会在意的。在走廊尽头等几分钟，走过去再慢慢走回来。那两个军官应该坐在大楼外侧靠窗户的桌子那个位置，不过从走廊的窗户你就会看清他们两个人。"

迈克尔慢慢走向走廊的尽头。他透过窗户看到一位女秘书坐在靠门的桌子旁，两位军官坐在办公室的另一侧。他看了一下他们的脸，尽量不盯着看。年长的军官伊尔马兹上校，身体健壮，白头发，大鼻子，他正在读着一个类似报告的东西。年轻的军官，也就是奥斯曼少校，他一头黑发，脸庞消瘦，一表人才，他正在打字。迈克尔就这样来回走动并没有引起办公室里三个人的注意。

迈克尔周末大部分的时间都在写他的报告，他计划着如何获取欧洲盟军最高指挥部军官没有掌握的情报。周日下午他要陪着艾丽萨走到圣心大教堂，这是他们喜欢的徒步旅行之一。艾丽萨对迈克尔到午餐时间才出来有些生气，责怪他怎么老是心事重重的样子。迈克尔很抱歉地说他有个新任务，但没再多说什么。

在计划中，迈克尔决定采纳一位市民的意见，这位市民可能来自中央情报局，当时迈克尔上情报人员培训班，他来迪克斯堡讲过一堂关于监视的课。"第一，要记住监视本身是非常无聊的；第二，你会认为通过监视目标人的住地来进行调查可能毫无意义。但是观察动物的住地你会了解很多东西，我想观察人也是如此。要明确回答这样几个问题：目标人是不是按照正常的方式生活？他的日常行动在预料之中吗？如果不是的话，原因是什么？都谁拜访过他，是男的还是女的？他们长得什么样？这是你们都明白的。监视他的住地不出几天你就能对你的目标人了解很多了。"

迈克尔在这里花了两个晚上进行监视，却毫无结果。伊尔马兹上校住在二楼，这座 19 世纪的建筑看上去很高档，离凯旋门有两个街区。每天晚上，从上校六点半到家的时候开始，到十点多一点，他都一直监视二楼房间和大楼的前门。他幸运地发现在这个大住宅区里有一家小饭馆，从里面可以看到大楼的前门，即使看得不是很清楚。至少他不用总是担心被发现，饭馆的菜价很贵，但为了第二天还能来占到靠窗户的位子，他不得不在第一天晚上给上一大笔小费。

但所有努力都徒劳无功。在这两个晚上，他只弄清了两件事。第一，上校的房间没有发生任何事情，没有任何人前来拜访他，他也没有去其他地方。这两个晚上他都在十点钟准时熄灯。第二，情报局的人说的对，监视工作实在是很无聊。

迈克尔决定不再花更多时间来监视上校了，而是去列昂布鲁姆广场看看奥斯曼少校的住处。他是六点前到的那里，没怎么费工夫就找到了那个住处。这是罗盖特街上的一座老房子，距离列昂布鲁姆广场地铁站大概有个几分钟的路程吧。按照门铃的名单来看奥斯曼住在三楼。迈克尔原以为这是个商业住宅区，却意外发现有几家俄国饭馆和商店，专门经营俄国食品和其他货物。许多牌匾上写的都是斯拉夫字母。迈克尔来到了巴黎的俄国区。他希望这次监视能有所收获。

这个街区住房一楼基本上是商业机构，监视少校进出的最好地方应该是罗盖特街对面的一家俄国餐馆。迈克尔进去后找了一个靠窗的角落坐了下来，希望自己这张亚洲脸不会引起街上的人注意。他点了一瓶红酒，坐在那张不太舒服的椅子上面盘算着需要监视多长时间。他这次没白来，时间刚过六点半这位少校就回来了。到了七点一刻，少校再次出现并走进了他家旁边的一家法国餐厅，这时迈克尔感觉很饿，并稍稍有些醉意。

迈克尔考虑自己至少要待上一个小时，遂点了香肠和俄式卷心菜。香肠的确好吃，过火的卷心菜浇上上好的乳酪也是可以吃的。他津津有味地吃着，偶尔会看一眼街对面那家餐厅大门，这时他听见身后一个女子在说话：

"啧啧，先生，在巴黎你不该一个人吃饭的，我可以坐下来陪你吗？"

抬头看着这个女人，迈克尔——这位审查过美国军人未婚妻的老手——立即想要探究这是个什么人：容貌还算不错的职业女性，三十多岁的年纪，身穿非常干净的大红上衣，腰扎紧衣裙，浑身散发出的香水味道却无法掩盖已逝的青春。

迈克尔抱歉地说："对不起，女士，我在等一位朋友……她说如果她来晚了就让我先吃。我猜她很快就要到了……如果看到我跟一位漂亮女士共进晚餐她会不高兴的。"

"好吧，那就以后吧，我是玛莎尔，很高兴认识你。"

玛莎尔很快就离开了，身后摇曳着香水的味道，这时那位少校离开餐厅向住所走去。那是巴黎一家快餐厅。迈克尔认为少校晚上可能有事。他慢慢品味浓咖啡，并没有发现少校再次出来，也没有发现有人走进他的住所，于是迈克尔决定明天晚上继续监视。第二天晚上那位少校的行踪跟第一天差不多，法国妓女再次出现，和第一天不同的是她骚扰得更加厉害因为她看出来迈克尔只有一个人。

与之前监视那位老上校住处相比，这两晚监视奥斯曼的住处也没走什么运，但不知怎么的，他的直觉告诉他继续监视奥斯曼少校。他内心的疑点是少校住在俄国人区，那么老上校似乎不是他要找的人。

周五晚上，迈克尔再次来到那家餐馆，希望玛莎尔不要再来了。迈克尔本打算去另外一家餐馆，但是街对面只是一些干洗店和小商店。迈克尔在少校回到家的时候刚点了红酒，少校挟着一根法式棍子面包，拎着几个袋子，其中一个袋子里装的肯定是红酒。迈克尔这时注视着那个住所的门，少校是在等人吗？

就在少校进屋几分钟之后，一位穿着时尚的高挑女子来到了那个门前，按了几下铃。就在女子等人开门的时候，迈克尔观察了一下她，觉得"她"有可能是男扮女装。因为"她"的时装对于一个女子来说太大了，而且"她"的肩膀很宽，臀部很窄。"她"把手提包夹在双膝之间，并用双手去调整假发。迈克尔非常肯定没有哪个女的会在外面用这种方式提包。

门一打开，迈克尔便看见了那位少校，这位"女子"是来拜访他的！这使迈克尔突然想到这位少校不仅是单身，而且记录里面他根本没有婚史。难道他是同性恋？迈克尔还是想探个究竟，可这看上去就像是有人一时的拜访，这第三顿俄国餐吃得不值。

第二天是星期六，迈克尔想继续监视那个少校。他知道少校像所有军事人员尤其是军官一样星期六上班。但是他以为这天少校可能走得比较早，也有可能下班之后不直接回家，所以迈克尔在三点半左右走进了一家位于司令部对面的咖啡馆，在这里他可以看到司令部大门的情况。巴黎到处都是咖啡馆，所以没人会注意到一个多小时都在看报喝咖啡的人。

迈克尔是幸运的，快到五点的时候，少校从前门出来，匆匆通过广场来到美军驻欧洲总部和欧洲盟军最高指挥部人员专用公交站，于是迈克尔紧紧跟上。少校在国防站换乘了地铁，迈克尔在车厢内跟在他后面，站在能看见这个土耳其人的地方。奥斯曼少校看起来好像在担心并陷入沉思，没有注意到周围的事物。他要去哪里呢？迈克尔在想。他惊奇地发现他跟到了列昂布鲁姆广场，这个他经常来的地铁站。但是少校来到街上，并没有回他的住所，而是走进了一个偏僻的大咖啡屋。

他要跟着少校一起进去吗？这样安全吗？这是一个很大的咖啡屋，实际上是一个带酒吧的自助餐厅。迈克尔看到里面有很多人，便决定进去试一试。他先摘掉了平时戴的那副眼镜，换上了越南人在巴黎经常戴的无框眼镜。然后他从少校进来的对面的那个门走了进去。

迈克尔进来的时候，奥斯曼少校已经坐了下来。迈克尔坐在少校身后桌子旁，这里少校是看不到他的。服务员希望这个时候人们都点红酒，但是迈克尔需要保持警惕，所以点了一杯浓咖啡。少校品尝着红酒，并且不停地在看自己的手表。过了几分钟，一位四十多岁的瘦削男子走了进来，环顾了一下周围，认出了少校，便走到少校那里坐了下来。他穿一身普通的棕色制服，像是个上班族。这人有着北欧白种人的外表，但迈克尔看不出他是哪国人。迈克尔尽力去听他们的谈话，但是他们的声音很轻，所以迈克尔只能听出一两个单词。他听到的不是土耳其语，也不是法语，有点像德语。迈克尔这时想起来了奥斯曼少校在波恩住过几年。

不一会儿，土耳其军官和那个瘦削男子争论了起来。争论有点激烈的时候，迈克尔听到了一些词语，"不，不，那不对！"少校说。那个瘦削男子喊道："对的！我们必须要有它。"当他们大声说的时候，迈克尔很容易听懂。幸运的是，身旁一群吵闹的人离开了，这能让他听清这两个人更多的谈话。

这时咖啡屋变得安静下来，少校环顾四周，低声说了些什么，迈克尔没有听清楚。那位同伴用几乎正常的声音回答，没人能知道他们在谈些什么，好像是说"酒吧里的这些可怜的人都没受过教育"，还有"你身后的那个越南人懂德语，就像我懂越南语一样"这样的话。几分钟之后，土耳其少校开始用恳求的语气说话，语速很慢，迈克尔唯一能听清的一个词是个街道名"诺曼尼斯特拉斯"，这个街道名少校重复了两次。

突然间谈话结束了，他们两个起身离开了。迈克尔觉得他立刻跟出去很危险，因为那个德国人会注意到自己的出现。几分钟之后他离开了咖啡馆，并没有引起别人注意。他看了看手表，大概是吃晚饭的时间，回到美军驻欧洲总部用保密电话联系杰克为时已晚。

周六早上，迈克尔在总部给柏林的杰克打了个电话。正如迈克尔预想的那样，杰克不只是回答了他的问题。

"迈克尔，正如你所知道的那样，诺曼尼斯特拉斯是个街道名。东德国家安全局和秘密警署就在那里，东德把国家安全局就称为诺曼尼斯特拉斯。根据你所说的这些事情，我敢肯定那个土耳其少校是在和一个安全局的人联络。"

周一早上，迈克尔首先去了豪威尔上校的办公室，把他周六的见闻和与杰克的谈话报告给了上校。然后他向上校提出"一个相当复杂的建议"，这是他整个周末策划出来的。听完迈克尔的建议，豪威尔上校把他带去了贝恩斯上将的办公室，并向他解释了迈克尔的计划。

贝恩斯上将问了迈克尔很多问题，然后闭紧双唇，似乎想了很长时间，最后对迈克尔说：

"我很欣赏你的计划，这是剑走偏锋，试试看，也许它可以奏效而且不会伤人。"

那一周，所有事情都围绕这个计划进行。周二早上，包括两个土耳其人在内的所有北约陆军情报局官员被召集开通报会，会上贝恩斯上将宣布他在发出作战令，要求在奥尔杜的第 241 步兵营开往黑海岸边的特拉布宗市。这个作战令将部队在土耳其境内只移动 60 英里，但更加接近了俄国边界。这项计划促使动员令在将被执行的前一天取消。这似乎会导致按照要求部署整个部队转移的将士们的不满，但是这种演习也是正常的。负责指挥的将军对发布命令和取消命令都没有给出任何理由，这也是实际上偶尔会出现的情形。

在上将做出宣布之后，迈克尔设法调查奥斯曼少校是否把这个情报转交给了那个确实是安全局的德国人。他"借来"了玛丽·吉尔曼中士，她是北约人事科的一个讲德语的美军女兵，迈克尔在美军驻欧洲总部见到她，简要叙述了想要她做的事情。尽管间接的证据表明奥斯曼少校是泄露情报的源头，但为了万无一失豪威尔上校也派了人对伊尔马兹上校进行监视，因为不能设置两次同样的陷阱，那样就没有机会了。迈克尔非常肯定情报是奥斯曼泄露出去的，所以就集中注意力来监视他。他自己唯一的疑问就是一旦他的计划开始实施，那位少校该如何与那个德国人取得联系？他亲自去联系吗？在那个咖啡馆吗？通过电话联系吗？还是通过其他一些途径例如联络员或中间人？

快中午的时候，迈克尔让玛丽在欧洲盟军最高司令部电梯旁站着，装作在等一位朋友。迈克尔自己则穿着军服戴着角质架眼镜在靠近一楼自助餐厅后面坐着。他认为奥斯曼认不出他这个酒吧里的越南人，他也不想失去任何机会。没等多久，大约 12 点 10 分奥斯曼走进餐厅排队，他看上去有点不安。玛丽随后进来找迈克尔。

"长官，目标出电梯后，直接来到一个公用电话亭。我小心翼翼地跟在他的后面，听到他在讲德语。我很肯定他讲到了'*halb sieben*'意思就是630……哦不好意思，中尉，我忘记了你是懂德语的。"

他问道："有没有提到某个地方呢？"

"没有，长官。这个电话很短，而且我只听了个末尾。"

迈克尔觉得下班之前应该不会有什么事情了，所以他和玛丽约了五点钟在靠餐厅门口那个地方见面。他回到美军驻欧洲总部，由于无法集中精力，他整个下午什么都没有做。

迈克尔从停车场安排一辆车和一位司机，在五点半的时候奥斯曼离开大楼，很明显他要坐公交车。迈克尔向司机挥手示意，他和玛丽上车跟着土耳其人。奥斯曼径直走进列昂布鲁姆广场咖啡馆。他要在这个咖啡馆和东德安全局的人会面！

由于奥斯曼少校看上去在想事情，所以迈克尔不担心会被他认出来，但是迈克尔也不想让那个德国人看见。他让玛丽跟踪少校，"当他和德国人碰面的时候，尽可能听他们在讲什么。"迈克尔走过街道，在列昂布鲁姆雕像旁坐下，打开一份《世界报》。

半小时之后，奥斯曼离开咖啡馆，迈克尔看出他很着急的样子，径直走向他的公寓。几分钟之后，德国人走了出来，看上去挺随意的样子。然而，从报纸的上沿迈克尔可以看见他在仔细观察周围的情况，然后走进地铁站。五分钟之后玛丽出现了，她过了十字路口与迈克尔会合。

迈克尔迫不及待想知道在餐厅里面究竟发生了什么，于是问道，"你都得到了哪些情报？"

"太多了，长官，"她微笑答道，"他们讲的都是暗语，要是你不提示我，我都不知他们说的是什么，我爸爸在威斯巴登住过三年，我要是跟他在一起就好了。总之，尽管我没有看见给德国人什么纸条，但当我坐下的时候看到德国人在感谢那个土耳其人。然后他问'*der Grund*'，意思就是动员令，因为他说了一些关于'只有六十英里'的话，但少校并没有回答他，德国人很生气。"

迈克尔点了点头。听到计划达到了自己的预期，他心里很高兴。玛丽继续讲道。

"对话转到了一些肮脏的事情。少校对于自己做的事情很清楚，非常紧张，不想干了，但是纳德尔却说：'你必须继续做下去……你知道不做下去的后果是什么。'我感觉他的语气充满威胁。最后，少校突然站起来就走了，可是德国人似乎还没说完……我听不清后面的话因为他挪动椅子的噪音很大。"

迈克尔衷心感谢玛丽给予的帮助，她走进了附近的地铁入口。迈克尔坐着想了几分钟，然后就回到了欧洲盟军最高指挥部，他知道豪威尔上校在等他。迈克尔兴奋地汇报所发生的事情之后，上校给贝恩斯将军打电话，转告了迈克尔讲述的事情。挂断电话后，豪威尔对迈克尔说，"好吧，中尉，祝贺你的计划在第一阶段实施成功，我们现在已经知道是奥斯曼少校泄露的北约机密。贝恩斯上将赞同你去实施计划的第二阶段，把你的计划详细讲讲吧。"

"长官，第二阶段的目标就是运用我们在第一阶段了解到的情报去给东德散布虚假情报，可能的话，甚至可以抓住纳德尔，这位奥斯曼在东德安全局的联络人。现在我们根本没有足够证据起诉奥斯曼。但是我们知道他不愿意把情报交给纳德尔。如果我们北约答应他不告诉任何人包括土耳其军队我们所发现的一切……也就是他把北约的机密泄露给了德国安全局……我想他会与我们合作的。"

豪威尔上校草草记下了迈克尔接下来的计划。迈克尔做了一个小结："长官，我对这个计划很有信心。我们唯一担心的是东德那里会做出什么样的反应。在巴黎东德安全局不止一个，而且纳德尔可能会寻求国家安全局的帮助。总之我们不能只跟纳德尔打交道。"上校的回答正合迈克尔的心意，"中尉，我知道我们要小心一些，安全局是个危险的地方。你会得到你所需要的支持。保持联系，祝你好运。"

第二天早上，贝恩斯上将越过了奥斯曼少校的直接上司伊尔马兹上校给他打了个电话。当奥斯曼到达上将办公室的时候，他被告知有两个人看到他和德国安全局的人联系并把北约的情报透露给了德国人，这时他的脸色苍白，恐惧万分。上将说他怀疑少校被敲诈了，如果这是真的，他可以尽力去保住少校的名声，尽管不能保住他在土耳其军队的前途。迈克尔后来从豪威尔上校那里得知奥斯曼少校晕倒了，但他答应配合第二阶段计划的执行，作为交换，上校不把这件事告诉任何人，包括伊尔马兹上校。上校说需要奥斯曼做的就是安排与纳德尔在列昂布鲁姆广场咖啡厅会面。

周六的早上，迈克尔在列昂布鲁姆广场公交站等车。有两个宪兵和他在一起，一个是身材健壮，三十刚出头的莫拉莱斯中士；一个是长着娃娃脸的诺伊斯下士，他二十多岁，身材高大。这两人全副武装，但都穿着便服，已经做好了准备。刚过十点钟，土耳其少校拿着一个灰色公文包走进咖啡馆，迈克尔等待着纳德尔的到来。

迈克尔和两个宪兵都没想到接下来所发生的事情。一辆黑色的大奔驰在伏尔泰街上降下速来，突然停在咖啡馆门前。一个迈克尔从未见过的人从车前门跳了出来，砰地关上车门，跑进咖啡馆。不一会儿，他拉着奥斯曼少校出来了，奥斯曼满脸的困惑与焦虑。少校想要窥探那辆车里面，这辆车非法停在地铁入口处，这时车后门开了，他走过来要上车。当他弯下腰的时候，突然间有只手过来抢下他的文件包，同时车外面的人狠狠给了他一巴掌，迈克尔听到攻击者的手打到少校脸上时发出清脆的声音。

少校摔倒在人行道上，仰面朝天，头撞在了路边。这时，外面的人跳上了车，随着车门关闭，奔驰车里有人向十字路口开了一枪，车向右转，朝着帕门蒂尔大街驶去。迈克尔虽然只看了一眼车后座上的那个人，但是他能确定这个人就是和奥斯曼在酒吧会面的那个德国人。

迈克尔打开标致车门，跳出来喊道；"跟上那辆奔驰！我要保证少校安全。"

莫拉莱斯中士开足马力紧随那辆奔驰的后面。当车开过十字路口的时候，迈克尔看到有两辆无标志的轿车突然间启动跟在标致车的后面。

一个男的和一个女的听到骚动之后跑了过来，看看发生了什么事情。迈克尔从这两个人的举止断定他们是法国警察，有人告诉他有法国警察在咖啡馆里等候着。迈克尔询问哪里有电话可以叫救护车，女的说她可以帮这个忙，便跑进咖啡馆。便衣警察一面查看奥斯曼的状态一面维持围观秩序。迈克尔给奥斯曼枕个椅垫，奥斯曼已经失去知觉，看上去没有一点血色。几分钟之后救护车来了，把奥斯曼和女警察拉走了。

人群渐渐散去，迈克尔走进咖啡馆，给豪威尔上校打电话说按照计划这个见面还没有结束。奥斯曼要求与纳德尔在咖啡馆见面，交给纳德尔机密文件后得到一笔钱，这笔钱足够他辞去现有的工作并回到土耳其生活。就在交易完成之时，纳德尔被逮捕了。看到眼前发生的一切，迈克尔不得不推测纳德尔自己或是东德安全局决定向敌方派出一个间谍，他最终要完成的任务就是搞到北约最高机密文件。但东德安全局没打算给他任何的报酬。

迈克尔觉得奥斯曼的受伤以及计划失败完全是他的错，因为整个计划都是他设计的。他不知道宪兵和法国警察的三辆车能否赶上那辆超快的奔驰，这辆奔驰正向通往德国的高速方向行驶。当然，如果他们不能抢先一步，到边境那里就会被拦下来。

文件包里的文件不是一般文件就是虚假文件。他们认为纳德尔可能想看看他能得到多少钱，最上面的文件是一些关于在西德十四个最大美军基地中官兵的准确数据。其余的都是由豪威尔上校和陆军情报局少校制造的虚假文件，这些文件经过精心设计，看起来像是真的，可以拿去骗骗东德安全局的人。所有文件都有"机密"字样，所有"绝密文件"每页右上角都有两条红对角线。所以无论纳德尔和他的同伙被捕，还是把这些文件送到东德情报局，这些文件都可能被当作原件。

救护车拉走仍在昏迷中的少校后，迈克尔返回了欧洲盟军最高指挥部去见豪威尔上校。他满脸羞愧，但上校提醒他："你不仅执行了阻止情报泄露的基本使命，而且发现了一个东德安全局的特工，到现在连北约部队或法国部队都不知道这个特工。"

两周之后，豪威尔上校给迈克尔打电话，"小山中尉，如果可以的话，你今天下班后能过来一下吗？这不是命令哦。"迈克尔不知道怎么回事。但当豪威尔上校告知他事情的进展之后他兴奋异常。上校笑着说道：

"假如军队有'无需了解'这项规定的话，我是不会叫你来的，因为你不仅查出了是谁泄露北约情报这件任务，而且也帮助抓住了三位我们没有意识到的活动在法国的东德安全局间谍，我想我应该让你了解一下事情的结局。"

"我承认自己很好奇，"迈克尔讲道。

"好吧，你应该很高兴听到纳德尔被抓住了。东德安全局的特务往北逃，似乎是想甩掉那些追捕他们的人，却在靠近圣马丁河的曲线街道被捕。这时莫拉莱斯中士报告说，奔驰车在他们的视线范围内消失，这车确实比军队和警察的车快很多。非常幸运，莫拉莱斯和诺伊斯看见纳德尔拿着文件包在步行。纳德尔明显是从奔驰车里出来了，估计他以为他的追捕者会追车，而他想乘公交车逃走。"

上校大笑道："我们不知道接下来会发生什么，但是你必须保证不要晚上一乐就把这件事告诉你的朋友，可以吗？"

"当然，长官，"迈克尔说。什么事情让长官如此大笑呢？

"我听说纳德尔看到紧追奔驰的三辆车停住了。当他看到宪兵和法国警察跳下车来追他，他就傻眼了。他根本没有地方逃，车堵在道路上，身后就是运河。追捕者就在他身后几码远，他沿着人行道猛跑，沿着运河的人行道旁边的坡道直达水面，他跑下坡道，上到沿河小道，这时法国警察就追到他身后。纳德尔跑着跑着有个桥支架挡住了去路。他试图踩着狭窄的壁架溜过去，却不想失去了平衡，他和文件包一起掉进了臭烘烘的运河里。"

迈克尔一个人哈哈大笑。"你们抓住他了吗？"

"当然。但还没完呢。纳德尔试图爬出来，却不想两个军官迅速给他戴上手铐，把他的脚捆个结结实实。但这个时候文件包却还在运河里面。两位法国军官认为这是以后法庭判定纳德尔间谍罪的有力证据，所以没等商量就跳进河去打捞。莫拉莱斯中士说这场景真是了不起啊。等到法国警察出来后，却没有司机愿意让他们湿淋淋臭烘烘地上干干净净的轿车。"

"抓到那辆奔驰了吗？"

"当然，在边境的时候有两个人试图逃往德国。"上校继续讲道，"这三个东德人都是非法潜入法国的，他们的护照全是伪造的。他们自己按东德国家安全局人员的可疑身份由法国政府移交给西柏林，也就是联邦警察的总部，进行审问并起诉。"

"奥斯曼少校呢？"迈克尔问道。

"这件事令人很难过。一周后他从医院出来并辞去了原来的工作，我们希望他能回到土耳其。正如你所知道的那样，因为他的配合，我们承诺既不起诉他也不告诉他的上级他辞职的原因。当然，我们也不希望这件事让别人知道，当奥斯曼坦白的时候，我们知道他在说真话，'我发誓，我泄露的是一些低级情报，高级情报我没有泄露。'辞职以后，他消失了。当然，伊尔马兹上校惊呆了，他不知道会发生什么。他说据他所知奥斯曼没有回家，甚至连土耳其都没回去。他甚至去查过医院和太平间，但毫无结果。我的一个同事猜测奥斯曼可能去了圣但尼。"

"你的意思是那个同性恋还在巴黎？"迈克尔问，豪威尔上校点点头。

随后，伦德和贝恩斯将军都对迈克尔成功完成任务并抓到东德间谍表示祝贺。但悲伤随之而来，几天之后，艾丽萨从巴黎东站打电话说她的母亲要做紧急手术，她要动身去慕尼黑。她的周围非常嘈杂，迈克尔几乎不能听到她在说些什么。她告诉迈克尔她还会回到巴黎的，然后就匆匆挂了电话。这对于他来说几乎是最不幸的事情。

迈克尔听到这个消息，脑袋里一片空白。他在巴黎停留的时间不长了，在他回美国之前艾丽萨能回来吗？实际上，迈克尔越来越关心他和艾丽萨的未来会怎样。在德国的时候，他曾经和艾丽萨谈到过些计划，当谈到未来的时候，艾丽萨打断了他。"我不知道我的未来在哪里，我的训练和事业会把我引向哪里。迈克尔，就让我们享受我们在一起的时光，不要去管未来，好吗？"她说。

在申请读研究生之前，迈克尔一时曾有过留在欧洲的想法。说老实话，他从来没有认真考虑这件事情，因为去美国读经济学对他的前途太重要了。但这也无法让他从矛盾的心态中解脱出来。他想知道如果留在法国他的人生会怎样。迈克尔很喜欢法国，尤其是巴黎，这里有优美的语言，多方展示的古老文化，这是个美丽的城市。但是，法国的政治和经济仍在二战余劫中挣扎着。不难看出，法国是个纵向社会，就像日本那样，这表现在教育体系、阶级观念，以及对待越南、阿尔及利亚、北非等地的人民方面。所以在美国和法国之间做个选择，答案就不言而喻了。

接下来就要考虑到艾丽萨是德国人，不是法国人，她今后的事业可能在歌剧院里面。所以最后迈克尔决定同意艾丽萨"自私"地为了事业待在欧洲，这样他也可以"自私"地实现自己的梦想。尽管他们在一起时感到有无尽的爱，但实际上他们各自对事业的追求揭示出他们的爱不能长久，他们的真爱是违背理性的。但这是迈克尔的初恋，他真正感觉到艾丽萨是他一生的爱。

艾丽萨承诺要和迈克尔保持联系。现在，他不敢奢求什么。他曾想象最后几周要和她在一起，但是现在却已然是妄想。孤独中，迈克尔把时间都用来写伦德上将的报告。艾丽萨走了之后，他一周工作七天。最近一个周六的下午，伯恩斯将军看到迈克尔还在办公室工作，便叫他来与他们夫妻共进晚餐，品尝日本火锅。

在离开巴黎的前几天，迈克尔给杰克和托尼打了电话，他知道，他们两人也都要离开欧洲。杰克说他忙极了，正帮助东德人逃往美国管辖区，因为有传言说德意志民主共和国即东德和俄国很快就要修建高墙来阻止东德人大批离去。他非常开心的是他也要在秋季的时候入读哈佛法学院了。托尼在罗马给新来的陆军情报局长官递交了一份监视意大利共产党活动的联络人名录，他期待着去哥伦比亚。他希腊语比不过温斯顿，但是他得到了《纽约时报》实习记者的职位。

迈克尔向泪眼迷蒙的妈妈、他的室友让·吕克、教他法语的拉蒙特教授以及许多在"妈妈在家"里认识的人告别。令人忧伤的是，艾丽萨还在慕尼黑，他给她打过两次电话。在最后一次的电话里，艾丽萨还在为自己在慕尼黑夏天歌剧公司出演《茶花女》维奥莱塔角色而感到兴奋。她一开始被安排的角色是维奥莱塔的女仆，但是那个女主角得了阑尾炎，于是艾丽萨顶替到了这个角色。即使是在电话里面，迈克尔都能感觉到她已经和他道别了。他不知如何承受这份悲伤。

六月七日，迈克尔乘坐美军飞机离开奥利机场经由亚速尔群岛，然后飞往旧金山。这次行程用了两天，共换乘了五架飞机。和来巴黎时相比，他收获了很多很多：他记得写给伦德上将的所有报告；在美军驻欧洲总部执行的任务——为美国兵筛选新娘并协助军事法庭审理；为洛根上校完成在阿尔及利亚独立运动中的工作；在奥尔良堡调查丢失咸肉、鸡蛋和火腿事件；帮助抓捕给东德国家情报局传递北约秘密情报的土耳其军官；还有的就是妈妈、拉蒙特教授、他的同事，还有最最重要的艾丽萨，最后呢就是巴黎这个光明之城。

当迈克尔乘坐的飞机离开地面之后，他看到的巴黎迅速变小，塞纳河水在夏日的阳光下波光粼粼。在蓝天下飞机继续轻松往上升，而迈克尔的记忆却变得越来越沉重。

第十章
缅甸，1962

··

到了四月底，迈克尔全力准备经济学会考，通过这次会考是他写博士论文的前提。大部分学生是在第三学年参加这次考试，但是迈克尔把它提前到了第二学年。因为埋头读书，所以迈克尔很少想起两年前在巴黎的种种事情。他知道杰克在哈佛法学院完成了第二学年的学业，托尼在几个月里获得了哥伦比亚大学的工商管理学硕士学位，温斯顿在《纽约论坛报》报社工作，而且在写一部专著《希腊的政治和社会》。

迈克尔埋头读书还有另外一个原因：他希望尽早完成博士学业，这样就可以到欧洲和艾丽萨相聚。他来美国的第一年和艾丽萨书信往来频繁，可是渐渐地艾丽萨的回信越来越短，而且回信的间隔也越来越长。两个月之前，有几周没有她消息的迈克尔突然收到艾丽萨的一封信，这封信让他永远也不会忘记。艾丽萨在信里讲到他们之间是不可能的了，还是结束了的好。她几乎可以肯定到歌剧院工作，所以她并不想现在就结婚，维持这样一个两地关系对于迈克尔来讲也是不公平的。信的结尾对于迈克尔来讲也是陈词滥调，"我们在巴黎共同度过了美好时光……我永远不会忘记你……衷心祝愿你很快找到一个可以陪你一生的伴侣。"迈克尔坚信这是他一生中最持久的爱，可是就这样黯然结束了。

他的爱情失败得和维特差不多，但和维特不同的是，他没有轻生的念头。他还有自己的生活和未来，他在伯克利大学读本科的时候，就给自己制订了学业规划。他让自己尽量不去想艾丽萨，而是夜以继日地攻读经济学图书和讲义。

迈克尔全身心投入到考试复习当中，一个来自要塞的电话让他很惊讶，这是一个离洛杉矶很近的大型军事基地，电话通知他五月五日去见伦德将军。他从未想过将军竟在那里，也不记得多长时间没见面了。他很想知道伦德将军为什么想见他，这难道只是个普通会面吗？

五月五日十点钟，迈克尔准时来到了要塞。他得知伦德将军在陆军情报局一个办公室等他，从那里可以看到金门大桥。伦德上将看上去比迈克尔印象中的那个还要威风。

"迈克尔，很高兴你能过来，我总以为你是我的助手，但你现在却是普通百姓，我还是叫你迈克尔吧。"

"长官，祝贺你荣升二星上将。"

上将只是摆摆手示意不用恭维，他继续说，"尽管我请你帮忙，但是规则还是和你服役时一样。我只告诉你必须要知道的事，我要用的标准适用于所有的美国政府管理，而不是具体的政府部门。明白吗？"

"是的，长官。"迈克尔想起了 1958 年四个铁哥们儿在陆军情报局培训结束后动身前往欧洲时将军说的话："养兵千日用兵一时，你们知道，自由度的大小取决于执行任务的情况。我们只要求你尽最大努力完成任务，重要的是，在你离开部队以后，在我们需要你的特殊才能的时候，希望你经常在短时期内帮助我们。希望你可以看在国家和我本人份上接受我们的请求。"

突然间迈克尔听到了自己的名字，他这才把思绪拉了回来。

"你应该知道，我们现在正在东南亚进行着大量活动。我今天说的不是越南，而是缅甸。你知道那里发生的事情吗？"伦德上将问道。

"我知道三月二日，吴奈温成功地进行了政变，推翻了吴努政府。他宣布在民族主义、马克思主义和佛教基础上建立军事政权。"

"是的，政府很担心这件事情，我来这里是为了参加讨论局势的紧急会议。我们需要弄清楚这些问题：吴奈温这个信奉马克思主义的将军能和俄国人友好相处吗？会积极帮助北越的人民吗？他能处理好国内事务以及国际关系，尤其是和美国的关系吗？重要的是，他的这个政府能稳固吗？"

伦德将军的话让迈克尔更加茫然：

"你不知道我在处理这件事，这也不能怪你。实际上只要吴奈温政府继续掌权，他采用哪项政策对于我们很重要，他掌权多长时间取决于他的政治反对派的势力如何。我们希望知道他的反对派是谁。了解一下反对派是不是共产党西方支持者、民族主义者等等，他们现在的势力如何，有多少支持者，这些都是很重要的。清楚了吗？"

迈克尔点点头，挺直了腰杆。

"美国政府部门的某个人与一些缅甸青年有过联系，这些青年刚从仰光大学毕业，其中的11个人组成了缅甸青年民主委员会。一些人是从学生和支持者里面选出来的，其余的是由领导者选出来的。缅甸的军队，也就是吴奈温的军队，经常攻击这群民主人士。这就是为什么那些民主人士藏在泰国西北边境崎岖陡峭的掸部高原。

听到这里，迈克尔意识到该做什么了。

"我们那位联系缅甸青年民主委员会的人两月前死了。他是得了疟疾死的，他的档案写着他是一位政治学助理教授，他想要了解并帮助缅甸青年民主委员会。有一位缅甸青年民主委员会的成员不时给他发送报告，这个人名叫巴莫，蛮好记的。这些报告很有用，但是给我们留下深刻印象的是他写出了他的感想，这是我们所需要的，他有时候倒像是个激烈的反共派。我猜他是个机会主义者。"

伦德上将停了下来，他似乎还要说些什么，迈克尔焦急地等着。

"问题的关键是，我们需要有人来接替刚死去的那个青年的工作，也许要做的更好……和缅甸青年民主委员会的人保持联系，去查明，不，确切地说是鉴定委员会成员的身份，他们的信仰是什么，他们是不是马克思主义者、西方支持者、民族主义者、机会主义者。因为越南正在发生的事情，所以我们要知道，我们必须知道这些事情。我想你应该是这个任务最合适的人选。当我在会议上面提你的时候，他们都同意来问问你愿不愿意接受这个任务。他们说你是他们心目中的最佳人选。"

迈克尔点了点头。他想这应该就是上将今天叫他过来的原因，但是他自己还有一些疑问：

"将军，你能说得再具体点吗？六月份我要参加会考，然后我会得到福特基金会的资助去日本进行专题研究。"

"首先，我想你应该得到你所需要的近几周的情报。当然，你可以在考试之后的暑假抽时间完成。你需要去见一些人，然后写个报告，就像你在巴黎写的那样的报告，对缅甸青年民主委员会成员进行评估，如果我们要帮助他们的话，需要的资金甚至是一些武器装备的数量是否合适。总之，你的报告对于我们的决策相当关键。"

"你希望我装扮成什么人呢？"迈克尔问道。

"你不需要装扮的。你就以一个热爱东南亚经济和历史的学生身份去，一个叫迈克尔·小山的伯克利大学毕业生。你是一个坚决支持缅甸民主的人，认识在美国想要帮助缅甸组织比如缅甸青年民主委员会的人，他们也愿意从资金方面提供帮助。"

"能再具体说说这项任务吗？我的意思是怎么找到缅甸青年民主委员会的藏身处呢？"

"我们让飞往越南的人员把你带到西贡，在那里安排你飞往清迈，然后你会被带到缅甸边境。"

"在通过边境之后我怎样才能找到缅甸青年民主委员会呢？"

"我们现在仍然和巴莫保持联系，他会在一个叫夜丰颂的小镇与你会面，这个地方在泰国边境内，他会带你到缅甸青年民主委员会的藏身处的。"

听到夜丰颂的时候，迈克尔惊呆了，这个地方是他父亲过去帮助英军的活动基地。

"长官，小时候我父亲带我去过夜丰颂。"

"是的，我知道。你在接受我们安全调查的时候说的，这些都记录在你的档案里。"

这时伦德将军换了个话题。

"如果你按照我的要求去缅甸的话，我们会在清迈的一家银行存一万美金，这家银行就是之前赞助缅甸青年民主委员会的那家银行。你告诉他们这笔钱是你从缅甸民主人士那里领取的。"

看着迈克尔的眼睛，将军的话语中又增加了一分请求的语气，"我知道这项任务还没开始，但是你能在考试后立即研读缅甸的资料，做好准备后再出发吗？时间大约在六月中旬。我知道这个请求很突然，你愿意为我们承担这项任务吗？如果你愿意的话，我们准备给你少校级别的权限和工资。"

迈克尔的脑中闪过无数想法。他要不要接受这个任务？说到夜丰颂不就是命运在起作用吗？他会把专题研究推迟一个月吗？更实际地讲是推迟两个月呢！如果拒绝的话该怎么拒绝呢？他又问了一些问题：

"将军，你说过缅甸青年民主委员会正受攻击，这是不是在说缅甸的军队在抓他们呢？"

"是的，我想军队在设法抓捕他们。缅甸青年民主委员会的藏身处有可能被军队找到了，或者说被定为狙击手的目标所在。我不敢保证这项任务没有危险。但如果有人开了小差，又经过边境回到泰国，有谁比你更适合这项任务呢？"

"长官，我很好奇，搞好当地关系很重要，当地人支持缅甸青年民主委员会吗？"

"据我所知，缅甸青年民主委员会和克伦族联盟关系密切，这个联盟正与缅甸军队作战，想解放缅甸建立自己的独立王国。联盟有两万多人，他们和缅甸青年民主委员会互帮互助。敌人也是朋友说的就是这个道理。毕竟，缅甸有百分之七是克伦人，这个比例在禅部高原是很高的了。你档案里记载你有克伦血统。"

"是的，长官，我外祖母是克伦族人。"

"会说克伦话吗？"

"只会一点点，我就会说几句小孩子一般的话。"

"没有人比你更合适的，你还会说泰国话。"

伦德将军简单地回答迈克尔的问题，他认为迈克尔会接受这个任务。他突然变得严肃起来，提醒迈克尔：

"除了缅甸军队，你还会面临着另外一个危险。你的前任死于热带疾病，所以你要做好这方面的防范措施，特别要小心那里的蚊子。你小时候在那里呆过，自然会比你的前任多一些免疫力。"

听到这些提醒，他意识到自己已经接受了这项任务。实际上，听到夜丰颂这个名字的时候，他有种特殊的感觉。这项任务涉及缅甸而不是越南也许是件好事。像大学里的许多学生一样，迈克尔对美国不断支持越南共和国不得人心的吴庭艳政府又喜又忧，因为吴庭艳上台未经过公民投票，未经过1954年日内瓦商定。

在经过半个小时的提问、回答和讨论之后，迈克尔终于接受了这项任务。他把学术研究项目时间从七月调整到九月。顺利通过考试之后，他就开始集中精力阅读伦德将军送来的报告和十几本有关缅甸的书。他觉得缅甸的许多地方和泰国很像，比如宗教、习俗、气候等等，但还有一些地方是截然不同的。

比如语言。尽管它们有些词汇来自古印度雅利安语即巴利语，但泰国和缅甸语言很少有相似之处。泰语根本不能和缅甸语交流，但这一点迈克尔根本不担心，因为他得知缅甸青年民主委员会成员会说流利的英语。另外一个不同之处就是名字。和泰国人不同，缅甸人只有一个名字，名字通常含有两个音节，例如巴莫，有时就一个音节。当然了，他们也经常改名的！U 是用来作为男性的尊称，就好比英语中的 'Mr.'，UN 就是努先生。

迈克尔特别用心去研究掸部高原的地势，这里的山脉连接着夜丰颂和东枝，缅甸最大的城镇就在这个高原上面，距离曼德勒东南方向 200 英里。他还要在容貌上做些文章。他的外表要像一个克伦人，至少要像从泰国北部过来的人。陆军情报局技术部当然知道迈克尔需要什么：一件无袖的棕色长袍、一条手织粗布的直纹黑裤、一双橡胶做的夹趾凉鞋以及一副黑胶木框的眼镜。

迈克尔接到命令，要求他七月十四日与巴莫见面，便在七月十日晚从洛杉矶附近的空军基地出发。他乘坐的是一架装满货物的直升机，机上有十二人，迈克尔猜测他们中有一些是技工。飞机坐起来很不舒服。他的座位很硬，飞机在希凯姆空军基地再加油，停留了将近一小时，飞机上的人不允许离开。在日本横田空军基地滞留了很长时间，终于来到西贡。由于国际日期变更线的原因，现在是七月十二日的下午，他的旅途真是太遥远了。

迈克尔到达西贡的时候，他提醒自己东南亚已进入炎热多雨的夏季。机场很是拥挤吵闹，闷热的风使他汗流浃背。一个来接他的士兵把他带到了机场角落一个稍微安静的小屋，迈克尔在这里稍作休息，换上了陆军情报局的当地服装。他得知自己将通过一个特殊航班前往由政府机构操纵的清迈。他有些失望，因为飞机没有往北途径曼谷，他很希望再一次看到曼谷，就算是在空中看一下也好啊。

在西贡停留 40 分钟后，迈克尔就离开了。除了他，飞机上面还有六位穿着便服的男子。他想这些人应是美国政府某个机构的办公人员或军人，飞机发出的噪音让人听不清谁在说什么。到达清迈之后，在迈克尔前面的两个人匆匆离开。飞机旁出现了一辆出租车，一位年轻的泰国人微笑着向他走来，用英语问候道：

"你一定是小山先生，对吧？你今晚先住在我这里，我明天开车拉你去东边的夜丰颂，跟我来。"

迈克尔确定自己应跟着这个泰国人走，"*Khorb koon. Glai mai?*"迈克尔用泰国话问道，意思就是感谢他并询问离自己要去的地方有多远。

"不远的，我叫吉维特，很高兴见到你。"

"嗨，一看就知道你是谁了，你的真名叫什么？吉维特是我的泰国名字。"

"我听说了。我的名字叫吴图来，我是泰国克伦人，人们就叫我吴图。"

吴图开车拉迈克尔去他位于市中心东的住处，这辆黑色的车很明显是美国吉普。迈克尔惊奇地发现清迈没什么变化，自己第一次来清迈的时候是1940 年左右。城市里那条最主要的街道——清莱路是铺过了，但其他道路还是碎石覆盖。许多房屋只有一层而且急需补修。和第一次来的时候一样，只有一些不起眼的泰国小饭馆以及一家华丽的中国餐馆，他记得自己和父亲可能在这家中国餐馆吃过饭。除了少数年轻人穿西服外，街上的行人和他一样都穿着当地的服装。

吴图带他来到的"地点"位于清莱路一家服装店的二楼，是一个两间套房。在吃过一碗鸡肉蔬菜面喝过当地啤酒之后，迈克尔很想知道为什么吴图要驾驶一辆伪装后的美国吉普以及为什么他也有美军的床被，但他还是没有问。长途旅行的疲劳让他很快就睡着了，一直睡到第二天早上五点吴图叫他的时候才醒。这时候外面天还很黑，清莱路上空无一人。

吴图说道："夜丰颂那地方很远，我想我们必须在今晚之前赶到那里，因为那里很危险。"这确实是一个艰难的长途。道路坑坑洼洼的，所以在这敞篷吉普上很难进行交谈。午后暴雨袭来，他们浑身都湿透了，这让迈克尔想起了他还是吉维特的时候在炎热天气遇到暴雨是多么的享受。

夜丰颂就是一个村庄，比迈克尔印象中的要小得多。迈克尔记得夜丰颂位于泰国与缅甸边境，少有人烟，茂密的森林为种植农作物以及鸦片提供了良好条件。这地方真美，迈克尔想起父亲总是用另一个名字"夜三雾"来称呼这个地方，因为这里的雾气很大。清早的景色很美，晨雾笼罩整条小河。迈克尔突然间感觉到自己和父亲总是称为暹罗的那个国家是那么的陌生。

吴图很熟悉夜丰颂，他直接就把迈克尔带到了一家很小而且简陋的旅馆。这一晚过得相当不舒服，虽然在旅馆内吃了一顿富足的便餐，但是蚊子一直骚扰到天亮。迈克尔庆幸自己带了蚊帐和抗疟药。

黎明前，吴图再次叫醒迈克尔。"我要带你去巴莫等你的地方，那里大概离这里有十五英里。我们通常在那里见面，因为那里是这辆吉普车能开到的最远的地方。那里再往前根本没有车能行驶的道路。"

太阳正在升起，他们在迷雾当中离开了"夜三雾"。吉普车很快开上狭窄的山道，"道路"一词不适合用在这里，因为吉普车很难在上面行驶。吴图说当地人管它叫"走私之路"。

随着吉普车不断往上升，迈克尔感觉到村庄已经在 200 米或 300 米以下了。尽管太阳越升越高，但天气依旧很凉。在山上行驶大约十英里之后，迈克尔看到了壮观的景象：在他左边，有一道很深的墨绿色的峡谷，谷底流淌着一条河，河水在阳光照射下闪闪发光。

吴图突然说道："拐过这道弯之后，车子就有足够空间调头了，到那儿你就能见巴莫。"

当吉普车调过头来之后，迈克尔看到一个人站在道旁。在亚洲人当中，他算是高的了，可能有 5 英尺 9 英寸。他穿着一件灰色衬衫和一条黑色裤子。迈克尔从车上下来时，这个人伸出手来，说的英语比迈克尔预想的要好：

"你是来自伯克利大学的小山先生吧。你是东南亚历史专业的学生，也是缅甸民主党的朋友。"

"很高兴见到你。我们现在是在缅甸吗？"

"还没有，还有六公里。我希望你是一个脚力好的人。我们不能待在山上，这里离下面有 900 米，缅甸军队在不远的边境上面有哨探。因此，我们要顺着一条小路往下走 400 米，然后就能到达我们在河边上的营地了。这条道路很安全，因为缅甸军队还没有发现它。

他停了一下，然后继续说，"我能和你私下交流一下吗？"他把迈克尔拉到吴图听不见的地方，小声说，"你带礼物来了吗？"

迈克尔低声道，"那是当然了，你可以打清迈银行电话确认，并且可以随时取走。"

巴莫点点头，回到吴图身边，然后用正常的声音说，"我们和吴图告别，然后就出发了。"

两个人和吴图挥了挥手，吴图转身上了吉普车，启动了发动机。发动机的声音很大以至于让迈克尔感觉附近要是有缅甸士兵就坏了。吴图转弯前，巴莫开始出发，迈克尔紧随其后。俩人一前一后在狭窄的路上走了将近一个小时，两人一声不响，只管往前走路。

太阳越升越高，气温也随着升了起来。迈克尔感到很不舒服，背包下面的衬衫都湿透了。他不时地驱赶脸和脖子上的褐色的小臭虫，安娜·韦尔斯特别讨厌臭虫——"太可怕了，简直就是羔虫"。迈克尔认为要是自己来的话肯定找不到这条路，这在草地中真的很难识别出来。巴莫不时地望望山顶。

巴莫突然说："好了，还有两公里就到了。我们要从这里转向慢慢往下走。你会看到左边有越来越多的高大树木，最后就是一片森林，所以我们到河边的时候，山上的人根本看不见我们。这也是我们把营地扎在那里的原因，这样既方便取水，又不会被人从山上或走私小道上发现。"

终于可以看到营地了，迈克尔看到许多深绿色的帐篷，看上去像是用深绿色刷成的木棚，它们都安扎在河对面的草地上。有俩人看到了他们并叫来了其他人。迈克尔和巴莫趟过浅水来到营地，那里有十个人前来迎接。

这时巴莫径直来到一个男子面前小声跟他说了些什么，这人 30 岁左右，相貌英俊，头发梳得很整齐，他朝迈克尔走过来。

"小山先生，我们大家欢迎你。我是吞昂，非常感谢你带来的礼物，让我把其他人介绍给你。"吞昂的英语比迈克尔想象的要好，这语音让他想起了 1943 年的一个夏夜前来拜访他父亲的那个英国人。迈克尔不能记住所有吞昂介绍的那些缅甸名字，但迈克尔注意到那些人除了有一人看起来 40 岁左右，其他人都很年轻，有两个还是女的，其中一个很漂亮，一双明亮的眼睛，一头乌黑的蓬松的长发。所有人都穿着破旧但很干净的深色衬衫和裤子。

迈克尔估计自己要在这个营地待很长时间，但是他只待了四周。这里有不少蚊子、安娜所说的恙虫、水蛭，饭菜没有变化，顿顿都是菜汤、米饭以及含有少量鱼肉、虾肉的炸面团。每周大概有一两顿饭里面有少许烤鸡肉或烤猪肉。菜汤里面总是有他不喜欢的柠檬草味道，这让他很想念咖啡。唯一令他兴奋的事情就是每个午后的暴雨，暴雨令天气凉爽下来，万物焕然一新。

在前两周，迈克尔只是观察学习。营地里的所有人都讲地道的英语，这让迈克尔非常放松。他感觉到虽然英语是以前殖民者的语言，但这里很多人都为他们自己能讲流利的英语而自豪。吞昂是缅甸青年民主委员会和这个营地的领导人，他是仰光大学政治与政体学专业的毕业生。他的父亲曾是吴奴政府的福利部部长。年长的这位是特赫拉，他以前是位记者，为缅甸青年民主委员会印刷的小册子撰写文章，这些小册子在缅甸各个城市广泛传播。小册子的内容是在营地成员讨论的基础上写出来的，并在曼德勒由一个印刷工冒着被吴奈温政权逮捕的危险进行印刷。

无线电报是吞昂与外界联系的唯一工具，电报的使用范围在五十公里以内。即使在使用范围之内，电报也经常无法使用，因为营地处于多山地带。这就是缅甸青年民主委员会必须以东枝和曼德勒作为与仰光"联络中心"的原因。吞昂声称如果时机成熟，委员会可以发动三万青年和民主党人。两位最年轻的成员都是刚从仰光大学毕业的，他们俩或长途跋涉或乘吉普车交换情报，传递小册子并带回来食物。

其中一位女生叫敏圣，她身材矮小，相貌平平却非常可爱，她是曼德勒师范大学英语文学专业的毕业生。她掌管"厨房"，且每天很长时间都待在小房子里，这里就是做饭的地方，迈克尔开始还以为是个仓库。敏圣与那个长发美女钦钦住在一个帐篷里，钦钦三十二岁——迈克尔猜她比自己年龄大。她毕业于仰光大学语言学专业，她和敏圣一样都是坚定的民主激进主义分子。在与迈克尔最早的一次交谈中，她说："我个人希望缅甸尽快变成民主国家，与我刚刚结婚两年的丈夫是位支持吴努的中尉，他在吴奈温政变之后就被处死了。"

营地中最重要的活动就是讨论，有时会很激烈，内容一般关于面对政府限制人民自由、长期征兵、不断进行军事活动打击克伦民族联盟及其他小型反政府组织包括共产主义小组这些问题我们该做些什么。大家讨论都很认真，因为这些要写进小册子中并要散发出去。

迈克尔只是在听，并庆幸讨论几乎都是用英文进行的。缅甸和印度一样有许多方言，因为所有成员都会英语所以英语就是他们的通用语言。在讨论激烈的时候，一小部分成员就会用自己的方言去辩论。这时，坐在迈克尔身旁的钦钦就会为他进行翻译。她受过语言训练，精通许多种语言，会讲泰语、克伦语、英语和缅甸方言。

迈克尔所听到的内容对于他给伦德将军写报告是非常重要的。随着时间流逝，迈克尔开始评估每一位成员。吞昂很聪明，但在讨论时很温和，显得缺乏思想信念。对于政府打击公民自由这一点上，他还表现出一种宽容的态度。迈克尔认为如果吞昂被特赦并得到一官半职的话，他是会接受与吴奈温的某种调和的。

迈克尔很快发现，巴莫是一个机会主义者，这一点伦德将军猜对了。他博览群书，善于表达，和吞昂不同的是，他是站在经过论证后大多数人所支持的立场上。迈克尔认为他在已确立的民主议会中是个不错的政客，而缅甸青年民主委员会则不适合他，他应该给美国人写报告。

十一个人当中有三人是马克思主义者。这三人希望生产资料国有化，从而使缅甸与西方资本主义抗衡。其中一个叫伦的人经常在迈克尔面前攻击西方国家，但迈克尔假装没听见。

在来到营地的三周内，迈克尔确信只有四人符合缅甸青年民主委员会成员特征：坚决实现民主化的缅甸；反抗剥夺公民自由；尽管他们屡遭失败，但还是把西方国家尤其是美国当成支持民主的朋友；总之，坚决反对吴奈温这个"缅甸式"的左翼独裁者。这四人包括记者特赫拉、那两位女子以及一位从仰光大学物理系毕业三年的英俊男子美亚。

随着对缅甸青年民主委员会鉴定工作的完成，迈克尔越来越渴望离开这个营地。落后的条件、单调难吃的伙食都让迈克尔苦恼不已。到了第四周，他刚准备告诉巴莫安排回夜丰颂和清迈，一些事情却让他决定延长回去的时间。当时他并不后悔作出延期这个决定，因为这有助于他把报告写得更好，对伦德将军来说更加有用。他对事态的发展感到又忧又喜，从结果来看，这次延期确实把他的离开复杂化了。

钦钦对迈克尔非常友好，在迈克尔需要帮助的时候她总是能出现在旁边。她笑着告诉迈克尔，"钦在缅甸语里面就是友好的意思，所以我是个友善女子。"虽然年纪比迈克尔要大，但他很快就意识到她似乎有着极大的魅力。在第二周结束的时候，钦钦变得轻浮放纵起来，迈克尔也乐得在营地里无所顾忌。他在执行任务的时候不需要复杂的情感纠葛。

钦钦知道她的挑逗不会起太大作用，所以得知迈克尔要走的时候，她决定改变方针。一天早上太阳出来的时候，迈克尔正在营地边上写东西，钦钦走来坐到他身边。她用平静的口吻讲述营地成员以及自己对他们的看法。起初，迈克尔以为她说的是些无关紧要的话，但很快感觉到她说的内容很重要，这些事情他自己是发现不了的。

钦钦突然意识到自己激起了迈克尔的兴趣，这时有人叫她去准备午餐，她答应迈克尔以后还会向他说更多的事情。因此，迈克尔决定延迟自己的离开，钦钦也不断给他提供琐碎的信息，这样自己对缅甸青年民主委员会成员的评价会更加完善。

吞昂提出小册子的内容应该根据种族以及对新政权反对的程度进行调整，这个提法在缅甸青年民主委员会里引起了激烈争论，钦钦把这件事告诉了迈克尔。迈克尔也听说"伦是缅甸共产党的一员，与他们有着密切联系"。钦钦说的另外一件事就是，"小册子印刷的数量以及支持者贡献的资金毫无疑问被夸大了，支持者实际的人数也就是所宣称的三万人的一半"。同时她告诉迈克尔，当巴莫谈到来自美国的钱的时候，数字的变化得不到解释，"如果我是美国人，我会派人去清迈银行彻底查账"。

在钦钦倾吐密秘后的第三天，她跟迈克尔说自己白天很忙没有时间，所以只能在晚上说这种事，"我帐篷里有人不方便，去你的帐篷吧"。迈克尔半天没有回答，也不敢看钦钦祈求的眼神。最后，他说，"那好吧，你知道我住在哪里。"

迈克尔的心中很矛盾。听她讲了好几个小时，他知道应该是讲得差不多了，如果还有她下次也会说的。他完全了解她的用意。但他必须承认自己喜欢上了这个漂亮女人多情的微笑，喜欢她"偶尔"碰一下他的手和膝盖。他年轻的体魄战胜了意志力，已经失去理智了。突然间他想到了和艾丽萨在巴黎房间里度过的美好时光，他极度渴望那样的时光可以在今晚重现。

快到九点半的时候，钦钦轻轻地走进了迈克尔的帐篷。河水潺潺流动的声音更加凸显了夜晚的宁静，迈克尔这时正坐在床上借着油灯的光线读着笔记，看到钦钦进来，他放下了手里的笔记说道，"有些晚了，不是吗？"

她什么也没说，只是挨着迈克尔坐了下来，他们的大腿靠得很近。

迈克尔装作正经地说，"首先，我对你昨天告诉我的话有些疑问。"

"没必要开着灯问这些问题。把灯关了吧，还可以省点油，我可以摸黑回答问题。"

过了好长一段时间，钦钦在黑暗的帐篷里摸着衣服，开始轻声地说话，这些话令迈克尔颇为吃惊：

"我想这事都想了很久了，我知道我是强迫你的，你也得承认你不是完全被动的。"然后，她跪在床旁边支支吾吾地说，"我希望我们还要继续下去，但是我可喜欢你了，我不要你有任何的危险。吞昂正在观察我们营地的动态。我们在这里太长时间了，他担心我们进进出出已经引起人们的注意。我把这些都告诉你了，希望对你有帮助。你赶紧走吧，我希望缅甸能解放，我们需要外面的支援。告诉你这些不是为了去讨好缅甸青年民主委员会，因为我想让你知道我们究竟是什么人。尽管我们有缺点，也有分歧，但我们都想要改变我们的祖国，请你帮我们把这里的情报带出去。"

"谢谢，你是个最友善最友善的女士，我一定会完成任务。谢谢你那么友善地对我。"

第二天早上，迈克尔告诉巴莫自己两天内离开，让他安排一下。吴图准备把他从来时那个地点接回夜丰颂。

8 月 11 日，蓝蓝的天空中看不见一丝乌云，才来四周的迈克尔从床上爬起来。这是他的最后一天，他期待着放松，整理一下笔记。当他和几个人吃过早饭时，有人喊道：

"嗨，快看那条小路上，在 300 米高那里，我看见有东西在闪光，那应该是几个人的脑袋！"

迈克尔抬头一看，伦用手指着山顶激动地喊着。吞昂跑到伦那里喊道：

"是步枪，是太阳照在士兵带的步枪上刺刀的反光！我看到两个脑袋，不，应该更多，至少四个，应该是士兵。下周之前克伦族那里都不会来人的。他们到这儿也就 10 分钟，也许是 15 分钟。换上红色预警！带上应用之物，躲进树林里，分散隐蔽，快！"

每个人都在跑，迈克尔跑回自己的帐篷，拿上帆布包，把不必要的衣服倒了出来，这样可以减轻重量，他迅速检查了一下笔记本、护照还有小口袋里面的钱。迈克尔从帐篷出来看到钦钦和敏圣在向他跑来。钦钦喊道：

"我知道你不明白看到红色预警该做些什么，跟着敏圣和我走。特赫拉随时可能来到这里，我们要帮他把文件拿走。"

他们焦急地四处张望，却没有看到特赫拉的身影。敏圣急得直哭，"你们两个往前跑"，她自己赶紧朝特赫拉的帐篷跑去。

钦钦和迈克尔点点头，便向树林方向跑去。他们看到一百米以外有很多人也在向森林方向奔跑。太阳这时候已经高挂空中，那些穿过高高的草地跑向树林的人可以清晰地看到顺着小路跑到河边的人。钦钦尽管背包看起来很重，却跑得很轻松，可迈克尔却气喘吁吁。

突然间，他听到一声枪响。紧接着响起回声。迈克尔不知道自己和钦钦或者其他人已被敌人发现。离树林边还有两百米，他们加快了速度。

他们俩跑进树林后藏在了一棵大树后面，屏住了呼吸。突然，迈克尔听到"砰砰"的声音，有子弹打在了他们旁边的树干上。他知道他们已经被盯上了，于是拉着钦钦的手钻进树林拼命向树林深处跑去。最后，两人再也跑不动了，便停了下来。

"钦钦，你知道我们该往哪个方向跑吗？我们不是迷路了吧。"

"为应对红色预警我们曾研究过森林的情况。穿过这个森林会有一条古老的走私者小道，这条道是通往夜丰颂的，是穿过泰国边境的一条捷径。这条道离夜丰颂很近，但那些士兵可能知道它，所以走这条道很危险。我们要走克伦族人告诉我们的那条道，虽然长些但更安全。"

"这条道离夜丰颂有多远？"

"直线距离大概有 40 公里吧。"

"40 公里！那就是 24 英里！穿过这个森林？我们又不是乌鸦，一定还会远很多的。"迈克尔担心道。

"别丧气，最多 50 公里。我们可以在一天半内到达目的地。这里树木不算茂密，你可以看到天空，走路也不是件难事。如果我们今晚在森林里面过夜，明天中午就能赶到。我带了一壶水和一点食物——两听金枪鱼以及一些你所谓的压缩饼干。别担心，我还拿了一个小的罐头起子，就在我的背包里。"

"这么热的天一小壶水够两天喝吗？"

"老天爷要是正常的话，会有一场暴雨的，就指望它了，现在是雨季。我们赶紧走吧。"

迈克尔和钦钦快速地向森林深处走去。在东边透过树顶还可以看到太阳。天气又热又湿，他们不停地走啊走啊。迈克尔的衬衫湿透了。他们时不时停下来听听周围的动静，但是除了偶尔的鸟叫什么都没有听到。他们喝了几口水壶里的水后继续前行。

太阳高挂天上，迈克尔观察后说已是正午时分。他们已经筋疲力尽，遂静静地坐在一个大树下面，喝点水，吃块压缩饼干，饼干的味道有点像面粉。正吃的时候，他们感觉森林里面还有人，因为他们听到不远处有树枝被劈断的声音。迈克尔看了看钦钦，她小声说："不是动物，是人。待着别动，我去看看。"

迈克尔刚想说什么，她就消失在森林之中。迈克尔等了一下便决定跟上钦钦。这可能是营地里面的人，当然也有可能是缅甸兵。

走了一小段路之后，迈克尔听到说话声。一个人是钦钦，另外一个是位青年男子。他停下脚步向左移动以便不会与他们碰上。他们讲话的声音能听见，当他靠近的时候听到是缅甸语。现在迈克尔一动不动以免发出响动。在一棵树的旁边，他发现有一支枪口朝上的步枪和一个卡其色的枪套。他不知道他们在说什么，不过听不出威胁的语气，他要找机会下手。他穿过几棵树，来到那个士兵身后，与钦钦面对面。当她看到迈克尔的时候，她的话开始多了起来。他意识到这是为了掩盖他靠到近前所产生的声音。

这个士兵没有迈克尔高，也明显要轻很多。迈克尔悄悄地快跑几步，从后面用尽力量把那个士兵扭倒。他按照高中橄榄球教练教的那样："通过打击对手膝盖上面从而把他弄倒，用你的胳膊搂住他，这样他就跑不了了。"士兵倒在了地上，他的枪被扔到一旁。在他能站起之前，迈克尔骑到了他的背上，拧住他的右臂。士兵大声叫唤，迈克尔喊道："别动，要不我拧断你的胳膊！"士兵脸朝地一动不动，迈克尔以为他听不懂英语。钦钦用缅甸语说着一些事情，士兵和迈克尔都在看她，她正拿着步枪瞄准那个士兵。

钦钦向迈克尔说道："你让他起来。"迈克尔站起来，这个士兵也站了起来，用手揉揉自己的右臂。他惊慌失措。迈克尔能看出他最多十七八岁，而且吓坏了。

"祝贺你，"钦钦笑着对迈克尔说，"干得很漂亮。这家伙追我们的人时迷了路，他的同伴都不见了。"

"你都告诉他什么了？"

"我说我是一个人来的，完全迷路了。我问他有多少人顺着这条路过来，他们如何得知我们的所在地。他并没有回答，反而问我是从哪里来的。"

"好的，把枪给我，给我当翻译。"钦钦疑惑地把枪递给了他。

"首先告诉他我要问他一些问题，他要老实回答，要不我一枪蹦了他。明白吗？再问一遍跟他一起来的有多少人，他们是怎么知道营地的。"

钦钦翻译着，这位士兵看着迈克尔，却什么都没说。

"再问一遍！"迈克尔命令道。

钦钦重复了她的问题，但士兵依旧什么都不说，迈克尔举起了手中的枪。

"告诉他这是最后一次机会，如果他不回答我的问题，我真的会毙了他。告诉他你曾经看过我杀死许多缅甸士兵。"

这次翻译过后，那个士兵已然失色。他咽了口唾沫嘟囔了几句。

"他说什么？"

"他说前来的有六人，一个年轻人来到边界山顶上的小队住处，准确地说出你们营地的位置。"

"让他描述一下那个人的长相。"

钦钦翻译着那个士兵的回答："是个年轻的泰国人，他不认识他。他是个公子哥儿，有颗金牙，穿一件漂亮的白衬衫。"

迈克尔能想到和描述相符的人只有吴图了，这人是在清迈碰见的。但是他为什么把营地的位置告诉缅甸军呢？钦钦似乎猜到了迈克尔在想些什么，她说：

"我所知道有颗金牙的人就是吴图了，但他为啥要这么做？我已经知道该怎么做了，我们走吧。"

"好吧，告诉这个士兵把他的弹药袋和水留下，然后滚蛋。让他向北走，顺着来路回到河边。太阳在他的左边，他到那条河就有水喝了。"

士兵听到经钦钦转述的迈克尔的命令后放下心来。他解下了自己的弹药袋，交出水壶，然后按照指引的方向往北方的河走去。

"你觉得我们能相信他的话吗？"钦钦怀疑地问道。

"我觉得可以相信，他年轻胆小，而且没有水和武器他能干什么？不过我们还是快点走，他要是碰到其他士兵，就会继续跟着我们的。至少我们现在有武器了。"

迈克尔和钦钦向士兵相反的方向走去。最后，他们停下休息，钦钦打开了一听金枪鱼，他们就着压缩饼干吃了下去。钦钦的水壶已经干了，因此就喝了点那个士兵留下的水。阳光渐渐变弱，蚊子开始骚扰他们。钦钦从自己的背包中翻出一小瓶微黄液体，这是自制的驱蚊剂，味道和迈克尔在芦屋松树林里使用的蚊香差不多。

在用过"餐"之后，他们又继续前行。微弱的阳光让森林似乎浓密了不少，很快天就黑了，不能再走了。暴雨根本没有来，这既是好事也是坏事，好就在于他们还可以穿干衣服，坏就在于他们越来越渴，因为他们一天流了不少汗，而且那个士兵的水壶也干了。

在一棵高树下他们发现了过夜的好地方。钦钦从背包里面找出了一块防水布，这块布很大，足够他们两人坐在上面。随着夜变深，树林里变得嘈杂起来而不是更加安静。迈克尔能听见小动物发出的瑟瑟响声以及落叶之声。两人都筋疲力尽，钦钦靠着树很快就睡着了。迈克尔觉得地很硬，也很不平，夜晚的噪声和驱蚊药也奈何不了的蚊子在干扰他。但筋疲力尽好像就是一副强有力的安眠药，对于迈克尔这样的轻度睡眠者照样有用。闭上眼睛倚着钦钦旁边的那棵树，几分钟之后，迈克尔就睡熟了。

睡着睡着感觉有点冷，脖子也不舒服，迈克尔就醒了，他睁眼看到东边树木之间有微弱的阳光。意识到自己已然睡了一夜，然后向右边钦钦睡的地方看了看，发现她不见了。他惊慌地跳了起来，然后环顾周围。

看到她抱了一捆细长草茎走来，他这才放松地舒了口气。

"我不知道这些用英语该叫什么，但如果你把这里这种草靠近根部的茎部切下，然后吮吸……你会发现有点水分，这是缅甸人的土法子。"

吸吮的时候，真的有很多带有草气息的液体润湿迈克尔的舌头。钦钦和迈克尔就一边吸吮这些草茎，一边吃着金枪鱼和压缩饼干，然后又继续上路。9 点钟的时候，太阳已经高过了树顶，他们可以完全看清树林中的道路。钦钦看着在她前方的低山，大约一个小时之后，她停下来说：

"我们还需要向东北方向走一会儿，很快就会看到一条小道。"

他们确实来到了一条小路前，但不是"很快"，而是几个小时之后，大约正午过后。这条路很陡峭，最后，钦钦笑着对迈克尔说：

"我想我们刚刚穿过了边界，现在我们应该是在泰国。"

"你怎知道？这只是一条狭窄小道，根本没有任何标记啊。"

"没有人能确定边界在哪儿，但 6 个月前我们营地有三人不得不去夜丰

155

颂和克伦族联络的时候，他们的首领告诉我边界就在这里，你看到那块大石头了吧，那就是边界。他们知道这里是他们的国土。"

半小时之后，他们来到了山顶。钦钦指着说："那里就是下去的小道，我们马上就能看到夜丰颂了，我到邮局和藏身地通个电话。"

从山顶下到邮局又走了大约半个小时。他们从小路走到开阔地的时候，钦钦把枪从迈克尔那里拿了过来，藏在道旁边的灌木丛中。然后她进了小棚屋邮局去打电话。迈克尔坐在屋旁的地上，尽量不引起别人注意，但是自己知道在经过长途跋涉和露天过夜之后会脏成什么样子。

几分钟过后，钦钦那一向镇静的脸上露出了恐慌之色。"我给藏身地打电话，是吴图接的电话。吴图！他不应该知道这个地方！我说想跟业主也就是克伦族的联络人通话，但吴图说他不在。吴图告诉我要赶紧到那里去，营里面很多人都到了，他们正在讨论下步该做些什么。我说我要和营地里面其他人通话，但他告诉我他们都很忙，没空。这个谎话连篇的混蛋！"

迈克尔还没来得及问些问题，钦钦就激动地继续讲着。

"迈克尔，我知道这是个陷阱！泄露我们营地位置的就是他。我不知道该做些什么，但我必须把你从这里带走。我没有告诉吴图我从哪里打的电话，但除了夜丰颂我还能在哪里？他威胁我让我告诉他我是和谁在一起，我告诉他我是一个人，但我想他不会相信的。"

"为什么？"

"我听到吴图的声音感到非常震惊，肯定是我说话就像是在撒谎。我不清楚谁在藏身处那里。如果吴图怀疑你跟我在一起，因为你根本不在藏身处，他会通知缅甸军队的。我自己可以混入当地人群当中，但是你这个泰国相貌就不行了。他们必定会不惜一切代价找到你，因为只要他们抓到你，就能证明缅甸青年民主委员会是美国帝国主义和西方资本主义的走狗。"

钦钦眉毛紧锁，她看起来非常疲惫。迈克尔绞尽脑汁去想能尽快离开夜丰颂去清迈的办法。他觉得他们又饿又累是想不出好法子的，看看手表说：

"钦钦，我同意我必须得离开这里。但我觉得没有人能在半小时之内抓到我。我们一天没吃东西了，都快饿死了，还是先吃点东西然后想办法吧。我看到那边有个卖面条的妇女，就在货车那里。我有钱去买两碗，吃完我们再想办法。"

钦钦同意了，然后买了两大碗菜汤面条。吃面条的时候，她说话前言不搭后语，像是自言自语。她说吞昂以防万一委托特赫拉转交给她一份银行信息是件好事。

迈克尔询问隐蔽地在哪里，但钦钦回答道，"如果你不知道就会更安全。"他想知道对谁会更安全。如果他不知道那里的位置，万一被缅甸军队抓住就不会泄露出去。他试着问她接下去要做什么，但是她也没有告诉他，迈克尔怀疑她可能还没有决定。她首先想到的就是把迈克尔带到安全的地方。

两人吃完之后，钦钦开始说迈克尔离开夜丰颂的计划。"不要给任何人打电话，我是说你的美国朋友，这就是你要做的事情。"她给迈克尔指向镇北边一家小旅馆，也就是迈克尔和吴图待过的那个旅馆旁边，让他说是她让他去的。她提醒道："一定要待在那个旅馆里面，这个镇子很小，你不能暴露出来。明天早上，坐第一班车去清迈，旅馆里的那个老太太会告诉你车站的地方和乘车时间。"

"如果你能到达清迈，你在那里能照顾好自己吗？"她向迈克尔问道。

"当然，我们有紧急撤离程序，而且我会讲泰语。到达清迈后，我会给曼谷那边打电话。"

"紧急撤离程序？"

"不好意思，这是关于如何安全撤离泰国的程序。"

钦钦把盛面条的碗还给了那个妇女，然后命令道，"迈克尔，像你们美国电影里那样吻着我说再见。"

迈克尔有些惊讶，和钦钦来到邮局的遮蔽处，把手放在她肩上，轻轻地、甜甜地吻她。当放开她的时候，他请求道：

"你知道怎么给我写信，请尽快给我写信，告诉我营地那些人发生的事情，还有那些钱，告诉我所有的一切。"

钦钦没有回答，后退了几步，看着迈克尔的眼睛，说："走吧，我不会忘了你的，再见，一路顺风。"

迈克尔把背包挂在肩上，然后有些抽噎地应道："再见，保重，谢谢你！"然后就朝着旅馆的方向走去。

他回头看的时候，钦钦仍在原地站着向他挥着手。

迈克尔的"撤离"似乎不像他想象中的那么简单。他找到了那家旅馆，然后就在里面待着，晚餐吃了更多的面条。那晚，尽管很累，但他几乎没有睡着。他一直没有睡着因为担心错过那辆前往清迈的班车，"早上五点半，"店里的老太太告诉他。

天还没怎么亮，迈克尔就来到了车站，希望没有人前来抓他。起初就他一人等车，渐渐地人就多了起来：有一个拿着装有两只鸡的笼子的男子，有一个领着三个不到四岁小孩的女子，有一个长布裹束的老女人等等。最后车摇摇晃晃地开来，他们都挤上去了。

迈克尔不曾想到自己要坐这样不舒服的汽车。车摇摇晃晃的，道路也不平。到清迈的时候，车上至少超载一倍的人。他这边的车窗没有玻璃，所以不是灰尘吹进来就是午后暴雨落进来。午饭的时候，他在站点买了个烤肉饼填填肚子。最后，车在清迈的一个主要的广场停了下来，车上的乘客蜂拥而下。

迈克尔找到了邮局，和曼谷联系上了。他的电话打到了美国大使馆，鲍登少校接了电话，他似乎在琢磨着迈克尔说的暗语。在等有足足五秒钟之后，他像是在自言自语："我明白了，您是小山先生吧？有什么事吗？你在哪里？"

"我在清迈，需要赶紧撤到安全地方……这里有点热，长官，我不是指温度。"

"明白，我会立即准备，但明早才有往北去的飞机。你明早 8 点能赶到吗？"

"我会在 7：45 赶到。我认为你准备的是包机，对吗？"

"是的，是最好的也是唯一的，千万保重。不过我并不十分担心，因为我知道你会说这个国家的方言。"

然后，迈克尔寻找过夜的地方，钦钦曾建议他不要去吴图附近的清莱路，也不要去大旅店以及靠近机场的地方以防被抓。最后，他找到了一个离机场北部一英里处的小房子，这个房子有"迎客"标志。这地方很脏，臭虫很多，但热情的老太太愿意给他提供晚餐——很多的面条。尽管他喜欢吃面条而且对能吃上东西已经心存感激，但他对面条还是有些反胃。她首先安排邻居的儿子第二天早上用他的三轮小车（介于摩托车与人力车之间）送迈克尔去机场。去机场的路不太顺利，迈克尔被额外收取了费用，但最终还是按时上了飞机。

飞行员被通知去接一位"美国少校"，在迈克尔登机的时候，他露出了一个搞笑的表情。迈克尔察觉到飞行员可能没有想到自己要接的那位竟然是一位胡子没刮衣服没洗的亚洲人，但飞行员一定有其他穿着肮脏长相奇特的乘客。迈克尔出示身份证之后，飞行员没有说什么。

西贡机场吵闹喧嚷。军用直升机都停在跑道上和飞机库里。迈克尔数了一下，大概有 30 架飞机，有十几架大型飞机机身左侧配有机关枪。这些直升机顶上的螺旋桨叶片在阳光照耀下闪闪发光，着实好看。迈克尔似乎看出美国已做好对越南开战的准备。

坐值班服务台前的一个中尉在仔细阅读迈克尔交给他的临时任务书，尽管上面写的都是军队用语和暗语，但是中尉对这个任务书和迈克尔的外表都没有感到惊奇。

"小山先生，你有着特殊身份：享有陆军情报局少校薪金和军衔，明白了吧。因为你是陆军情报局的人，所以我得告诉你我们现在这里有许多特殊兵团的人，大多数都是我不认识的上将和上校。也就是说你不能最早离开这里，让我想想，就周五前吧，还有三天。你可以待在离这里 300 码远的军官运输营里。他们会给你配上一些干净的军服。"

有人告诉迈克尔到哪里拿他的包，里面装有他的衣服以及留下的几件东西，这些似乎是好几年前的事情了。迈克尔又找了一张床。他在飞机场和稻田之间的营房里住了三个晚上，听着青蛙叫声，继续被蚊子叮咬，吃着仅仅为了填饱肚子的空军伙食，听着年轻空军和海军军官的抱怨声。第一天他用于休息，接下来两天就在给伦德将军起草报告，读读在军中福利社买到的报纸。军中福利社及其仓库是机场附近外表坚固的新混凝土建筑。迈克尔想知道美军计划在越南打多长时间的仗。

和值班员预期的一样，迈克尔在周五离开西贡，突然他意识到这天是自己 28 岁的生日。飞机满载士兵和一些看起来像是记者的人。他看到一些士兵被用担架抬了进来。在漫长的飞行途中，迈克尔坐在离伤兵不远的地方，他想到的是人类的命运所面临的永无休止的战争。他想知道越南是否会变成下一个朝鲜。

在降落火奴鲁鲁希凯姆空军基地前两小时，一位年轻的士兵死了。

迈克尔的目光从打字机移开向外望了望，雨滴打在旁边的窗户上。他回到伯克利大学有两个多月了，他在拼命追赶自己博士论文的准备工作。在指导老师的鼓励下，他决定完成一项宏大的、基于历史的比较研究：定量分析 1880 年以来美国、日本、德国的市场竞争力、公司利润以及经济增长率之间的关系。迈克尔向导师询问自己是否能研究三国收益分配不均衡的原因，导师告诉他说，"我知道你对这个问题很感兴趣，但是你的研究加上这个题目就过于宽泛了，还是以后再做吧。"

迈克尔把去日本的研究旅行推迟到了一月份，这能让他有充足时间找工作，如果需要的话，能去参加十二月末举办的美国经济学年会，到时候许多大学都会面试助理教授。他也为旧金山有名望的布福德大学讨论会准备着演讲，许多人把布福德大学称为西部普林斯顿，正如称斯坦福为西海岸的哈佛一样。

迈克尔在东南亚的五周生活的记忆看似越来越模糊，但两封信又将他带回到了缅甸一路上活生生的情景之中。几天之前，他收到一封来自伦德将军的长信。将军首先表达了对迈克尔报告的谢意，"这份报告成为美国决定中止进一步参与缅甸青年民主委员会事务并停止对其进行经济援助的基础"。迈克尔很高兴自己的报告能被这么看重，但将军接下来的话让迈克尔很是吃惊：

鲍登少校即我们在曼谷的军官告诉我们，你离开清迈后的一天，一名叫吴图的泰国人被击毙了，少校一下子就想起这个名字了，因为他被怀疑销售甚至偷窃美军物资，那名少校让我把这件事告诉你。

迈克尔确信无疑的是，武器就是他从掸部高原森林里带出来的那把缅甸军队的步枪，开枪的就是丈夫被吴奈温士兵打死的寡妇。但后面的话令他更加吃惊：

一位英语流利的年轻的缅甸妇女和鲍登少校联络，希望在清迈那家银行见面谈一下美国在银行里存款的事情。少校到的时候，她填写了一个账户的密码，并要求银行把账户里的钱都给这个少校。少校说她在威胁银行的经理：如果他不遵从她的要求，她会把银行种种不法行为以及拒付利息之事报告给当局。银行经理没有办法，只能满足她的要求。

少校拿到钱之后，她要求得到1400美元（大概是她帮助美国重新获得总钱数的十分之一吧）以便为当地民主人士和非共产党人购买联络工具，例如无线电报、吉普车等。鲍登少校不敢轻易下决定，但是出于信任还是给了她想要的那些钱，因为他要带回大使馆的这一大笔钱都属于意外之财。鲍登少校说她是一个聪明而坚强的青年女子，他是情不自禁地喜欢她，尊重她。

再次感谢你在缅甸为我们所做的一切，大卫·伦德。

当迈克尔把信放回信封时，他发现一张3800美金支票，旁边有个伦德将军写的纸条："这是两个月完成这项特殊任务以及那份优秀报告的报酬。"

过了几天之后，他在经济系他自己的邮箱里发现有一张贴有缅甸邮票的明信片，上面写着："祝你安全到达，一切安好，组织起一群新的真正致力于民主事业的人，爱你的人，钦钦。"上面没有写邮件人地址。明信片背后是一张掸部高原太阳从山上升起时的美丽画面。迈克尔的目光从窗上的雨滴移开，再次落到了桌上明信片上面，他又回到了那个"夜三雾"以及河边扎营的地方。

第十一章
剑桥和其他，1967～1969

这是九月份一个星期六下午，日暖风和，迈克尔来到哈佛大学校园里一座古老的建筑面前。他的第一部书出版之后，旧金山布福德大学提升他为副教授并准予一年休假。他获得到哈佛大学在罗斯教授指导下一年的研究资助。罗斯教授是日本工业化研究领域的著名学者，他七月份来到剑桥城。在教授的安排下，他在哈佛图书馆埋头钻研，在他的研究课题上取得了很大的进展，即安田、住友、三菱和三井四个财阀或集团在日本工业化中的重要地位。

今天迈克尔去参加在东海岸举行的每月一次的日本经济研讨会。迈克尔还是痴迷于棒球，他在校园里一边走一边用耳机收听半导体收音机红袜队比赛实况。卡尔·雅泽姆斯基这位全垒打王正在击球。迈克尔决定等到时钟敲响三下再进入会议室。他这时候就是想听听亚兹如何跑位，然后不情愿地关掉收音机，走进会议室。他坐在靠门的一个空座位上，朝桌子上看了一眼，看到另一端有两位女性，这真是有点意外。他在前两次研讨会上没见过有女性，女人一般对日本经济不感兴趣。

有个日本女人表情淡漠，年纪有三十五六岁，他在教员俱乐部见过她。另一位是个青年女子，棕色短发，衣着十分考究。她不属于阿佛洛狄忒型的，但是他喜欢她的模样：一双有神的大眼睛，匀称的小鼻子，天然的玫瑰色红唇。当他把半导体放到桌子上时，她好奇地看了他一眼。这一批人有中年美国教授，男性研究生，还有几位昏昏欲睡的渴望拜访常青藤大学的日本经济学家，迈克尔不知道她来做什么，他决定要探个究竟。

研讨会之后用餐的时候，迈克尔主动坐到漂亮的姑娘身边作自我介绍。"我是布福德大学的迈克尔·小山，你是哈佛大学经济学专业的学生？"

她笑着说道："不，我是苏珊·麦卡伦，耶鲁大学日本历史专业研究生。如果你想知道我为什么冒昧来访，就是因为休斯教授让我来参加的。因为我要做侧重于人口变化的日本前现代史研究，他让我来研讨会上学习，说对我的研究有帮助。"

没等迈克尔应话，她迟疑地说，"我可以问你问题吗？你的英语带有口音，可听起来不像是日本人讲的。你的母语是什么？"

迈克尔笑着说他认为不止一个答案。他们开始说起苏珊学日语的问题。在中国餐馆的喧闹声中，他们的谈话突然被一位日本中年教授打断，他紧挨着苏珊坐着，用带有很重的口音的英语问迈克尔：

"小山教授，我读过你的比较日本、德国和美国工业化的书，的确是难得的好书。你打算出日文版吗？"

迈克尔隔着苏珊回答这个教授的提问，然后他们又用日语做简短的交流。为了这个日本人而冷落了苏珊，迈克尔感到非常尴尬，他尽可能迅速地结束他们的交谈而转向苏珊。她露出惊讶的神态。

"你对他说你的书没他说的那么好，可也足够晋升副教授用的了。我认为我所指的终身教授都没有出版过受到高度赞誉的书。"

迈克尔遗憾的是，她突然间又矜持下来。他对这一举止上的变化感到失落。他不认为自己比她老很多，但是在学术界学生和教授之间的界线泾渭分明。尽管他在顶级经济学期刊发表三篇文章也出过专著获得较早的晋升，但他还是想让苏珊淡化他的成果，消除他们之间她明显感觉到的距离。

迈克尔想让她松弛下来，便说道："我出过书，也有职位，但是那是几年前的事了，那时候我在学界的地位和你现在一样，就是一个撰写毕业论文的研究生。"

当他和苏珊说话的时候，他不知何故突然意识到他在思考着平时忽略的一些问题，实际上在他的生活中没有人给他温暖和保障，这些只有关系最近的人如配偶或家人才能给予的。他和父亲分开以后，在日本结识过很多人，从孤儿院的护理员、三宫的小西到芦屋的很多人。但是迈克尔知道不管那些人对他有多好，他基本上是孤独的而且经常是孤独的。他和艾丽萨的关系如风飘逝，他这时候意识到过于天真的爱情是不能持久的。如今他事业有成，他就想到他的生活中要是出现像艾丽萨那样的人该有多么的美好啊。

他越是想到艾丽萨，他就越清楚自己需要更多地了解苏珊。他要想方设法更多地了解她，因为她不是他的学生，和她谈恋爱不会遭周围人的白眼甚至被认为是不道德的。

　　看到这个冷漠的面孔讲着一口生动的日本话的日本女人，迈克尔决定将尽自己最大的努力去了解她。但不可鲁莽或草率行事，要慎重一些。现在最不适宜的就是重复和艾丽萨所做的事。还有，苏珊和他同属一个小的学术范围，出了荒唐事也令人尴尬。由于他住在一百英里以外的小镇，不可能在咖啡馆或图书馆里偶遇。那么，他想在十月研讨会上他会再次见到她，到时候看看事态发展如何。

　　十月研讨会后，当与会人员进入饭店就餐时，苏珊冲迈克尔一笑，迈克尔很高兴，便大大方方地坐到她旁边。迈克尔开始加深了解她。他问了她的家庭状况。她说她母亲因地质学家的丈夫战时在冲绳县被杀，成为一个寡妇。迈克尔不解的是一个父亲战时被杀的人会有心研究日本历史和文化。苏珊的回答很简明，就像她平时一样。

　　"好的，对我来说战争就是历史。我父亲在我不到五岁的时候就死了，战争一年后结束。实话跟你说，我完全不记得二战的事情了。因此我没有像是研究一个敌对国的感觉。此外，战争已经结束二十多年了。"

　　迈克尔想他们在战争中的经历是多么的不同，尽管他只比苏珊大五岁。他清楚地记得那天只有七岁的他被父亲从吊床睡梦中摇醒的情景。他的父亲说他收听无线电播报日本飞机袭击珍珠港的消息。迈克尔还记得父亲的话：

　　"这意味着美日战争开始了，本吉。但是战争不会持续多久，也许就是一两年。日本没有希望打赢，因为美国能够比日本制造出更多的军舰和飞机，而且美国还有丰富的石油和矿藏。"

　　因为战争总是改变他的生活，所以他就问苏珊，"你家确实在战争期间遭难，特别是你父亲的去世？"

　　"我们确实受了很多苦。我母亲回到高中教书，我还太小，没有注意到母亲对失去父亲的哀痛。但是母亲告诉我家里每周只限量四分之一磅黄油，她认为我哥哥和我要吃黄油，她就给了我们吃，她自己吃人造黄油。我知道黄油是限制供应的，但那不影响我。我总是不缺吃的、穿的、玩的，我们没有遭到轰炸，身体上没有受到威胁。"

　　迈克尔看着苏珊，想到经过这场战争而没有他的这种经历该有多好啊。另一方面，她说她不想父亲，因为她肯定想不起来他了，这时他为自己认识父亲而感到庆幸。到了用餐结束的时候，迈克尔感到自己更喜欢她了，他希望她开始发现他和善可爱的一面。

迈克尔急切地等待着十一月研讨会。那天晚上，他得知十二月研讨会后，苏珊计划在剑桥城和姑妈一起度假。他请她在剑桥城共进晚餐。她当下应允，并报以甜蜜的微笑。迈克尔满心欢喜。

12月1日这一天，他接到了一个电话，这是他没想到的，也是他不希望的。

通知来自于伦德上将，和迈克尔布福德大学办公室电话不同，他在哈佛办公室的电话没装扰频器，因此通知的措辞非常谨慎。"如果你周一上午九点来伦德先生办公室一聚，伦德将不胜感激。这是临时通知，不知可否成行？"尽管礼貌有加，但迈克尔知道这近乎一道命令，他回答为，"到时将至。"

星期天迈克尔飞到哥伦比亚特区，希望一两天返回剑桥城，但是他得到的消息是他过去几个月里都在听到的越南战争。一想到这次会面将使他卷入这一战争，不由倒吸一口凉气。当他走进五角大楼四楼小会议室，发现伦德上将和三个军官在一起，一个准将，一个上校，一个少校，他们三个刚从越南回来。

伦德上将作了介绍，而后对迈克尔说，"陆军情报局从他们的情报来源——不仅在西贡而且在顺化、岘港等地得知很多有关车辆和物资大规模转移以及增加当地食品供应税收的情报。看来越共正在准备大举进攻，由于我们的兵力过于分散，我们担心局势将会对我们不利。我们的人需要情报以及向当地友善的人民提供各种帮助。这就是开这次会的原因。"

准将是迈克尔第一次见到的超胖将军，他负责讲解作战指示。"赫蒙族——越南山地部落——会帮助我们，但我们要利用更多的帮助。我知道他们有许多人在克伦族解放军中受过良好的训练，因此我们要得到他们的援助。但是我们的作战人员还未能和他们会面，因为他们的领袖田梭是二战时期英国克伦营中获'荣誉军官'称号的少数几位克伦人之一，他拒绝和美国人打交道，说白人说话不算数。"

迈克尔知道接下来要分派任务。就他所知，陆军情报局有几个军官无论是现役还是预备的，他们都在执行涉及克伦族任务的名单之列。胖准将一本正经地讲，迈克尔用心在听。他讲得简明扼要，这些也都在迈克尔的意料之中。

"我们知道五年前你在缅甸的功绩。我们希望你再去一次，联系克伦族解放军，据了解他们有两万士兵，你要尽量接触更多的人让他们接受我们的调遣，在我们的监视和指导下行动，运送我们的供给，包括粮食和军火等实战中直接短缺的物品。我们非常有信心，如果有一个人能成功完成这项任务，那就是你，给你一周的时间，最多十天。"

迈克尔不喜欢这个准将，他心中开始称他为胖准将。他不喜欢强求，他无法想象自己如何能在一周或十天之内说服已经卷入越南战争的克伦族解放军。由于别人也无法接触到克伦族解放军，他甚至怀疑胖准将不知道他要求迈克尔所执行任务的艰巨性。实际上迈克尔严重怀疑卷入越战的美国的尴尬处境。他从未被要求执行陆军情报局的计划，他对此有很多疑虑。

无论他脑子里是怎么想的，可当伦德上将问，"迈克尔，怎么样？你能为我们做这件事吗？"他也只好同意。他看着伦德上将说，"长官，我会尽力评估形势并写出报告，陆军情报局可以到那里去取报告。"胖准将非常高兴，他补充道，"我们安排你以平民身份飞到曼谷，在执行任务期间你就是临时中校，你在交通和薪金方面都享有特权。"

迈克尔要尽快动身，胖准将说他会安排周三从这里飞往曼谷，"我们的人将送你飞往清迈"。只有两天的时间，迈克尔勉强能够整理服装阅读文件。到了周二，他抽时间给他剑桥城的女房东打电话，说他可能出去十天左右。他掐着手指算还能赶上第十六次经济学研讨会，到那时邀请苏珊共进晚餐。

结果直到 12 月 30 日迈克尔才返回剑桥城。在新年放假期间他思来想去，不知要不要对罗斯教授和同事们说外出整一个月的原因。更重要的是，他如何对苏珊解释约定晚餐的食言以及消失了那么长的时间。

对于迈克尔来说，过去的四周不啻一个漫长的梦魇。这个梦魇开始于去往清迈的长途飞行，中途有几次停留，到清迈时已是夜晚。由于时差颠倒和缺少睡眠，他感到筋疲力尽，中央情报局的人来清迈接他，胖准将说"将会带给你有价值的情报"。但在这个人确实是毫无价值，他不知道田梭的藏身之地。他在和迈克尔分别时说，"陆军情报局总是愚不可及。我很高兴是你在执行这项任务而不是我！"

几天过后梦魇还在继续。在清迈和他交谈的人都怀疑他这个人和他的真实动机就是想联络克伦族解放军总部。他听到流言说田梭将军在西南地区，那里居住着很多克伦人，但还有人说他北上至密支那。一周之后，他决定必须做点事，便乘坐长途巴士来到夜丰颂，这里正好是卡雅族也就是克伦人口最多的缅甸国边界。

这次从清迈坐巴士没有他五年前反向乘坐的那次颠簸劳顿。在满是跳蚤和蚊子的客店住下后，他便制订一项严密的计划，以不蹈从前清迈的覆辙。一个星期他都到那不能叫饭店的小饭馆吃午餐和晚餐，可是客店老板认为那是泰国克伦人经常光顾的地方。到了第三或第四天，小饭馆来了几位顾客，他们随意闲谈，甚至跟这个叫做吉维特的怪怪的美国人开起了玩笑。

有一天晚上，一个腼腆的青年人卡姆伦第一次来找迈克尔说他想练习英语：

"吉维特，你说想要见克伦族解放军。这个很难的，因为我听说缅甸军在追他们，到处都有密探，可是我在克耶邦首府垒固有个表哥，他认识的人兴许能帮到你。"

迈克尔想到的是，谢天谢地！卡姆伦说他的亲戚是个工程师，在鲁比达水坝工作，这个水坝是由日本人在五十年代初作为缅甸赔款部分修建的。卡姆伦只提供了这个人的线索，可不能保证有什么效果。迈克尔知道这个表哥是一位经过训练的、处于休眠状态的后备军人，一旦克伦族解放军召唤，他将参加反对缅甸军的战斗，他愿意帮助迈克尔的。迈克尔要见两个人，他们是在之前经过筛选的，可以带他去见克伦族解放军和田梭将军。

到了清晨，迈克尔穿上本地的服装，动身去见克伦族解放军联络人，联络人叫宝木，他把迈克尔带到镇外隐蔽的吉普车上并搜了身，之后他们驱车来到宝木说的边界。在那里宝木停车给迈克尔蒙上眼罩，再继续前行。这段路程比迈克尔预期的更为遭罪。当吉普车绕着崎岖的小道前行的时候，他看不见任何东西，他的身体无法保持平衡。他感觉过了一个小时之后，吉普车拐了几个弯。在迈克尔感到他就要无法忍受这种颠簸的时候，吉普车突然停了下来。宝木告诉迈克尔可以把眼罩解下来。

他的眼睛突然见到强烈的阳光而用力眨了几下，迈克尔下了吉普车，四处看了看，宝木点了一支香烟。吉普车停在树林中的一块空地上，迈克尔不知道这是什么地方。四处静悄悄的。

宝木又吸了几口烟，迈克尔开始听到接着又看到了几个武装士兵从树林里走过来。他们来到空地，迈克尔看见领头的是一位四十多岁瘦长结实的男子。他身后有几位穿着深绿色的褴褛军装的士兵。迈克尔用传统的鞠躬来迎接这位男子，他把双手合在胸前。

领头的盯着迈克尔看了一会儿。不管迈克尔是怎么想的，他便直接用一口标准的英国英语说道：

166

"你跟夜丰颂的人说你虽然是美国人，但你有克伦血统。那就把你眼镜摘下来吧。"

迈克尔没想到他会提这个要求，不由吃了一惊，这还是有点命令式的，但他还是服从了。这人走近他，大概离他还有四英尺的时候停下来盯了他好一会儿。然后说道，"慢慢地转过身来。"

这一要求让迈克尔很厌烦，但他还是按照要求做了。当他再一次面对领头的时候，那人就对他说，"好了，你有克伦人的特征，至少有些东南亚人的血统。你的眼睛、鼻子还有你的头型说明了这点。"他接着说，"我们还是直说了吧，我听说你代表美国一些人有意在经济上帮我们。我不相信。你们为什么这么做？那么告诉我，你代表谁？中央情报局？"

迈克尔听到这些疑问才松了一口气。他一五一十地作了回答。迈克尔简要述说了陆军情报局的建议，即美军提供优越的薪金和先进武器以换取克伦族解放军在越南的帮助，听到这里，领头的滔滔不绝地发表了激烈的言辞：

"为什么克伦族解放军要在反对越南的战争中帮助美国人？我们不是那种像法国外籍兵团似的雇佣军！你不答应帮我们赢得独立。你说的一切就是，如果我们帮助美国人注定失败的越南战争，你们就给我们薪金给我们武器。你们的建议是无礼的，也是愚蠢的！这的确令人伤心，原以为找到了我们自己的家人，没想到竟是带来这么一个建议的信使。我就这么转达给将军了。"

那人转过身去，带领他的人回到树林。宝木默默地把迈克尔领回到吉普车上。这次他没有被蒙上眼罩。几分钟以后，他们看不见营地，也听不见营地的声音，宝木停下吉普车，拿出一个小篮子，里面有两张大的圆的帕拉塔——缅甸咖喱肉菜馅炸面包。

尽管迈克尔的疲劳超过了饥饿，但他还是接受了。他知道在克伦人中拒绝送来的食物是极端无礼的。两个人吃着帕拉塔，喝着宝木从吉普车门旁口袋里拿出来的一瓶热水。他们刚吃过午餐，四个身穿克伦族解放军深绿色军装的青年突然出现在眼前。迈克尔没有听到他们走到近前的脚步声。

迈克尔首先想到的就是我们中了缅甸士兵的埋伏，但是宝木热情地叫起了士兵的名字。他们是克伦族解放军的士兵，愿意跟迈克尔谈谈。他们一开始交谈，迈克尔便意识到这四位都很聪明，讲一口流利的英语。这个小组的组长叫博托，他说话很直率：

"我们听到了你和田梭将军的人之间的谈话。我们不同意他的观点。和美国人合作这个主意不错。"博托建议四个人帮助美国人以换取金钱和通讯设备——主要是短波收音机。迈克尔不知道他的可信度有多大，或他的动机是什么。然而他告诉博托把他的建议转告给上级，并通过短波收音机安排联络，让宝木做联络员。

在返回夜丰颂的漫长路途上，迈克尔想通过宝木更多了解博托的情况，但是宝木只知道，博托是一个克伦医生的儿子，是曼德勒科技学院优秀毕业生。当他们越过荒山秃岭和卡雅草原的时候，迈克尔想到了他和克伦将军的谈话，这使他想起了母亲。他根本不了解母亲的情况，在他父亲书房墙上挂着她的边框照片，他对她的思念只停留在那张照片的时间和空间上。他所知道的一切就是她是信奉基督教的少数民族克伦族的后裔。

她怎么遇到父亲的？一个孩子不知道问这样的问题。他的父母是怎样交流的？他父亲只懂得基本的泰语，克伦语就懂得更少。母亲怎么懂日语？他们应该是用英语交流，还是用德语？迈克尔甚至不知道父母使用什么语言交流的，这该有多怪呀。

因此迈克尔得出结论，他相信他的眼睛和头的轮廓是遗传了母亲的！他父亲看着他的时候总是说从相貌来看他幸亏是个男孩。但是迈克尔知道他的母亲很漂亮，而且他认为父亲留着有胡须的脸庞显得很英俊，那么他自己像谁呢？在漫长的难以忍受的旅途中他的脑袋里闪现出一个又一个问题。

迈克尔知道他不能做更多的事情。他知道他现在见不到将军，但是他雇用了一些人。明天他要去清迈并有希望回家。在这个特别的日子里，他身心都感到特别疲惫，他对在返回清迈拥挤的没有弹性的巴士中度过漫长旅途想得越多，似乎就越难以忍受。他只想搭个车，轿车、吉普车甚至连卡车都行。目前他只花了一点点钱，他决心花多少钱都行，只要能雇个私家车。他回到小饭馆，问过那里所有的人，他回到客店到周围探寻一番，结果一无所获。没有人要去清迈，也很少有人有车能够跑这么长的旅途，而且一天之内不能往返一趟。因此迈克尔又一次天没亮就起床，忍受着与当地人、哭闹的孩子、不可避免的小鸡和农产品板条箱等同行的漫长旅行。

当他一走下要散架子的巴士，就给美国驻曼谷大使馆打电话，接通西贡陆军情报局办公室，他要和五角大楼的准将通话。迈克尔向准将汇报他和田梭将军的人会面，成功劝说几个青年克伦士兵愿意和美国人合作的情况。他希望现在可以回家，但是不行，这个梦魇般的任务还没有结束。胖准将让他安排博托及其同志与即将从西贡飞过去的一些人会面。

迈克尔回到清迈住的客店，这客店也只比在夜丰颂住的好一点。他精疲力竭，连出去吃饭的力气都没有了。客店老板娘过来看他，给他一碗面条，他千恩万谢地收下。他实在是太累了，一觉睡了整整九个小时。可就这样一觉醒来，照镜子刮胡子看到自己眼睛下的黑圈时还是吓了一跳。他知道自己体重掉了很多，因为比他离开夜丰颂之前系腰带又紧了一扣。他没吃过泰国饭，这个国家贫困的北部地区的饭菜都不和他的胃口，他也不适应高温湿热的气候。

迈克尔现在要安排这次会面。安排的过程用去了四天多的时间，最终迈克尔、一个上校和一个少校与四位克伦青年在清迈的据博托说是一个安全的房屋里见面。迈克尔为自己卷进这件事而苦恼，他担心这四个克伦人会出什么事，而其他克伦族解放军战士如果卷入战事似乎也将陷入泥潭。他确定大多藏在缅甸森林里的克伦人，不知道战事进展如何，而且他对他们实际上有多大的帮助持怀疑态度。

但是事情的发展超出了他的控制范围。他和少校、上校一同飞到西贡，他依然不能回家。他被要求留下来和博托保持联系，等待沃森队长来与他接头，接管有关克伦人事宜。因此迈克尔写完简短的报告后，这几天闲来无事，就在西贡闲逛。即使是部队食堂的伙食似乎也比泰国的好吃。在清迈最难吃的莫过于出于礼貌而被迫买的炸蝙蝠，弄得他接下来几天都倒胃口。

迈克尔终于向队长作简短汇报，第二天早晨他返回美国。在华盛顿他向胖准将和一个上校作汇报。迈克尔所知道的唯一事情就是，他实在是不愿意怂恿克伦族解放军中十二位青年去越南援助美军。上校感谢迈克尔并向他透露道："谢谢你，这些人对我们非常有帮助。查到最后才知道他们是敌人还是朋友。我们希望有更多的收获。"迈克尔很难相信招募十几个缅甸人所付出的代价，他什么也没说，他也只有忍耐。

最后到了星期六，这是新年的前一天，大雪飘飘，迈克尔来到波士顿洛根机场，拖着疲惫的身子回到他在剑桥城的住所。在经历一个月东南亚潮湿的气候之后他对寒冷的天气难以忍受。

1月2日，迈克尔来到怀德纳图书馆，埋头读书，想把执行陆军情报局任务期间耽搁的一个月损失补回来。但是他还不能从外面世界所发生的事件中摆脱出来，无法集中精力学习。正如美国所预料的那样，1968年1月和2月越共发动大规模进攻，这被称为新年进攻。连西贡也遭到进攻。尽管美国经过艰苦的作战最终打退了进攻，但很明显的是军队处于一种长期的、可能打不赢的战争状态。迈克尔唯一能做的就是希望克伦族解放军中没有克伦人被杀或受伤。

迈克尔考虑该如何向哈佛同事解释他突然长时间离开的原因，但是他发现他们易于接受的理由是他回到西海岸处理一些事务。他毕竟是在假期，在哈佛也没有任务。他还是不敢告诉苏珊他没有参加十二月经济学研讨会的原因，他就是怀着忐忑的心情走进一月研讨会会议室的。可是苏珊没有来参会。

在研讨会后就餐的时候，迈克尔设法询问耶鲁大学的休斯教授，装作无意地问他的弟子如何，出乎他意料的是她一月初去了东京。"她的选题报告得到批准，当她得知她的政府奖学金可以用在美国或日本的时候，便决定最好先去搜集原始资料。"休斯提到她将在未来的一年半时间内与庆应大学一个经济史学家一起做研究。

迈克尔心灰意冷。他绝没有想到她竟然这样离去。东海岸异常寒冷潮湿的气候，每晚都有来自越南的坏消息，加上得知苏珊离去的失落，所有这一切使得迈克尔灰心丧气。他继续为他的研究搜集资料，但是却发现他已经失去了热情。当路边的白雪开始变黑的时候，一夜之间的冰消雪化使得剑桥城的街道给人以变幻莫测之感。迈克尔决定要采取行动。

自从他和艾丽萨的恋爱结束以来，他还没有被一个像苏珊那样有魅力的女孩所吸引，他知道如果不主动采取行动的话，他不知道何时何地才能见到苏珊。这几周他满脑子都在想怎样和她联系的事，他不希望只是她的笔友，他决定去日本。不管怎么样他能查到更多有关他研究的明治企业家的原始资料，而且也可以给自己通过庆应大学经济历史学家追寻苏珊行踪找一个借口。

迈克尔一到东京，便来到庆应大学，他很快发现速水教授是苏珊的日本导师。速水告诉他苏珊去仓敷市图书馆研读原始文件。他认为几周之内不会回东京。

第二天早晨，迈克尔乘坐开往神户的高速列车，到那里转乘开往仓敷市的快车。他住进了仓敷国际酒店，把他的小包留在房间。然后他便去图书馆。他在书库里找到苏珊，她双眉紧锁，正聚精会神地看旧手稿。她看到他时非常惊讶，但是他没想到她很不开心的样子。

"你究竟来这里干什么？"

"我请你吃饭。我十二月份不得不出差，因此我想我该来找你，最后请你吃饭，我答应过你的。"

"不，说实话，你为什么在仓敷市？"苏珊再一次问道。迈克尔看到她似乎很机警，他便决定说实话，至少部分说实话。

"我来日本做研究。我在庆应大学见到一位朋友，他把我介绍给刚好遇见的速水教授。在谈到他的研究时提到了你的名字。他说你在这里，因此我来西部就想找你，并为我答应与你共进晚餐却食言而道歉。"

迈克尔想换个话题，便说道，"你来这里干什么？"

苏珊指指满篇虫孔的手稿算是作为回答。

"这是 19 世纪 30 年代饥荒之后由一个亲身经历过的人写的。这是重要的史料，就是对我来说过于艰涩了。"她递给迈克尔看。

迈克尔也认为是很难阅读，但是他认为他比苏珊理解得要快些，可以给她提供主要内容。这是第一人称叙述的可怕的灾荒年的事实，当时持续雨季，庄稼颗粒无收，菌类不合时宜地旺盛，通篇的文字引人入胜。迈克尔通释全文，苏珊记下注解，这样一直到管理员来告诉他们闭馆的时间到了。

"一起吃晚饭怎么样？我住在仓敷国际酒店。我们共进晚餐好吗？"

苏珊犹豫了一下说，"你喜欢炸猪排吗？我知道车站附近的一家夫妻店，那家的肉饼特别好吃。"

当迈克尔和苏珊坐在小饭馆的饭桌前喝啤酒的时候，苏珊开始和迈克尔松弛下来。他们接着聊天，苏珊突然间问道：

"你不是说过你父亲出生于冈山县的一个村庄？如果你知道那里并且离这儿不远的话，这应该是一次很有意义的造访。那里甚至有我所需要的人口登记。你知道那个村庄的名字吗？"

迈克尔没想到要去他父亲出生的村庄，一时愣住了，他有些结巴地说，"是的，你是对的，他出生的村庄是不远。但是我确实不知道怎么走。"

"为什么呢？"

"我确实不认为这是一个好主意。你知道，我父亲是被家里赶出去的，被剥夺了继承权，不得不离开村庄。我只知道在我很小的时候他告诉过我，我怀疑这里的故事成分多了些。他说他拒绝娶一有钱地主家的女儿，这件婚事是他父亲给安排的，他也不想继承他父亲的财产，他父亲是一位清酒制造商，也是全村最大的地主。因此我父亲不到二十岁就离开家，到了德国，成为一个国际商人，而后定居曼谷，直到战争之前他的生意都非常好。你看，那些想继承家业的人最不想看到的就是我父亲的儿子。"

苏珊似乎对这一解释感到满意，这也让迈克尔松了口气。他心存芥蒂的是他的家族确实知道他的存在。他猜测是在他被遣送回国之后，部队曾和他们有过接触。如果家族得到这个消息，作为村里的头面人物，他们羞于让这个世界也就是他们的村庄知道正宗的继承人被按叛国罪处死，留下一个只有一半日本血统的孩子。但是迈克尔所知道的一切是谁都没跟他说过的。作为一个成年人，他知道其中的原委，但是他还是不想见到这些人。

迈克尔和苏珊开始吃炸猪排，迈克尔问苏珊下一步的计划。她说明天是星期天，她要采访一个人，这个人的家里原来有人当过一个村的村长，村里收藏的档案十分丰富。她请迈克尔一同前往，他欣然同意。

第二天他们乘坐区间单轨火车前往仓敷市南的滕东村。火车越过一望无际的稻田，时值早春，万物正待萌发，火车每运行几英里就停在一百年前修建的一组木屋前。

仓敷市虽然比不过日本的大都市，但还是很现代很繁华的，而滕东村则使迈克尔感到像是回到了至少半个世纪以前。他们发现他们要找的这家是这个村子里少有的几座新建筑之一，而且是按照世纪之交时的平面图修建的，一走进前门就是西式会客厅。主人款待迈克尔和苏珊绿茶和传统的甜点。当下的家长很少谈过去的事情，但是他送给苏珊一册村庄史，这是现存仅有的几册之一。他建议他们参观他家老屋，这个老屋很快就要拆掉。他说由于房子年久失修，要他们多加小心。

按照村里的标准这个老屋是相当庞大的，比他家现在的住宅要大很多。作为一村之长和当地大地主的家庭地位显而易见。房子没有锁，两个人径自走进大门，一间挨一间地看，由于有些地板已经塌陷下去，所以他们不得不注意脚下。迈克尔猜测父亲就是在这样的家里长大的。

他基本上猜对了。今天亲眼看见类似自己父亲出生的村庄和房屋，迈克尔发现他能够完全理解他父亲为什么要逃脱这种已经为他安排好的生活。他的祖父不仅为儿子选择新娘，而且还决意让儿子就读京都大学农艺系，要他学习和清酒酿造相关的学科。迈克尔推断出父亲离开日本是因为他发现乡村的生活平淡无奇，令人沉闷。

假如他在九岁时就被带回到这样的村庄，那么他的生活将会是什么样，这次参观还可以对此做出全新的阐释。他的亲戚和村里人该会怎样待他？像是不得不养活的弃儿不招人待见？就算是欢迎他回家，他能适应这种令人窒息的社会吗？

苏珊突然的尖叫声把迈克尔从沉思中拉了回来。一块看似坚固的地板在她的脚下塌了，她陷于踩空的危险之中，地板要高出地面两三英尺。他抓住她的胳膊，把她稳住，她设法后撤一步踏上坚实的地板。苏珊决定她还要看个究竟，而迈克尔能够在逝去的历史遗迹中盘桓自然是满心欢喜。

由于苏珊在冈山县还有许多事情要做，迈克尔便返回东京，在搜集研究资料之后他回到剑桥城，苏珊答应他下次去日本的时候到东京去看他，他感到非常高兴。他们开始用淡蓝色航空信封通信，书信每周横跨大西洋飞上一个来回。迈克尔下定决心要尽快再次见到她，即便这意味着要在日本住上几个月。

迈克尔发现回到日本一开始是很困难的。自从他来到伯克利大学后，回过几次日本，一次是做奖学金资助的专题研究，后来是做研究或参加会议。最初，他发现返回这个国家的艰难，说得委婉些，他在这里失去了父亲，他在这里过上了极其艰难的生活。他除了睡觉以外都在努力工作，因为这样有助于抑制他的追忆。

实际上迈克尔每一次回日本都会感到轻松一些，因为日本的变化日新月异。自从 1964 年东京奥运会以来，每次乘飞机回日本，他都会坐单轨列车或新建的高架公路从羽田机场进入东京市中心。不再从机场乘坐巴士沿着东海道老旧的双车道单调地爬行，道旁尽是些小商店。随着奥运会的举办，日本人的心气有了很大的改变，他认为人们对经济的恢复充满了自豪感。这个国家和他十九岁移民时相比变化很大。

现在他迫切要见到苏珊。没有了第一次来日本时的那种恐惧，他在六本木国际宾馆预订一个房间，这是为海外学者以及回家探亲的访问学者服务的一种社团。到了六月初，他告别了哈佛同事，做一次从波士顿到东京的长途旅行。他很快就适应了简朴的"我家"卧室，以及从东京大学借来的更为简朴的办公室。

他给苏珊打电话。她住在离迈克尔办公室不远的一个日本人家里。他提出到东京大学红门会面，在那里他带她到附近一家鳗鱼馆吃烤鳗鱼。这次是他们一起度过的第一个夜晚，而且两个人开始一起过星期六，逛整个东京市。

迈克尔意识到和苏珊在一起一切都改变了，他第一次真正享受到日本都市的生活。一旦离开了学术的氛围，两个人都感到非常轻松，似乎在尽情享受二人世界。几年来迈克尔第一次发现自己一直处于愚蠢的反常状态。当

173

他们坐上市郊火车的时候，他们从不同的门走进一个车厢，坐在座位上便争论不休，搅扰了安静的和正在打瞌睡的日本人，日本人不会做这样的事，特别是不会和一个外国人这样。周围的人都会用诧异的目光看他们，直看得他俩其中的一位常常是苏珊突然大笑起来。苏珊宣称住在日本的麻烦事之一就是在东京三年多人们仍然以为她不会讲日语。她说，"看着，我指给你看。"迈克尔很快发现她是对的。两个人来到一家饭店，迈克尔装作不会讲日语，他用英语告诉苏珊他想要的菜。令他们开心的是，苏珊给两个人点菜的时候，女服务员看着迈克尔，好像迈克尔是个口技表演者。两个人都很幼稚，接下来说不一定就会一本正经地讨论学术问题。

这个暑假迈克尔最为开心，他终于和村上宁助重新成为好朋友，迈克尔读东京大学一年级时吃不饱饭，村上曾借给他钱买吃的。迈克尔在前两个学术旅行中就设法联系他，可是每次东京大学都告知村上在国外。这次迈克尔直接和他通电话，邀请他和夫人山田圭子到帝国大饭店共进晚餐。

迈克尔在大饭店门口附近等待，这时一个和迈克尔一样年纪的戴眼镜的人走进前门，他身边是一位漂亮的女性。迈克尔从那张不平衡的笑脸立即认出他就是村上。当快乐的晚宴告一段落后品尝咖啡的时候，迈克尔谈起了他向村上借钱的事情。"1953 年我被骗了工钱，没钱买吃的，从你那里借了2000 日元。我答应连本带利还给你，但当时我去了美国。我现在欠你多少钱？"

"我需要笔和纸才能算出钱数。但是我想总额和你在东京最好的饭店所支付的牛排晚宴大体相当，这样我们就扯平了。我确信多年前我借给你的钱够你吃学生餐吃很多天了，可是我今天一晚上就花掉了你的还款。你一切安好才让人高兴啊。"

那天晚上开始了与村上的长久的友谊，这种友谊横跨太平洋，体现在对方的大学里共同探讨研究的阶段，还有共同组织会议，两个人最快乐的事情就是长时间讨论研究课题。

1968 年暑假，迈克尔清醒的时间几乎都用在研究上或与苏珊在一起。在与她的交谈中，他开始告诉她从未跟他人说的事情，包括在三宫和东京干的令人难以启齿的事情。他知道告诉她一切是因为他对她是非常认真的，他希望她了解他的一切。他不得不告诉她的一件重要的事是他参军的情况。有一天晚上，迈克尔和苏珊坐在一家小饭馆里吃烤鸡块，他告诉她说自己曾是陆军情报局的军官。

"陆军情报局是什么？"苏珊一脸茫然地问道。

"军事情报机关。"

"你的意思是你是一个间谍？就像詹姆斯·邦德？"苏珊笑着问他，露出好奇而又怀疑的目光。

"不，"迈克尔立即说道。"只有敌人才叫间谍。我们叫特工，是陆军情报人员。我想你一定是电影看多了。"

"我知道你服兵役——你说过你上大学并成为美国公民的事，但是，"苏珊越发怀疑地问，"你在情报机关？我认为外国人没有资格到那里。"

"我是经过严格筛选的，这样我才能成为美国公民。美国情报机关的势力之一就是政府可以征召会讲多种语言如同讲母语一样的人。"

苏珊表现出很感兴趣的样子。"这就没有危险吗？"

迈克尔笑道，"军事情报局的人主要是写汇报。我承认我至少有一次差点被杀。可我想让你知道我没杀过人。"

苏珊被最后一句话给震惊了。"我没想到在这个职位上的人告诉我他差点被杀或他没杀过人！"她犹豫了一下，"可是你离开部队了，你在部队的经历已成为历史了，对不对？"

迈克尔需要认真回答她的问题。他要让她相信自己没说谎。"确实，我离开了部队，但是更准确说来我和陆军情报局还有关系。我偶尔还会被召唤——跟你说不是经常的——帮陆军情报局做事。我还属于非官方基地的预备队。别担心，陆军情报局认为我太老了，不安排我做有危险的事情了。"

考虑到苏珊的担心，他绝不能告诉她去年年底到东南亚的行程。他以前没有意识到未经专门允许是不准谈论陆军情报局这些计划的，他几十年后才知道，苏珊很多年都生活在迈克尔执行任务一去不复返的恐惧当中，而且她永远也不知道他究竟发生了什么事情。

从与苏珊的交谈中，迈克尔逐渐认识到没有当过兵的美国人对部队一无所知。苏珊对他的文化即日本文化了解很多，但她真是不了解他所熟知的并且使他成为美国人的美国文化，更别说那些生活在美国的在外国出生的人了。除了苏珊缺乏军事知识以外，迈克尔发现和她在任何话题上都谈得来。迈克尔相信他找到了可以与之共同生活的人。

苏珊不是夏绿蒂，但是迈克尔认识到他不能让一个难以捉摸的美人来支配他的生活，就像夏绿蒂对维特那样。他想要一个伴侣，一个热情的人，一个也同样爱他的人。他知道他对结婚依然谨慎——是的，他承认他是这么想的。因为他在三十年的岁月里失去了那么多的人，先是他的父亲，还有他的奶妈、程妈、把他录取到芦屋高中的井口老师。他需要可靠的人，这样的人他才可以依靠。他对苏珊心满意足。她对很多事情都充满了好奇——他有时候开玩笑说她是信息猎狗。她只是笑了笑——他也喜欢她的幽默感。

她对学业非常认真，渴望事业有成，她似乎愿意考虑各种可能性。当艾丽萨无论如何都只考虑追求歌剧事业的时候，迈克尔感到非常难受，可是难道迈克尔不也同样自私地坚持回美国读研究生吗？他现在意识到他和艾丽萨的恋爱更多是青春的激情而不是一生中永恒的爱。

几个星期过去了，迈克尔更加坚定要娶苏珊的决心。但是她计划还要在日本待一年，或者两年。他不想失去她。如果他们只通过横跨太平洋的航空信进行交流，他们的爱情能持久吗？每封信至少五天才能到达，那么如果你问一个问题，他回答你就需要十天。如果两个星期不见面，他就惊慌失措。看看他离开艾丽萨来到大陆的时候发生的事情吧。而且他就要到三十四岁了，而苏珊才刚过完二十九岁生日。他知道不仅他不想等一两年娶她，而且他认为这对于他们日益增长的爱情也是致命的。他现在不想等待，他找的女人就是要和他厮守一生，他认为她就是他"柔情的港湾"。

有一天晚上散步送苏珊回家，他以间接的方式引出未来在一起的话题，他说他的确喜欢结婚，希望有个家。他感到苏珊在看他，试图从附近街灯的光线下读懂他的表情。他意识到她对这样的话不会说什么的。因此他壮着胆子说，"苏珊，请嫁给我吧。"

正如他所预料的那样，苏珊看上去非常惊讶。一阵沉默过后，她平静地说，"谢谢你的求婚，还是让我考虑考虑。"

迈克尔很失望，但也不惊讶，因为他知道苏珊已经设计了她的未来，他在催促她——他们在东京不到两个月的时间相互关注着。还有他们之间开始了像是高年级和低年级学生的友谊，迈克尔认为至少在她那一方是这样的。

迈克尔在接下来的两天里非常沮丧。他求婚之后的那天她没能见他，他便隔一天下午给她庆应大学办公室打电话请她共进晚餐。他们在美国大使馆附近的一家安静的、高档的日本餐馆会面。六点钟刚过，餐馆里静悄悄的。他们坐下之后，苏珊看着他，露出笑容："我要求你容我考虑你前两天的求婚。好了，现在是时候了。我考虑好了，是的，是的，我愿意嫁给你。我确信能够搞好事业，但是我还没有找到另外一个像你一样的人，你是一个孤儿，一个猎手，一个间谍，也是一个学者。"

迈克尔听到她的回答感到神魂颠倒。他下决心尽快与她成婚。他可不想让她改变主意。他说他已经三十好几，苏珊再过生日就年满三十，他们错失了好多年在一起的机会，他父亲去世的时候仅比迈克尔现在小十岁，苏珊的父亲也是这样！他们该做的就是尽快结婚。此外，他不希望她在一个又小又冷的日本公寓里过冬，乘坐拥挤的长途通勤车。

"你安排好了，迈克尔，让我想想。如果不允许我使用加利福尼亚大学奖学金怎么办？那可是我的学位论文！"

迈克尔说可以让她得到使用布福德图书馆的许可，他家的一个可以俯视花园的小房间最适合她搞研究。他的薪水足够他们两个人的生活费用。他知道自己很急切。苏珊静静地看着他，咬着自己的上嘴唇。他不知道她在想什么，可是到了周末，她说需要搜集所有的资料，年底到美国完成论文。他安下心来，兴奋不已，想到让另一个人走进他的生活不由得有点恐慌。可最终他想到的还是自己要有个家。

苏珊同意和迈克尔最好办个简单的婚礼。她计划在东京结婚，可是她知道两个美国人要在日本合法结婚唯一的途径就是到美国大使馆签署结婚证。迈克尔从小就不喜欢各种仪式，他父亲给他装扮好了让他在漫长的正式宴会上坐好，迈克尔认为婚礼可不像签署结婚证那么简单。苏珊去请教她那位退休的牧师叔叔。叔叔安排他们在凯鲁瓦的一座教堂结婚，凯鲁瓦是檀香山库劳山旁的一个小镇。婚礼前四天，苏珊从东京飞往夏威夷，迈克尔和苏珊家人分别从旧金山、明尼阿波利斯飞往夏威夷。第二天他们驱车来到凯鲁瓦教堂，见到主持迈克尔和苏珊婚礼的牧师，一起探讨仪式问题。

牧师问迈克尔和苏珊的第一个问题是，"你们的宗教是什么？"苏珊回答她是在公理教会长大的，与这个牧师属于同一教派。

接下来他问迈克尔同样的问题。迈克尔回答，"美南浸信会"。他看到苏珊张开嘴，一句话没说又闭上。牧师有点吃惊，但他还是写下了迈克尔的回答。

现在就剩下他们两人，苏珊说，"我了解你的宗教观，我希望你说你是无神论者或是佛教徒。你为什么说你是美南浸信会？为什么选这个教派？这个教派最保守最基本了。"

"哦，跟牧师说这个比说我是无神论者更合适。我的确是浸信会——完全浸入。"

"什么！"苏珊大吃一惊。迈克尔不得不说他在读伯克利大学时参加基督教宿营周的事。

"整整一周我们都被迫得拯救。我想我了解其中的含义，就像是禅宗佛教顿悟的体验，你通过冥想或猜测不可解的谜就可以达到。可是我没达到顿悟，也没听见神的话语。参加宿营的人们一个接一个站在那里说他们找到了耶稣。宿营的最后一天有一组人接受洗礼。这些人给我提供一周的食宿，我想我也要对他们表示感恩。我想我要是接受洗礼就算感恩了，我至少从身体上体验到被拯救时的感觉，可能会引出一种顿悟。当然是什么也没有发生——除了我的头被按进水里就有透不过来气来的感觉。但我还是接受洗礼了，这已被记录下来。"迈克尔语气坚定。

苏珊满心欢喜。"好啊，我答应不告诉牧师你属于哪种浸信会！"

她笑过一阵之后，迈克尔说道，"你知道，我感到不解的是为什么宗教对不懂它的美国人生活有那么大的影响。"

"你什么意思？"苏珊一脸的疑惑。

"宗教似乎是隐藏在艺术、书籍、谈话甚至是金钱之中。美国人信教的基本上没有泰国人或日本人多，但是他们发现了宗教仿佛为自己言行之必需。我不是指责他们为伪君子，而更进一步来说，就是有一种文化标准需要他们遵从并坚守。"

苏珊想了一下说，"我不能确定大多数人是否装作有宗教信仰，还是严格遵守宗教信条。但我同意你的看法。竞选官职的人都说自己是基督徒并偶尔参加礼拜，这真是咄咄怪事。"

迈克尔最后说，"好了，你就要有一个美国丈夫了，因为我想在教堂举行婚礼真是不错。"

12 月 15 日两个人举行了简朴的婚礼，苏珊的母亲、哥哥约翰担任证婚人，苏珊的姑妈和她的朋友东京来的绫子以及来自夏威夷的几个朋友作为嘉宾。婚宴在卡哈拉希尔顿酒店念珠藤大厅举办，结婚蛋糕选用的是著名的椰子肉蛋糕。当夫妻二人步入大厅的时候，他们看到了三个铁哥们儿的礼物——一瓶唐·培里侬香槟王。

第二天新婚夫妇飞往考艾岛去度为期五天的蜜月。夫妻俩住进爬满青藤的二层楼的喜来登酒店，迈克尔大吃一惊。他好像回到了他童年时代的暹罗！他最早的记忆里有父亲在曼谷郊区的家。房间直接面对花园，走廊铺的都是明亮的木地板。热带的花香沁人心脾。

他对苏珊惊呼道，"这家酒店让我想起了我父亲在曼谷的家！这里的花不同——考艾岛的花是叶子花和缅栀花，而不是赤素馨和夜茉莉，但是在开放式结构中热带花环绕的效果是一样的。"迈克尔曾经想过，要是有一天能再次住到温暖的热带地区，靠近大海，四周是芬芳的花朵，那该有多好啊。

婚礼之后的一周，这天离圣诞节还有两天，这对新人搭乘旧金山开往明尼阿波利斯市的喷气式飞机，到苏珊的家乡度假。苏珊赞同迈克尔简朴婚礼的想法——她说近乎一次私奔——但是她坚持迈克尔一定要见她的家人。目前他只关注苏珊一个人。他以为她的家就是她寡居的母亲和一个哥哥约翰，这两个人都参加了婚礼。那么他要见的家人还有什么呢？

圣诞晚宴对于迈克尔来说不啻于一种折磨。苏珊的母亲邀请了她父亲的哥哥和妻子，一个姨妈，还有几个朋友，加上约翰的未婚妻，迈克尔惊奇的是这个未婚妻和她的父母、妹妹和姑妈一起来的，所有这些就构成了她的家人。晚宴非常嘈杂，每个人都在说话，迈克尔也无可奈何。他不能走出去安静地坐一会儿，因为外边地面上有两尺厚的雪，而且雪还越下越大。每个人都很圆滑，都要欢迎迈克尔，都说日本的好话，但是他很明显看出来约翰未婚妻的姑妈不知道日本和中国之间有什么不同。

迈克尔发现这种除了血缘或婚姻关系之外的没有任何共同语言的聚会实在是令人难以忍受。他不知道为什么苏珊坚持要求和她家人共度圣诞节，特别是她不怎么经常谈起他们，他似乎感到她和母亲、哥哥也没有共同语言。这么一会儿他明白了两件事。一件是和苏珊结婚，他就加入了她的家族，他称呼他们的时候都带给他们很多乐趣。另一件是苏珊想要给他一个他从未有过的家。她慢慢会明白他没有自己的家族，他也没有失去什么。他感到心安的是他的姻亲都住在他所在大陆的另一边。

现在他知道上一个暑假苏珊为什么嘲笑他没有家庭生活常识或经验，无论是日本的还是美国的。他们在东京的时候，她这个来自明尼苏达州的美国人睡在日本房子里的榻榻米蒲团上，而迈克尔住在"我家"西式旅馆，睡在铺床单盖毛毯的床上。实际上他在日本十年里从未和家人住过。他睡孤儿院宿舍的小床，睡黑市商人棚屋的地板，睡芦屋海滩，然后在烤箱里睡了四年。只有在东京大学的几个月他才能以大多日本人的方式睡觉，当时女房东给的蒲团太薄了，日本人管这个叫煎饼蒲团或饼干被褥。

迈克尔见到的家庭生活只是他在芦屋偶尔到同学家做客的时候。在上个暑假之前他哪里吃过真正家里的饭菜？在他和苏珊订婚之后，她的导师请他们两个人到家里吃午餐。速水教授说他的妻子想知道他们喜欢吃什么样的饭菜。由于迈克尔总是在饭馆或是学校食堂吃饭，所以苏珊就说，"要简单的家常菜——待我们就像家人一样。"

速水夫人严格遵守这一标准。这顿可口的午餐有烤鱼、各种素菜和自制腌菜，吃过之后，速水夫人泡一壶茶，给每人的空饭碗倒满。迈克尔不记得在日本吃过饭后用饭碗而不用茶杯喝茶，可苏珊说这才是招待客人的家常便饭。

如今迈克尔对家庭生活懵懵懂懂，苏珊希望他适应这种生活，因此她对迈克尔的生活阅历特别感兴趣。她缠着他问很多问题，有时他也回答不上来。她没遇见过没有亲戚也没有一个纪念品的人，甚至连小时候的照片都没有。迈克尔最终找到一张他 28 岁时的照片，可那只是 6 年前照的。他过去仅有的一件东西就是他随身带到美国的脱锁的小蓝箱子，当时由住在伯克利艾凡赫酒店的教师希斯夫人在他参军时替他保管，他曾在那个酒店里打过工。他旅行时没用过它，但是却发现它能装东西，也就没舍得丢掉。苏珊见到这只箱子，感到惊奇的是它这么小，而更感到惊奇的是迈克尔说他离开日本的时候这只箱子还没有装满。

迈克尔对资产不感兴趣，他发现苏珊对财物非常痴迷甚至不能自拔。她的父母双方都有着悠久的家族史，家里到处是祖辈传下来的古玩，橱柜里装满了可以追溯到银版摄影法时期的全家福。苏珊和她家人认为这些一定要作为家史部分来收藏。她家有许许多多的财产。苏珊作为一个战时寡妇的女儿长大成人，她母亲当初尽力保持她的中产阶级生活方式。当她还是个孩子的时候，她就懂得如果一件玩具坏了或如果她丢了件毛衣，那么就是不可更换或不会很快更换的。当一件东西坏了，她就心烦气躁，迈克尔则用佛教语录提醒她，"物以色衰，物以形失，生物之无。"她不解的是迈克尔认为"物"除了立即可用之外毫无价值可言。他是这样解释的。

"我一生中有好几次失去了所有的财产。我知道我真正需要的将会有替代物，或是我没有它也能活。财产对我来说只是一种枷锁，或至少是一件麻烦事——这东西让你担心，得小心爱护，害怕丢了，你搬家的时候还得包装起来。"苏珊和迈克尔在政治和宗教方面的看法一致，但是在对待财产方面却有着很大的不同，这一点在他们整个婚姻生活中一直没有改变。

迈克尔对苏珊试图探他的究竟而感到好笑。就像她第一次见到他说不出他的母语是什么一样，她似乎也没有读过他的社会经济和文化学科的基本参考书目。经过几个月的探索之后，她说，"我想你的行为的确像个富人家的公子哥儿，而不像一个在孤儿院生活多年的男孩，一个无家可归的少年。我听说人这一辈子头十年是形成期，这十年决定你长大成人。因此你在曼谷的无忧无虑生活对你性格的形成起到至关重要的作用，这种影响超过了你在日本多年的流浪生活。但是无论你怎么样，你确实不属于日本或美国的中产阶级。"

尽管迈克尔缺乏家庭生活经验，但他还是决心做个好丈夫。有时候他觉着和另一个人在一起生活不容易，自从他的童年时候起基本上就是一个人在生活。

他的第一个问题是希望新婚夫妇尽可能保持同样的时间表。吃饭没有问题，但是苏珊至少需要八个小时的睡眠，而迈克尔则要少睡几个小时，他自从十几岁时起就这样。他无法在床上躺八个小时。但是他很容易就解决了这个问题。他和她一起上床，在感觉她进入梦乡的时候，他便溜到书房工作几个小时。快到早晨的时候他再回到床上，苏珊醒来的时候他还在床上。

迈克尔知道苏珊意识到他夜里起来几个小时，但不知道他在干什么。但是当他们结婚快两年的时候，他的秘密被发现了。苏珊独自一人在家的时候收到哈佛大学出版社寄来的标有"手稿"·字样的一个大包裹。她充满了好奇，等迈克尔到家后拆开了包裹。

"这是一本书稿的校样？书名是《无剑的武士》？你什么时间写书？我以为你在写一篇关于目前经济的文章。"

迈克尔承认这本书是夜里在她睡觉的时候写的，她颇为吃惊。迈克尔开始了他多年从事两项学术研究的生涯。他教统计学和经济学理论并发表理论性文章，但同时又开始专研日本经济史，最后发表关于日本庄园的文章，文章论述了日本从七世纪国家形成到当今每个时期的庄园经济。苏珊完成学位论文之后他们合写了一部著作。尽管普林斯顿大学出版社出版了这部书，他们还是发誓为了他们的婚姻，决不再合写另一部书了。两个人都不想重演那种为了每个句子而激烈争吵的经历。

迈克尔对和苏珊在一起的生活感到满意。他们对一般的问题看法不一致，但是在重大问题上他们的看法基本一致。像迈克尔一样，苏珊喜欢自由，她总是给民主党投赞成票。她是个不可知论者，而迈克尔说自己是个偏爱无神论的不可知论者。相对于两个人的收入来说他们还是相当节俭的。她了解他青年时养成的习性，喜欢日本饮食，两个人一起过日子越来越顺。实际上有时候他要求不吃米饭而吃意大利面。他以为他终于掌握了和他人一起过日子的窍门，这肯定是便利和舒适的，即使有时候他不得不做些事情，他也不会只想到自己的。

出乎他意料的是，他发现了结婚的一个好处，他可以品尝奢华的美食了，这在以前是从未独自享用过的。两个人到周末开始进入旧金山的饭店，从渔人码头的海鲜到唐人街的豪华美食一一品尝。一周余下的几天他们在家自己做饭菜吃，迈克尔的体重很快增加五磅。他也喜欢请苏珊共进晚宴，这是她靠奖学金消费不起的，当她完成论文的时候他开始制订一项宏大的计划。

"我带你去巴黎，我们将在马克西姆饭店共进晚餐，我们要请女装设计师为你设计服装，"他颇有风度地说。看到她笑了，他感到很欣慰。

"我在巴黎设计服装？我只是想看看丝绸有没有瑕疵。你不跳舞，不喜欢正式场合，我到哪里穿啊？但是我喜欢和你一起逛巴黎，到'妈妈在家'吃饭。我想看到你的巴黎！"她紧紧地拥抱了他。

"哦，我们是趣味相投啊，"他想到，对她的建议相当满意，而这时候他考虑得更多一些。

迈克尔知道在说了他离开部队后继续执行任务的情况后，苏珊为他的陆军情报局行动而担心。他们婚后的几年里，迈克尔没有听到陆军情报局的任何消息。苏珊嘲笑说他结婚后的生活太单调了。但是当想到在巴黎经历过中弹并从自行车上跌进地窖酒吧的刺激之后大难不死，以及所有的陆军情报局的计划都不能对苏珊说，他便告诉她说，他十分满意这种大学教授单调的生活，自己的妻子就像晴空中的太阳一样可靠。

第十二章
东京，1973

到了 1973 年 8 月迈克尔也不知道多长时间没有伦德将军的消息了，这天他收到一份电报，他怀疑就是将军发过来的。

他和苏珊的暑假是在东京做研究。他们住在为外国和日本学者服务的六本木国际公寓。这种公寓在 1971 年固定汇率机制结束时日元上涨 20% 的情况下他们还是能够支付得起的，他们对这里的大型图书馆、美丽的花园以及高雅的饭店非常心仪。他们在日本还有两周的时间，两个人大部分时间都投入到完成研究项目上。

回到东京大学"我家"的那一天，经理助理欢迎迈克尔并交给他房间钥匙。

"小山教授，这是一个小时前有人给你的电话通知。"

迈克尔看了看这张纸。上面要求他尽快给美国大使馆的一个分机打电话。他意识到陆军情报局一定会再次联系他。他并不着急，因为他无论何时在国外，都要向将军办公室汇报他的行踪。他想现在该是时候了。他从衣袋里掏出硬币，用一枚硬币到大厅外面打公用电话。他不想让"我家"话务员听到他的电话内容。

对方在电话铃响的第一声就接了电话。这是个男人在问，"如果可能，今晚九点你能来大使馆打安全电话吗？"

迈克尔答应后即刻挂断，他走到大门口看见苏珊进来。她挥挥手等他赶上来便问道，"你怎么不用我们房间的电话而去打公用电话？"

迈克尔告诉她通知的事情，并说他九点要到大使馆打电话。"我不知道具体情况，但是我猜是来自陆军情报局的通知，我怕话务员听到电话内容。对不起，这就是说我们只能在这里吃口东西，而我们出去吃面条的计划就泡汤了。"

苏珊面色忧虑，她问，"陆军情报局？他们怎么会打电话到东京来找你？"可是迈克尔不能回答这个问题。

8 点 45 分迈克尔来到美国大使馆，他由武官护送到约翰·托马斯少校的圆顶形房间，这是一间防窃听会议室。电话接通后迈克尔听到伦德将军的声音一点也不感到奇怪。

"迈克尔，耽误你晚上的时间，很抱歉。还要祝贺你，我听说你最近升为正教授了。"没等迈克尔应声，将军还在继续说，"很抱歉用那么一个小通知叫你出来，但是我的确要请你帮个大忙。这可不是以前的那种任务。这次是我的一个好朋友给你贷款。"

"给我贷款？"

"是的，我来解释。我第一次见到你之前的几年里在宾夕法尼亚卡莱尔军事学院住过十个月，我在那里见到兰德尔·托宾。他是那年几位平民被选送入学中的一位。兰德尔现在是财政部国际事务的秘书。"

迈克尔知道兰德尔·托宾这个人。他是一位经济学家，曾经在普林斯顿教过书，迈克尔读过他的著作。将军继续说：

"好，这周我又碰到兰德尔，他说他遇到了棘手的问题。如今我们与日本的贸易逆差在稳步增长，兰德尔告诉我其原因就是我们购买数亿美元的日本机床，超过了我们的销售总额。作为一个研究日本的经济学家，你肯定知道的。"

"是的，将军，我知道。"

"好，兰德尔和经济贸易与农业事务局的人员，以及国际贸易委员会、联邦贸易委员会的相关人员一起——他们组成特别小组对机床制造公司的投诉进行调查。这些投诉大部分涉及倾销——以低于成本价的价格销售产品——其目的是想要吞并美国市场，迫使美国公司破产。我听说有几家公司已经破产了。"

"是的，将军，我知道的。"将军就日美之间主要贸易问题做一番演讲，迈克尔感到可笑，这些都是他很熟悉的问题。他只是出于礼貌在听，等待将军说重点问题。

"特别小组是一支精干的队伍，但是他们都没有日本公司经营的专业知识。我立即想到了你，就跟兰德尔说起了你。他说他读过你的有关日本经济的论著，让我马上和你联系。我知道你忙，很久没在日本了，可你能听他说

184

完吗？"

迈克尔相当感兴趣。日本经济增长是因为其出口商品的快速增长，他对国际贸易的方方面面都感兴趣。他怎么能对伦德将军说不呢？他回应道，"我很高兴跟他谈谈，长官。"

迈克尔等着接通兰德尔·托宾的电话，他很有可能会卷进这个案子中，日本政策的必然结果就是增加对美国的出口，甚至依靠倾销。他等了不长时间。经过几句寒暄之后，托宾博士用兴奋而又恳切的口吻解释这个问题。

"小山教授，我们关注的是机床业的投诉。很多日本生产线以低于美国30%的价格出售产品。我们的主要问题就在于两家大公司：东京机械公司和大阪机械公司。你知道它们创建于1947年美国占领时期，战前的日本机械公司在当时迫于压力一分为二。考虑到这段历史，我们怀疑这两家公司在互相勾结，只是没有证据。东京机械公司发给我们的数据——作为主要的出口商——表明该公司并没有搞倾销，只是比美国公司效率高。"

"托宾博士，我认为你们怀疑这些数据是经过加工的，也就是不准确的，对不对？"

"是的。由于国内和出口价格基本一致，东京机械公司证明没有搞倾销。但是我们知道它们制造的许多其他产品在日本的销售价格则是要高出很多的。他们肯定会说销售给我们的是迥然不同的产品。如果我们对他们的出口商品强征反倾销税，惩罚性关税，他们就会诉诸法庭，这就意味着我们要被卷入旷日持久的官司，这会耗费纳税人的数百万美元。我们没有百分之百的把握打赢这场官司，因为东京机械公司雇得起美国最好的反垄断法律师。"

"那么，你要我查明他们发送给你们的数据的可信度？也就是，他们在美国以更灵活的方式倾销产品，我们利用他们提供的数据根本无法限制他们？"

"你总结得非常到位。你愿意去调查吗？这是一种秘密调查——我们确实不想让日本人怀疑我们在调查。我们不想让国际贸易与工业部和公司参与遮掩的工作。但是如果你作为关注一般贸易事件的学者调查这件事，则日本方面不会有什么反应的。"

迈克尔想了一下，便同意做初步调查。他听说与这一案件有关的文档副本将会由伦德将军的特殊信使送到东京大使馆武官手中。迈克尔希望托马斯少校两天之内送来信息包，少校说文档来的时候他就会在"我家"发出通知。

迈克尔回到"我家"时快十点半了。苏珊正在焦急地等他的消息。"财政部的一个朋友要我去调查一倾销案。这次不是陆军情报局的事，我向你保证一点危险都没有。但是财政部希望调查在秘密中进行，你不能让别人知道我的行动，好吗？"

周五快到中午时分，迈克尔从东京大学图书馆给"我家"打电话，问是否有留言，他得知托马斯教授的秘书来电话说手稿需要校对。迈克尔立即赶往大使馆，拿到一厚叠文件袋。他回到"我家"，在咖啡店赶紧吃完午饭便投入到工作之中。

迈克尔接下来的几个小时仔细研究他取回来的数据。他很快便知道车床业生产出的车床种类比他预料的要多得多，有铣床、磨床、铸床、冲床、刨床等。即使在用同一类型中质量和性能不同，价格也相差甚远。情况是非常复杂的，他认为在日本这么短的时间内是不可能为托宾找到突破口的。

他突然意识到时间太晚了。他想要预约日本公平贸易委员会成员周一上午见面，但是他发现时间太晚了，已无法和任何人提出周一之前的预约。但是公平贸易委员会应该是个良好的开端。他知道提问题要非常慎重，但如果有人能帮助他开展调查，那么这人一定就在公平贸易委员会。

迈克尔和苏珊及其朋友度过了一个愉快的周末，周一早晨就启程去霞关。日本公平贸易委员会是一座五层建筑，隐藏在各个重要部委更高大、更雄伟的建筑群中，还真不好找。对迈克尔来说，委员会昏暗的建筑反映出日本政府对有占有欲的美国人授予的反垄断法的态度。

到了十点钟，迈克尔来到日本公平贸易委员会负责机床工业的第六调查部办公室，他的公开身份是美国经济学教授，此次前来研究日本公平贸易委员会在提升日本市场竞争力中的作用。

一位身穿文秘制服的青年女子把迈克尔带到房间唯一一张空桌子旁边的椅子前。在一组桌子边有六个不同年纪的男人正埋头工作。这个女子给他一杯绿茶，说部长很快就到。除了两个小伙子低声细语之外，小房间里静悄悄的。迈克尔嗅到了弥漫的烟味，尽管屋里没有人抽烟。

不一会儿，一个四十多岁外表精干的男子——浑身充满日本官僚气味——走了进来，他穿一身黑色制服，柔顺的领带，脸上露出正在艰难转换中的笑容。

"来晚了，非常抱歉。开会，总是开会。你一定是布福德大学的小山教授。我的秘书说你跟她说我们可以讲日语。"他们交换商务名片的时候他转为日语。迈克尔接过的名片上写着藤田由纪夫，第六调查部部长。

迈克尔在为约见过于仓促而道歉之后，便开始问一些他精心准备好的问题。他问到东京机械公司在美国看来是唯一的样板，它是增加与日本贸易逆差的重要因素。

藤田轻松地回答迈克尔的问题。在迈克尔看来，所有的回答都好像是在重复排练好的迈克尔希望听到的台词，藤田似乎作为东京机械公司的被告证人出现在美国法庭上。

"东京机械公司成本低，因为它的生产效率高，因此公司明显没有对美国市场倾销。""有些机床在日本的售价比在美国销售的很多类型的机床要高些，这是因为这些机床在功能和质量上与在美国市场上出售的那些都有所不同。"

迈克尔问最后一个关于数据的问题，据说东京机械公司屈从于美国当局，藤田这样回答：

"是的，我知道有关数据的问题。我敢保证这绝对是准确的数据。美国机械制造商和政府对数据提出疑问，是因为他们不想面对这样的现实，即这些美国公司对日本制造商不具有竞争力。事实上是美国在一场经济战争中失败了，对不起，教授，在机床贸易差额中所发生的事情就是这些天战争态势的最新证据。"

藤田一直偷看他的手表，回答完迈克尔的最后一个问题，他便起身连忙去开另一个会，顾不上把迈克尔送走。迈克尔慢慢地跟在他身后，走到门口时朝两个抬头的男子点点头。

尽管迈克尔料到藤田会有所防范，但他还是为他的回答大吃一惊，这些话听起来就像是东京机械公司经理所说的。迈克尔认为他要打个电话，再次约见某位既是机床公司又是公平贸易委员会的人。当他离开委员会大楼的时候，他不知道能否真正帮助兰德尔·托宾，既是机床公司又是公平贸易委员会的人会像藤田一样慎重甚至会反扑。

迈克尔刚走出几百米远，天上淅淅沥沥下起小雨。他在拿伞的时候，听见后面有人用英语和他打招呼：

"小山教授，不要回头。请打开伞继续往前走。我是藤田办公室的，我要告诉你有关东京机械公司非常重要的事情。我要超过你，请跟上我。"

迈克尔环顾四周，看见右边有一位小伙子。迈克尔感到惊奇，便压低声音问道：

"我们去哪里？"

小伙子在超过迈克尔的时候说：

"我要在拐角处走进地铁口。请跟上我，买张去银座的车票，和我上同一车厢，不要跟我说话。我下车你就下车。"

迈克尔有点狐疑，但是他还是想听到有关东京机械公司非常重要的事情。等一会儿约他详谈应该是可以的。

小伙子在第一站下车后，便大步流星走上很长的通向一个出口的地下通道。迈克尔跟在后面，登上台阶来到街上。小伙子没有往后看，直接向左转。迈克尔在他身后五十步远，到另一个街区时尽量跟上他，他突然间向右转到一条巷子，走进一家小咖啡馆。迈克尔跟着进去。这时到了十一点半，咖啡馆还空无一人。小伙子走到最里边的一张桌子旁边面对着墙坐下来。

迈克尔坐在他对面问道："怎么像间谍似的？"

"小山教授。对不起，我不能让任何人看到我和你谈话。"

迈克尔不解地问："为什么？"

"我给你解释，但首先让我做一下自我介绍。我是今井正，安阿伯的朋友都叫我塔德。"

"你安阿伯的朋友？你上过密歇根大学？"

"上过，我得过竞争性的政府资助，在密歇根大学获得经济学学士学位，刚毕业两年。还有我读过你论述日本、美国和德国工业化的著作，这是一部优秀的著作。"

"谢谢塔德，请叫我迈克尔。你来这里是到公平贸易委员会找工作？"

"不，我在委员会工作。我到密歇根在职学习两年。我一直喜欢在委员会工作，可以积累不少经济工作的经验，我不喜欢灵活性的实务。"

"行了，先说这个像间谍的事吧，为什么要到这个小咖啡馆里来谈事？"

"说这个还需要时间。我一点钟还要回到办公室，先来个三明治再说。"

向女服务员点餐之后，塔德接着说，迈克尔一边听一边啧啧称奇。

有一段时间，塔德想要他的部门开始正式调查十几个生产线的垄断价格，他认为这是东京机械公司和大阪机械公司串通一气搞的鬼。六个月之前，塔德得知东京机械公司向美国商务部和联邦贸易委员会提交关于倾销问题的大量资料。

塔德怀疑这两家公司已私下协商好大阪机械公司专门经营国内市场而东

京机械公司负责美国市场。大阪机械公司在国内通过调整价格而获得的巨额利润会补偿东京机械公司倾销美国市场所带来的损失。塔德解释道：

"迈克尔，他们的计谋很简单。东京机械公司向美国倾销产品是为了增加销售量。增加的销售很快就会证明新建的大工厂是合法的，可以降低成本。这时候东京机械公司就会停止倾销，因为其生产成本将会降低。这样就会比其美国竞争对手销售量大，仍然可以盈利。目前，大阪机械公司正在补偿东京机械公司倾销所带来的损失，但是东京增加产量之后就开始盈利了，大阪也将会恢复原来的分配。比如，大阪拥有大量的东京股份就会升值。"

迈克尔对这一解释并不十分满意。他说，"我想你是对的。但是东京机械公司在美国销售产品的单位成本很低，至少从公司提交给美国政府的资料来看是这样的，这一点你还没有解释清楚。大阪机械公司通过调节国内市场物价而充分补偿东京机械公司，这也让人难以置信。"

塔德确定迈克尔怀疑的是什么了。

"你当然是对的。东京机械公司对美国出口的量相当大。因此他们必须要做假账。东京机械公司给美国提供的数据是假的。公司评估土地成本写的是 1921 年的账面价值，而不是现在要高出很多的价值。这在日本会计规则中是允许的，即大量降低所谓的成本价格。还有，他们的分包商分为三个层次，共有 320 人，他们被要求提交假发票，发票上所支付的薪水比他们实际得到的要低很多。所有人的薪水按照标准每周 40 至 45 小时工作时间来计算，而像很多日本大公司员工实际上工作时间超很多，经常为每周工作时间 60 小时以上。由于这些原因，提交给美国的数据比实际机床生产成本要低很多。"

"如果你知道所有这一切，我想你会跟你的部门领导讲的。为什么藤田先生不管这些事呢？"

"如果你像藤田先生和我一样从东京大学毕业，也不好高骛远，你就想当个局长，甚至委员会主席。正如你所说的，在美国我们规规矩矩，不多言多语，按照上面说的做就是了。自民党的政治家你知道他们掌权已经有二十年了，他们总是有办法给委员会主席施压，而主席再给他的下属施压。藤田先生有野心，他知道东京机械公司和大阪机械公司的董事们就是现任首相和许多自民党国会议员的最大支持者，他们手里有一沓子一沓子的 1 万日元钞票，我还要说下去吗？"

"不用，我明白了。你是说你宁可失去当局长的机会也要举报？"

塔德目光坚定，他回答道：

"迈克尔，我们的生命只有一次。如果我不能做好本职工作而任由价格垄断和倾销继续的话，就是当上委员会主席又有什么值得骄傲的？是的，我知道。我要付出代价，我可能会被辞退，而作为部门主管则是五十五岁退休。但是如果必需的话我愿意付出代价的。"

塔德停下来朝咖啡馆前面看一下，确认没有人听到他说话。看到旁边没人，他以更轻的声音继续说。

"我有基本上是真实的数据，这些数据应该是提交到美国的。我用当下的土地价格、我从分包商那里得到的真实的发票价格以及我对总工资成本的估算，计算出出口到美国的产品真实的单位成本。"

"塔德，我记得很清楚，你说你掌握了这些数据。你放在哪里保存着？就我所见到的，你肯定不会藏到你办公室桌子里。"

"肯定不会。我甚至不会藏到我公寓里。它们就像手里拿的炸药。我希望最终遇到像你这样的人，我就交出来。"

"你为什么不交给报社？"

"如果那样的话，很有可能会被编辑或主编给压下来。和美国不同，这里新闻来源不总是受到保护的。所以我愿意把这些数据给你。我不确定你是否真正需要，这是很危险的。"

"不确定。你怎么会这么想？"

"如果有人发现你拿着我的数据，很可能会有人跟踪你将数据抢走。要是这样的话，他们天黑时在小巷里会毫不犹豫地痛打你一顿，你恐怕会伤得很严重。"

"可这里是东京，不是西贡，也不是纽约。"

"迈克尔，你不明白。我是怕你被杀。我不是夸张。像东京机械公司和大阪机械公司处理这种事是非常严厉的。"

"塔德，我不相信这些著名的大公司会派人跟踪你或我，打伤我甚至杀掉我，就为了得到你的数据。东京机械公司总裁对手下说，'去把公平交易委员会那个家伙弄残，或是干掉那个美国教授'？"

"不会那样的。东京机械公司总裁不会干这种事。可是他什么都知道的。"

"塔德，你把我弄糊涂了。你说话就像是一个禅宗和尚！"

"我想说的是总裁不会直接说，但会表明他不喜欢某件事。他找到手下的人——通常是事务部主任，负责处理各种闲杂事务。主任听得懂总裁的弦外之音。主任通知一个地赖，如果某人被或轻或重地惩罚，公司将感激不尽。这个地赖便到外面做惩罚这件事。如果这件事引起了公众的注意，总裁就对此事件深表遗憾。他当众发誓如果他事前知道的话，根本就不会发生这样的事。"

"等一下，我知道这种地赖在股东年会上确保没有股东反对高管计划，这些高管都是由管理层推荐的。我看过有关资料，这就是股东年会十分钟结束的原因，更不必说日本 99％ 的大公司了。他们兼职做惩罚工作？"

"地赖由大公司的事务部支付薪水，有时候是现金支付，但这种情况很少。地赖通常以昂贵的价格销售所谓的商业杂志，他们一年出版几期这种杂志，或是争取获得慈善捐款，或是争取某政党的支持。

"明白，那他们就为了钱而惩罚那些表明观点的人？"迈克尔并不服气。

"基本上是这样。你看，大多数地赖就是黑帮里的，或是跟黑帮有联系。"

"我明白，但我以为那是传闻。"

"不，绝对不是传闻。两年前，建设部一位官员调查一家大公司修建日本北部大坝的大合同。他确认水泥中混入的碎石过多。但是在报告完成之前，他从坝上坠亡。当地警察说他喝醉后跌进大坝。他的妻子说他滴酒不沾，可是没有人听她的。"

"那么你以为他是被谋杀的？"

"难道不是吗？去年公平交易委员会第三调查室有个人调查一家大型肉类批发商标签交换一案。"

"这是日本最大的批发商之一。批发商把低档的美国和澳大利亚牛肉当做高档国产牛肉出售。这个调查人中专学历，可他能力强，为人正直。他开始调查后不久，他十七岁的女儿被几个歹徒暴打一顿，留下了丑陋的疤痕。有个歹徒对她说，她爸爸要是继续干涉进口牛肉贴标签的事，他下次就要享用她，而不是打伤她。她的爸爸辞职不干了，我听说他现在开出租。"

"好了，塔德，我明白了。但是我还是想要拿到数据。我保证在离开东京前我都会十分加小心的。"

"好，我就给你。但是我得告诉你怎么才能拿到，我是怎么算出来的，以及怎样解释。"他看了一下手表。"我得回办公室。你今晚八点能来我公寓吗？"

迈克尔点点头。塔德赶紧写下他的地址，画了张草图，对迈克尔说，"我离中央线上的四谷站不远。把这个草图给出租司机，你就盯着外面找一个三层建筑，这个破旧的公寓上面有个虚假的大牌匾'四谷大厦'。"

迈克尔说为了感谢塔德，他要付饭钱，塔德赶紧溜出咖啡馆。迈克尔看看表，想想下午要干的事。他决定再次和塔德见面后再去约见其他人。他离开日本之前的这一周不大可能有很多时间做研究。因此迈克尔决定到东京大学办公室整理图书寄回美国。

离开学校的时候，正值交通高峰时间，迈克尔回到"我家"时候已经不早了。他对苏珊建议说到咖啡馆吃快餐，因为晚上还有个约见。他们吃着咖喱饭，他告诉苏珊他要约见塔德。她立即问道：

"我和你一起去好吗？为了写日本家庭历史性改变的最后一章，我需要更多的直接观察，我很难有机会走进日本人公寓里面去。"

迈克尔考虑她的请求。他想起塔德的警告。但是塔德说数据不在他的公寓里。那么和她一起去塔德的公寓有危险吗？如果迈克尔和苏珊在一起，那么他们的拜访就是纯粹的社交。这样塔德被盯梢的可能性会降低。他考虑了一会儿便答应了。

尽管有塔德的草图，出租司机还是费尽周折才找到塔德的住处，这时已经过了八点钟。塔德是对的，这座老式建筑非常破旧，走廊和楼梯都设在外面。迈克尔和苏珊走上二楼，听到有人用日语在粗暴地吼叫，不由吃了一惊。

迈克尔听到塔德在说，"告诉你，我这里跟工作一点关系都没有，我不知道你要说什么。"他的声音很尖，带有恐慌的意味。

迈克尔把手指放到嘴唇上，轻轻地推苏珊退回到楼梯口。两个人上了三楼，悄悄地商谈，他们停下来的地方刚好处在楼梯的视线之外。迈克尔告诉苏珊这是塔德在说话。

迈克尔没有对苏珊讲塔德的警告，和东京机械公司有关系都是很危险的，苏珊完全赞同要探个究竟。迈克尔想到可能会有地赖混进来，他认为自己可能没有被发现，因为塔德公寓里的人不认识他，而且调查是秘密进行的。苏珊就好像是来拜访某人，随意步行来到公寓的。谁也不会担心一个外国人的存在。她想听听到底发生了什么。

还没等迈克尔反对，苏珊就冲出去走向二楼。迈克尔想我妻子真敢干，同时他又很担心。就在苏珊快走到二楼的时候，迈克尔听到从走廊下楼梯的沉重的脚步声。苏珊也听到了。她掉头就往迈克尔躲藏的地方跑。两个人听到粗暴的命令，"走，下楼去！"然后就是有人踩楼梯沉重的蹒跚的脚步声。

"我走，别推了！"塔德喊道，像是给人发出警报。

苏珊和迈克尔一动不动，感到是有两个男人——迈克尔确认塔德旁边有两个男人——下到地面，走出大楼。迈克尔说，"我们得查查塔德的房间。"

两个人来到 242 房间，门关着，迈克尔透过窗户看到灯还亮着。他握着门把手轻轻地转动。闩锁开了。绑架塔德的两个人没容工夫让他锁门。

迈克尔不知该做什么。该进去还是离开？进到塔德房间里做什么？该好好查查，这应该是警察管的案子。在他犹豫的时候苏珊推门进屋。

苏珊一进屋，便停下来倒退了一步。迈克尔从她的肩头往里看。一进来就能看见这种小户型的两个屋。屋里乱七八糟。前屋书架上的书落在地上，靠垫被撕开了，一只茶杯翻倒在榻榻米席子上。后屋碗橱里的东西到处都是。迈克尔认为塔德把数据藏到别处是相当明智的。

迈克尔非常担心塔德。他对塔德午饭时说的话深信不疑。迈克尔怀疑公平交易委员会有人知道塔德偷偷搜集东京机械公司的数据，今天当塔德跟在迈克尔身后匆匆离开办公室的时候，那个人就报告给公司的某个人了。但这个黑帮似乎还没有发现塔德的任何证据，他们只是想吓唬他一下。迈克尔决定如果明天塔德不联系他，他就去报案。

苏珊看到屋里的情形懵住了。她让迈克尔把散落在地上的书摞起来，她便拖洗残茶，尽量把屋里打理一下。当屋里看着多少像样了，迈克尔关掉灯，俩人离开了公寓。他们在四谷站附近打一辆出租，二十分钟后来到"我家"。

"接下来怎么办？"苏珊要迈克尔一进屋就把门关好。"我敢肯定你的新朋友塔德被绑架的事跟你为兰德尔·托宾所做的调查有关系，对不对？"

"没错，但是我几乎和你一样都没想到事情会变成这个样子。"

"为什么是几乎？"苏珊问道，她注意到了这个修饰词。

"哦，我今天见到塔德的时候，他警告我这些日本大公司会动粗。公司里没人提醒过你，但是他们与黑帮有联系，他说黑帮和无赖相勾结。当时我还不相信。现在信了。我担心他惹大麻烦了。我明天早晨设法给他打电话，如果他不接电话，我就报警。"

"为什么现在不报警？"苏珊心神不定。

"没用的，苏珊。我们不知道他们把塔德带到哪里，那警察能干什么？

我认为这些家伙不会真伤到塔德的。塔德毕竟是政府官员。由于他们没有任何证据，他们大不了就是揍他一顿而不会留下明显的伤痕。"

"大不了就是一顿揍？到时候你去见塔德，你也会挨一顿揍的！你跟我说，"苏珊谴责他道，"你只是去为托宾做点研究，一点危险都没有！"

晚上迈克尔睡得时断时续，他没到六点就起床了。他想要给塔德打电话，但还是犹豫不定，因为天还太早，更重要的是塔德的电话可能被窃听。他正在左思右想的时候，电话铃声吵醒了苏珊。迈克尔在电话机第一次响铃声的时候就接电话。

"迈克尔？"迈克尔听到塔德的声音才放下心来，可还没等应声，塔德赶紧接着说，"之前我不敢打电话。八点钟你没到我公寓真是太好了。是你拖干净茶水，收拾房间，然后关灯的？"

"是的，我们来晚了，我们差点碰到你，有两个家伙把你带走了。"

"我们？你和谁？"塔德焦急地问道。

"和我妻子苏珊一起来的。我以为她和我在一起就像是我们去亲戚家。"

"哦，你们来晚了是件好事。真不知道他们看见我俩在一起会干些什么。"

"你没事吧？那帮家伙是什么人？他们把你带到哪里？"

"我没事，可我现在不能回答你的问题。我打的是四谷站附近的公用电话。但是我求你做几件重要的事情。首先，你找到明天去一桥大学的借口了吗？你知道的，对不对？在国立市郊区？"

"我知道的。我想我知道你要我去的原因了。我要约见我认识的一个教授。"

他连忙接着说："太好了。第二个问题，昨天你跟部长说你住在哪里了吗？除了你商务名片上的他还知道什么？"塔德非常关切地问。

"他不知道我住哪里。我想想，我跟他说我来这里是在做东京大学的研究工作。"

"那么他就知道你的全名，可能知道你在东京大学搞研究。由于他有个相当完备的联络网，我想他找你很容易。你能用另一个名字另外租一套房吗？"塔德很焦急地说。"问题很严重。你要是看见那些暴徒昨晚怎样对我，他们问我的都是有关你的问题，你就会知道我不是在瞎说。"塔德说得很匆忙。"好了，我还要跟你联系。今天晚上？告诉我怎么能找到你？有可靠的朋友知道你在哪吗？"

迈克尔从钱包里拿出托马斯少校的名片，告诉塔德美国大使馆的电话号码。"找托马斯先生。就说你是塔德，是我在密歇根大学时的朋友就行。明白了？"

塔德说，"明白了，"立即挂断电话。

迈克尔看见苏珊正全神贯注地听着。迈克尔简要概述塔德的说话内容，她也完全听懂了。迈克尔吃早饭的时候一声不响，他在思考着下一步怎么办。他最后决定听从塔德的建议搬走。他自己可以冒险但他不愿伤及苏珊，他们刚一吃完饭，苏珊就同意搬走，她上楼收拾东西，他还要再打几个电话。

迈克尔来到公共电话处给托马斯少校打电话。他说要尽快搬到一个安全的新住所，想征求少校的意见并得到他的帮助，少校立即回应道：

"没问题，小山教授。我们给你安排大仓酒店一套安全客房，我们在那里安排有便衣。酒店就在大使馆对面，非常方便。你想用什么名字？"

迈克尔准备用苏珊的姓，但还觉得有更合适的，"等一下，"他眉头一皱，想到的是山村这个名字，这是在影片《虎虎虎》中山村扮演者的名字，他刚看过这部影片。

"山村怎么样，山本也很好吧。"

少校回应道，"我更喜欢二战海军上将山村这个名字。我要让酒店做一些必要的安排，派一辆日本车去接你。给我一点时间。司机的名字叫森田浩二，是个巡警，我们这种情况下可以启用他。"

十点钟迈克尔和苏珊怀着歉意从"我家"退房，只是说计划改变了，他们不得不尽快回家。

森田在黑色的丰田花冠车后等他们。他告诉迈克尔说"我家"附近走路的或坐车的，都没发现可疑的人，他驱车来到大仓酒店的后门，在那里他们登记的是山村先生和夫人。

迈克尔曾经住过这家酒店，住的房间相当小，只是家具非常豪华。如今住的是个套房——托马斯少校说他预定的房间两个人住进来不会有被软禁的感觉。

少校向迈克尔保证在房间里打电话是安全的。他先给一桥大学打电话，预约他办公室的野原教授第二天也就是星期三11点钟见面。然后夫妻俩研究下一步怎么办。迈克尔不想要苏珊去逛东京市，她勉强答应。"我也想去逛书店，可这就是我们的生活。"

由于她不能离开酒店，苏珊便同意尽快离开日本。她微微一笑，"取消已我安排的在这周的会谈，我对他们说天气高温湿热，我感觉不舒服，而不说有无赖跟踪我丈夫。"

晚上七点之前塔德打来电话，这时迈克尔和苏珊刚用完服务餐。"我用的是大厅里面的付费电话，我什么都可以说。你按照我说的去做了吗？"

"是的，我们搬到大仓酒店。我登记的名字是山村。我明天 11 点和经济学教授野原会面。你昨晚怎么样？"

"这帮家伙 7 点半过后来到我房间，我以为你们来得早些，我听敲门声开开门没看见有人。他们冲进来把我推到墙角。一个家伙拿刀对着我，另一个搜我的房间。他们没发现要找的东西，岁数大的那个说他们有很多问题，但是不想在我的房间里问。我认为他不想惊动邻居或路过的人，因为这样会闹出很大的动静。我承认当时吓坏了。他们用车把我带到附近的女子学院体育场。"

"他们都问了些什么问题？"

"岁数大的说他知道我在你离开公平交易委员会的时候跟在你身后，你是在打着研究美日贸易的幌子来打探东京机械公司的情况。他想要知道我为什么跟踪你，我以前认不认识你，我们谈些什么，我把搜集到有关东京机械公司的情报藏在哪里。他很了解这些情况。"

"等等，塔德，他怎么知道那么多，那些有关东京机械公司的事情是我跟你们部长说的，我离开委员会的时候你跟在我后面……"

"那家伙猜到一些，但是我所在的部门一定有人在藤田开会回来时告诉他我在你之后立即离开办公室。这个事实连同你和藤田的谈话一定引起了他的怀疑，我想他一定给东京机械公司打电话联系地赖。"

"那么你认为就是藤田怀疑你或你的同事？"

"我敢肯定就是藤田。他一定很快就回来问我去哪儿了。谁都没理由告发我，可是藤田想尽快当上局长。我猜他不会特意打电话说你的事，但他会找别的借口提到一个美国教授来问他有关东京机械公司的情况。他同样还告诉他们我跟你谈了东京机械公司的事。"

"东京机械公司派两个家伙对你动粗就是因为你跟我交谈？"

"是的，但是我担心事务主任已经从某人那里了解到我查探的事情。我问一个分包商东京机械公司开发票的事，当时差点给抓住。我怀疑分包商注意到委员会有像我这样的人提一些奇怪的问题。昨天晚上这俩家伙明显在找一些书面的东西。岁数大的到我房间一直在问我把记录数据的纸张放哪里了。"

"你认识这俩家伙？"

"不认识，我去美国之前可能在委员会大楼见过这个岁数大的。另一个年轻的没见过，他就是个雇来的打手。"

"今天天亮之前你为什么不给我打电话？你不会一宿都和他们在一起吧！"

"没有，他们让我一个半小时后离开。他们问我一些问题，我回答不上来，年轻的就打我。我被打肿了，可我想没有受到内伤。他们让我下车后便开车走了，我就只好步行回家。但是我不敢给你打电话因为有人在我离开的时候安装了窃听器。我也不敢用公用电话，因为还有人在监视我。"

"你这是受罪了，你确定身体没事？要不要找个医生检查一下？"

"谢谢，过两天就好了，就是擦破点皮。"

"那就好。"迈克尔顿了一下问道，"塔德，下一步怎么办？你计算的数据在哪里？我猜不在一桥大学。"

塔德犹豫了一下问道，"你确定你还需要？拿到手里就很危险了。"

"是的，塔德，我愿意冒这个险。那些暴徒以为我拿到手了，他们就在一桥大学，对不对？"

"对，我在东京大学读书时有个朋友在贸易系教书。他办公室里有几百部书和几个大文件柜，他可以把我的信封藏到安全之处。"

"我约了经济系的一个好朋友野原教授明天上午 11 点在他办公室见面。你认为我到的时候请你朋友把信封带到野原教授办公室好吗？"

"当然，我说过那就是你的。我给我朋友打电话，他叫内藤彰，我让他把那个本本 11 点刚过就送到野原教授办公室。你转交给美国政府的人手上的时候，请送上我的祝福，而且不要提到我的名字。"

"太好了，成交。这帮家伙还会继续骚扰你吗？你的部长还会难为你吗？"

"应该会吧，不过没关系的。你看，我通过了高级公务员考试，成为官场里的精英，不会被轻易解雇的。我相信他们最多就是像昨晚上那样对待我。"

"你走到大坝上或是结婚有女儿他们就会动手的。"

"我愿意冒这个险了。我说过我不会有事的。迈克尔，其实这时候我更担心你。你不要一个人走，也不要坐等待拉客的出租车，不要乘坐拥挤的火车。记住如果人群里有人低声和你说话，你要是不交出数据他就会捅你一刀，那就什么都晚了。你最好还是要告诉你妻子加点小心，我们知道那帮家伙什么都干得出来。我朋友就来了，我撂电话了。"

电话突然中断，迈克尔还没来得及感谢塔德，他为托宾特别小组可是帮了大忙了，他也十分关心迈克尔和苏珊的安全。

周三早晨迈克尔乘坐开往国立市的长途列车，心里忐忑不安。为了避免被到塔德房间的两个家伙那样的人发现，迈克尔从酒店打出租来到中央线上的四谷站。他在车站公用电话处停下来，在上火车前和他的赞助者东京大学中川教授联系，之前一直都没有联系上。他拨通了他办公室的电话，可是没有人接，他便要求接通了秘书的电话。

"小山教授，很高兴接到你的电话。前田教授办公室，你用过这个办公室，有人破门进来，并搜了个遍。"她非常激动地说道。"我昨天早晨打开办公室的门，你的书箱已经送出邮寄，我就又锁了门。可是昨天晚上，保安人员觉得这个门有点不对劲，检查后发现门锁被撬开，屋里一塌糊涂。书和文件到处都是。你还有重要的东西在办公室吗？"

迈克尔大吃一惊。"没有，"他尽量平静下来。"东西都在你给我邮寄的箱子里。"

"那我就对保安说你什么都没丢。可我们怎么向可怜的前田教授交代呢？他还在英国，年底才回来的。还有，周一下午有个找你的奇怪的电话。那人想知道你的办公室在哪儿，你一般什么时候在办公室，可是我问他的姓名以便给你传个话，他说不用就挂了。我知道他不像是哪个我认识的教授。我就想到他会不会就是搜前田教授办公室的那个人。你知道他是谁？"

迈克尔实话实说，"不知道，我不知道他是谁。"

但是现在他知道打塔德的人跟踪过他。他想到幸亏搬出了"我家"，他来到热闹的车站乘开往郊区的火车，去搜集具体的证据，那些暴徒拼命也要抢到手的证据。如果他早一点知道办公室被搜的事情，他就会要求托马斯少校派车把他接到一桥大学，可是他不得不早点去赶公交车。时间紧迫，迈克尔没有选择，只好乘坐特快火车。

迈克尔买了一张票，很快登上下一趟火车。他以前乘坐日本通勤列车从未有过这种忐忑的心情。在他还是一位身无分文的少年，他没有票上火车的时候感到害怕，害怕检票员捉住他。今天他不知道他要找谁。

　　然而迈克尔却平安到达国立市，他离开车站的时候，似乎没有人跟踪。他突然意识到自己使用的是提防"尾巴"的"技巧和战术"，这是在迪克斯堡学会的。在去往大学的路上，他只看见有骑自行车的学生和带小孩的妈妈。他松了一口气，用手去敲野原教授办公室的门。

　　迈克尔快到傍晚时才回到大仓酒店。他敲了三下门，苏珊开门让他进来。他扑通坐到椅子上，重重地叹了口气。

　　"这一天真不容易！"他大声说道。他咧咧嘴，让自己平静下来。

　　"怎么了你？伤着了吗？"苏珊一下子紧张起来。

　　"别担心，我挺好的。"

　　"可你到底怎么了？"她一再问道。

　　"好的，我跟你说吧。我在国立市上了返程火车之前一切都好。月台上没什么人——这时候学校还没放学。火车里也没什么人，只是我想和一群妇女进一个车厢。我坐到靠一端的座位上想要放松一下。可是当火车到下一站的时候，那群妇女都下车了。我看车厢里剩下的就是一个女人带两个小孩坐在另一端，还有个男的头上盖张报纸在打盹。"

　　迈克尔叹了口气，又咧咧嘴。"然后呢？"苏珊追问道。

　　"火车出了站，旁边车厢的门打开，三个无赖大摇大摆走了进来。有两个小子短发，戴墨镜，穿着皮夹克，一个小子一头乱蓬蓬的长发，样子像个调酒师。两个小子一边一个挨着我站定，'调酒师'坐在我对面位子上。我想站起来，可这两个小子挨着我坐下，抓住我把我按下，我右边的拔出个硬东西像是枪指着我肋骨。"

　　苏珊喘着气说，"太可怕了！"

　　"我想闯出一条路来。我让这小子把东西拿一边去，可是他说，'不，你说的这个东西就是一把枪。老实坐这里，把嘴闭上。我们要在下一站下车，你在这儿待着。如果你做什么——叫喊或跟着我们——我知道怎么开枪。当列车进站车速慢下来的时候，'调酒师'抢下我的公文包。真是太蠢了，我试图夺回来。我右边的小子使劲打在我的太阳穴上，打得我一阵眩晕，接下来我知道的就是他们跑了。"

　　"哦，迈克尔，他有枪，会杀了你的！"苏珊惊呆了。

　　"我知道有危险，可是我不信他有枪。"

　　"可是，天哪，他们抢到了塔德的数据？"苏珊尖声叫道。

　　迈克尔回来后第一次笑了。"我把在陆军情报局学的都忘光了，不，他们抢到的是今天的报纸。哦，恐怕你要给我买一把新的折叠伞。幸运的是我拿着会议发的塑料公文包，而没带我的皮公文包。"

"可是数据在哪里？你要是不带上它，为什么还要冒着受伤甚至被杀的危险带这个便宜的塑料包？"

"部分是出于本能，要是他们下车前就意识到没有抢到塔德的数据那就太危险了。"

"他们没有抢到数据？为什么呢？他们下车后你做什么了？"

"先回答你最后一个问题，我一直坐到四谷站。我不能确定别的车厢里没有人监视我。甚至有可能是另一端假装睡觉的那个人呢。然后如果遭到袭击，我就像任何优秀的美国人应该做的那样，打个出租车到大使馆。"

"你在军训期间他们没教你不能跟我说这么秘密的事情吗？"苏珊笑着，然后充满柔情地问道："你认为要不要找医生看看你的伤？你每次深呼吸或动一下就咧嘴。"

"找医生也没什么用。托马斯少校一再要求大使馆的护士过来看我。她认为我没有内伤，我需要做的就是养上一两天就好了。"

"等一下，你说他们没有抢到数据。如果数据不在公文包里，那么在哪儿呢？你不是在一桥大学拿到数据的吗？"

"我拿到了。拿到了之后就匆匆瞄一眼，直觉告诉我东京机械公司要开杀戒了。"

看到妻子一脸的茫然，迈克尔紧接着说，"你听我说。我在野原教授办公室收到数据的时候，尽管这是个副本，我也紧张得要命，不敢带着上火车。因此我请野原教授带到当地邮局用快递寄给美国大使馆的托马斯少校。因此副本——塔德数据的全部——安然无恙，感谢上帝。我让少校把我的副本再做一个副本，那么有一本我可以带回家，另一本用外交邮袋寄给兰德尔·托宾。"

迈克尔不想告诉苏珊全部情况，但是他意识到他必须做到百分之百诚实，要是她能够充分理解这种危险就好了，这样他们就可以继续面对歹徒发现迈克尔包里没有塔德的数据之后的险境。他又讲回到他的行程的开始，讲到他在东京大学的办公室遭到搜查。他还一字不落地说起少校对迈克尔和塔德面临险境所作出的反应。少校说道：

"你知道，我在这个位置上已经两年了，我不认为我在大街上会有安全感，日本人是我见过的最守法的了。你的公平交易委员会的朋友遭到毒打，他的房间还有你的办公室被搜个遍。一周以前我说过你秘密住进大仓酒店有点多虑，特别是对于一个有你这种背景和经过训练的人。用不着你告诉我。我相信一家大公司会尽力避免上千万美元的损失。是的，小山教授，公司一定不顾一切地保证这些数据不落入敌手，比如美国财政部。但是我们保证拿到数据。"他向迈克尔使了个眼色。

托马斯少校再次允许迈克尔从服务入口进入酒店。迈克尔蜷缩在无标记的大使馆用车的后座下面，还是那位司机载他来到酒店货仓。迈克尔从这里经过忙碌的厨房回到他的房间，厨房里有几个大厨盯着穿制服的这个人，看样子有点不大对劲。

苏珊从一开始就怀疑这项任务，她听迈克尔讲完之后，露出惶恐的样子。"好了，现在你完成了任务，我们能快点离开吗？"她要求道。

"野原教授答应寄出的快递包裹明天到大使馆，我想应该是星期五。我要再一次见到塔德，他好给我解释数据。"

迈克尔终于和中川教授联系上了，中川以个人的名义感谢迈克尔在暑假所做的一切，并为办公室被搜查而感到歉意。迈克尔从酒店后门和中川教授一起出去并返回，他们到附近新桥一家日本饭店包间共进午餐。

迈克尔吃过午餐后回来，苏珊递给他一个厚信封。"托马斯少校半小时以前亲自送来的。"迈克尔直到读完野原教授的信后才明白信封上没有邮戳的原因："日本邮政系统当然是安全和高效的，可是我想还是让我妻子开车把你的包裹直接送到托马斯少校手中为宜。"迈克尔心里总算是一块石头落了地，现在他该和塔德来讨论他面前的数据了。

塔德刚好在晚上七点之前来到大仓酒店，他感觉有点热，头发也比较凌乱。他声称自己感觉像个间谍。他在高峰时段乘坐三列火车，每列只坐几站，他刚下车车门就要开始关闭。他在新桥赶上一辆出租车。他确信没有被跟踪。他为来晚了而道歉，因为藤田一直在办公，他下班别人才敢下班。"这就是日本的习惯，"他看着苏珊说道。当她得知他还没吃饭，就从住宿服务部要了一个日本食盒，然后回到卧房，好让两个人开始工作。

迈克尔拿出他的那套副本——30 页纸的数据——他一页接一页地查数据，重点查美国地区，以证明东京机械公司的数据是经过篡改了的。塔德解释完之后说，"记住，土地价格、延长时间和分包商的发票。我敢肯定你能说服一些分包商，让他们承认他们的发票是不准确的。"

迈克尔对塔德表示最诚挚的感谢，他确信华盛顿的官员也同样会感谢他的，但是"不要担心，我不会说出你的名字"。

迈克尔和苏珊第二天顺利离开东京。少校安排大使馆专车把他们送到羽田机场，他们坐在舒适的美国轿车里享受豪华的交通工具，而不用乘坐通常的单轨列车或机场巴士。到了机场，他们迅速进入贵宾室，有人把机票递上来。他们机票的级别提高到了头等舱。一个年轻的水兵陪伴左右，一直把他们送到登机口。

迈克尔松弛下来，享受着奢华的待遇，因为托马斯少校告诉他财政部将支付他和苏珊从搬到大仓酒店那天开始的所有费用。

苏珊在头等舱座位上休息，品尝着一杯香槟，她对迈克尔说，"这是一种体验！你说你只是为某人搜集经济情报，而且肯定没有危险，我不可能再相信你了！"

迈克尔和苏珊回到旧金山三周后，兰德尔·托宾给迈克尔打来电话：

"小山教授，我电话里告诉你一件十分有趣的事情。我们按照你的建议给东京机械公司写了封信，我们还按照律师的建议，改了一些措辞。但是中心要义是你提出来的：我们说我们组成一个专家小组，仔细检查了他们提交的数据，这些专家对有关固定成本特别是土地价格、人工成本包括不超时工作、支付由分包商供应的产品有效价格，以及其他六种价格深表怀疑。我们通知公司三十天内提交一份新数据，或终止与他们的市价运行惯例。否则我们将考虑派一个专家团到日本询问，我们十分确定你们政府的各个部门将会提供所有必需的帮助，帮助我们的专家用心维护美日间的和谐关系。"

迈克尔说，"我不相信日本官员会非常高兴地与你派出的专家合作……"

"我同意。可以确认的是东京机械公司认真对待我们的信，我们还表述如果发现有虚假数据，我们就会考虑起诉他们在纽约办公室的领导，是他递交的初始数据，将面临为美国政府提供虚假数据的重罪指控，我们以此来威胁他们。这个威胁还是起到了效用！东京机械公司没有回复我们的信，可是就在上周他们将销售给我们的机床全面提价。那些请求我们按照进口税对这些物品追加罚款的美国公司撤回了他们的请愿书。"

迈克尔回应道，"真的！东京机械公司非常明智。如今倾销已经结束，我们也不必担心暴徒了，东京机械公司将会否认雇佣他们对公平交易委员会的揭发者动粗。我也安心了。所有问题似乎都得到了解决。"

"是的。那就让我代表我们的特别小组感谢你和你妻子所做的一切。请告诉你的妻子，她在东京那段不愉快的、提心吊胆的经历有助于结束一起严重的倾销案，为我们的纳税人挽回了很多的钱，因为不需要昂贵的起诉费用。再次感谢。哦，对了。我告诉伦德将军所有这一切——他一定会非常高兴。小山教授，如果你的研究需要财政部的某些数据的话，我向你保证你看到的这些都是初始数据。"

第十三章
毛伊岛，1989

"二月你想去夏威夷吗？"迈克尔在接了一个很长的电话之后来到早餐桌前随意地问苏珊。

"什么！我们刚从那儿度假回来呀！"

迈克尔咧嘴笑着。"我想你也许愿意离开寒冷潮湿的旧金山，把研究课题随身带上，你毕竟在休假嘛。"

"还没过几周你就又要休假？有什么事吧，我想不会是一项陆军情报局的任务吧。今年你就到五十五了，虽说你豁出来还可以在海里游上一英里。告诉我，是谁呀？"

"你说对了，不是陆军情报局，是迈尔斯·安德森，财政部国际事务司司长。这就是我一直为他做的工作，想弄清究竟是谁在操纵财政部三十年债券的投标价格。"

"一直在定期飞往哥伦比亚特区做那项调查。为什么现在去夏威夷呢？"

"要说原因，我必须告诉你有关调查的情况，但记住，要严格保密，虽说毫无危险可言。"

"你是说根本不像七十年代初期你在东京调查的倾销案那样危险吗？"苏珊带有讽刺意味地问。

迈克尔对苏珊正当的挖苦没有回应，他接着说："迈尔斯一直在与金融犯罪执行处的员工合作，调查是否有些银行家——债券市场的主要操手——在共谋垄断长期债券的销售价格。这种债券每年只在二月和八月销售两次，因此财政部必须搁置调查，直到下一次二月份销售……苏珊，这可能需要时间……"迈克尔不快地看着他的咖啡杯，现在都冰凉了。

"那也好。我在休假，我的历史文献也不会过期。如果我给你煮些新咖啡，你能告诉我接下来的事吗？"她向咖啡机走去，迈克尔笑了，开始解释问题。

"不过你对问题有所了解，但是还是让我从头说起。迈尔斯确信有些银行会尽量把招标价压低，以便为它们自己及其客户所购买的长期债券获取最大限度的利润。他说最近的竞标价格略低于财政部的预期，他不会接受财政部有些人的观点：低标价是预算赤字不断上升的结果，因此迫使财政部出售越来越多的债券……"

"等一等，"苏珊插话道，"如果出问题的话，要涉及多少金额？"

"几十亿！如果审供银行能把有竞争力——未受垄断的价格压低一点点再购买债券，那么政府就会蒙受巨大损失。如果标价只被压低 0.01%，那么利率就提高 0.01%。如果我们出售一千亿美元的长期债券，那么利率提高 0.01% 每年就损失一亿美元，年复一年下去……对三十年债券而言，就会多达三十亿美元。谁埋单？你和我，我们，美国纳税人！我们以这个速率每年会出售价值一千多亿美元的长期债券。"

看到苏珊对钱的巨大数额感到惊奇的样子，迈克尔继续说，"那么，迈尔斯无论如何要展开非官方调查，他要我帮忙，因为他确信是外国银行搞的鬼。他知道我在研究从日本流向美国的资本，最近日本是我们长期债券最大的购买者之一。"

咖啡机开始发出嘶嘶声，苏珊回头看着迈克尔问道："为什么是外国银行而不是美国银行呢？"

"有几个原因。首先，没有哪家美国银行买债券如几家外国银行那般多，因此需要很多美国银行才能对价格产生影响。美国人知道他们会违法，如果被发现，按照反垄断法就要缴纳三倍的巨额罚金，因此有足够数量的银行同意合伙审供的可能性非常小。最近最大的买家是日本、亚洲其他银行和德国银行，迈尔斯认为肯定是其中的一些。但是要证明他们对价格的操纵也是极其困难的，如同司法部试图起诉石油公司操纵汽油价格所体会的一样。"

迈克尔正要开始吃一块抹了很多草莓酱的羊角面包，苏珊把一杯咖啡递到他跟前问道："这听起来好像在草垛里找针。迈尔斯为什么认为你这样一位经济学教授能够发现罪犯呢？"苏珊问道。

"问题并非完全那样糟糕，苏珊。虽然出售了价值几十亿美元的长期债券，但这些债券首先为三十二家主要交易商所认购，他们是为其他银行和证券公司购买的。大买家是通过主要交易商开价，让他们知道他们愿意支付多少。最高价产生最低利率，为财政部所热衷，财政部根据标价发行债券，也就是说，首先发给最高价投标者，以此类推，直到所有债券售完为止。"

"这样怎么会有窜供的可能呢？"

"我能想象到有些日本和德国银行与东亚银行一道合伙操纵标价。这些银行共同购买所出售的债券，数量高达三分之一。繁荣的日本经济充斥着低息借贷，日本人已经拥有 6500 亿长期债券，还想买很多很多。在香港和台湾的德国人和中国人也有很多钱要投资。一家日本银行为其他银行以及自己的客户购买，就考虑过组织一个操纵标价的联合企业，对此我并不感到意外。"

"有道理，这意味着你只要弄清楚最大的外国买家当中哪些在操纵价格，用经得起法庭检验的证据将其当场抓获。我以为这会使草垛变小，但我仍不明白你和安德森怎么会认为你们能发现谁在做手脚，如果这样，就当场捉住他们。我太悲观了吗？"

迈克尔咽下最后一点羊角面包，用餐巾擦他的黏糊的双手，他回答说："通常你的判断都是对的，但是我们认为我们发现了针可能隐藏之处。我让托尼·柏兰度参与其中，因为他的公司有一位长期债券专家知道有人卷入长期债券出价活动，一个名叫斯坦伯格的家伙。主要交易商中大多数是美国人，但斯坦伯格建议我们查看两个外国交易商：一家德国银行——北德意志银行为很多欧洲和阿拉伯银行购买长期债券，一家日本银行——日本信贷为日本银行和大型投资基金会购买债券。斯坦伯格同两家银行的主要交易商彼得·贝克和幸二大隅非常熟悉，因为在竞标会上经常碰到他们。"

"我敢说你对大隅已经做过调查。"

迈克尔笑了。我十月在纽约的时候，去过日本信贷办事处，希望见到大隅，就想搞清楚他是个什么样的家伙。我知道他会在那儿，因为那天上午有短期国债竞标会。他不在办事处，因此我说我要等他。后来傻里傻气的金发碧眼的招待员把他的日本秘书叫出来跟我谈话。我想日本秘书只想把我打发走。她说大隅有约会脱不开身，但当我告诉她我有一位美籍日本朋友想买一千万美元的长期债券的时候，她就变得不那么冷淡了，说她认为她的老板那天不会回来，要在下次长期债券销售之前打电话预约。她回到办公室，金发碧眼的招待员做个鬼脸说："竞标会之后他总是精疲力竭，即使他不是从夏威夷乘夜里飞机赶到早晨竞标会也是如此。"

"你下一步干什么？"苏珊好奇地问。

"给塔德打电话。"

"今井塔德？多年前在倾销案中帮助你的那个不错的小伙子？"

"是的，那是在1973年。他不再年轻了……他现在是日本公平贸易委员会管理局局长。我请他了解日本信贷的幸二大隅的全部情况。两三天后，塔德回电话告诉我他从在日本信贷工作的他的东京大学同学那儿了解到的情况。"

"咋样啊？"

"他知道很多——对你来说那就是日本！我们的大隅先生是庆应义塾大学毕业生，现为日本信贷长期债券交易部主任。塔德在日本信贷的朋友福井告诉塔德他的老板非常嫉妒大隅。他对大隅入住银行最新的建筑——在毛伊岛的崭新的海滨开发区的高级公寓感到特别恼火，他从来都未曾住过夏威夷的旧公寓或这所新公寓。他下班喝酒发牢骚，心想大隅在夏威夷会得到什么。"

苏珊点头道："有意思，听起来肯定值得调查。"

"就是呀。我了解到所有这一切之后，就问托尼他对为北德意志银行购买长期债券的彼得·贝克探查出什么。他的伙计斯坦伯格原本是德国人，他要求北德意志银行在二月十三日竞标会之前设法查出贝克的下落，佯装就在此前与贝克约会。他听说贝克'二月八日至十四日不在办公室，要去亚洲和纽约出差'。"

"这么说你掌握了贝克先去亚洲再去纽约出差的信息。这很有用，对吧？"

"是的，但我要查明在同一期间大隅的日程安排。我记得我们在瑞士见到的那个女人，她认为夏威夷岛位于亚洲某地。"

"你又给塔德打过电话？"

"没有。我变相使用斯坦伯格的策略，我听说大隅会去夏威夷短期度假，然后去纽约出差。我就给塔德打电话，问他的朋友福井是否能给我弄到大隅去毛伊岛所住的地名。塔德获悉那是一个称作魏丽尔点的地方，位于吉黑镇南部的度假胜地。不过我把所有这些信息都报告给了迈尔斯，迈尔斯刚才给我打电话，问我是否要去夏威夷，看看我能了解到什么情况。"

"你去毛伊岛成功的希望不是很渺茫吗？"

"是很渺茫。那将会变成一个傻瓜的差事，对我们来说只不过是一次令人愉快的带薪度假。但我们所有相关人员都认为出现了蛛丝马迹。一位肩负大隅重任的银行家刚好在半年一度的长期债券竞标会之前去度假，这让人难以置信。对于一个来自日本的银行家更是不可能，因为在日本一次度假不会超过一两天。我们真不知道贝克将要干什么，但我们当中没有谁打赌说大隅去毛伊岛只是为了休闲。"

"可你为什么建议我一块儿跟着来呢？"

"还不是为了在一定程度上掩人耳目。独自度假的中年男子的确很显眼。托尼马上来，我建议他带他的妻子一块儿来。既然莉莲是火奴鲁鲁人，我想她会很高兴与我们在一块儿。二月份在热带海滨与朋友度上一周假，所有费用都有人支付，你不会真想拒绝，对吧？"

"这么说来，不会，我不会的。我能想象得到，有莉莲在船上对你们的调查是有好处的，她是半个亚裔人，她能用夏威夷地方轻快活泼的调子交谈。"苏珊咧嘴笑了。

"你总为我们旅游作安排，如果你叫我们的旅游代理，找到魏丽尔点最近的旅馆，为我们预定银行家最可能入住的那一家，这是更加自然的事了。不过，还有一件事。迈尔斯要派来一个年轻女子……杰西卡·奥斯特曼。她进入财政部之前为'一家代理公司'工作——我想是中央情报局或国家安全局。她是一位安全—电讯专家。迈尔斯认为她可能有用，请她随身带上特别监听设备。"

苏珊去给旅游代理打电话，迈克尔拿起晨报，又看到缅甸的消息了。昂山素季不顾军队领导的反对，还在全国各地发表演讲。一位多么勇敢的女人！她大胆得让人难以置信，到了有点疯狂的地步，抑或两者兼而有之，不是吗？

迈克尔仰靠在椅子上，回想着他第一次去缅甸的经历。那是什么时候……四分之一世纪多以前。当时派他去评估吴奈温的敌对势力和爆发民主运动的可能性。他难以想象吴奈温直到去年夏天还在掌权，可是缅甸离民主好像并没有更进一步。他一时间想到钦钦会出什么事，随后又安下心来读其他新闻，接着开始写关于美日双边贸易和资本流动的论著，他想在度假期间完稿。他刚完成了作为系主任的定额，他离自己想完成的科研任务还差很远。这起财政部的差事于事无补。

二月五日，迈克尔乘波音 747 到达火奴鲁鲁，又改乘岛内航班波音 737 飞抵毛伊岛。他们在卡胡卢伊机场行李传运机旁等候，享受着岛上散发着芳香的温暖潮湿的空气，这时有一位一头深褐色头发的白人女子来到跟前，自我介绍说是杰西卡·奥斯特曼，她身材矮小，看上去三十出头，神情活泼。她递给迈克尔一个马尼拉纸信封，里面装着来自通常参加竞标会的主要交易商的照片和有关银行家的信息。随后她把这对夫妻带上她的出租车，驶向魏丽尔点。"大半个小时才能到，大多时间都是在甘蔗地之间的双车道上行驶，"她解释道。

杰西卡说，她要和他们一起入住洲际饭店。"我昨晚到的，查看了地形。魏丽尔点大多饭店和公寓都沿着海滨排列着。我们住的宾馆步行一会儿就到魏丽尔点群楼，里面大约有一百个单元，门口有二十四小时保安守卫。但保安可有点儿好笑……虽然主入口有一扇门和一个警卫，车辆必须通过主入口进入群楼，可是还有三个门，通过通向海滨的人行通道就可进入。你只要把门闩拉开，把门推开，就进去了。在门处看不见公寓，旨在给所有者以隐私。我想其道理在于窃贼只能乘车来。非常愚蠢的保安，如果你问我的话！"

"谢谢，"迈克尔说。"这是有用的信息。大隈住哪个单元你弄清没有？"

"你是这个项目的负责人，小山教授，我想等着看你要怎样处理。"

"请叫我迈克尔。我们是一个团队，我们都直呼名字吧……好了，让我和苏珊登记住下来，晚饭见。请你为我们仨在宾馆餐厅预订晚餐，6：30 好吗？"迈克尔看着表问道。

迈克尔看出了苏珊对住进这所伸展式宾馆的三楼顶层的正面临海的房间感到十分满意。他们的视线越过一片草坪就可以看到海景。唯一让人不快的是宾馆前面的海滨岩石多，但杰西卡安慰他们说，宾馆住地两头附近都有上好的游泳池。

三人挤在与其他客人有一定距离的角桌周围，这样主菜上来后他们就可以一块儿悄悄地商议。迈克尔给杰西卡布置任务，让她走访沿海滨的六七家宾馆，从南面的毛伊岛王子区到魏丽尔点北端的思道佛，弄清客人名单上是否有个叫做彼得·贝克先生的人。"不要对我说谎，"他说。"如果你不能从招待员那儿得到信息，那么就要求见经理，出示你的财政部身份证。"

杰西卡表示同意，但是迈克尔从她的面部表情可以看出，她认为他在告诉她不言而喻的话。

三人同意要在不惊动大隈的情况下找到他所住的公寓。我们不能用在门房打听这种方法来查出号码。对各种可能性做过探讨之后，迈克尔断定：

"我们只能对他留神。我根据塔德的话断定是一个面向海滨的公寓，在路上看得出来。明天早上杰西卡找贝克，苏珊和我要探查魏丽尔点。"

翌日中午，杰西卡与迈克尔和苏珊一起坐在小型魏丽尔购物中心的一个阳台桌上，三人打开各自的三明治，开始报告自从昨晚分手以来所侦查到的情况。杰西卡感到很郁闷。

"你让我去的宾馆个个都去了，未找到哪家有贝克登记或预订的情况，我就去了每周收租金的魏丽尔公寓群楼，结果也是竹篮打水一场空。我没有住在魏丽尔点，我必须按月在那儿租一套公寓。"

"你不得不出示你的身份证吗？"迈克尔问道。

"大约一半吧。但我很低调，我说这是财政部的一次调查，其性质我不能披露——有财政部的'信誉'很方便。"

"明白，我们在那儿一无所获。苏珊和我现在对魏丽尔点周围地区都很熟悉——我们步行到了海滨路的尽头，通过高速公路回来，可却没看到什么。当然没有大隅的迹象。苏珊通过临海门之一进入楼群，穿过公寓来到另一个门前。真怪，她一个人也没碰上，门卫或居民。我俩认为大多单元可能现在都没人住，不是没有卖出去就是主人只是用来度假住的。"

"下步怎么办？"杰西卡问道。

"我们下午可以去沙滩转转。托尼和莉莲今晚到，如果我们能发现大隅住哪个公寓，差不多肯定要到天黑灯亮的时候了。我们没有把握知道哪些公寓有人，白天谁在用。我们需要研究迈尔斯让你带来的可能的嫌疑人的照片。"

"我肯定你看出了它们质量上有差别。其中大多是布兰多证券公司的斯坦伯格先生在上次竞标会之后的招待会上拍的，有些使用长镜头拍的，但很清晰，能看到每个人的长相。"

"但要记住，"迈克尔对苏珊和杰西卡说，"里面可能会有窜供的银行家，他们不是主要的交易商，这样我们必须留神查看任何可能卷入的人。"他尽量保持一种乐观的语气，但实际上，他担心他们的行为像是一个少年队，要执行一项杜撰出来的、无意义的任务，而不是一个严肃的调查者的小队，设法捉住操纵标价的国际犯罪分子。

在随后的两天里，迈克尔的担心似乎得到了证实。星期二和星期三，他和托尼打网球，和苏珊游泳，五人都花多时沿着海滨小路漫步，力图弄清他们是否查到了大隅，或是他们在任何公寓里或别处见过和照片上相符

210

的人。

星期四，杰西卡报告说大隅到了。清晨小跑的时候，她发现了大隅和一个中年女子，可能是他的妻子吧，两人正在海滨一个一楼单元的阳台上吃早点。她匆忙赶回来告诉迈克尔。他的精神立刻振作起来。

迈克尔又碰上了好运。几个小时后，他正坐在洲际饭店的厅堂里看一份报纸，这时有两个中年华人男子登记入住。迈克尔好好看了他们一眼。他从那叠照片来看一个也认不出来，但是两个人看上去都不像来度假的。两人都身着职业装，虽然摘下了领带，胳膊上挎着西装夹克。他走到他们身后，他们在登记表上签名，这时店员把一把钥匙递给了一个像是叫"陈先生"的人。

迈克尔让杰西卡干另一件事。

下午三四点钟，迈克尔和苏珊在宾馆草坪的椅子上休闲，杰西卡过来告诉他们那两个男子的身份。

"你说得对，迈克尔。他俩都是银行家。一位登记的是来自香港的朱莉安·张，他的工作单位是香港长期信贷银行。另一个男子是来自台湾的陈万，他给出的工作单位是台北投资银行。"

"张先生和陈先生？听起来像是一对戏剧搭档而不是银行家，"苏珊笑道。

"看上去也像，"迈克尔附和道。一个又高又瘦，肯定有五英尺十或十一。他蓄着短发，发色灰白像食盐和胡椒混合在一起，消瘦的脸上布有皱纹。另一个又矮又胖，可能有五英尺五。他脸胖嘟嘟的，周围几绺长发遮盖住秃顶。他俩在一起，即使你以前没见过也能认出来。

他转向杰西卡说："还有别的收获吗？"

"他们房间预订到 12 号，星期天。"她补充说："你知道这两个姓名和银行吗？"

"我认识他们的银行的名称。两家都是大银行，我可以肯定都持有大量长期债券。据我所知，他们的代表不参加竞标会，但是这两个家伙很可能会操纵标价。他们在这里的事实我想就可以表明他们肯定正在与大隅共谋。"迈克尔停顿下来。"但是我认为这两家亚洲银行不可能独自对债券价格造成影响。从贝克的旅行行程表和他的银行竞买的债券数量来看，我敢打赌贝克会来。但我们现在至少有一些证据说明，大隅和他的妻子来这里不是为了休息几天。"

迈克尔给托尼打电话，安排他们五人在王子饭店日本餐馆箱根五点钟碰面，讨论下一步干什么。迈克尔认为有安全保障，因为他几乎肯定银行家不希望成组公开会面。无论如何他们谁都不认识迈克尔小组中的任何成员。

一大份寿司摆在餐桌正中间之后，迈克尔对问题作了总结。"我们知道大隅的住所，我肯定为了保密的缘故，他的公寓就是小组会面的地点。但我们不知道他们什么时候会面，真正的问题在于弄到我们需要的证据。"

他们制定一个轮流值班表，开始在那个晚上监察谁在大隅的公寓里。公寓建筑群有一座四英尺高的护墙，护墙底部有一条沿着海滨延伸的小路，因此他们无法监视。于是他们只好轮流沿着海滨小路漫步。他们安排小山夫妇和布兰多夫妇成双地监视，而杰西卡则独自一人。

托尼和莉莲值第一班。当他们回到洲际饭店的时候，托尼说："公寓卧室挺黑，但厨房和客厅灯是亮的。我能看到有一个亚裔女子在厨房里干活儿，但没有任何男人的迹象。"托尼向迈克尔半开玩笑地抱怨道："这里我是……一家证券公司的总裁，沿着小路走来走去，像是一个窥视癖。迈克尔，你让我干的事！"

迈克尔笑了。太糟糕了，温斯顿不在这儿。他会非常喜欢这样的非法行为，尽管他现在是畅销书作者和感到自豪的普利策奖获得者！

迈克尔和苏珊随后出去了。当他们到了魏丽尔点边上的时候，迈克尔拉着苏珊的手，他们慢慢地在公寓前面溜达，公寓里的灯现在亮着呢。迈克尔停下来，身子靠在护栏上，背对着大海，把苏珊拉向自己，用胳膊搂着她，像情人停下来拥抱一样。苏珊的脸贴着他的肩膀，用朦胧的声音问道："你能看见什么吗？"

"一个女人——我猜是大隅太太——刚才把饮料带进房间，带过去是为了给某人用的吧？两个人？看不见。等等！两个男人刚从客厅进来。一个是大隅，对啦！他身后就是贝克！他在这儿！他肯定是和大隅夫妇待在一起呢……哎呀。"

迈克尔突然转过身来，给苏珊一个长吻。当他放开她的时候，他用一只胳膊搂住她的肩膀，按照他们来的方式把她转过去。

"怎么啦？你看到什么了？"她激动地问道。

当贝克紧跟在大隅后头走进房间的时候，他对他妻子说了些什么，然后指向窗户。她赶忙把托盘放下，过来关窗帘。我不想让她看到我正在往里面瞅，于是就装作恋人的样子。

"干得真漂亮，"苏珊喃喃道。"现在干什么？"

"现在我们回房间，商量商量下一步干什么。"

当苏珊和迈克尔回到房间的时候，他们发现托尼正在给两个女人讲故事逗乐，但是当迈克尔开始讲述的时候，笑声突然停止了。

"我完全确信这组人要会面讨论投标价格，甚至可能还有一两个人会加入其中。现在我们要设法监听他们。杰西卡，我们将不得不使用杰西卡随身带来的监听设备。你会给我们用吗？我对那种技术再也跟不上趟了，我想托尼也不行。"

杰西卡点点头，沿走廊走向她的房间，几分钟后拿着一个黄色游泳袋，从中掏出一个像刮脸刀盒大小的黑色金属盒。

"你看，这是一个德国造的高致密的'窃听器'，属于最先进的，尽管体积小，却是一台高效率的收发机，'附件'也都非常珍贵。一个是又小又薄的金属盘，就成为一台'窃听器'，可以插进电话话筒或轻而易举地隐藏在任何其他地方。另一个是定向接收器，一个很小的漏斗形的金属片，可以收到来自其指定方向的任何声音……近百米距离的效果都不错。"

杰西卡花五分钟对窃听器的用法作了说明，其他四人对其操作也感到有了信心。

迈克尔带着忧虑的神情说："问题在于我们可以在哪儿监听大隅公寓里的对话？他们在未来两天必须结束谈判，因为大隅和贝克星期天必须飞走，那是那两个中国人预订离开的日期。我们肯定不能站在路上，朝不时从我们身边走过的人对准定向接收器。我不知道我们怎样才能把窃听器安装在公寓里。"

"我们女子当中有一人可以打扮成一个雇员检查公寓——看看我们能否在客厅底层气窗上安装窃听器，"苏珊提议说。

"那就得由我来担当了，"莉莲马上说道。你什么时候见过一个漂亮的非土著人——我指的是白人女子——穿管家的服装？我依然可以像当地人一样谈话。如果我遇到一个保安，我就可以冒充管家。"

托尼并不痴迷于这种想法，迈克尔也对其中的智慧表示怀疑，最终莉莲说服了他们相信这是唯一的选择，但无论如何，这位黑发美人是夏威夷典型的混血女子。

翌日清晨，星期五，托尼开车带着妻子来到卡胡鲁伊镇，穿上套装打扮成管家模样，其他三人在公寓群楼对向海边的一面轮流测定保安巡逻的时间。十点刚过，迈克尔完成定额工作后来找在公寓群楼旁沙滩海岸上的苏珊。他发现苏珊在极力抑制着她的兴奋情绪。她低声对迈克尔说：

"看右边那两个亚裔人，穿黑色游泳裤的家伙。难道他们不是中国银行家吗？他们几分钟前坐下来就一直在相互交谈，仿佛在争论什么。我们离得太远，甚至听不出来他们在讲什么语言。"

迈克尔也有同样的感觉，他匆忙回到海滨小道上。当海滨离开视野的时候，他开始急速飞奔，到达洲际饭店时上气不接下气，正好赶上从宾馆出来去魏丽尔点轮班监督保安巡逻。他急忙告诉她带上监听装置，不到十分钟功夫，她就带着游泳袋和遮阳伞走向海滨。迈克尔希望过一段时间那一对仍然在那里。

迈克尔回来监视警卫巡逻。中午他们回到房间，不一会儿，杰西卡就进来报告。

"这台监听器太棒了。我坐在离那两个家伙大约一百英尺开外的地方。将其藏在我的遮阳伞后面，我把定向声音接收器对着他们。他们的交谈听起来特别清晰。"

苏珊打断她说："你搞到了什么？"

杰西卡笑了。"从他们的谈话中并没得到很多信息，因为他们完全讲中文。但是我确信我听到了大隅和贝克的名字，而且不止一次。但是我从他们的语调和肢体语言里获得很多东西。他们似乎正在进行一场讨论，近乎是一场争论。我猜想我们的阴谋家遇到了某种不顺心的事。"

迈克尔叹了口气。"我们仍然没有掌握足够的情报来接着干下去。我不知道……"他话还没说完，就有敲门声。迈克尔开门看是女管家问是否可以收拾房间。

迈克尔抢先说他们的房间已经收拾过了，而且收拾了两遍。"莉莲啊？"他呼吸急促地说。

托尼的妻子几乎让人认不出来了。她那灵动的风姿、吊着的耳环和弗兰西斯优美的曲线都浑然不见了。她卸了妆，把头发背过去扎成一个马尾辫。工作服也很不合身，给她的体重增加了十五磅。

"你可以当演员！"苏珊惊呼道。

托尼跟着他的妻子走进房间又把门关上了。"对保安巡逻你搞清楚了吗？"他问道，显然对他妻子提出要做的事情感到不安。

迈克尔回答道："我们看到，保安每隔一小时来一次。"接着他对莉莲

214

说："因此，如果你一直看见保安沿着通往大隅公寓的人行道走进群楼，那么你就有接近一个小时的监视时间。你那样的一身打扮从海滨走近楼群看上去怪怪的……"

苏珊大声说："我给莉莲准备了一件宽松长袍，她可以套在制服的外面。我们中的一个人要跟她一起去，提着一个空提包装宽松长袍，一直等到她出来为止。"苏珊非常渴望成为陪伴莉莲的那个人，但迈克尔坚持让杰西卡去。她有这类工作所需的训练和经验。如可能的话，我想请杰西卡安装窃听器。那我们首先请莉莲侦查公寓，看看可能性有多大。"

下午三四点钟，五人从洲际饭店出发，朝南走去。迈克尔、托尼和苏珊在洲际饭店和魏丽尔群楼之间的沙滩上把毛巾摊开，支起遮阳伞。杰西卡和莉莲继续前行，穿过挨着群楼的小溪上的小桥，很快就从视野里消失了。在海滨上的三人不安地等待着，没有过多地说什么。时间像蜗牛一样的爬行。莉莲和杰西卡最终从沙质山坡上滑下来，在海滨加入了他们的行列。迈克尔可以听到托尼放松的叹息声，因为他又一次看到了他的妻子。

"怎么样？有什么收获？"苏珊抢先提出两个男人也想问的问题。

"收获非常大，"杰西卡激动得尖叫起来。"我想我可能发现了我们如何获得我们所需要的证据。可莉莲，这是你的收获，"她说着便转身面向她的同伴。莉莲相当镇静地讲述着所发生的事情。

"花这么长时间的原因在于我们一直等到看见保安巡逻。随后我从大门穿过走到大隅夫妇的公寓。在他们的停车场和客人停车场都没有车，因此我断定公寓没有人。我穿过存储垃圾桶的服务区，走到我可以看见阳台的地方。幸好他正面对着大海，没有看见我。他聚精会神地在一个看上去好玩的黑匣子上打字，头上戴着耳机……你知道就像我们在飞机上听音乐的耳机。有一根长线从黑匣子伸到大隅面前，在其一端，有一条看上去很古怪的环状的带钩导线，从阳台的边缘奔拉下来。我要不是一直都在找的话，就发现不了。"

莉莲停了一下接着又说："这就是我所看到的一切，随后我就被发现了。"

"什么？被大隅发现了？"托尼大吃一惊。

"不是，是被一个保安发现了，当时我正要从我来的路离开，穿过有围墙的装垃圾桶的区域。"

"这是你花这么长时间的原因吗？"托尼问道，心里感到非常不安。

"不，不是的，真没有问题。那个家伙跟我打招呼，说以前没有看见我在这儿工作过。我说大隅夫妇来了重要的客人，需要额外的帮助。他一点儿都没有起疑心。我怀疑要么我们没有把巡逻搞清楚，要么那个家伙是个跑腿的。无论如何我又回来告诉杰西卡我见到的，她设法在小路上看一眼大隅的设备。"

杰西卡回应道："我有一副双筒望远镜。我打量了一下地形，有灌木挡住了视线，我仔细看了一下阳台。根据其外表……大隅面前的黑匣子和他在话筒上的谈话，我完全确信他们的电话连接喷发式信息文字数字无线电终端，他们利用计算机在向东京或什么地方发送喷发式信息和很多资料。我见过一个元件和这种几乎一模一样。"

苏珊问道："杰西卡，喷发式信息文字数字无线电终端是干什么用的？你说发送喷发式情报是什么意思？"在陆军情报局工作过的迈克尔和托尼当然知道，但是他们向杰西卡点头表示同意让她解释，因为他们认为让苏珊和莉莲知道也有用处。"SMART 是'喷发式信息文字数字无线电终端'的首字母缩写，发送和接收喷发式信息——一种高密度形式的电子无线电信息。例如，一条长无线电信息通常要花足足两分钟发送完，而用喷发式信息文字数字无线电终端只需几秒钟。如果你要发送很多信息，不到十秒钟就行了，不需要四五分钟的时间。我猜大隅使用的是一台与电话相连的终端，附带个人电脑。我肯定这种终端仍然很贵，可能每部大约 25000 到 30000 美元。"

迈克尔说："日本信贷买得起。"随后他好像自言自语地问："问题在于为什么用一台喷发式信息文字数字无线电终端和喷发式信息？大隅刚从日本来……为什么他还要和日本信贷总裁办公室有这么多的交流呢？他们非要发送最新资料吗？抑或他们在夏威夷谈过数量和价格之后要获得某种很长的、详细的指令吗？"他转身面向杰西卡。"我想国家安全局能够捕获喷发式信息文字数字无线电终端发送和接收的这种喷发式信息，对吗？"

"对，在这种情况下会很容易，因为我们知道喷发式信息文字数字无线电终端的定位。我确信，在这个地区任何他人使用喷发式信息文字数字无线电终端国家安全局都知道，不像在哥伦比亚特区或纽约地区。这两家机构都不会帮助你，除非涉及国家安全。"

迈克尔反驳道："我们可以认为，每年会使美国经济遭受几十亿美元损失而且还涉及外国人的问题是国家安全问题。"

杰西卡礼貌地表示不同意。"这不是通常的国家安全定义。"据我们所知，直接卷入的国家是我们的同盟。"

"我们让高层人士去决定吧，"迈克尔坚定地说。"我认为这很重要，比如说，可以看出国家安全局是否乐意灵活解释国家安全的定义？"但是他经过仔细思考后又说道："四位银行家在毛伊岛相会，其中一位在此期间亲自使用我们猜想到的喷发式信息文字数字无线电终端。就我们现在所掌握的这些间接证据，我不能让迈尔斯请其他机构进来。"我们必须在某种程度上肯定他们在我们请国家安全局参与进来之前正在搞阴谋。

"他们今天下午没有会面，可能今天晚上会再见面，"托尼推断说。

迈克尔马上说道："你说得对，托尼，特别是自从那两个中国人看上去对某事感到不快以来，因此他们需要把事情摆平。我要带着杰西卡的德国设备，设法监听到一次会话。杰西卡，我知道你是技术专家，但我熟悉债券交易商使用的行话，我也许能够监听出任何德语和日语。"

"我给你放哨，"托尼主动地说。迈克尔巧妙地抑制着心中的想法：自从托尼转业以来体重增加了三十磅，这项任务对他来说比翻墙还好。他只是说："谢谢，托尼。""现在杰西卡和莉莲告诉我在大隅的公寓客厅里监听谈话的最好办法。我们肯定所有人就寝后才能考虑安装窃听器，我想今天设法弄到证据。"

杰西卡答道："那么，首先你必须在客厅附近。比如说，监听器可以穿透玻璃，但不能穿透金属和砖墙。"

"这意味着，"莉莲说，"你不能隐藏在最显眼的地方——有墙封闭的垃圾场。那是砖墙。"

"这意味着我必须待在海边，海滨小路那面的草坪上，这样我就在客厅的正对面。我怎么才能到那儿呢？莉莲，你有偷袭群楼的经验，你是怎么看的？"

"我走的是人行道，我认为这方法不保靠。如果有人看见你在房子周围鬼鬼祟祟的，不管是大隅还是邻居，你都会被当做窃贼。我想你们必须从海边小路进入草坪。"

托尼提示道，"如果趁没人把你举起来咋样？如果昨晚出什么事的话，窗帘就会拉上。你不必担心会被从客厅看见，只不过能被听到。必要的话，我带莉莲帮助转移视线，因为你始终处于视野之外是有困难的。杰西卡可以站在桥附近观察，她在哪儿可以看见人行道，留神她让我们关注的保安或任何别人。"

"好主意！"杰西卡说。"我带来几部寻呼机，我们可以用。如果我看见保安朝海边走来，我就给你报警。"

"那么我干什么呢？你想让我干什么？"苏珊问道。

迈克尔立刻就有了主意。"如果那两个中国人刚好在公寓里的话，你最好待在洲际饭店的厅堂里。你有寻呼机，必要时就给杰西卡报警。"他真没想到这玩意会有这么大用处，但是苏珊缺乏训练和经验，想到大隅的公寓单元，他就不想她在操作场地的附近。

五人匆忙吃过饭后，开始准备冒险。迈克尔身着黑裤和海军蓝 T 恤。其他三人放哨，身着普通的休闲服，但都是暗色的。还得告诉苏珊如何使用寻呼机。

天完全黑下来了，四人开始出发。他们的运气不错，天空布满乌云，这是夏威夷寒冷难耐的地方。他们并没有发现很多人在漫步。周围没有人的时候，迈克尔就站在托尼的膝盖上，被托尼举上墙顶，进入大隅夫妇单元边上的草坪。他疾速地溜进有几棵灌木可遮身之处，虽然他匍匐在地上，但他知道从南面来人若密切注视的话，他就会被发现。他看到窗帘紧闭的客厅里灯光明亮，但却听不见什么。

他悄悄地架设起监听器，把天线朝公寓方向拔出来。打开了吗？打开了，小红灯亮了。客厅里没人吗？几分钟后，他听到了嘀嘀咕咕的声音，但却听不出来说的什么。这项工作是在完全浪费时间吗？

他突然听见门开了，接着阳台灯亮了。哎呀，哎呀！有人要出来！迈克尔匆忙地把头低下来钻入草丛，他的脸面向大海，这样光线就会在他的眼睛上闪烁。金属椅子在阳台上发出摩擦声，他想至少有两个人坐了下来。他听到几个词儿，不是英语，是中文！他知道他听到的是打火机的声音，这两个中国银行家是出来抽根烟休息一下。他尽力躺着不动，挨着潮湿的草丛的那面脸感到不舒服。

迈克尔感到在自己的心跳在加快，他设法聚精会神地听两个中国人的谈话，但所听到的只是音波。两个男子似乎在集中精力，尽快往他们的血液里灌注尼古丁。他终于又听到了椅子腿在阳台上摩擦发出来的声音。几分钟过后，他听到通往客厅的滑动玻璃门卡喀一声关上了。他放松地叹了一口气，他认识到监听器在接收声音，现在是英语的。他没有听懂所有的话，但他立刻意识到他们在讨论对标价的操纵问题。

他听到的很多内容是不连贯的，迈克尔明白两个人在查对数字。一个有日本口音的声音说："你们银行在这里的这个价格范围会得到应有的份额……"回答是用中国式的英语说的，意思是必须与上级进行核对。在他听不懂的一些谈话过后，他听到了德语口音很浓、声音很亮的英语："真棒，我的银行行长将会非常满意……我们和我们的客户有六十亿。"接着更多的低声谈话他听不清，迈克尔随后清晰地听到了有中文腔调的英文："我们在大陆的客户可能会感到不快。我明天要给他们打电话再和你商量。"

迈克尔正在想还应该继续监听多长时间，这时他听到托尼和莉莲像是情人在路上吵架的声音。肯定有人马上要来，他们正在设法转移视线，使在路上的任何人从他们身边迅速走过，但这种声音在公寓里是听不到的。

迈克尔又俯身平躺下来。有一群人显然从旁晚外出归来感到非常高兴，打旁边过去。随后迈克尔听托尼低声说："让我们离开这儿。我的寻呼机关了，还有人要来——我能听到他们在远处的声音。"

迈克尔把德国装置交给托尼拆卸，又滚身过去向下跳到路上。随后三人开始向洲际饭店出发。杰西卡正在桥上等他们。"我寻呼你，因为我看见来两个保安在人行道上往南走，我不知道为什么。他们看到你了吗？"她问迈克尔。

迈克尔抑制着兴奋的心情回答说："没看到，我弄到了货！"

四人回到洲际饭店后，马上告诉苏珊有关情况，随后迈克尔说："我要给迈尔斯打电话。我们有足够的证据让国家安全局监听他们发布的喷发式情报。离贝克和大隅去参加竞标会只有一个晚上，我们必须尽快行动。"

迈尔斯并不喜欢在东海岸时间凌晨三点钟被叫醒，但此时迈克尔已经说完他发现的情况和他要迈尔斯办的事情，迈尔斯的态度已发生变化。迈克尔告诉他自己不能确切地预测出大隅什么时候抑或甚至是否会发信息，但他报告说今天大隅在下午使用过三次机器，晚上又使用过八九次。

迈尔斯兴高采烈，他搞到了一些证据，虽说还根本不能经起法庭的检验。他说如果他能够破解喷发式信息，他会让迈克尔马上飞往华盛顿，汇报其中的内容，因为几乎可以肯定是日语的。"我会保持联系。睡觉吧，"他说完就挂了。

迈克尔感到希望渺茫。他爬上床躺着，但却毫无睡意。他能感到苏珊在他身旁均匀的呼吸声，但他却放松不下来，睡不着。

突然迈克尔被身边的一片警钟声惊醒。杰克呼喊着："快跑！我们绊到一根电线，出门左转，跟我来！"

迈克尔从来都没跑这么快。杰克在楼房之间曲里拐弯地跑着，沿着小道冲向海港，希望躲开保安，还要躲开肯定也会跟踪他们的斯塔西（东德秘密警察）。迈克尔感到呼吸困难，他的腿虽然比杰克短，但却能跟得上。

他们最终到了河边，躲进一面残墙的背后，迈克尔认为这从前肯定是一个掩体。他抱着一堆不得不带来的文件蹲伏下来，通向波罗的海的河流吹来的寒风快把他冻僵了。一个城市都处在严寒之中，盟军的轰炸把飞机和V2导弹厂都给毁了，眼前已是面目全非。

"安娜在哪儿？"杰克惊诧地喊道。"她现在本该到这啦。我希望她不会被正在寻找我们的斯塔西给捉住。

"我不知道出什么事了，"迈克尔说。"她对我们说的一切都完全准确无误，但是她对电线肯定不了解，她是个小办事员，级别太低不会知道保安的事情吧？"他陷入了对安娜的沉思，她是一个充满魅力的东德年轻女子，与他父亲的英国情人安娜·韦尔斯同名，但与他所知道的高雅的、有涵养的安娜完全不同。他冷得发抖，甚至想到暹罗都让他温暖不起来。在冰冷河岸上这块儿狭小的土地上他感到站稳都困难。

与此同时，他听到一个轻柔而绝望的女性呼叫声："你在哪儿呀？"从那垛残墙上方掠过一辆汽车前灯发出的耀眼光芒。在凌晨三点除了斯塔西还有谁会出来呢？

"安娜！"杰克把头伸过墙顶，低声喊道："我们在这儿，快点儿呀！"

安娜转到墙后面时，迈克尔刚好听见车辆到达停下来。船在哪儿？

迈克尔看了看表，现在离来人接的时间还有五分钟。他浑身抖得厉害。他确信他身上流的汗正在结成冰。对于波罗的海的冬天夜晚来说，他和杰克穿得都不够暖和，因为太沉的夹克会使他们的行动不便。

迈克尔听到车门开了，随后便寂静无声。

在寂静中传来水上划桨声，肯定是快到达的来营救他们的船，马达都停下来了，离他们越来越近了。杰克小声对迈克尔和安娜说：

"我们必须抓住时机。如果我们悄悄地从河岸滑下去，就不会被看见。"迈克尔正以坐姿顺着冰冷的河堤往下滑，一只手紧紧地抓住安娜的一只手。杰克在上方抓住安娜的另一只手，极力使她稳定地下落。但迈克尔无法停止自己下滑，他沿着冰凉的河岸朝激流河水向下滑得越来越快，他知道河水已经接近冰点。

随之响起了枪声，安娜发出尖叫，她的手一时吓得肌肉痉挛脱离了他的手。他感到她的身子向下压在他的身上，一股推力使他离河水更加近了。又是一阵枪声。他力图停下来，但没有什么可抓的东西。他几乎到了水边……

"迈克尔，迈克尔，"有人急促地低声喊道。谁呀？

"迈克尔，醒来。你又在做噩梦。你浑身冰凉。把身上盖的全踢开了。"

迈克尔挣扎着醒来。灯亮了，他看见苏珊在目不转睛地看着他。

"没事，没事，我好好的。"他揉揉眼睛坐起来。又是那场旧梦，仿佛刚发生的一样。难道他永远也摆脱不掉那场不断复发的梦魇吗？

他自己喝了一杯水，蜷曲在苏珊身旁取暖。最后他睡着了一阵子，结果凌晨五点刚过却被电话铃叫醒了，是迈尔斯打来的。

迈尔斯联系过财政部长，财政部长反过来又成功地说服了国家安全局局长"拾取"在毛伊岛上一台 SMART 发送和接受的喷发式信息。财政部长以"国家安全"为理由阐述了他的观点。迈尔斯听说收集来往于毛伊岛的喷发式信息比较容易，因为"在太平洋中部"没有无线电交通"堵塞"。

"对不起，给你叫醒了，"迈尔斯终于表示道歉，"但是我必须请你尽早来华盛顿。喷发式信息要受到监控，但我们只有明天，也就是周一竞标会之前，对内容进行研究和解释。如果你乘航班有问题，给我打电话，我让我们在司法处的人给你搞张票。我们会按头等舱付钱。告诉我你何时抵达和哪个机场，国民、杜勒斯还是巴尔的摩。"

迈克尔说他必须马上离开毛伊岛，苏珊并没有感到意外。她起床开始收拾他随身携带的东西，她说只带他从旧金山来时穿过的那件薄的风雪衣，二月在哥伦比亚特区他一定会感到冷的。

迈克尔笑着答道："不用担心，迈尔斯会派人接我的。"

迈克尔乘坐当天第二次航班离开卡胡鲁伊。其他四人随后在上午离开，杰西卡返回东海岸，托尼和莉莲要在火奴鲁鲁与家人待几天，苏珊要飞回旧金山的家。

周日不到七点，迈克尔到了离白宫不远的财政部大楼迈尔斯的办公室。他几乎绕地球飞了半圈，有五个小时的时间差，两个晚上没怎么睡觉。

迈尔斯用迈克尔期待的消息迎接他。"早安，迈克尔。是的，国家安全局收到了，我是四十分钟前收到的。我没来得及吃早点。"迈尔斯打着哈欠，把装有打印出来的喷发式信息的一个棕色的文件夹递给迈克尔。

"太好了，早安，迈尔斯，"迈克尔说着，已经开始扫描文件夹里的打印件的第一页。

迈尔斯说:"国家安全局送文件的人说,一开始打出来是一堆莫名其妙的话,但是我们告诉他是用日文写的,他和他的同事把整个内容用日文打出来,没有遇到困难。有几个多次回归方程……不知干什么用的,把我搞懵了。"

迈克尔现在正匆匆地翻看着文件,每一页都瞄一眼,最后一页的页码是二十。打印出来的是单倍行距,用的是日文,包括十多个表,如迈尔斯所言,还有几个方程。迈克尔认真地重读头几页之后,对密切地注视着他的迈尔斯说:

"这太不一般了。令人难以相信……我要告诉你怎么回事……为什么不去吃早点,一个小时后再回来。到时我就能对喷发式信息做一个简要的概括。请给我带一杯咖啡和一块丹麦酥皮饼好吗?"

迈尔斯点头离去。全神贯注地看着整个打印出来的文件,边读边写笔记。他还以为刚过了几分钟,结果却发现迈尔斯端着一纸杯咖啡和一小盒两块丹麦酥皮饼回来了。

"里头有什么内容啊?"迈尔斯问道,随手把早点递给迈克尔便坐下来。迈克尔用右手掌心揉揉眼睛,喝一口咖啡说:"我需要更加多的时间来告诉你这里的一切。其中有些非常复杂。但我可以告诉你要点。首先,这是最终捏合的结果……对共谋参与者的每一方开价都做了微调。因为头几页经常提关于二月十日进展情况的新数据,显然作者……为在日本信贷的上级写这份文件的人……在发送新数据,我可以肯定,对美国和其他地区的资本市场作出反应,也是对德国和两位中国银行家和可能还有其他银行家的需求作出反应。作者不止一次指出:'根据此时作出的反应,'我想指的是与日本信贷审供的日本银行。作者指出参与者会投标的价格和购量的范围,是新近修订的。"

"好的,我同意你的看法。现在我们知道了他们必须聚会的原因……接着讲吧,"迈尔斯催着迈克尔。

"作者用两页向毛伊岛上的家伙强调,所提出的投标价格主要是根据最新的宏观经济数据以及'政治动态'确定的。他加入方程是为了向他们表明,数据……到计算之前的十八小时为止……包括在主要市场上流行的长期和短期利率,他认为对确定标价也是非常关键的。日本信贷的大人物显然想要毛伊岛的家伙们知道他们懂得最多,他们所掌握的情况最新。还有某种别的东西也很重要。"

"什么？"迈尔斯急切地问。

"打印材料提醒毛伊岛上的家伙在跟踪他们所谓的'通常耳语运动'中非常忙碌，这场运动尤其是针对'在《城市和沙漠王子》里我们可信赖的朋友'。"

"我不信！"迈尔斯惊叫起来。他们要让圆通的英国和阿拉伯银行家知道标价范围！

"他们追求的是在日本人、中国人和德国人当中进行一次密不透风的窜供，以及与一些英国和阿拉伯银行家进行一次'软性'窜供！"

"你想让我翻译过来吗？"迈克尔问道。"会花一会儿时间的。"

"我们没有时间了，"迈尔斯回答道。"明天不仅有竞标会，而且我还必须尽早把这份打印材料还给国家安全局。从官方来讲，拦截喷发式信息从未发生过。你和我从未曾见过这份文件。"他看着迈克尔。"如果由你来处理，你怎么办？"

迈克尔咬着下嘴唇思考着，他过一会儿回答说："我要用将其全部公开相要挟，因为我们没有掌握去司法部告状的证据，更要命的是，我们要采取行动连二十四小时的时间都没有。"

"智者所见略同，迈克尔。我也是这样想的。问题在于时间。我认为唯一的出路在于以公布所有细节相要挟，而不说出我们是如何获取到的。我们要把整个事情都捅给《纽约时报》、《华盛顿邮报》以及其他大报。按理说，财政部部长应该召见日本信贷和北德意志银行总裁。我们需要一个有这样影响力的人物。但我这个周末和他联系不上。我不能冒险去找另一个上司，告诉我召见不应该处于法律或外交的原因。我不信银行行长会认真对待一个有我这样头衔的人，阻止明天的大型操纵活动。"迈尔斯叹了一口气，瘫坐在椅子上。"我一直收到一些宣传材料。有些人认为这些外国银行家会认为：'好的，公开吧，我们不会买你们的债券，我们要用我们的钱在国内投资，看你会觉得怎么样！'"

"迈尔斯，我真的认为这种情况不会发生，虽然可能性总是存在的。但日本一直在采用一种非常宽松的货币政策；日本国家银行对银行收取的长期贷款利率只有百分之一点五到百分之二，在日本是历史最低，日本到处充斥现金。如果他们不再购买国库券，他们也不能把他们所有的钱都用于国内投资，收益会接近通过购买长期债券所能获得的数量。德国人也有很多贬值的货币，尽管他们的经济现在增长相当快。台湾和香港都有大量的用美元积累起来的贸易盈余，因此它们会用来投资。即使它们的支付比计划投标的略多一点，它们在购买长期债券方面还会大大领先……嗨，我有一个主意！"迈克尔惊呼起来。

"我会把所有可能都考虑进来。为什么呢？"

"几周之前，你的副手班尼特·桑德兹就这次调查给我打电话。他开始讲话时，我几乎都惊呆了。他说话听起来的确和财政部长一模一样。财政部长的声音众所周知，因为他所接受的所有电视采访以及他在国会的所有作证。要班尼特打电话怎么样？他不必撒谎说他是财长，可根据他的音质和他给出的要旨，我想北德意志银行和日本信贷总裁会断定这是财长打来的电话。他们会对要旨感到震惊，以至于他们不会对打电话的人是谁产生怀疑。"

"迈克尔，你为什么没有想过这个问题呢？不管班尼特什么时候给我打电话，我一时间都以为是财长在线上。妙极了！班尼特根本不必撒谎，甚至也无需遮掩。他完全可以直截了当地说出要旨，不必寒暄立即结束通话！"

迈尔斯看了看表说，他必须得离开，去找班尼特。他告诉迈克尔随后给他打电话。迈克尔知道这相当于"现在可获准离开"，于是就起身走了。他看了看咖啡，现在都凉了，再看看那盒丹麦酥点，就将其留在桌子上了。他坐电梯下楼，离开财政部大楼，要去海·亚当斯宾馆，财政部在那里为他订了一个房间。他一出来，冰冷的寒风打得他发颤，迈克尔对没有带一件大衣而感到遗憾。迈克尔一回到房间就感到精疲力竭。但他决定吃个热乎乎的早点，恢复一下，他订了房间服务和《纽约时报》。浏览完厚重的星期日版的大部分内容后，他看了看表，觉得时间不早了，该给苏珊打个电话。他报告说他们"已拿到关于那些家伙的货物"，会将其照料好的。有关情况在宾馆电话上不能说得太多，但他"也许明天"回到旧金山后再跟她详谈。

正午时分，迈尔斯给迈克尔打电话说，他要在一点钟在海·亚当斯餐厅见他做汇报。迈克尔听得出他说话声中的激动情绪。他们一见面，迈尔斯等不及了，赶紧点完菜做汇报：

"迈克尔，我们做到了！"班尼特亲自给日本和北德意志银行的总裁都打了电话。他在两次谈话中一开始就问一方是否刚好认识另一方。两位总裁都说已经认识多年了，而且是好朋友。随后"财长"丢下了炸弹。

"我确信'财长'只说了'我有可靠的信息……'"

"是的。他说他得到了可靠的情报，他们的雇员在毛伊岛会见了一个亚洲银行家，讨论他们要出标的价格，他提到了大隈和贝克。两位总裁都很气愤，说他们不知道他在谈啥，但会立即展开调查。班尼特轻声笑着告诉我，两位银行家都没有问他是谁——他们理所当然地以为他是财长。他告诉他们他可以展开调查或对外公布……把他掌握的信息交给报界，这时两人都说他们马上对他们的员工的所作所为进行调查。明天早上我们就会知道这两个窜供者的出标价格和债券的出售价格。

翌日早上，迈克尔等着迈尔斯的电话，他答应说："我一知道竞标的结果就给你打电话。我搞数字比《彭博资讯》还快。"

迈尔斯快到十点半的时候打来电话。

"成交了。我们总共出售八百亿。标价明显高于上个八月份的竞标会上的标价，甚至最低的标价都有百分之零点零四，高于我们以为会得到的最低标价。这意味着我们节省了 0.04 乘以 800 亿乘以 30，等于多少？……3.2 亿乘以 30……96 亿美元……相当于我们担心我们会得到的最低价格。我们两三天内就会弄清谁出的标价是多少，但可以有把握地认定窜供者放弃了他们的计划。"

"我为标价高而感到高兴，差不多比我们预想的最糟糕的情况要节省一百亿美元。可是，迈尔斯，我们没有用客观的方法来认定窜供者是否确定了最低标价，抑或是否窜供者放弃了，因为被德意志银行和日本信贷总裁告诉他们……"

"我知道财政部有些家伙也会这么说。我们几乎可以肯定从来都不确切知道，但是我会认为你们这些家伙在毛伊岛上干得漂亮，给我们节省了 96 亿美元。你们听我们的消息吧。"

二月竞标会两个月之后，迈克尔收到财政部寄来的一张支票，包括他的所有开支和一笔四万美元的酬金。

"这是对我们在毛伊岛的作为的一笔不菲的酬劳……但从我们为纳税人节省的数额来看，确实微不足道的。难道你不认为我们应该拿一半送给托尼吗？我们会考虑用我们的份额干什么。"苏珊提议说。

迈克尔怀疑托尼也收到了一笔酬金，但还是打电话问了。"我收到了所支出的费用，还有一笔两万美元的酬金，我没干多少事，还过了一个愉快的假期。我应该说，如果抱怨你们骗我参与毛伊岛的不法行为，我要表示我的歉意。我不知道财政部是怎么把数量计算出来的，但我心里非常感激。我正在创建布兰多基金会，我要将其作为种子基金，促进中学生经济文化水平的提高。"

迈克尔喜欢捐赠酬金的想法。苏珊和他不需要钱，虽然从去年他的朋友对待他的态度，他们都聚集在一起祝贺伦德将军退休的时候，他就知道他是这帮人中"最穷的"。千真万确，他不像托尼经营一家投资公司，不像杰克是一位拿高薪的国际律师，也不像温斯顿是一位畅销书作者。但是他是一所名牌大学的资深经济学教授，苏珊是终身历史学教授。他们拿着高薪，没有孩子，没有时间也不愿意去沉湎于浮华的享乐。两三天来，他思考着要用这笔钱来干什么，随后他告诉苏珊托尼计划要用他的酬金干什么。"把我们的捐出去是一个好主意！可是你挣的呀，你看怎么办吧？"她问迈克尔。

"坦白地说，我考虑过。你认为拿这笔钱来促进缅甸的民主好不好？从吴奈温手上接管政权的将军们声明说，他们明年春节不会举行选举，到现在还有一年的时间。"

"我想你要把钱捐给那位漂亮的女子昂山素季，她大约在二十年后返回缅甸，她完全可以在英国与她的丈夫和儿子过着舒适的生活。我确实羡慕她。是的，我认为是一个好主意！"

迈克尔不能告诉她他为陆军情报局而去缅甸的两次行程，但是看着苏珊脸上的神情，他意识到她也许在思念他的在克伦邦出生的母亲和他与世界的那个地区的血缘关系。

第十四章
旧金山，1990

1990 年 6 月，迈克尔接到旧金山的一位律师保罗·娄打来的电话，向他咨询一起关于酱油的案件。

"酱油?"迈克尔有些吃惊地问道。他在一些司法案件中曾担任过顾问或专家证人，从诸如机械和电视的日本产品向美国市场的倾销案件，到在美国经商的日本和其他外国公司的偷税漏税案件。他感到自己备受青睐，不仅因为其他美国经济学家不精通日语，而且因为他拥有高级别的参与秘密调查的资格。可一宗关于酱油的案件怎么找上门来?

保罗·娄解释道。原告大卫·多田是一个第二代美籍日本人，他进口许多日本食品，转而出售给为西海岸的日本人和美籍日本人供货的零售商。他正在起诉一家大型日本酱油制作公司。听取案件的基本事实之后，迈克尔答应提供帮助。迈克尔在头脑里理清了此起案件与他处理过的其他案件的不同之处，不仅因为其最终得以告破的非常手段，而且因为迈克尔由此想到国家和民族的地位，以及他通常所不关心的问题。

迈克尔在旧金山内河码头区的办公室会见了大卫·多田。多田是一位六十岁上下的男子，眼睛高度近视，但体格健壮，为人随和。他解释说事件的发生相当悲惨。差不多在二十年前，也就是在 1971 年，他有一次接待日本一家酱油生产公司总裁的来访——佐佐木赶到旧金山寻求向美国出口酱油的可能性。两家最大的日本酱油生产商的销售量已经越来越高，佐佐木也有信心通过促销他的"美食"酱油可以赢得美国市场的一个份额，这种酱油在日本已为较高档的餐馆和较讲究的顾客所熟知。佐佐木几乎不会讲英语，所以他就住进一家美籍日本人开的小旅馆。在与东家聊天过程中，佐佐木了解到多田是一位会讲日语的日本食品进口商，没有进一步调查就聘用了他。多田说他们"一下子就搞定了";他认为佐佐木是"一个有十足的武士道精神的绅士"。

多田要在美国推销佐佐木公司的美食酱油——纳达酱油——除了有关开销之外还可以拿销售纯利润的百分之五。他打算走遍全美以寻找新客户,这绝非易事,因为在最具潜在市场的加州和夏威夷,大型日本公司和几家地方生产厂家已经打入市场,西海岸以外很少有人了解酱油。

在头五年里,销售工作极为艰难。但纳达酱油的销售开始增长,起初非常缓慢,随后非常稳定。多田拿的佣金从1973年的18000美元增长到1989年的接近50000美元。在所有这些岁月里,多田从来没有问过他的佣金是怎样计算出来的,更不用说看纳达酱油的"账本"了。他感到自己的收入"够好的"。

随后在1989年,纳达酱油公司在没有与多田商量的情况下,就在爱荷华建立一家工厂,这样生产的酱油比从日本进口的成本要低。1990年四月下旬,佐佐木邀请多田在旧金山的最好的一家日本餐馆就餐,这已然成为"一个年度的惯例"。结算年度在日本的三月底结束,因此多田总是在这种就餐席上收到他的佣金。但是今年佐佐木递给多田一张75000美元的支票,是多田接受过的最大一笔佣金,随后就出现了意外。

佐佐木讲起话来口若悬河,他的措辞极为雅致,还穿插着生僻的成语,多田听着感到有点晕,他不能完全明白其中的含义。但最终还是把话点破了:佐佐木再不需要他了,这张支票是最后一张。多田已被解雇,不再是纳达酱油在美国的代理人了。

多田说他内心感到愤怒不已,但是他和佐佐木的关系也使他绝不能在餐馆里大叫大嚷。他决心按照美国方式起诉佐佐木来得到该得到的东西。他坚信要不是他多年的努力工作佐佐木不可能在爱荷华建工厂。"我这么多年起早贪黑,在全国各地住便宜的汽车旅馆,向商店经理低三下四,求他们购进高价的纳达酱油,这样纳达酱油才在美国赢得立足之地。"

"教授,我可以告诉你我为促销佐佐木美食酱油所做的一切事情。在夏威夷以外,在西海岸像芝加哥和纽约的几座大城市里,大多美国人甚至在七十年代都没有听说过酱油,更不用说尝过了。直到八十年代中期,南方有些人还称之为'虫汁'"。

"虫汁?"迈克尔感到意外。

"不错,就是虫汁!他们说酱油看上去闻起来都像南瓜虫压出来的汁!

说真的，卖一点酱油绝不是容易的事——在有些日子里，特别是在早期岁月里，我甚至感到谁都不愿意跟'来自纳达的多田'说话。"

多田讲述了他推销佐佐木的酱油所遭受的一次又一次的困难经历。迈克尔从中感受到这个人是多么的气愤和沮丧，他认识到这个案子中确实有风险。可以肯定其中涉及金钱，但是同样重要的在于多田坚信，他被佐佐木出卖了，佐佐木利用了他想成为一个"真正的"日本人的弱点，佐佐木经常暗示一个真正的日本人比美籍日本人强。听着多田的讲述，迈克尔认识到了佐佐木的狡诈以及美籍日本人对日本的内心感受的复杂性。

"回想起来，"多田接着说，"我作弄了自己，因为我想表现出佐佐木所谓的武士精神，而不是像一个理性的美籍日本人。难道这不可笑吗？我家在一个世纪前从山口地区的一个贫困村庄移民。我怎么这么傻呀……一个穷农民的孙子想成为像武士一样的人！但你必须明白佐佐木使我感到我们是好朋友，他总说朋友不会欺骗朋友。我们成为朋友之后，我无法要求他签一份合同，要求他给我查账的权利。决不能呀！"

因此多田来找娄，他的诉讼案三个月后要递交给北加州联邦法院。娄来找迈克尔求助。

娄解释道："迈克尔，这些家伙也没签一个合同。他们口头上什么都同意了。多田说他有点不安，佐佐木总说在日本做生意以信任为基础，因为'武士从不说谎'。佐佐木对多田说过，'美国人重视合同和律师，因为他们彼此互不信赖。美国垒球运动员签订的合同有许多许多页，而日本运动员有一份三页的合同就心满意足了。我们日本人值得尊重，我们不需要美国式的律师和合同。'"

迈克尔感到迷惑不解。"多田没有合同怎么能赢呢？"

娄答道："在有些情况下，律师把口头合同和书面合同视为同样有效。我想我可以为多田先生作有力的辩护，但我需要你帮我想办法让他得到他想要的数目，就是纳达酱油在美国未来销售所有酱油的所得的一笔佣金。你有什么主意吗？"

"我又不是律师，但我认为多田先生有理由获得未来的佣金。没有多田多年的基础工作，佐佐木就不可能建成他的工厂，我以为他应该继续得到佣金，或者得到一大笔'一次性支付'，当然比他所得到的75000美元要多。我知道越来越多的在这里和别处做生意的日本公司要签订可以查账的合同。佐佐木先生的说法听起来过时了；他不是真心相信自己所言而是他过于精明，狡诈多端。"

娄向迈克尔介绍了案件有利和不利的方面。有利方面在于纳达酱油的销售数据，可以清楚地表明多田从 1973 年起是多么有效地促进销售额增长。根据合同法，佐佐木和多田之间的"合同"是口头的这一事实，从本质来看并不是一个不利因素，虽然书面合同要容易执行得多。还有多田手头上有很多封两个人的通信，从中可以表明他们关系的密切性质。

比较而言，最大的不利因素在于多田承认佐佐木的律师从他那儿获得的一份证词：他每年接受佣金，对数额从来没有抱怨过，没有与佐佐木讨论过纳达酱油公司的远景未来。此外，多田还承认他的重要生意不如从前兴隆，他快退休了，一直在指望着纳达的佣金，这话有些不利。

迈克尔同意做出两项重要的计算。首先，他必须利用佐佐木公司对日本国家税务局的年度财务报表中的数据，来确定多田是否收到他应该得到的佣金。其次，他还必须预测在未来十年佐佐木公司在美国可能获得的收益，在这一时期结束时可以假定多田会退休。

为了确保开始工作前能掌握有关事实，迈克尔阅读有关案件的所有文件，包括娄在"最初的发现"中从佐佐木那所获得的证词。他读到的内容对揭露真相很有作用。佐佐木满怀信心地说道：

> 作为日本人，我从来都不认为我们需要有一份书面合同。多田先生毕竟有日本血统，我怎么会想到他会对我支付给他的佣金提出怀疑呢？我对他多年来为我付出的艰辛十分感谢，但这与我在爱荷华的工厂毫无关系。

迈克尔发现佐佐木对多田的态度盛气凌人。佐佐木在证词中说："我现在认识到，多田先生不像我原来想的那样有日本人的素养。我确信他比日本人更加贪婪，像所有的美国人一样爱打官司。"

迈克尔检查完财务数据，他完全肯定多田所得的报酬过低，严重过低，过低的量是随着时间增长的。但要证明这一点是极其困难的。公司财务报表有一个栏目叫做"海外市场开发费用"，但这没有什么用，因为该栏目把在日本支付的费用与在美国、欧洲和亚洲市场支付的费用都混在一起。"出口的纯利润"甚至也没有按国家分类。此外，像所有日本公司一样，佐佐木利用各种不同的会计方法使得"纯利润"看上去比实际要小很多。这些方法在日本是合法的，但是美国会计会认为这是做手脚。即使如此，迈克尔利用他所获得的数据，应用标准的美国会计方法，他估计多田在 1973 ~ 1977 年期间只拿到了他应该得到的佣金的百分之六十到七十，而 1978 年以来更没超过百分之五十。

迈克尔做完复杂的计算之后的那个月举行了一次有关案件的预备听证会。主持听证会的法官驳回了佐佐木的律师取消诉讼的动议，决定在六十天后开始审判。

迈克尔现在知道他还有不到两个月的时间来获取新证据以加强多田诉讼案的分量，他对他所在大学东亚图书馆任何有助于赢得诉讼案的文献做了进一步的检索。迈克尔隐约地希望能够发现一些他可利用的资料或者对未来在美国销售酱油的权威性的推测。就在他要放弃希望的时候，他在一份报纸上意外地看到一个材料，这又使他去看一份杂志《每月文摘》。他从中意外地发现佐佐木的一篇论文，题为"打入美国市场：挑战与回报"。迈克尔感到自己的心率在加快。

迈克尔浏览一下文章的内容，便认识到佐佐木所写的东西会对审判结果产生影响：

> 打入美国市场过程中所遇到的困难，远远超出了我最初的预想。绝大多数美国人从未听说过酱油，更甭说美食酱油了。为了克服这些困难，我精心挑选一位美籍日本人，帮助我在美国市场从事推销我们的美食酱油的艰巨工作。他对我们的文化并没有隔膜，这一事实起到了积极的作用。有时候我们甚至可讲日语。像所有的有日本血统的人一样，他是一位勤劳的男子。我甚至可以说，在最初的几个最艰难的岁月里，他为我们打开美国市场起到了至关重要的作用，也为我们的生意在美国持续发展打下良好的基础立下汗马功劳。

文章通篇在内容和语气上十分连贯，从未提到多田的名字。但是每当他写他的"美国代理人"的时候，佐佐木指的是谁显然是一清二楚的，因为多田是他在美国的唯一代理人。佐佐木描写了他如何有能力按日本方式与这位代理人做生意，这一点也是非常重要的。文章快到结尾，迈克尔对一个大的段落读了三遍，因为他不相信佐佐木会写在法律诉讼案中实际上对他不利的东西：

231

　　我确信我们最初的成功和我们借助于爱荷华新工厂所拥有的美好未来，从十分基本的意义来讲，要归于我们做生意所使用的日本方式。日本方式基于相互信任而不是收取高额费用的律师起草的合同，我有十分把握认为这会继续促进我们在美国发展生意。因此，我可以十分确切地说，我们的有日本血统的美国代理由于理解我们的方式，因而在帮助我们在美国建立公司和推动我们在未来的美国市场继续取得成功方面，能够发挥不可或缺的作用。

　　迈克尔感到惊愕不已。佐佐木会认为只有日本人才会读他的语言吗？难道他不知道许多美国大学和其他大学订过这份刊物吗？他把相关段落翻译过来电传至娄的办公室。不一会儿他就接到了异常兴奋的娄打来的电话。

　　“迈克尔，佐佐木对自己提出了控告！我要给他的辩护律师打电话，告诉他说他打输了这场官司。佐佐木不仅说过多田先生对于他的出口产品打入美国起到至关重要的作用，而且说过他按日本方式做生意……把荣誉和信任作为他的生意的基础。对佐佐木来说，没有书面合同不意味着没有合同！最关键的是，他的话使任何一个客观的读者都会认为，有了爱荷华工厂，他的公司未来的成功是建立在过去成功的基础上，对此多田先生起到了‘不可或缺的作用’。”

　　这起诉讼案很快得到了结。律师为结算数目而讨价还价，但纳达最终提出给多田 300000 美元，还有 62000 美元作为他的诉讼费。前者大约等于娄在这场官司尘埃落定后希望得到的数目，后者完全可以支付多田对娄的钱款。娄接受了出价，多田打心眼里感到高兴。

　　迈克尔离开日本，至少部分由于要逃脱这个国家令人感到窒息的社会道德观念，他意外地感到，任何在美国出生和受过教育的人，都会秉承一些同样的传统，其中有很多如同武士一样过时了。他现在肯定知道，他无法像在美国出生的美籍日本人一样把自己划归为美籍日本人。

　　迈克尔对多田对日本的态度感到意外，但是他长期以来就知道他和多田不是同一类美籍日本人。事实上，湾区的美籍日本人没有让他忘记这一点。他不能肯定他们把他看作是一个普通的美国人还是一个日本移民，但无论如何他们的社会都没接纳他。他们兜着圈子但意图明显地否决了布福德大学让迈克尔担任委员会委员的提名，这个委员会要挑选学生接受美籍日本人提供的年度奖学金。

迈克尔绝不参加新年、夏季盂兰盆节和其他节日的各种庆祝活动，追踪移民后代的根基，这对他并没有什么益处。迈克尔认为这是浪费时间，他觉得庆祝活动看上去很离奇，到了八十年代在日本的日本人看来也不再纯正了。

酱油诉讼案使迈克尔想到他 1953 年离开的日本是否依然存在在这个国度里"圈内人"决定"圈外人"在社会的参与程度，在商业和政治方面的参与程度尤其如此。多田先生可能参加过日本的文化活动，会讲日语，但是他基本上还没意识到在佐佐木的日本他是一个"圈外人"。迈克尔认为，透过日本在战争蹂躏的废墟上建立起来的所有高楼大厦和高架公路，可以看到这个国家的变化还没有那么大。

几个月过后，迈克尔还意识到自从他离开日本，日本人对待自己和外国人的态度似乎没有发生什么变化。他在纽约帮助协商一起合同违约案件的庭外和解方案，涉及一家日本钢铁公司和一家美国钢铁产品进口公司。他是作为专家证人被美方律师组邀请过来的。在谈判休会期间，他坐在举行谈判会的装饰华丽的旅馆大厅里翻看自己的笔记，这时有一位近七旬的为日本钢铁公司坐镇的日本律师走上前来：

"小山大人，您的发言很精彩。"这种打招呼的方式和阿谀奉承的语调都使迈克尔感到恼火，他认为用"大人"称呼是不得体的，好像迈克尔是这个人的长辈。他不明白这个溜须拍马的人想干什么。

律师的脸上依然挂着微笑，"请允许我问一个听您讲话时想到的问题。作为日本人——我是说某个有日本血统的人——当然仅从法律的意义上来讲……您不是应该捍卫而不是攻击一家日本公司吗？"

"我是美国人，我的血统与本案毫无关系，"迈克尔毫不迟疑地回答道。

"哎呀，可是就是您的血统才使您有可能读日文啊，这种能力又促使您今天上午作了一场如此生动的报告。因此，从某种意义上讲，您在利用您血统上的一种优势来反对一家日本公司……"

"如果'血统'指的是我有一位日本父亲，那你就说对了。但事实依然是我是一个刚好有能力读日文的美国人。我妻子是在明尼苏达出生的美国人，但她学会了读日文、讲日文、写日文。我妻子也能作这种报告……血统与读日文的能力毫不相干。"

"我不想给您带来压力，但我想您明白我的意思。我听说来自夏威夷的美籍日本士兵被派往欧洲战斗，这样他们就不必在太平洋战场上与自己的同胞厮杀。"

迈克尔不想予以回答。他认识到这个男人想诱使他对自己的发言产生追悔之意，美国公司的律师确信迈克尔的发言会削弱日本公司提供的辩护的核心。

迈克尔认为这位日本律师指控他违反自己的血统的确具有讽刺意味，他知道在日本他再不被认为是纯正的日本人。他头一次感到有点儿吃惊，他在一家日本杂志上发表一篇文章，却发现他的名字小山是用片假名——供外来词使用的字母表——拼写的，而不是用汉字组成的，这是他未曾想到过的。这向读者传递了一个明显的信号：作者是外国人而不是日本人。

难道日本人对种族、血统和日本人的态度压根就没有一点儿变化吗？他每年赴日本参加会议和从事科研工作，但是自从他在十九岁离开日本上伯克利大学以来就没在那儿生活过。他访问日本期间，住在东京国际公寓或宾馆或会议中心。他把时间花在图书馆或与其他学者打交道上，他们认为他是一位经济学家。在日本他不完全是一个外国人，也不被认为是一个地道的日本人。因此他也说不清日本人对待外来者的态度，在现在的 1990 年比五十年代有了多大的变化。

他的确知道对外国的态度，特别是对美国的态度发生了变化，因为日本从战争中恢复过来，开始伟大的经济增长时期。较年轻的一代与经历过二战及其劫波的长辈有着十分不同的看法。1988 年的一个夏日，他对这一点看得非常透彻，当时他与苏珊在东京做学术访问。

苏珊回到国际公寓，还在琢磨给她开出租的六十多岁老头所说的话。"他问我是不是美国人，"她说。"当我承认我是的时候，他就说：'你太年轻不记得战争的事了，但我还要感谢你。要不是你们美国人给我们食品，我们当中就会有很多很多挨饿。即使你们赢得了战争，你们还是让你们从前的敌人吃饱饭了。我总想对一位美国人说我是怀着一颗多么感恩的心啊。'"

迈克尔听着，就想起了曾说过的话："多么具有讽刺意味！"就是在那天早上，他采访一位国际贸易与工业部的年轻官员，他的年龄恐怕还不到三十五岁。他傲慢地说，日本人强大的经济是由日本人自己创造的，美国人什么都没教他们。"事实上，"他自吹自擂地说，"我们同意签订广场协议是为了提高日元兑美元的价值，但尽管日元价值提高了，我们还是能够对美国出口，因为美国产业正在不断地失去国际竞争力。"

苏珊在没听到这话之前，就曾评论道："你们的国际贸易与工业部的那个家伙肯定出生在五十年代，战争结束很久以后，他成长于奥林匹克运动会年代，日本已恢复了元气，经济迅速增长，几乎百分之十的增长率，不是吗？他绝对没有经历过二战或紧随而来的战后的痛苦。真令人诧异，日本不同年代的人对世界的看法有着天壤之别！"

美国人对他的态度如何？这种态度有了怎样的变化？他到伯克利大学的时候，肯定被认为是一个外国人。校园里还有其他亚裔学生，虽说好多他不记得了，但他们几乎都是外国学生，不是美籍亚裔人。在芝加哥，在部队，在巴黎，他认识到除了在法国的越南人之外，他几乎是唯一具有亚洲面孔的人。随后他回到加州，在除了火奴鲁鲁之外拥有最多美籍亚裔人的旧金山，从事数十年的学术研究。他在街道上和课堂上总能看到亚裔面孔，但是他的社交生活的轴心，是他的大学而不是当地美籍亚裔或美籍日本人社区。

虽然日本人把迈克尔更多地看作是圈外人或外国人，而不是日本人，但是他偶尔也会想到美国人并不总把他看成是他们的一分子。他记得那次他应邀去白宫参加总统经济顾问委员会的一次会议。他走到门前，迈克尔告诉门卫来意之后，却被要求出示身份证明。他对此毫无准备。他把钱夹掏出来，取出他的美国信用卡和大学身份证。门卫看了看证件然后目不转睛地看着迈克尔。"没有驾照吗？我要看一张有照片的身份证。"迈克尔解释道，他住在旧金山，不开车，他没想到进白宫还需要带美国护照。他知道门卫现在产生了怀疑，因为他听出了迈克尔讲英语有外国口音。

门卫去门房打电话。迈克尔站着等候，门卫似乎拨通了。过了足足五分钟或更多时间，门卫终于来到迈克尔跟前说他可以进去。迈克尔对与会迟到感到尴尬，但是经济顾问委员会主席对迈克尔进白宫遇到的问题只是感到可笑。

迈克尔思量过后认识到，在过去多年中美国人看待非白种人的态度有了明显的改变，对少数群体的接纳程度有了提高。他看到了《1964民权法》和自从60年代中期以来新的来自亚洲的移民浪潮所带来的后果。随之又出现一股"政治正确性"浪潮。虽然这个术语并不新鲜，左派和右派都将其当作贬义词来用，无不具有讽刺意味，但却包含一场普遍运动，不要因使用少数群体感到消极的术语去得罪任何人。

迈克尔飞往爱达荷作日本经济报告，他的朋友对他的经历都咯咯地笑了起来。他飞入莫斯科市外的小机场，在那里迎接他的是来自大学的一位人士，他说他要用他的黄色运动车接迈克尔。一辆黄色运动车停在跟前，迈克尔上车，车开动起来。在一两英里行程中司机不停地闲聊。随后他用迷惑的口吻说："你看上去不大像是一个名叫迈克尔的人。"

结果同一天，实际上有两个开黄色运动车的人来城里接大学城的客人。迈克尔被送回机场，他上了真正来接他的黄色车，司机刚才不知道他的来讲演的客人出了什么事，感到十分焦急。

布福德大学举行招待会，行政部门有个人想出一个欢迎"有色教师"的好主意。迈克尔认为这是一种真正的种族歧视，他一气之下把带有雕刻文字的请柬丢进垃圾桶里，而没有做出回复。

但是迈克尔却记不得他在美国生活中过多涉及他的种族、群落或民族身份的事件。遥想过去，那是六十年代晚期在达拉谟火车站发生的一起事件。他到北卡参加杜克大学的一次会议。他在火车站找厕所，结果发现两个男厕所，一个标着"白"，另一个标着"色"。迈克尔走到车站管理员跟前问他应该使用哪一个。那位白发苍苍的管理员看着迈克尔，随后用不耐烦的语气说："我不管，喜欢哪个就是哪个。"迈克尔不免感到震惊，六十年代后期，在公共场所，甚至在像达拉谟一样的大学城还有种族隔离。迈克尔虽然是亚裔人和移民，但是他从来都没有遭受过任何一种非裔美国人每日都遭受的歧视。他记得来自芝加哥花店的老朋友鲁佛斯，这位聪明过人的男子一生非常坎坷。

迈克尔确实感到他在职业生涯中或在个人生活中从来都没有受过歧视。确切地说，他逐渐地意识到，他的在美国出生的白人妻子作为妇女，从就业、工资和各种不同组织会员资格方面来讲，所面对的歧视远远多于他。

但是迈克尔在大多时间里从来没有想过他的种族身份。他不记得在芦屋、伯克利或部队训练营里有过相关的直言不讳的交谈。

但是他在法国的时候，种族或民族身份的问题却暴露出来。他有一次在巴黎骑自行车掉进地窖里，把踝关节摔成骨折，他在养伤，被迫卧床。有一次一个矮胖的、高鼻梁、白发老头来打扫迈克尔房间的地板。这个房管员第一个早晨走进房间，停下来目不转睛地看着迈克尔。

"你看上去不像一位美国军官，"那个男人用带有浓重的俄罗斯口音的法语说道。

迈克尔说自己是移民，最近刚加入美国籍。房管员露出满脸的笑容。

"可不是咋的……你也很幸运。你可以像我一样，百分之二百地享受人生。"

"你说百分之二百地享受人生是什么意思啊？"

"简单得很。"房管员下巴靠在他手里的拖把上。"我叫伊戈尔·斯莫兰斯基，从出生地俄罗斯移民来的，与我的俄罗斯老婆享受俄罗斯生活、俄罗斯报纸和上等伏特加……不喜欢发酸的法国果酒……我喜欢在世界最美丽的城市享受我的法国人生，没有人民委员告诉我我必须相信共产主义。我可以去我的教堂，吃我想吃的各种酒焖子鸡。我的孩子受过教育，可以做他们喜欢做的事情。没有集体农庄。没有征兵。我女儿是注册护士。"他自豪地说。"先生，一种美好的俄罗斯生活和一种美好的法国生活……加起来就等于百分之二百！"

迈克尔的那只脚用石膏固定着，他有很多思考的时间。那位俄罗斯人的话引起他的思索。"我到底是谁呢？"童年在曼谷的时候他就不能确定自己的国籍，虽然他以为自己奇怪的身份很正常。他的父亲认为他是日本人，他自己也臆断如此，但他感到在厨房里与程妈讲洋泾浜广东话，与邻里男孩讲泰国方言，比与父亲为他聘请的老师讲正规日语还自在。

小时候他肯定认为自己是日本人。他有一位日本父亲，有人教他说日语读日语。他回想起很久以前与叫他吉维特的宫苏克的谈话。他们在河边玩耍，突然他告诉他的伙伴说他必须走了。

"你为什么要走呢，吉维特？离吃饭的时间还早呢，"他的伙伴抗议道。

"因为教我日语的女士要来了。如果我迟到，程妈就会骂我，"他回答道。

"你为什么非要学日语呢？"

"因为我父亲说我是日本人……因此我必须会讲日语。"

"我搞不懂。你生活在这里……我听说你母亲是泰国人。你父亲为什么要你成为日本人呢？"

"因为有一天，他要送我去日本学习……成为一个真正的日本人。"

"你想吗？我是说……去日本成为一个真正的日本人？"

迈克尔回答不上来了。他记得他九岁被带到日本的时候，他感到在那个寒冷的、受到战争蹂躏的国家自己像是一个外地人。孤儿院的孩子嘲笑他在曼谷学的老式日语，他对食物和生活方式都感到陌生。即使在日本待了十年之后，他仍然感到还没有完全融入进去，虽然他通过了进入东京大学的考试。这意味着他的日语比大多日本学生好，至少从通过大学入学考试方面来讲是如此。但这并不能使他对大多日本人视为理所当然的风俗习惯和思维方式感到自在。想到这里，仿佛他彻底学会扮演一场戏中的一个角色，人们只看到了成功的演员而没有看到真实的他。

可是如果民族或种族身份在他美国的早期岁月里没有起很大的作用的话，那么这个问题在他遇见艾丽萨之后就不会再次浮现。迈克尔深深地知道他们的种族、民族、群体和宗教背景不同，更不用说母语了。

一个星期天晚上，他们正在南特餐厅吃饭，迈克尔问艾丽萨："你是怎样看自己的？你首先是犹太人还是刚好有犹太血统的德国人？"

"都不是。我是欧洲人，"她欢快地答道，迈克尔感到吃惊。"我在巴黎这儿很快乐，在慕尼黑家中也很快乐。如果我加入萨尔茨堡或维也纳的一个戏剧公司，我会活得很轻松。迈克尔我想告诉你，我是一位有抱负的欧洲歌剧演唱家。我真不想把自己看作是犹太人或德国人，有了战争期间的体会之后不想……你呢？你觉得自己像是日本人，又变成了美国人？抑或你已经完全变成了美国人，很少想到当日本人或泰籍日本人吗？"

"我也拿不准。我能肯定的一点是，我越来越美国化了，泰籍日本人的成分越来越少了。"

"我想我懂你的感受。当然，没有人能从一种人完全转变成另一种人。此外，你开始只不过是一个生物和地理事件……就像我是由犹太父母在德国生的一样。迈克尔，我们自己的民族和种族身份取决于偶然性，对吧？为此而烦恼没有多大意义。"

在法国南方与陌生人展开的关于民族身份的对话让迈克尔陷入深思。迈克尔在法国的最后几个月里，去普罗旺斯的艾克斯出过差。他到达后几个小时之内就办完了差事，那是一个星期五的傍晚，他可以在周一上午回到巴黎的办公桌前，他决定在艾克斯度周末。他获得一小笔退役金，管账的太太向迈克尔推荐了附近的一家餐馆。他非常喜欢配有橄榄油、大蒜、橄榄、土豆和草药的地中海风格的菜肴，他星期六又来了一次。

但在星期六，这家时髦的饭馆一张空桌子也没有。一对坐在门口旁边的夫妇肯定看到迈克尔失望的眼神，感到他很可怜。那男子侧过身来碰着迈克尔的胳膊说："先生，如果您乐意的话，欢迎加入我们这桌。"

这样就开始了与一位政治学教授和他的非常迷人的伴侣——一位社会学家关于身份的交谈，两人都在普罗旺斯大学任教。卡里姆·尼扎米教授对他的身世非常好奇。

"让我猜猜，你来自越南北方的某个地区，也许是顺化吧？"

"不是，我不是越南人。我是在这儿度假的美国陆军中尉。"

"那真怪了。你看上去不是美国人，你看上去不像任何我见过的美国军官。请原谅我提的这个冒失问题，可你究竟是干什么的呀？"

迈克尔告诉尼扎米他出生在泰国，在日本读的书，随后移民美国。

"那么你就是泰国人或日本人啦？"

"都不是，我只是半个日本人，因为我母亲是泰国人。但在美国人们把我当作美籍日本人，主要因为我的名字是日本名。"

"那么，你肯定是美籍日本人，如同我是法籍阿尔及利亚人一样。"

"你这是什么意思呢？"

"生物学上的阿尔及利亚人和法律上的法国人……种族上所属的阿尔及利亚人有法国护照，但既不属于阿尔及利亚，也不属于法国。"

"你为什么哪个国家都不属于呢？"

"我阿尔及利亚的朋友认为我已经成为法国人，因为我有里昂大学的博士学位，因为我从来不去清真寺，因为我陪伴一位法国太太，就是这位丹妮尔。可我法国的同事和女房东，对了还有我每天清晨看的镜子……绝不会让我忘记我是阿尔及利亚人。"

"我明白你的意思。但我想我属于美国。当然了，要取决于你所指的'属于'的含义是什么，"迈克尔回答道。

"这意味着在你的内心深处你认为你是谁……我不是法国人，但我不再认为我是阿尔及利亚人。因此，我两者都不是。我生活在一个虚构的所谓的阿尔及利亚－法国的空间。"

"我想这对我来说有所不同。我是美国人，如同过去和最近所有的移民都这样称谓自己一样。但是用你的镜子来检验，我还是亚洲人。因此我干嘛不说我属于两者呢！"

"我的朋友，那是不可能的。那是你主观上的幻觉。如果你去日本，我肯定日本人会认为——即使他们在你的面前不这么说——'他是美国人，受过美国教育，有美国的举止，在大多方面都有美国的品位……他不是我们中的一分子。'在美国，你的长相、口音……对了，你的举止，还有你的品位，你绝不会被认为是真正的美国人；在乡村俱乐部、在大型公司的会议室、在所有其他'内圈'里的美国人，这么说来你都不属于！"

丹妮尔按捺不住了。"我并不真正同意卡里姆的看法。纸上的民族身份没什么意义。一个人的居住地和感受是最重要的事情。我在英国生活十多年，我在英国生活的时间越长，就越像英国人。我的天呀，我甚至开始喜欢上了那油腻的炸鱼和土豆片！我知道卡里姆到老的时候就更像法国人了。他七十五岁白发苍苍的时候，他对着镜子就会看到一个年迈的法国老头！难道你不知道所有的老人看上去都一样吗？"

他们都笑了起来，在这里度过了一个令人十分愉快的傍晚，那是发生在迈克尔即将退役的日子里，所以肯定是在 1960 年的晚春，可是三十年过后他还清楚地记得他们之间的交谈。随之迈克尔回想起他结婚一年后与妻子之间的一次谈话，那是在六十年代末期。

迈克尔一直在想他和苏珊在一起是多么的惬意，他知道其中的一个原因在于她对待他就像一个普通的美国人一样。他头次见到她的时候，他为她理解他的日本身世而感到高兴。但迈克尔既不期望也不要求苏珊像日本妻子那样百依百顺。事实上，他最不想要的就是一个唯命是从的女人，对他的每个要求都俯首帖耳，从不表明她的心思。如同他最终所期待的那样，他发现她总是直言不讳。如果她递给他什么东西，他不说谢谢，她也不再有这样的要求。他不指望她对他顺从——拘谨或失去自我，如同人们期待中的日本妻子一样。他曾问她为什么总待他像美国人一样。她回答说：

"迈克尔，你会认为你离开泰国很长时间了，因此在思想和行为上你不再像在那里——在我实际上一无所知的文化里——度过童年的人。但是你常常用泰语从一数到十，说 'Soong，neon，song，samu' 等等，别笑话我的发音！你认为冰箱和石头都有感情，太荒唐了！如果你踢石头，你说：'哎哟，'不是因为你弄伤了你的脚，而是因为石头感到痛了。每次你开冰箱找东西，我告诉你东西在左面，你就问我，我指的左面是 '从我的视角还是从冰箱的视角'。"

她接着说："我可以从多方面来看，你不是日本人。在电梯和餐馆里，你跟你不认识的人交谈，通常还开玩笑。你与每个人说话都不先打招呼，甚至连你好都不说。你为人太实诚了。你不能忍受你所谓的 '礼节'，你指的是任何正式的东西，如为某人举行的招待会或晚宴，颁奖仪式，甚至葬礼。你甚至说你要参加的唯一葬礼就是我的！我知道没有良好教养的日本人才这样做！因此，我怎么会认为你是一个有涵养的日本人呢？如果我们苦苦遵循你的所有不同的文化传统——泰国的、日本的、美国的以及法国的和你喜欢的军队的风俗习惯，那么我们的问题就会无尽无休！"

迈克尔只是听着，他对她的爆发感到很开心。她使他想到他自己。可她接下来的话却使他感到非常意外。

"我真以为你肯定是美国人，因为你太'自由了'，你把我当作平等的伴侣，你不指望别人伺候，在操持家务和打理花园方面你都尽职尽责。你说保姆悉心照顾你到七岁，从九岁起，你在日本一住就是十年，生活在男人通常为一家之主的一种文化之中，至少名义上是如此。你怎么会变成这样呢？"

迈克尔必须思考一下然后才开始回答这个问题。他一直以来都不得不自力，靠自己的双脚站立，即便在往昔的曼谷也是如此。他父亲就是这样教导他的。他逃出孤儿院之后，不能依赖任何人，只能依赖他自己。他向苏珊作出解释，又接着说："我从未想过搞性别歧视！这不是美国人自不自由的问题——这就是我的处世之道。"

在他的身份问题出现的罕见的场合里，迈克尔回顾过去就会认识到，苏珊多年前说的话是对的："有你这样背景的人没有身份问题太神奇了。"他反而这样宣称："这是因为我是百分之一百一十的美国人。"两个人都笑了。

现在到了 1990 年，迈克尔回顾他的人生认识到，他遵循了他自己的忠告。他生活在美国，感受美国，因此他认为自己是美国人。他确实认识到尼扎米只说对了一半：当他访问日本的时候，他就想到他现在在很多人眼里是一个外国人，一个非日本人，并非仅仅是编辑用外国名字使用的日本字音表给他写名字。他身为美国大学教授，拿美国护照旅行，被他见过的很多日本人看作是一个怪物，尽管他讲着地道的、显示出他很有涵养的日语。随之他认识到他在日本的确一直是一个怪物，现在与他孩提时在日本的十年也毫无差别。

第十五章
回到芦屋，1999 ~ 2003

新千年将至，迈克尔越发对自己进行反思。到八月份他就满六十五岁了，他从未想到能活到这么大岁数，他想主要是因为他父亲四十多岁就撒手人寰。但现在他依然身体健康，进入下个世纪还可以活很多年。他对自己当前的生活并非感到不幸福：教学、写作、咨询、研讨，但是他一直从脑海某处听到一个声音说："要改变人生，最充分地利用你自己的余年！"他没对苏珊说一句话，因为他害怕她会嘲笑说："迈克尔，你才开始考虑你自己的后世。"

但他感到自己墨守成规，要在有生之年做最有意义的事情。他还想到其他国家体验时光，而不是行程匆匆地去参加会议或短期度假。他不必每周花费多时参加委员会会议或教师会议抑或在他看来愈来愈多的行政文牍工作，对此他当然不会感到遗憾。他最终还是和苏珊谈起他的减少工作乃至退休的想法。这个得到了她的支持，他不禁感到有点意外。

"如果你想旅游，不想在大学干了，退休要比兼职好。你知道我非常喜欢你有这种想法，我也可以退休。可迈克尔，你自己究竟打算干什么呢？"苏珊知道她的丈夫依然那么积极地从事科研工作，那么喜欢教学工作，她对迈克尔的看似突然的决定的确感到意外。

"我想继续写作，也许这是一种性情，但我也想旅游。维尔·罗杰斯说过这样的话：旅游是消除根深蒂固的错误观念和偏见的最佳疗法。"说实话，我认为我们应该去国外度日，因为我们总能从中获得欢乐。我并不是说短期旅行，而是在其他国家生活，这样我们就能真正理解其他地方和民族。"

"你知道我比你还喜欢旅游，我是真心喜欢。可你是怎么想的？每年一部分时间用于旅游？或者一两年时间生活在另一个国家又要供养我们这里的住房，我们能承受得了？"

"我已经想过你说的这些事情。我今后再不做庭院劳动了。如果我们把房子卖掉用来投资，加上退休金和储蓄，这样我们长期生活在国外肯定没问题。还有夏威夷，每次在那儿度假离开的时候都感到遗憾。如果租房，我们就能决定每年要干什么，就能看到事态的发展。"

苏珊越想就越喜欢迈克尔的提议。她没料到他们俩离开大学岗位之前的几个月是他们经历过的最忙乱的时期。他们把房子腾出来出售，把他们的学术图书馆捐赠给一所开办一个新亚洲项目的德国大学，处理掉大多财物，将其余收藏起来，随之把他们的大学办公室腾空，成为迈克尔所谓的"无家可归"的人。他们的朋友和同事当面说他们疯了，但是迈克尔还以为很多人对他们夫妻的生活打算有点嫉妒。

苏珊不明白迈克尔将如何打发时间。"你不喜欢观光，也不喜欢看博物馆。你把图书馆捐出去还怎么写作呀？"她问他。

他随即回答说："我打算写的书可以在手提电脑上写，利用网络收集我所需要的信息。"

"当代经济问题的论著？或者多年来人们一直说你应该写的迈克尔·小山自传？"

"都不是。我想写一部小说……一部涉及经济问题的国际惊险小说，诸如一个由贪婪的高官和银行家构成的国际团体试图突然使美元崩盘以获取数以十万亿计的金钱，其中涉及谋杀、背叛、风流韵事……给我帮忙好吗？"

迈克尔和苏珊退休的第一年在瑞士度假旅游，这是他们已经访问过几次且已钟情的国度；他们在蒙彼利埃住了两三个月，这个令人陶醉的法国南部城市，铺就鹅卵石的中世纪街道和大型公园，这里有迈克尔的经济学家朋友；到了年终他们在斐济的一个非常小的环状珊瑚岛度假，十分钟步行就可以沿海滩围绕小岛转一圈；随后苏珊来到位于新西兰克莱斯特彻奇市的坎特伯雷大学执教一个学期。在这一年里，夫妻俩经常设计并探讨迈克尔开始精心构思的小说，探讨要补充的情节、要对人物进行的细微刻画、主人公的动机以及他们想加入的"地方色彩"。

到了第二年，他们决定周游世界，一直从东向西行，因为时差反应比较轻，购买环球游机票会节省很多钱。他们在迈克尔长期以来就向往的火奴鲁鲁过冬，五月访问日本，接着游向欧洲，在瑞士阿尔卑斯山住三四个月，造访法国和德国城市，随后每一年经由美洲不同城市返回火奴鲁鲁。

无论身在何处，迈克尔都专注于小说的创作，小说进展顺利，他想到了发表的问题。苏珊总是说："这个故事比我读过的很多惊险小说都好。会有出版社出版的。"迈克尔通常回答道："也许吧。等我完稿，我们就设法找出版社。我听说作家的第一部书稿都很难出版的。但书出不出版真没什么关系，因为已经做了想做的事。写作使我的脑海浮想联翩，对我来说是一种享受。"

苏珊做个鬼脸然后说道："这不是我和你合作的原因，我想看到它付梓出版！"

2002年9月，迈克尔的两个老战友杰克·兰道尔和温斯顿·泰勒来到他们在格林德沃山上的避暑别墅看望他们。杰克妻子四年前因患癌症去世，温斯顿从未结过婚。他们的第四位铁哥们儿托尼·柏兰度和他的妻子莉莲也打算一块儿过来的，但是网络公司倒闭迫使托尼取消了他俩的行程。在他们访问的最后一个黄昏，四人坐在迈克尔和苏珊的阳台上，望着艾格尔峰的北坡。大家兴致很高，刚才他们从小木屋来到山脚下的克尺布尔酒店吃过晚饭，畅饮瑞士被人低估但却芳醇的果酒。

迈克尔兴高采烈，因为就是在当天下午，他收到一封电子邮件说一家日本公司同意出版他的"经济惊险小说"。温斯顿是这群人当中的职业作家，他甚至感到迈克尔可从发表"枯燥的经济学论文转向出版大众读物。但是你总是要有创造性的思想，就是你所谓的'源泉'"。

"嗨，"温斯顿问道："你是怎样找到代理的呢？可不容易啊。我正想要帮你出英文版，你发给我的书稿真棒。可你已经准备出版日译本。你是怎样找到日本出版社的呢？"

"说来话长，"迈克尔答道。"我运气好。四个月前我还没有想找代理，有一天我坐在沙滩上重读一个篇章，有一个日本人来到我身旁开始跟我聊天。他问我在干什么，我告诉他在写一部惊险小说《京都名单》，他说他在京都出版界有朋友。这样我就把英文书稿寄给他的朋友，他的朋友请人将其译成日文，以便对其做出评估。几个月来杳无音讯，直到今天收到邮件才知道被录用了。"

"用迈克尔最得意的话来说，我惊呆了！"苏珊说。"迈克尔未曾对我说过什么，因为他搞不懂一位退休的银行家怎么能出书呢，尽管他出身名门世家。但在日本要靠关系！"

"那么迈克尔，你下一个计划是什么？"杰克问道。

没等迈克尔回答，苏珊就插话进来。"我在设法让他写自传。实际上，自从我与他认识以来，我几乎一直在逼着他写自传，他答应退休就写。但是我还未能让他动笔呢。"

"谁愿意读我的自传？"迈克尔反驳道。"成千上万人的传记都比我的有意义。即使我尝试写自传，也还是有一些问题。我对自己在曼谷的童年一点都拿不准，我所掌握的一切就是我童年的记忆。我甚至对自己父母都知之甚少。"

迈克尔不想提及一个事实：打开他在日本的岁月的记忆闸门，书写其间的经历，几乎可以肯定将是一件极为痛苦的事情。他从不回顾往事，他总是向前看，这就是他的人生态度。

但是其他三人不约而同地讲着他们将会多么渴望读他的不同寻常的人生经历。迈克尔补充说："杰克和温斯顿，你俩知道我不能写自己当陆军情报局军官的经历。别的还有什么呢？我成年的大部分时间都在从事学术研究，从某种狭隘的意义上讲，我情愿以为我的工作十分重要，人们可以读我的学术论著。没有人想读我的大学日常生活的枯燥的细节。"

"嗯，我明白你的意思，"杰克解释道。

迈克尔对他的两个老朋友说："你们俩有谁读过巴拉克·奥巴马的《我父亲的梦想》吗？他是法学教授，现在又是伊利诺伊州参议院议员。"

温斯顿说，"读过"，杰克说，"没读过"。

"那么你一直在想写自传吗？"温斯顿补充道。

"告诉我，你为什么带来一本州参议员的书？"杰克追问道。

"嗨，这本书的副标题是《种族与遗产传奇》。奥巴马是个令人好奇的家伙。他母亲是白人妇女，住在夏威夷，他父亲是黑人，一个留美的肯尼亚学生。奥巴马有着复杂的国际和混血背景，我想看看他会怎样写自传。这是一部洞察深刻的书，他写得非常出色，不过我认为他应该请一位编辑将篇幅压缩一点点儿。问题在于我永远都写不出来一本像这种自我反省的书来。我从来都没有花很多时间为自己的身世而烦恼，尽管有些插曲提醒我认识自己的身世。但你知道我——我不能写一本'把自己的灵魂赤裸裸地暴露出来'的书，我是一位严肃的经济学家，不是一位雄辩的作家。在有这么多问题的前提下，我怎么会写一部自传呢？"

温斯顿一直倾听着迈克尔的述说，脸上流露出一种若有所思的神情，他提高了嗓门说道：

"迈克尔，你为什么不写一部另类的书，一部虚构的自传？换言之，如果你愿意，就写一部以你人生为基础的小说。你可以以第三人称写，排除你认为枯燥的部分，写与你在部队里所作所为相类似的事情，不用担心违背我们大家签订的秘密协定。"

迈克尔笑道，"你们说如果我写小说，我就写真人真事，那么涉及的人物有的并不想公之于世。我不想惹上陆军情报局和法律的麻烦。但是我要多一些虚构，因为从任何标准来看我大部分经历都很平淡。"

"和你父亲一起被发送到日本，他遭到处决，这很平淡吗？从东京一家孤儿院逃出来和黑市商贩一道生活就更加不一般了，没上过初中就被日本一所最好的高中录取，又是多么的不寻常啊！"杰克的语气十分坚定。

"那都是我年轻时候的事……"迈克尔毫不犹豫地说。

"但随后你成为陆军情报局官员……你在巴黎的所作所为……你在那儿做过很多事都可以写。如果你记得的话，我们在慕尼黑附近的一个基地活捉一位名叫鲍姆的上尉。这就可写出非常出色的一章。"杰克补充说。

"你知道迈克尔在奥尔良附近的基地上捉到一群贼时做了什么……年轻的姑娘偷鸡蛋和火腿，他在巴黎遭到阿尔及利亚人的枪击。这些是了不起的故事，而且都是真事，"苏珊说。

"不过都是很多年前的事了，也许有些人会感兴趣，不过如此而已。"迈克尔应声道。

"不，迈克尔，我真不这样认为，"苏珊坚定地说。"如果你把这些故事写出来，我认为就会使读者知道战争对人们意味着什么。你的故事也会激励很多年轻人。我们在东京倾销案中和毛伊岛上所采取的行动，就在于活捉操纵国库债券标价的银行家……这些对于我们经济的现实发展都有很大的启迪作用，对此人们知道的很少。此外，这些故事读来也会令人感到妙趣横生。你做过的事情中有很多真的让人着迷，也令人为之动情。我特别想让你写有关我们成为美国人的过程。"

"迈克尔，"温斯顿说，"如果你写我们谈到的事物以及你在你的经济惊险小说中探索的事物，就会写出一部文笔清新流畅的故事，还会告诉人们你想让他们知道你的人生经历，而又不会得罪任何一个仍然在世的人。我读过很多很多的自传，其中很多都是为了推销自己。如果人们讲述'真相'，我想这类书有很多都不会出版。"

迈克尔慢慢地说：

"温斯顿，我不得不承认，你的关于写一部虚构性自传的建议激起了我的好奇心。一直以来我没有真正想过写自己的传记，因为我不能写我自己当陆军情报局军官的经历，也不能写我做过或经历过的很多事情，因为其中涉及其他人，他们看到这些事件公开出来会感到非常不快。但是如果我按你的建议写一部有关我生平的小说，我只要改动人名、日期和某些详情，可以写出现过的事实和事物。这实际上会成为一部更加真实的自传，揭示出我以为十分重要的东西，用不着为了避免使别人疯狂，抑或引起法律诉讼而兜圈子。写一部关于一个虚构人物的小说——即使我所有的朋友和我都知道这个人物是我——也不会像写我自己那么痛苦。我认为这才是我不顾苏珊的恳求不想写自传的主要原因。"

迈克尔知道，他越想就越痴迷于写一部虚构自传。他沉默一会儿又接着说：

"如果我要写虚构性自传，就可以回避我早年不知道的事实以及我记不准的事物。我记不住很多人的名字或事情发生的确切日期。例如，在巴黎苏珊想看看我和我的自行车一起掉入的地窖，当时我正受到阿尔及利亚人的追赶，所以我不能确定其方位，尽管那次追赶、枪击和我狼狈落入那个水泥洞等细节至今仍在眼前浮现。不仅如此，还有杜乐丽花园里雕塑的名字，那旁边的长凳是我用来做间谍情报交易的藏密处，其方位在我的记忆中也变得错乱。这让人感到有点不可理喻。"

"迈克尔，你的记忆并不那么坏，"苏珊断言道。"去年我们在巴黎去过杜乐丽花园，我们发现大多细节你都记得相当准确。当我们去莱昂·布鲁姆广场和那家咖啡馆的时候，你证明了你的许多记忆都是正确的，你在那儿偷听密警特务和土耳其少校之间的交谈，少校一直为东德收集情报。我们在那吃的午餐很糟糕。"

她想了一会儿又说道："迈克尔，你找到了在拉普拉斯大街上的马曼餐馆的处所，虽然这条街全都变了，很多建筑都用木板封住了，里面空无一人。"

"对呀，是有点儿让人震惊。但我只是确定了我曾住过的那所楼房，因为在街道对面的墙壁上仍然有一个十分醒目的金属制成的汉字，就是那家餐馆名里的一个字。"

温斯顿一直在思索着，现在他开口说话。"一定不要把主人公塑造成一个会巴结人的家伙！我看你不想把你所做过的所有那些恶毒的事和盘托出，但是没人想读一个关于盲目乐观的人的故事。一定要把所有的离奇事都写进去。"

"离奇事？我没有什么离奇事。"迈克尔带着相当不自信的口吻说道。

"当然有了，"温斯顿笑着说道。"你知道还有谁身上总是带一本电子词典，这样随时都可以查一个外语单词的词源？还有谁无论遇到什么气候总是坐在户外，靠一台短波无线电收听世界各地新闻？"

"你使欧洲人感到震惊，"杰克评说道，"因为总有苏珊埋单，不论是公共汽车票还是在餐馆就餐。看来你喜欢金钱给你带来的享受，但有人受不了失去金钱的痛苦。"

"不是，你说的不对。金钱让人乏味。武士无论如何都不会屈尊与金钱"打交道，迈克尔咧嘴笑着说。

"那是因为他们从来都没有钱。"苏珊的插话像银铃般的响亮，"可你说跑题了。这就是迈克尔如何应对孩提时所处的可怕情形的方法，他把他的人生变得如此引人入胜。温斯顿，如果按照你的意见，他可以写他记得的事情，他的成长经历，不用担心人名和日期。迈克尔，考虑考虑吧，你不必担心脚注的问题。"

迈克尔终于笑了，随后又陷入沉默。写一部虚构性自传的念头令人痴迷，但是他依然十分怀疑描写亲身经历自己能否承受得了，哪怕是有虚构的成分。他知道自己不愿打开许多可怕的记忆的闸门。

大家都看着迈克尔，他似乎陷入了沉思。苏珊打破了一时的沉默，她说："好了，迈克尔，一定要考虑考虑。我感觉好冷啊。看看，我们离白雪覆盖的艾格尔峰还不到两英里呢。我们进屋吧，我来给你们三位朋友倒上白兰地。"

大约六个月后，迈克尔坐在他的火奴鲁寓所阳台上的手提电脑前，思考着该如何撰写他的自传体小说的尾声。在苏珊的帮助下，他写完了第一稿，一直写到二十世纪结束。他静默地坐着，一只手托着下巴，目不转睛地注视着他的四楼寓所外面的那颗棕榈树，苏珊拎着杂货和邮件突然从前门进来。

她把食品丢在厨房，来到迈克尔跌坐的椅子旁。

"你怎么了？我回来的时候，你通常都在敲手提电脑的键盘。"

"我陷入了困境。"迈克尔坦白地说，"我不知道该如何写结尾。我还活着，不想让我的主人公走到生命的尽头。但既然退休了，我就在手提电脑上敲打键盘度日，到傍晚去海里游泳。这有什么可写的呢？你有什么主意吗？"

"我明白你的意思。如果这是一部传记，就会在你的葬礼中结束，但是医生说你的健康状况令人羡慕。让我想一想吧。但我现在想不出办法，我太饿了。我要给我们做午饭。不过邮件里有你一封信，从日本来的，挺有趣的，看上去是私人信件，是从布福德大学转寄过来的。给你吧。苏珊把一个很薄的航空信件递给他，回到房间里。

迈克尔看着信封上的人名，想不出他认识的人当中有叫木下的。他撕开信封，抽出几页纸，上面字迹非常漂亮。

十五分钟过后，苏珊来到阳台上摆桌子，她发现丈夫聚精会神地看着那封信。

"苏珊，你想不到吧！这是我从前在芦屋高中一个同学发来的邀请函，请我参加高中班的第十五次聚会。木下是阿佐子·增田婚后的名字。她是一个非常有艺术气质的女孩，和我在龟尾市待过，我们这个班大约有四十人，因为都在一起上必修课，所以我对每个人都非常了解。奇怪的是，这么多年我都没有想起她来，不知道现在变成什么样子了。"

苏珊打断了他的回忆。"你们的第十五次聚会？什么时候啊？"

"这个周末，实际上就是明天。显然我去不了了。但是令人意外的是他们找到了我。记得去年底我在科隆参加的那次会议吗？当时伍尔夫冈劝我退休后担任高级时事评论员。有几位记者以观察员的身份出席，有一天吃午饭我和《朝日新闻》的一个年轻人聊天。结果他也是芦屋高中毕业的，不过是在我毕业多年以后。我提到我是在垒球队赢得全国冠军的那年毕业，他写会议报道时，提到了我和这个事实。"

"说来也怪，你每天都看《朝日新闻》却没有读到那篇报道。"

"他的文章只是刊登在日本《朝日新闻》的西部发行版，我读的是国际版。我过去的英文老师奥田先生读的就是国际版，是他要我读《飘》的。虽然文章把我的名字写为迈克尔而不是本吉，但是他认为小山的名字和我毕业的年份不会是一种巧合。他新年见到我的一些同学的时候，向他们提起这件事，其中有个同学根据木下的信开始在互联网上搜索。他们追踪我到布福德大学——我不知道为什么花这么长时间信才转到这里。"

"太糟糕了。要是能参加你们的第十五次聚该会多有意思啊！这次聚会缺了一个主要人物，学生会主席。"

"信中的确说了如果我不能参加这次聚会，可以在稍后见见班上的同学。"

"迈克尔，五月底我们去日本，可一定要去呀！"

"我不知道，是谁说'你不能再回家了'？"他想分散苏珊的注意力，于是便说道："我会考虑的，先吃午饭吧。"

迈克尔起初对信的反应是矛盾的。他在日本从事科研或参加会议期间曾有很多机会访问芦屋。但他却有意地退避三舍，主要的原因是他知道这会重新勾起他早年在日本经受许多忧伤和痛苦的记忆，会使他产生一种他不喜欢的离奇的感受。他知道他的感觉并不完全是理性的，有某种因素总是阻止他回到芦屋。

可是现在岁月催人老，他一直怀有一种好奇心，想看看芦屋发生了怎样的变化。他不想重回阿佐谷的孤儿院或神户的三宫，因为这两个地方都没给他留下快乐的记忆。但芦屋则不同。他在那里度过了五个难忘的春秋，就是在那里他实现了他上高中的梦想，他在高中和市民当中都有很多朋友。

但不知何故，迈克尔一直不愿意回到芦屋。他告诉自己这是因为他想珍藏他对那座城市的记忆。那里有美丽的海滩和松林，那里有芦屋高中和学校运动场，他与井口老师在体育场的交谈让他被高中录取，当然还有新田夫人的面包店和面包师前川先生。但回去要和谁联系呢？可以肯定他认识的人当中有很多已不在人世或搬走了。他确信他高中的朋友有很多都不在芦屋了，而在的可能都不记得他了。

尽管如此，迈克尔发现，近年来他在布福德大学东亚图书馆读日本报纸时，他开始寻找关于芦屋的参考文献。他意外地发现有篇文章报道芦屋的海滩和相邻的城市已不复存在，这让他感到忧伤。钢筋水泥墙旨在保护由于海浪模式变化而遭到迅速吞蚀的海岸线，却毁掉了可爱的海滨沙滩。如果有一个地方几十年来他一直确信没有发生变化的话，那便是他的芦屋海滨沙滩，现在它却不复存在了。

迈克尔读完信，将其放下来闭上眼睛。五十年过后，五十年！……八月酷热的一天，"他的"球队在甲子园球场获得全国垒球冠军，他依然能够看到许多同学的脸庞，听到巨大欢呼声，感受那无比的兴奋。他回忆起他的同班同学。真一郎君在锦标赛系列中呐喊助威，冈上君与他经常在一块儿学习，还有其他人等等。

250

　　现在回去会不会很扫兴呢？迈克尔是一个从来都不愿去回顾过去的人，他情愿生活在现实当中，展望未来。现在迈克尔头一次真正地琢磨着要回归到他的过去的一部分，他也不能确定是出于什么原因。也许到了他这个年龄，他要自己确信他和每个人一样也有根。他不能回到曼谷，他绝不会找到与他一起追逐大象的童年朋友——他们叫什么名字？孟亚谷和恭硕？他确信程妈早就不在人世了。他确信战前外国移民区和他父亲的房子在过去几十年的新兴建筑发展中早就消失了。

　　芦屋有所不同，木下先生的信使他想起了这一点。在 A 班的大约有四十名同学，实际上是在他的初中和高中期间没有变动的一个群体，其中大多数同学他依然记得。他读的中学与当时所有其他公立中学一样，是按照每个学生在上一个学期的成绩分的班。这有助于立志上大学的学生为考最好大学做好充分准备。这种体制是有缺陷的："低班"生，如 F 班生或 G 班生，必然会有自卑感。但尖子班的学生是一群特别团结、富有竞争精神的朋友。

　　在随后的几天，苏珊不停地向迈克尔唠叨，让他给木下先生写回信，在他俩的日本行程中访问神户地区。苏珊对迈克尔的高中时代特别好奇，她深知他并没有忘记他的过去的生活。她清醒地意识到他从来没有返回过他曾生活过的任何地方，他唯独依然保持联系的年轻时代结交的人是他部队的战友。他不得不承认他对从前认识的所有人都感到好奇。他从信中了解到他的同学，至少有一部分不记得他了，是费了不少周折才邀请他参加聚会的。他终于给木下先生发邮件，木下看到他的回复很高兴，几天之内就确定了五月在芦屋会面的日期。

　　迈克尔和苏珊从火奴鲁鲁飞抵加西国际机场，又乘单调的长途公共汽车到达神户。当他们住进库那河宾馆的时候，迈克尔接到一个与聚会时间表有关的便条。不是一次聚会，而是两次，第一次是在芦屋的一家高档中国餐馆吃午饭，第二次是在神户一家日本餐馆吃便饭。

　　迈克尔独自一人向午餐聚会出发——在日本妻子不参加聚会。他低估了去餐馆所需要的时间，结果在午餐约定时间二十分钟后才到达。他对自己马上要面对的情形显然感到紧张。他走进包房发现有二十位同学和他的英语老师奥田先生在那里入座。迈克尔一进去，大家都鼓掌欢迎，这让他感到很意外。

　　他的英语老师现在八十多岁，耳聪目明，如同他五十年前记得的一样。奥田先生告诉在场的学生"本吉"被找到的经过，他欢迎他回来，他说：

"你是我在三十二年的教书生涯中从来没有忘记的少数学生之一——也是敢于和我争论的学生：'你说房子（house）的复数形式应该是 hice，因为老鼠（mouse）的复数形式是 mice！'"

随后，迈克尔走到所有的四张餐桌前，依次与每个同学聊天。他获悉有七个同学已经去世，有六个女同学已成为寡妇。其中在二月份去世的是森田君，迈克尔得知森田"一直想再次见到他"。迈克尔感到忧伤，他再也无法感谢那位曾送他一双崭新运动鞋的同学了，她说那双鞋是他哥哥买错了号码的。他一时认不出一个向他热情打招呼的又矮又胖、满头白发的人。仔细地看他身上别的名片后，迈克尔想起来了，这就是那个瘦骨嶙峋的男生，他总是带着一个空空的午餐饭盒，迈克尔有时给他一些面包，说他吃得太多了。

聚会三点钟结束了。他最深的印象在于与老朋友一起交谈、追忆和开玩笑是多么的快乐，上次和他们分别恍如昨日。他是带着一种忐忑不安的心情来到芦屋的，但现在他感到非常高兴，他鼓起了勇气再次见到了他的同学。

翌日傍晚，苏珊和迈克尔乘短途出租车从宾馆住地来到那家日本餐馆，那里已为第二次聚会的团体预定了一间包房。苏珊受到特别邀请来参加这个小型聚会，但她知道这不符合惯例，今天苏珊对聚会感到紧张。这次迈克尔要确保两人按时到达。当他的九名同学——三女六男进来的时候，迈克尔立刻认出了每个人是谁。木下为苏珊介绍了每个人之后，他们都围着一张大桌子坐下来。

迈克尔环顾四周，才明白这组人来参加这个小型聚会而不是在芦屋的聚会的原因。他们是他的最亲密的朋友，他认为木下先生和委员会的其他成员在一定程度上是有意把聚会分成两个部分。

苏珊为自己是这次聚餐会上唯一的配偶和唯一的"外国人"而感到不安，因此迈克尔很高兴看到她在和身边的人聊天：在她左边的曾敦促他竞选学生会主席的典子中野和在她右边的木下君。与在芦屋的聚会不同，这里的氛围和感受更像久别的兄弟姐妹聚会，而不像老同学聚会。每个人都很坦率，无拘无束……乐于承认自己的过错，甚至还有点吹嘘的样子。

在来到这次聚餐会的三位女子当中，典子中野当上了律师。迈克尔知道在日本当律师要通过国家考试，通过率还不到百分之三。她肯定是在 1960 年前通过考试的极为少数的女子之一。阿佐子是一位杰出的画家，她嫁给了一位加拿大木材进口商。吉子多畑成为一家大型百货商店的第一位女性高级经理，要取得这样的成就是相当不容易的，她要打破在男性统治的日本公司中的性别壁垒。

在场的六名男人也都有所建树。一位是国际著名的物理学教授，一位是神户的一家大型贸易公司的总裁，一位是丰中一家大型家电制造公司的副总裁，一位是大阪一家大医院已退休的外科医生。升奥塔垒球投手，他赢得比赛，使芦屋中学成为全国冠军，他成为他自己发明的一种"感应器装置"的产品的制造公司的总裁，这种装置"可以测量你油箱内部的任何情况"。辛塔三田是芦屋市委员会代言人。苏珊后来把这个群体形容为"有智慧、有抱负、有成就，也令人感到乐趣、友好和愉快"。

虽然他们已有半个世纪没有见过迈克尔，但是他们立刻就感受到了他们先前的亲密关系，他们和他开玩笑。苏珊是在迈克尔成为终身教授之后才认识他的，现在有机会了解他少年时代的情形。她转向典子问道：

"迈克尔在中学什么样啊？我知道他学习一定很认真，但是你和其他同学认为他怎么样啊？"

典子毫不犹豫地回答说："我们说他是一个岩茶坊主。可是，"她匆忙地笑着补充道："他现在是一个真正的绅士。"

迈克尔看出了苏珊对为她翻译过来的话感到陌生："岩茶坊主是一个粗暴的男生。"

苏珊咧嘴笑了起来。"看来一个男孩过去在泰国向小象投石头，被愤怒的象妈妈追赶，用岩茶坊主来形容是很贴切的。""等会儿！向小象投石头！？"典子叫了起来。"这是我从来都没听说过的事。"

这样迈克尔也不得不讲述了他六十年前差一点儿失去一只眼睛的事。迈克尔认为这次交谈与他本来会与一群有类似地位的美国人的交谈没有什么差别。迈克尔认识到，美国现在是他的同学非常熟知的国家，与 1953 年形成了鲜明的对照，从物理距离和心理距离来看，美国不再是一个富裕得多的遥远的国度。所有这些同学都出过国，有些还出过很多次。有两个把女儿嫁给了美国人，一个住在加州，一个住在纽约。对迈克尔的同学来说，日本和美国之间的距离已不复存在，迈克尔认为对此所做的精辟的概述在于，感应器装置的投手－发明家在那难忘的夜晚结束时开的玩笑："让我们十年后……在美国某地……举行下一次聚会。我要选择夏威夷，我认为我到七十九岁还可以游泳。"

两次聚会的成功使迈克尔提高了勇气，他要做他从未想做的事情：重访三宫，他 1947～1948 一年中较好的日子是在那里度过的，对他来说那几乎是一个食不果腹的年头，他为一个黑市商人打工，冒着风险偷偷地销售"美国咖啡"和"腌制的三文鱼"。

当然三宫再也不是他记忆中的三宫了。他担心访问会勾起他痛苦的记忆，但是三宫一点也没有他能辨认出来的东西。所有的黑市摊点早已烟消云散，现在商店都是在日本大城市任何地方都有的普通商店，各种合法的商品琳琅满目，与战后头一个年代出售的货物形成了鲜明的反差。迈克尔在一家女子服装店门前伫立良久，他认为这可能是以前小西的摊点所在地，他深情地回忆起那位把三个男孩从饥饿中拯救出来的黑市商人，他们仨是从东京孤儿院逃出来的。他记得他们第一次相遇的时候，他狼吞虎咽地吃完了小西给他的一大块面包。但这一切都恍如隔世，都仿佛发生在另一个人的身上，是本吉而不是迈克尔。那个世界早已消失，唯一不变的是火车奔驰的轰鸣声。

迈克尔决定沿着与火车铁轨平行的一条繁忙的街道，步行前往一英里开外的神户车站。他现在在问"要是那样怎么办"的问题。要是娶了野田和子怎么办？他还没有认真考虑过这个问题，他要是过上银行家的生活，直到经济泡沫破灭她父亲的银行为一家大银行接管为止。要是丰后丸不把他从泰国送回日本，他的人生会怎么样？此时，他甚至不能想象他在泰国会过上什么样的日子。要是他不从孤儿院逃出来……他十三岁的时候，孤儿院院长会给他找一份什么样的学徒工？要是没有一位中学老师在芦屋中学围墙后看见他走上前跟他谈话，那又会是怎样的情形呢？要是他没有遇上给他提供奖学金赴美的西格里斯特先生又会怎样呢？要是……要是……又会怎样的问题永无尽头，问题的答案也同样让人难以捉摸。

他感到自己是多么的幸运，对自己的人生已没有遗憾。某事本来可能会随时发生或不发生——那本来会改变他的人生历程。但现在他已年近七旬，对自己的人生感到非常满意。他希望他的父亲能够知道他如何地遵循他的教诲，迎接无数次的挑战。

他现在知道如何把他的书画上句号。第十五次聚会就是完美的句号。他的脸上露出了会心的笑容，他想到读者会认为他的自传自始至终都是纯粹虚构的，而实际上他们却是书中的角色，对他们每个细节的描述都是非常写实的。

254

致　谢

....

　　多年以来，如有人在我面前费舌劳唇，喋喋不休，而我还对她心存感激，那此人便是我太太苏珊·汉利，如果不是她不断催促我动笔写自传体小说，恐怕这本书就不会出现在读者面前。如果没有她对很多情节设计的悉心订正，读者就不可能有如临其境、爱不释手之感。她对文字的加工确保了行文的流畅并富有美感，英语毕竟不是我的母语，鲁鱼亥豕在所难免。我在作者笔名中间加上了"S"，以此对她表示诚挚的谢意。

　　对小说场景的描写力求真实，突显地方色彩，叙述故事情节栩栩如生、扣人心弦，这些都有赖于诸多老友新朋的悉心指教和热忱帮助。他们为本书在亚洲、欧洲和美国众多城市里的情节展开奠定了写实的基础。在此虽然没有一一列举他们的姓名，但感激之情溢于言表。

　　我要对班尼特·海默表示深深的谢意，承蒙不弃，使这部自传体小说得以付梓，表现出一位优秀出版家的雅量。像这部书中的许多情节一样，无巧不成书，当我走进班尼特公司的时候，做梦都没想到他竟是我数十年前的同班同学。我还要向共同出版社的制作总监简·吉莱斯皮表示由衷的谢意，她的专业素养和工作热忱确保了本书的出版质量。

作者 2011 年于火奴鲁鲁

译后记

··

　　"长风破浪会有时，直挂云帆济沧海"，那是快意的人生，豪迈的人生，但在人生漫长的历程中，多处于逆风千里，四顾茫然的情境中，踽踽独行，艰难跋涉的本吉，一直在向前行走，从九岁的孤儿到芦屋高中生，从东京大学到伯克利大学，从情报局中尉到经济学家、总统顾问，他一直都在践行"勇于面对挑战，把命运掌握在自己手中"，这是父亲留给他的遗言，也是他获取动力的不竭的精神源泉。

　　他父亲年轻时毅然抛弃日本富裕庄主的继承人的身份，出走欧洲，凭借自己的勤奋和智慧，成为一个成功的机械商。他反对日本军国主义的倒行逆施，凶狠残暴。他在缅甸积极参与反日行动，被日军逮捕，遣送日本后被处决。作为一个正直的日本商人，他的反战言论影响着本吉的一生：

　　"本吉，我就是想为尽快结束这场战争出些力。我想要德国和日本都回到老家去。这两个国家发动了战争，杀了那么多人，这是为什么？就是因为那里的人民受到统治者的欺骗和压迫，在德国有希特勒和纳粹，在日本有狂妄无知的军国集团，政府被一帮愚蠢的不靠谱的政客所控制，他们以天皇的名义使这场无望的战争得以合法化。"

　　本吉养成了终身读书的习惯，这是他父亲重视教育的结果。他父亲在家的时候，总是教他日本语、古典音乐，什么都教。他在殖民学校学到了多种语言，为以后服兵役建功立业打下了基础。他在孤儿院就如饥似渴地读书，以忘掉腹内的饥饿，摆脱无聊的烦恼。岛津夫人借给他几本介绍纽约的英语书，一个年长的保育员送他中学数学和日本史课本。在黑市当小贩的时候，他一有空就看从军中福利社捎来的英文杂志，还有借来的中学课本。从东京孤儿院出走十一个月后再度出走，就是听说芦屋有他一心向往的学校。每天晚上他都在烤箱里借助自己买来的小手电筒的光亮，全神贯注地阅读龟山勇借给他的英文小说《飘》。他甚至在蜜月中也没有停止读书。他一生孜孜不倦地读书成为他成功的基石。

《逆袭——从战争孤儿到总统顾问》这部自传体小说故事情节曲折，扣人心弦，主人公挑战命运的经历既有传奇色彩，又真切感人。作为译者，完成译稿之时，既感到兴奋又惴惴不安，唯期不负原作者的苦心，亦不负中文版读者的期待。

感谢全球与地区出版中心主任祝得彬、责任编辑刘娟的信任和支持，他们从总体语言风格的把握，到经济金融、区域文化、政治历史等具体的通俗性叙述都给予悉心指点，为原作生动流畅、富于生活情趣的语言在译文中得以体现指出明确的方向。

主人公九岁开始流浪，足迹遍及日本、欧美、东南亚等地，有流落街头的苦涩人生，有惊心动魄的侦察记，有令人瞩目的学术生涯，书中所涉及的内容纷繁复杂，知识面之宽之广超出一般想象，涉及多种语言的大量译名的统一等都增加了编辑校对工作的难度，责任校对李东晓付出很多劳动，不能不说是免去了诸多的遗憾。

能够成为北京印刷学院新闻出版学院这个集体中的一员也是缘分使然，诚如群里所倡导的，"有根有据地思想，有情有义地交往，有声有色地工作，有滋有味地生活。"我能够如期完成译稿，处于这种既使人轻松愉快又催人奋进的氛围当是必要条件之一，这里不啻有"晨风夕月，阶柳庭花，更觉得润人笔墨"。

在动笔翻译之前，阅读了几部与本书文字风格相近的文学作品，临时抱佛脚，对于能够传神地表现原文的风格不失为一种有效的方法，但根本的方法还是要像本吉一样，养成终身阅读的习惯。"不薄今人爱古人，清词丽句必为邻"，自是为文者追求的一种境界，自知力有未逮，我将奉为心仪的目标而努力前行。

译者
2013 年 6 月

图书在版编目（CIP）数据

逆袭：从战争孤儿到总统顾问/〔美〕小山（Koyama，
M. S.）著；周宇译. —北京：社会科学文献出版社，2013.8
ISBN 978 – 7 – 5097 – 4702 – 5

Ⅰ.①逆… Ⅱ.①小… ②周… Ⅲ.①传记文学 – 美国 –
现代 Ⅳ.①I712.55

中国版本图书馆 CIP 数据核字（2013）第 121131 号

逆袭
———从战争孤儿到总统顾问

著　　者／〔美〕迈克尔·小山（Michael S. Koyama）
译　　者／周　宇

出 版 人／谢寿光
出 版 者／社会科学文献出版社
地　　址／北京市西城区北三环中路甲 29 号院 3 号楼华龙大厦
邮政编码／100029

责任部门／全球与地区问题出版中心（010）59367004　　责任编辑／刘　娟
电子信箱／bianyibu@ ssap. cn　　　　　　　　　　　　责任校对／李东晓
项目统筹／祝得彬　　　　　　　　　　　　　　　　　　责任印制／岳　阳
经　　销／社会科学文献出版社市场营销中心（010）59367081　59367089
读者服务／读者服务中心（010）59367028

印　　装／北京季蜂印刷有限公司
开　　本／787mm×1092mm　1/16　　　　　　　　　印　　张／16.75
版　　次／2013 年 8 月第 1 版　　　　　　　　　　　 字　　数／289 千字
印　　次／2013 年 8 月第 1 次印刷
书　　号／ISBN 978 – 7 – 5097 – 4702 – 5
著作权合同／图字 01 – 2012 – 5885 号
登 记 号
定　　价／49.00 元